马丁·伊登

Martin Eden

—— [美] 杰克·伦敦◎著　　夏增亮◎译 ——

煤炭工业出版社

·北　京·

图书在版编目（CIP）数据

马丁·伊登/（美）杰克·伦敦著；夏增亮译．－－
北京：煤炭工业出版社，2016（2022.3 重印）
ISBN 978－7－5020－5558－5

Ⅰ.①马⋯　Ⅱ.①杰⋯　②夏⋯　Ⅲ.①长篇小说—美
国—近代　Ⅳ.①I712.44

中国版本图书馆 CIP 数据核字(2016)第 261355 号

马丁·伊登

著　　者	（美）杰克·伦敦
译　　者	夏增亮
责任编辑	刘少辉
封面设计	左小文
封面插画	严文胜

出版发行	煤炭工业出版社（北京市朝阳区芍药居 35 号　100029）
电　　话	010－84657898（总编室）
	010－64018321（发行部）　010－84657880（读者服务部）
电子信箱	cciph612@126.com
网　　址	www.cciph.com.cn
印　　刷	唐山楠萍印务有限公司
经　　销	全国新华书店

开　　本	710mm×1000mm$^1/_{16}$　印张　17　字数　340 千字
版　　次	2017 年 4 月第 1 版　2022 年 3 月第 3 次印刷
社内编号	8421　　　　　　　　　定价　58.00 元

目　录

第一章

那人用弹簧锁钥匙打开门走了进去，紧随其后是一个年轻人。年轻人笨拙地摘下了便帽。他穿一身粗布衣裳，夹杂海洋的咸味。到了这宽阔的大厅他显然觉得拘束，连帽子也不知道如何处置。正想揣进外衣口袋，那人却接了过去。接得自然，一声不响，那笨拙的年轻人心里不禁感激，"他明白我，"他心想，"他会帮我到底的。"

他晃动着肩膀跟在那人后面走着，两腿不自觉地叉开，似乎平坦的地板在随着波涛左右倾侧，上下颠簸，那宽敞的房间好像装不下他那摇晃的脚步。他心里还暗自紧张，怕他那巨大的肩膀会撞上门框或是把矮架上的小摆设拂到地上。他在家具什物的空隙东躲西闪，当初只存在他脑海的恐惧又加倍了。在屋子中间堆满书的桌子和钢琴之间分明有容纳六个人并行的空间，但是他走过时却依然提心吊胆。他的两条壮硕的胳膊松松地挂在身旁，不知道如何放置。他正在紧张却发觉一只胳膊差点儿撞到擦在桌面的书上，便如受惊的马往旁边一个趔趄，差点碰翻了琴凳。他瞅着前面的人轻松自在的步伐，第一次觉察到自己走路和别人不同，脚步蹒跚，不禁感到难堪，额头上沁出了豆大的汗珠。他停住脚步用手巾擦拭晒成青铜色的脸。"且慢，亚瑟，老兄，"他想说句俏皮话掩盖内心的紧张，"我这回突然来，你家的人一定受不了。让我定定神吧！你明白我并不想来，我估摸着你家的人也未必着急见我。"

"别担心，"亚瑟安慰道，"不必为我家的人紧张。我们全是不讲究的人——嗨，我还有一封信呢！"

他回到桌旁，拆开信，看了起来，给了客人镇定镇定的机会。那客人心里明白，也很感激。他生来同情人、理解人。目前在他那惊惶的外表下依然体察着对方。他擦干前额，显出平静的样子往四下看了看。眼里却难掩一种野兽害怕陷阱的神情。他从来没有见过的事物包围了他，他担心发生什么情况，无力应付。他察觉到自己脚步难看、举止笨拙，担心自己一切的属性和能力也出现类似的缺陷。他非常敏感，有着无可奈何的自我意识。那人却又越过信纸饶有兴致地偷偷打量着他，那目光如匕首一样戳得他生疼。他看得真真切切，却不露声色，因为他经受过自我约束的训练。那"匕首"也伤害了他的自尊。他咒骂自己不该来，却也决心既然来了不管遇到什么情况也要挺住。他脸上的线条僵住了，眼里现出拼搏的光，更加满不在乎地打量着周围的一切。他目光如炬，这漂亮厅堂里的所有细节都在他脑子里记录下来。

他睁大双眼，目光所及丝毫不漏。目光既痛饮着那内室之美，眼中拼搏的光便逐渐因你泛出几分温暖。他对美敏感，而这里充满了让他敏感的东西。

一幅油画引起了他的注意。波涛汹涌，拍击着一片横空斜出的峭壁；预示着风暴的乌云低垂，布满天空；浪涛线外一艘领港船正破浪前进，船身倾侧，甲板上的一切都清晰可辨。背景是一个风暴将至的薄暮的天空。那画很美，他无可抗拒地被它吸引了。他忘记了自己难看的步伐，向那幅画走去。逼近画面时，画上的美却不见了。他一脸茫然，瞠目望着那一片似乎是胡乱涂抹的色彩退开了。可画上全部的美又立刻闪了回来。"玩噱头。"他转身走开，想道，在纷至沓来的众多印象之中却也有闲暇感到一种义愤：为何要拿这么多的美来玩噱头？他不懂得绘画，他平生所见只有彩色石印和石版画，无论远近总是轮廓分明线条清晰的。他也见过油画，没错，那是在橱窗里，可橱窗玻璃却不让他那双急于看个明白的眼睛靠得太近。

他瞄了一眼在看信的朋友和桌上的书，眼中立刻闪出一种期望和渴求的光，如同饥饿的人见到了食物。他冲动地迈出一大步，双肩左右一晃扑到了桌边，着急地翻起书来。他看书名，看作者名，读了些片段，用手爱抚着书卷，只有一次他认出了一本读过的书，其他书他却全都陌生，作者也陌生。他偶然翻开了一本史文朋的著作，开始连续地读，读得脸上闪光。忘了自己身处什么地方。他两手用食指插着合上书看，作者叫作史文朋！他要记住他。这家伙眼光不错，他肯定捕捉住了色彩和闪光。但是史文朋是谁？跟大多数诗人一样，已经去世一两百年了呢，还是活着，还在写诗？他翻到书名页……是的，他还写过其他的书。对，明天早上第一件事就是去免费图书馆借点史文朋的东西读。他又读起书来，读得忘了自己，没有察觉到有个年轻女人已经进了屋子。他最先注意到的是亚瑟的声音：

"露丝，这是伊登先生。"

他又插上食指把书合上，还没转身就为第一个崭新的印象而激动。并不是由于那姑娘，而是因为她哥哥的话。在他那肌肉突起的身体下面是一堆颤颤巍巍的敏感神经。外面世界对他的意识、思维、感受和情绪最微小的刺激也能使它如同幽幽的火焰一般闪动起来。他非常善于接受。反而，他的想象力活跃、总在活动，辨析着事物的同与异。是"伊登先生"这个称呼让他激动——这一辈子他都被人称作"伊登"，"马丁·伊登"或者是"马丁"。可如今却成了"先生"！太妙了！他心里想。他的心灵好像立刻化作了一架庞大的幻灯机。他在自己脑海里看到了数不清的生活画面：锅炉房、水手舱、野营和海滩、监狱和酒吧、高烧病房和贫民窟街道，在各种环境中别人同他的关系都表现在对他那些称呼上。

当他转过身来，看到了那姑娘。一见到她他脑海里的各种幻影便全消失了。她是个轻盈苍白的人，有一双超凡脱俗的蓝眼睛，大大的，还有满头丰密的金发。他不清楚她的穿着如何，只认为那衣服跟人同样美好。他把她比作嫩枝上的一朵淡淡的金花。不，她是一个精灵，一个仙子，一个女神；她那升华过的美不属于人间。没准书本是对的，在上层社会真有不少和她类似的人。史文朋那家伙大概就擅长歌唱。在桌上那本书里他描绘那姑娘的时候或许心里就有像她似的一个人。即使各种各样的形象、感觉、思想突然袭来，在现实中他的行动却没有中断。他见她朝他伸出手来，握手时像个男人一样坦然地望着他的眼睛。他认识的女人却不这样握手，事实上她们中的大部分并不同谁握手。一阵联想的浪潮袭来，他跟妇女们认识的各种方式涌上了他的心头，似乎要淹没了它。可他却摆脱了这些印象，只顾望着她。他从没见过这样的女人。唉！他从前认识的那些女人呀！她们立刻在那姑娘两侧排列开来。在那永恒的瞬间他已站在以她为中心的一道肖像画廊里。她的四周出现了许多妇女。以她为标准一衡量，那些妇女的分量和尺寸眨眼之间便一清二楚。他看到工厂女工们菜色的衰弱的脸，市场南面的妇女们痴笑的、喧嚣的脸，还有游牧营地的妇女，老墨西哥抽烟的黧黑的妇女。这些形象又被穿木屐、走碎步、像玩偶一样的日本妇女所替代，为面目姣好却带着堕落痕迹的欧亚混血妇女所替代，为戴花环、褐皮肤的南海诸岛的妇女形象所替代；而她们又被一群噩梦般奇形怪状的妇女所替代，白教堂大路边慢吞吞臭烘烘的女人，窑子里酗酒的浮肿的妓女，还有一大帮从地狱出来的女鬼，她们满口粗话，一身肮脏，装扮成妇女模样，掳掠着水手，搜寻着海港的垃圾和贫民窟的残渣。

"伊登先生，请坐！"那姑娘开口了，"自从亚瑟告诉我们之后我就一直盼望见到你。你很勇敢……"

他漫不经心地挥挥手，含糊地说那不算什么，别人也会那样做的。她观察到他那挥舞的手上有还未愈合的新伤，再看那只松垂的手也有伤口未愈。再快速打量了一眼，又见他脸上有个伤疤，另有一个伤疤则从额前的发际露出，而第三个疤则穿到浆硬的领子里去了。她看到他晒成青铜色的脖子被浆硬的领子磨出的红印时差点笑了出来。他明显不习惯于硬领。同样，她那双女性的眼睛也一眼便看透了他那身衣服，那低廉的缺乏品位的剪裁，外衣肩上的褶皱和袖子上那一连串皱纹，好像在为他那鼓突的二头肌做广告。

他一面含糊地表达他做的事不值一提，一面也按她的希望决定坐下，也还有工夫欣赏她坐下时的优雅轻松。等到在她对面的椅子上坐下时，又感觉到自己形象的笨拙，因而感到尴尬。这一切对他都是崭新的经验。他一辈子也没留意过外表的潇洒或笨拙；他内心从没有过这种自我意识。他在椅子边上小心谨慎地坐了下来，却为一双手十分担心，因为它们无论搁在什么地方都似乎碍事。这时亚瑟又走出了屋子，马丁·伊登很不情愿地看着他走了。让他一个人在屋里跟一个仙女一般的苍白女人待在一起，他感到无所适从。这地方没有能够吩咐送饮料来的酒吧老板，没有能够打发到街角去买啤酒的小孩，无法用社交的饮料唤起愉悦的友谊交流。

"你的脖子上有那样一个伤疤，伊登先生，"姑娘说，"那是怎么来的？我相信那是一次冒险。"

"是个墨西哥佬用刀子扎的，小姐，"他回答，舔了舔焦渴的嘴唇，清了清嗓子，"打了一架。我将他刀子弄掉后他还打算咬掉我的鼻子呢。"

话虽说得不好，他眼前却浮现出萨莱纳克鲁兹那个炎热的夜晚的丰富情景。狭长的海滩的白影，海港运糖船的灯光，远处醉酒的水手们的吆喝，穿梭往来的码头苦力，墨西哥人那满脸的怒气，他的眼睛在星光下闪出如同野兽的凶光，钢铁在自己脖颈上的刺痛和热血的流淌。人群，惊呼，他和墨西哥人身体扭结，来回翻滚，踢起了尘土。而在遥远的某个地方却有柔美的吉他声阵阵传来。那景象就是如此，至今想起仍令他激动。他不知道画出墙上那幅领港船的画家能否把那场面画下来。那白色的沙滩、星星、运糖船的灯火，还有在沙滩上围观打斗的黑黢黢的人群，如果画出来一定棒极了，他想。刀子在画里要占个位置，如果在星星下带点儿闪光准保好看。可这一切他丝毫没有用言语透露。"他还打算咬掉我的鼻子！"他结束了回答。

"啊！"那姑娘说，声音低而遥远。他在她敏感的脸上看到了震惊的神情。

他自己也震惊了。他那被太阳晒黑的脸上露出了狼狈不堪的淡淡红晕，其实他已经燥热得如同暴露在锅炉间的烈火面前。在小姐面前谈这类打架动刀子的事明显有失体统。在书本里，像她那圈子里的人是根本不会谈这类事的——甚至绝对就不知道。

双方努力所引起的话头告一段落。接着她试探着问起他脸上的疤痕。刚问起他就明白她是在引导他谈他的话题，便决定撇开它，去谈她的话题。

"那不过是一次意外，"他说，用手摸摸面颊，"有天夜晚没有一丝风，却遭遇了凶险的海流，主吊杠的吊索断了，跟着复滑车也坏了。吊索是根钢缆，像蛇似的抽打着。值班水手都想抓住它，我一扑上去就（炎欠）地挨了一鞭。"

"啊！"她说，这回带着理解的口气，尽管心里觉得他说的像外国话。她不明白"吊索"是什么东西，"（炎欠）地"是什么意思。

"这个史崴朋，"他说，试图执行自己的计划，却把史文朋念作了史崴朋。

"谁?"

"史崴朋，"他重复道，仍然念错了音，"诗人。"

"史文朋，"她纠正他。

"对，就是他，"他结结巴巴地说，脸又发热了，"他死了多久了?"

"怎么，我没听说他死了，"她莫名其妙地望着他，"你在哪儿知道他的?"

"我没见过他，"他说道，"只是在你进来之前在桌上的书里读到了他的诗。你喜欢他的诗吗?"

于是她便就他提起的话题轻松地谈了开来。他觉得好过了一点，从椅子边沿向后靠了靠，同时两手紧抓着扶手，好像怕它挣开，把他摔到地上。他要引导她谈她的话题的努力已经成功。她侃侃而谈，他尽力跟上。他为她那聪慧的头脑竟装了那么多知识感到惊讶，同时也饱餐她那苍白面容的秀色。他倒是跟上了她的话，尽管从她唇边不经意间滚出的陌生词汇、评论术语和他从不知道的思路都让他感到吃力。可这也恰好刺激了他的思维，让他兴奋。这就叫智力的生活，他想，其间的美，他连做梦也未曾想到过的、温暖人心的、了不起的美。他听得出了神，只用饥渴的眼神望着她。这儿有为之而生活、奋斗、争取的东西——是的，为之牺牲生命的东西。书本是对的。世上确实有这样的女人。她仅是其中之一。她给他的想象插上了翅膀，巨大而光辉的画幅在他面前展开，画幅上现出了爱情故事、浪漫故事和为妇女而创造的英雄业绩的模糊的、巨大的形象——一个苍白的妇女，一朵黄金的娇花。他穿过那晃动的搏动的幻景如同穿过仙灵的海市蜃楼看着坐在那儿大谈其文学艺术的现实中的女人。他听着，不知不觉已是目不转睛地呆望着她。此时他秉性中的阳刚之气在他的目光中闪耀。她对于男性世界尽管所知极少，但身为女人也敏锐地感觉到了他那燃烧的目光。她从没见过男人如此注视自己，不禁感到局促，说话结巴了，迟疑了，连思路也中断了。他使她害怕，而同时，他如此的呆望也使她出奇地愉悦。她的教养警告她出现了危险，有了不应有的、微妙的、神秘的诱惑。但是她的本能却发出了嘹亮的呐喊，震撼了她全身，迫使她越过阶级、地位和得失扑向这个从另一个世界来的旅人，扑向这个手上有伤、喉头叫不习惯的衬衫磨出了红印的粗鲁的年轻人。很显然，这人已受到并不高雅的生活的污染，但她却是纯洁的，她的纯洁让她对他感到抵触。但她却是个女人，一个刚开始感觉到女人的矛盾的女人。

"我刚才说过——我在说什么?"她突然停住了，为自己的狼狈处境快活地笑了。

"你在说史文朋之所以没有成为伟大的诗人是因为——你正说到这儿，小姐。"他提示她。这时他内心好像感到一种饥渴。她那笑声在他脊背上唤起了上下闪动的阵阵酸麻。多么清脆，他默默地想着，像一串叮叮当当的银铃。刹那间他已到了另一个遥远的国度，并停留了片刻，他在那儿的樱花树下抽着烟，聆听着有层层飞檐的宝塔上的铃声，铃声召唤穿着芒（革奚）的善男信女去膜拜神道。

"不错，谢谢你，"她说，"归根结底史文朋的失败是因为他不够敏感。他有很多诗都不值一读。真正伟大的诗人的每一行诗都应充满美丽的真理，向人世一切品德高尚的人发出召唤。伟大诗人的诗一行也不能删掉，每删去一行都是对全人类的损失。"

"但是我读到的那几段，"他犹疑地说，"我倒觉得棒极了。可没想到他是那么一个——蹩脚货。我估计那是在他别的书里。"

"你读的那本书里也有不少诗行是可以删掉的。"她说，语气一本正经并且武断。

"我一定是没读到，"他宣布，"我读到的可都是好样的，光辉，闪亮，一直照进我心里，照透了它，像太阳，像探照灯。我对他的感觉就是如此。不过我看我对诗了解得不多，小姐。"

他讪讪地住了嘴，但方寸已乱，因为自己笨嘴拙舌感到很难为情。他在他读到的诗行里感觉到了伟大和光辉，却词不达意，表达不出自己的感受。他在心里把自己比作在黑暗的夜里登上一艘陌生船只的水手，在不熟悉的运转着的索具中摸索。好，他做出了判断：要熟悉这个新环境必须靠自己的努力。他还从没遇到过他想要找到它的窍门而找不到的东西。现在已是他学会谈谈自己熟悉的东西让她了解的时候了。她在他的地平线上越来越高大了。

"现在，朗费罗……"她说。

"啊，我读过，"他激动地插嘴说，急于表现自己，炫耀自己那一点书本知识，让她知道他并非完全是个白痴。"《生命礼赞》，《精益求精》，还有……我估计就这些。"

她点头微笑了，他不知怎么就感觉那微笑透着宽容，一种出自怜悯的宽容。他像那样充当内行简直是个傻瓜。朗费罗那家伙也许写了无数本诗集呢。

"很抱歉我像那样插嘴，小姐。我看事实是，我对这类东西了解得不多。我不内行。不过我要努力成为内行。"

这话好像威胁。他的语气坚定，目光凌厉，脸上的线条僵直。在她眼里他那下颚已棱角毕露，开合时咄咄逼人。同时一股强烈的生命力量好像从他身上磅礴喷出，朝她滚滚扑来。

"我觉得你是能够成为——内行的，"她以一笑结束了自己的话，"你很坚强。"

她的眼神在那肌肉发达的脖颈上停留了一会，那脖子被太阳晒成了青铜色，筋位突出，透露着粗糙的健康与强力，似乎像公牛。他虽只红着脸害羞地坐在那儿，她却再一次感觉到了他的吸引力。一个放肆的想法在她心里闪过，叫她吃了一惊。她感觉如果她能用双手搂住他的脖子，那力量就会向她流注。这想法令她大为吃惊，好像向她泄露了她某种连做梦也不曾想到的低劣天性。况且在她心里强力原是粗鲁野蛮的东西，但是她理想的男性美向来是修长而潇洒。刚才那想法依然围绕着她。她竟然渴望用双手去搂那晒成青铜色的脖子，这叫她惶惑。实际上她自己一点也不健壮，她的身体和心灵都需要强力，但是她并不知道。她只知道以前从没有男人对她产生过像面前这人一样的影响，而这人竟然多次用他那可怕的语法让她震惊。

"对啊，我身子骨不错，"他说，"日子难熬的时候我是连碎铁也可以消化的。不过我刚才却消化不良，你说的话我一大半没听懂。从没接受过那种训练，你看。我喜欢书，喜欢诗，有工夫就读，可从没像你似的掂量过它们。我像个到达陌生的海上却缺少海图或罗盘的船员。现在我想找到自己的方向，也许你能帮我校准。你说的这些东西是从哪里学来的？"

"我看是读书，学习。"她回答。

"我小的时候也上过学的。"他开始反驳。

"是的，但是我指的是中学，听课，还有大学。"

"你上过大学？"他坦然地表示吃惊，问道。他感觉她离他更遥远了，至少有 100 0000 英里。

"我也要上学。我要专门学英文。"

他并不了解"英文"是什么意思，可他心里记下了自己知识上的缺陷，说了下去。

"我要学多久才能上大学？"他问。

对他求知的渴望她用微笑表示鼓励，同时说："那得看你已经学过了多少。你从没上过中学吧？显然没上过。那你小学毕业了吗？"

"还差两年毕业就停学了，"他说道，"但是我在学校却总是由于成绩优秀受到奖励。"

他立刻为这夸耀生起自己的气来，死死地抓住了扶手，抓得指尖生疼。这时他感觉到又一个女人走进了屋子。他发现那姑娘离开椅子朝来人轻盈地跑过去，两人相互亲吻，然后彼此搂着腰朝他走过来。那肯定是她母亲，他想。她是个高个儿的金发妇女，苗条、优雅、美丽。她的长袍是他估计会在这儿看见的那种，线条优美，他看了觉得舒服。她和她的服饰让他想到舞台上的女演员。于是他想起曾见过类似的仕女名媛穿着类似的服饰进入伦敦的戏院，而他却站在那里张望，被警察推到雨篷之外的蒙蒙细雨里去。他的心接着又飞到了横滨的大酒店，在那儿的台阶上他也看到过许多阔人家妇女。于是横滨市和横滨港以其千姿百态在他面前闪过。可他立即因为目前的急需驱走了万花筒似的回忆。他明白自己得起立接受介绍，便笨拙地起立。这时他的裤子膝部鼓了起来，两臂也可笑地松垂，板起了面孔准备迎接马上到来的考验。

第二章

进入饭厅对他是一个噩梦。他停顿、碰撞、躲避、退让，有时几乎没法前进，最后总算到了，并且坐到了她的身边。那刀叉的阵容让他心惊胆战。它们带着未知的危险竖起了鬃毛。他出神地注视着它们，直望到它们的光芒变成了一个背景，在这背景上现出了一系列前甲板的情景：他和同伴们用刀子和手指吃着咸牛肉，拿用瘪了的勺子从盘里舀着浓酽的豌豆汤。他的鼻孔里钻出了变质牛肉的臭味，耳朵里听到了伙伴吧唧吧唧的咀嚼声，伴着木料的嘎吱和船身的呻吟。他看着伙伴们吃着，认为吃得像猪猡。那么，他在这儿可要小心，不能吃出声来。一定要时刻注意。

他朝桌上瞥了一眼。他面对的是亚瑟和他的哥哥诺尔曼。他提醒自己他们全是她的弟兄，因此对他们油然产生了暖意。这一家人彼此是多么相亲相爱呀！露丝的母亲的形象闪入了他的内心：见面时的亲吻，两人手拉手向他走来的场景。在他的世界里父母和子女之间可缺少如此的感情流露。这表明了她们的社会所达到的高雅程度。那是他在对那个世界短短的一瞥中所看见的最美好的事物。他欣赏，也感动，他的心由于那共鸣的柔情而融化了。他终身为爱而饥渴，他天性渴求爱；爱是他生命的有机的需求，可他从来没有获得过爱，并且慢慢习以为常，麻木了。他从不清楚自己需要爱，至今依然。他不过是看见爱的行为而深深感动，感觉它美好、高雅、光彩夺目罢了。

莫尔斯先生不在场，他觉得高兴。跟那姑娘、她的母亲和哥哥诺尔曼相识已经够他受的了——对亚瑟他倒了解一些。她爸爸一定会叫他吃不消的，他确定。他好像感觉一辈子也没有这么累过。跟这一比，最沉重的苦役也仿佛小孩子的把戏。突然之间让他做那么多不习惯的事，使他觉得吃力。他额头上沁出了大颗大颗的汗珠，衬衫也叫汗湿透了。他得用从没用过的方式进餐，要使用不熟悉的餐具，要偷偷地左顾右盼，看每件新事如何做；要面对潮水般涌来的印象，在心里评价和分类。对她的渴望在他心里腾起，那感觉以一种隐约而痛苦的不安困扰着他。他感觉欲望催逼他向前，要他跻身于她的生活圈子，逼得他不断胡乱猜想，不断朦胧地考虑怎样接近她。而且，在他偷偷窥探对面的诺尔曼和其他人，想要知道什么时候用什么刀叉时，心中也在琢磨那人的特点，同时不自觉地衡量着、鉴定着——一切都是源于她。同时他还要谈话，听他人谈话，听他人之间的谈话，必要时作答，而他的舌头又习惯于信马由缰，时常需要勒住。另外仆人也来给他添乱。仆人是一种永不停歇的威胁，总悄悄出现在他肩头旁。都是些可怕的狮身人面兽，总出些难题、哑谜，要他马上作答。在整个用餐期间一个疑问出现在他心头：洗指钵。他毫无来由地、持续不断地、数十次地想起那东西，猜测着它是什么样子、会在何时出现。他听人提过这类东西，而如今他随时都可能看见它。或许马上就会看见。他正跟使用它的高雅人士坐在一块用餐呢——是的，他自己也要用它了。而最重要的是，在他意识的深处，也在他思想的表面存在一个问题：他在这群人面前应当怎样自处，抱何种态度？他不断匆忙地考虑着这个问题。他有过懦弱的念头：打算不懂装懂，逢场作戏。还有更懦弱的念头在提醒他：这事他准失败，他的天性使他不够资格，只会让自己出丑。

在用餐的前半段他为选择自己的态度而纠结着，一直默不作声，却没料到他的沉默让亚瑟前一天的话落了空。亚瑟前一天曾宣告他要带个野蛮人回家吃饭，让大家别感觉奇怪，因为他们会认为那是个很有趣的野蛮人。马丁·伊登此时不可能知道他的这位弟弟竟然那样说他的坏话——尤其是他曾帮助他脱离了那场很不愉快的斗殴。此刻他就这样坐在桌边，一方面为自己的不合时宜而烦恼，一方面又迷恋着周围进行的一切。他首次感觉到吃饭原来还不仅有利的作用。他进着餐，却尝不出吃的是什么。在这张桌子旁边进餐是一场审美活动，也是一种智力活动。在此他尽情地享受着对美的爱。他的心灵震动了。他听到了许多他不懂得的词汇，听见了许多他只在书本里见过、而他的熟人谁也没有能力读得准的词。在他听到这类词句从露丝那了不起的家庭的成员们嘴边不经意地流出时，他不禁欢喜得浑身战栗。书本上的浪漫故事、美和高智力成为了现实。他进入了一种罕见的幸福境界。在这里，美梦从幻想的角落里堂而皇之地走了出来。

他从未过过如此高雅的生活。他在角落里静静地听着，观察着，快活着，只用简短的话回复她，"是，小姐"，"不，小姐"；回复她母亲，"是，夫人"，"不，夫人"；对她的两个哥哥则克制了海上训练出来的冲动，没有回答"是，长官"，"不，长官"。他认为那样回答不妥，承认了自己低人一等——他既然要接近露丝，就一定不能那样说。他的尊严也如此要求。"天呐！"有一回他对自己说，"我并非比他们差，他们知道讲些我所不了解的东西，可我照样能够学会！"接着，在她或是她母亲称呼他"伊登先生"的时候，他便忘记了自己傲慢的自尊，愉悦得脸上放光，内心发热。他此时是个文明人了，一点没错，跟他在书本里读到的人并肩坐在一起用餐，自己也成了书本上的人，在一卷卷的精装本里所向披靡。

然而，在他让亚瑟的话落空，以温驯的羔羊而非野蛮人的形象出现时，他却在竭尽全力思考着行动的办法。他并不是温驯的羔羊，第二提琴手的位置跟他那力求出人头地的天性格格不久。他只在必须说话时说话，说起话来又像他到餐桌来时似的磕磕绊绊，犹豫停顿。他在他那多国混合词语中斟酌筛选，有的词他知道和韵却怕发错了音；有的词又怕别人听不懂，或者太粗野刺耳，只得放弃。他一直感到压力。他清楚如此的字斟句酌是在让自己出洋相，难以畅所欲言。况且他那爱自由的天性也受不了这种压抑，跟他那脖颈受不了僵硬了的枷锁非常相像。况且他也明白他不能总如此下去。他天生思维犀利，感觉敏锐，创作感强烈得难以驾驭。一种思想或感受从胸中涌出并控制了他，经历着产前的阵痛，要找出表现和形式。接着他便忘了自己，忘了环境，他的老一套词汇——他所熟知的言语工具——不自觉地溜了出来。

有一次，他婉拒了一个仆人给他的东西，可那人仍在打岔，纠缠，他便简短地强调说："爬啊！"

桌边的人马上来了劲，等着听下文，那仆人也得意扬扬，而他却悔恨得不知所措。不过他立刻镇定了下来。

"'爬啊'是夏威夷的卡那加话，是'行了'的意思，"他解释说，"刚刚我是说漏了嘴。这词拼写作 p–a–u。"

他看见她盯着他的手，显出好奇与猜测的目光，很乐意作解释，便说——"我刚从一艘太平洋邮轮来到海湾，那船早已误了期，因此在穿过布格特湾时，我们都像黑鬼一样干着活，堆放着货载——你也许知道，那是混合运载。我手上的皮就是当时刮掉的。"

"啊，我不是那个意思，"这回轮到她赶忙作解释了，"你的手跟身子相比似乎太小。"

他的脸热起来，觉得又叫人揭出了一个短处。

"没错，"他不高兴地说，"我的手不够大，经不起折磨。我的胳膊和肩头却又力气太大，打起人来像骡子踢一样。但是我揍破别人的下巴骨时，我的手也被碰破了。"

他不满自己说出的话，很讨厌自己。他又没管好自己的舌头，引起了不高雅的话题。

"你那天那样帮助亚瑟真是见义勇为——你并不认识他呀，"她简单地说，觉察到了他的不满，却不清楚原因。

他反倒知道了她的意图，不禁心潮乍涌，感激莫名，又管不住他那信口开河的舌头了。

"那不算什么，"他说，"谁都会打抱不平的。那帮无赖是在找碴儿闹事，亚瑟可没有惹他们。他们找上他，我就找上他们，抡了几拳头。那帮家伙掉了几颗牙，我手上也破了一层皮。我并不在乎，我见到——"

他张着嘴，打住了，在快要堕落深渊时停住了。他根本不配跟她呼吸同一种空气！这时亚瑟第二十次说起了他在渡船上跟那帮醉醺醺的流氓之间的纷争；他提到马丁·伊登如何冲进重围解救了他。这时马丁·伊登却紧皱眉头在想着自己那副傻相，更坚决地考虑该对他们采取何种态度。到目前为止他肯定并未成功。他的感觉是：他毕竟是局外人，不会说圈内话，不能假冒圈内人。如果跳假面舞肯定露馅。况且跳假面舞也跟他的天性不合，他心里容不下假模假式。他无论怎样也得老实。他眼下虽不会说他们那种话，以后还是能够会的。对此他已经下了决心。可眼下他还得说话，说自己的话。显然，调子要降低，让他们听得懂，也不可以叫他们太惊讶。另外，对于不熟悉的事物不能假装熟悉，别人误认为他熟悉，也不能默认。为了实行这个决定，在两位弟兄提到大学行话，几次说起"三角"时，马丁·伊登便问：

"什么是'三角'？"

"三角课"诺尔曼说，"一种高级数学。"

"什么是'数学'？"他又提了一个问题。诺尔曼不禁笑了。

"数学，算术。"他说道。

马丁·伊登点了点头。那好像无边无涯的知识远景在他面前闪现了一下。他看见的东西具象化了——他那异乎寻常的想象力能将抽象变得具体。这家人所象征的三角、数学和整个知识领域经由他头脑的炼金术一冶炼便成为了美妙的景物。他眼中的远景是绿色的叶丛和林中的空地，或是闪着柔和的光，或为闪亮的光穿透。远处的细节则为一片红通通的雾霭所笼罩，模糊不清。他明白在那红雾的后面是未知事物的魅力和浪漫故事的诱惑。于他，那很像是美酒。这里可以探险，要用脑子，要用手，这是一个等待被征服的世界——一个想法立刻从他的意识后面闪现：征服，博得她的欢心，博得他身旁这个百合花一般苍白的仙灵的欢心。

他内心这熠熠闪耀的幻影却被亚瑟毁灭了，驱散了。亚瑟整个晚上都在诱使这个野蛮人显露本相。马丁·伊登记起了自己的决定，第一次回到了自我。当初是自觉的、有意的，但马上沉浸于创造的快乐之中。他把他所了解的生活呈现给了观众。翠鸟号走私船被缉私船查获时他正在船上。那过程他亲眼所见，大有可说的。汹涌的大海和海上的船与人被他呈现到了听众跟前。他把他的印象传递给了他们，让他们见识了他所看到的一切。他以艺术家的才华从数不清的细节中筛选，描绘出了五光十色闪亮燃烧的生活画面，并赋予了感官活动。他以粗犷的雄辩、激情和强力的浪潮席卷了听众，让他们跟着他前进。他常因叙述的生动和用词的泼辣让他们震惊。然而在暴力之后他总紧跟上一段优美的叙述，在悲剧之后又常用幽默去缓解，用对水手内心的乖戾和怪僻的诠释去缓解。

　　他叙述时那姑娘看着他，眼里闪现出惊讶的光。他的火焰使他温暖，使她质疑自己这一辈子都好像太冷，因此想向这个熊熊燃烧的人靠拢，向这座喷发着精力雄浑和刚强的火山靠拢。她觉得必须朝她靠拢，却也遇到抵抗，有一种反冲动逼迫她退却开去。那双伤破的手使她反感，它们让劳动弄得很脏，肌理里已填满了生活的污秽。他那脖子上的红印和鼓突的肌肉使她反感。他的粗鲁也使她害怕；他的每一句粗话尽是对她耳朵的玷污；他生活中的每个粗野的侧面都是对她灵魂的亵渎。但是他仍强烈地吸引着她。她觉得他之所以能对她有这种力量是由于他的邪恶。她内心最牢固建立的一切都动摇了。他的传奇和冒险经历粉碎着传统。生命在他那些唾手可得的胜利和随时爆发的笑声跟前再也不是严肃的进取和克制，而成了任他随意摆弄颠倒的玩具，任随他毫不在意地度过、嬉戏，毫不在意地抛弃。"那就玩下去吧！"这句话响彻了她的心里，"既然你想，就偎过去，用双手搂住他的脖子吧！"这种念想之鲁莽放肆吓得她差点喊出声来。她掂量着自己的教养和纯洁，用自己所有的一切同他所缺少的一切来比较，却都不管用。她看看四周，别的人都听得入神；若非见她的母亲眼里有惊异的表情，她近乎要绝望了。没错，母亲的惊异是陶醉的惊异，但毕竟是惊异。这个来自外界黑暗中来的人充满邪恶，她母亲看出了这点，而母亲是对的。她在所有事情上都相信她母亲，这次也不例外。他的火焰再也不温暖了，对他的畏惧也不再痛苦了。

　　后来她为他弹钢琴，声势煊赫地向他隐晦地强调出两人之间那无法跨越的鸿沟。她的音乐如同大棒，狠狠地打在他的头顶，击晕了他，打倒了他，但也鼓励了他。他肃然地望着她。鸿沟在他心中加宽了，同在她心中一样。然而他跨越鸿沟的雄心却比鸿沟的加宽增长得更快。他这敏锐的神经丛太复杂，不能够整个晚上默视着一条鸿沟无动于衷，尤其是在听着音乐的时候，他对音乐非常敏感。音乐如同烈酒燃起他心中的激情。音乐是麻醉剂，攫住他的想象力，将他置于九霄云外。音乐把肮脏的现实驱散，以美感填充了他的内心，解放了他的浪漫精神，让他的脚跟插上了翅膀。他不知道她弹的是什么。那音乐跟他所听过的砰砰敲击的舞厅钢琴曲和喧闹的铜管乐是两码事，但是他从书本上看到过对此类音乐的提示。他主要靠着信心去欣赏她的音乐。开始他耐心地等候着节奏分明的轻快旋律出现，但又为它不久便消失而迷惘。他才掌握节奏，并以想象配合，打算跟它飞翔，那轻快的旋律却在一片对他毫无意义的杂乱的喧闹中消失了。于是他的想象变作惰性物体，落到地上。

　　一次他突然感到这一切都似乎是蓄意拒绝，他把握住了她的对立情绪，试图弄清她击打着琴键所传递给他的讯息，但又否定了这种想法，觉得她用不着，也不会那么做，于是更加自由地投入旋律。原有的快乐情感也被唤起。

他的脚不再是泥脚，他的身体变得空灵舒展；眼前和内心现出一片耀眼的光芒。接着，他眼前的景物不见了，他自己也悄然离去，到世界各地流浪去了。他觉得世界非常可爱。未知和已知的一切融合成一个辉煌的梦，充盈着他的幻想。他来到了一个洒满阳光的国度的陌生海港，在从未有人见过的野蛮民族的集市上散步。他曾在海上温暖得无法透气的夜里闻过的香料岛上的馨香又钻入了他的鼻孔。在被西南贸易风吹拂行驶在赤道上的漫长时间里，他看着棕榈摇曳的珊瑚岛渐渐在身后的碧海里沉没，再看着棕榈摇曳的珊瑚岛渐渐从前面的碧海中出现。场景如思想一样来去匆匆。他有时骑着野牛在颜色绚丽、犹如仙境的彩绘沙漠上飞奔；有时又穿越发着微光的热气俯视着死亡谷的晒白了的墓窟。他在即将冻结的大海上划着桨，海面上巍然屹立的巨大冰山闪耀在阳光里。他在珊瑚礁的海滩上躺着，那儿的椰树在涛声轻柔的海面低垂着，一艘古船的残骸在燃烧，蓝色的火苗闪动。人们在火光里跳着呼啦舞。为他们伴奏的歌手们演奏着叮叮当当的尤克里里琴，擂起隆隆作响的大鼓，野蛮的爱情歌曲高唱着。那是一个声色之乐中纵情的赤道之夜。衬着一天星星的火山口轮廓为背景，一弯苍白的漂浮的月牙儿在头顶。南十字座的四颗星星在天穹的低处燃烧着。

他是一架竖琴，一生的经历和意识是他的琴弦，音乐之潮是吹动琴弦使之夹带回忆和梦想震颤的风。他不仅是感受。他的感知以形象、颜色和光彩的方式聚集，并以某种升华的神奇的形式实现他大胆的想象。过去、现在和将来交织融合。他在广阔而温暖的世界上徜徉，并穿过高尚的探险和高贵的业绩朝她奔去，他要和她在一起，赢得她、搂着她、带着她飞翔，穿过他心灵的王国。

这全部的迹象她在转过头去时全在他脸上看到了。那是一张发生变化的面孔。他用闪亮的大眼睛透过音乐的帷幕洞见了生命的跳跃、律动和精神的巨大幻影。她大吃一惊。那期期艾艾的粗鲁汉子消失了，即使那不合身的衣服、布满伤痕的手和黝黑的面孔依然如故。但这只不过犹如监牢的栅门，通过栅门她看到的是一个充满希望的伟大灵魂。只因他那羸弱的嘴唇不善形容，他只能词不达意地说话，或是闭口不言。这一点她只在刹那看到，转瞬间那粗鲁汉子又回来了。她为自己离奇的幻觉觉得好笑。然而瞬息的印象却在她心里萦绕。夜深了，他结结巴巴地告了别，打算离开。她把那卷史文朋和一本勃朗宁借给了他——她在英文课里就修勃朗宁。他红着脸结结巴巴表示感谢时像极了孩子。一阵母性的怜爱情感从她心里油然涌起。她忘记了那莽汉、那被禁锢的灵魂；忘记了那带着满身阳刚之气盯着她、看得她快乐也畏惧的人。在自己面前她只看到一个大孩子在跟自己握手，那手满是老茧，像把豆蔻锉子，锉得她的皮肤生疼。只听那大孩子正在结巴地说：

"这是我生来最美好的一夜。你看，这儿的东西我不习惯……"他无奈地望望四周，"这样的人，这样的房子，我感到陌生，但我很喜欢。"

"希望你再来看我们。"她趁他跟她的哥哥告别时说。

他拉紧帽子，忽然一歪身子拼命地跑出门去，消失了。

"喂，你们认为他怎么样?"亚瑟问。

"十分有趣，是一阵清新的臭氧，"她答道，"他有多大?"

"二十岁——差一点二十一。我今天下午问过他。没想到他会那么年轻。"

我还大他三岁呢，她和哥哥们吻别时心还想。

第三章

下楼时马丁把手伸进外衣口袋，取出了一张褐色的稻草细纸和一撮墨西哥烟丝，灵巧地卷成一支香烟。他把第一口烟使劲地吸进肺以后再慢慢地吐了出来。"上帝呀！"他大声地说，声音肃然，带着惊奇。"上帝呀！"他又说。接着又说了声"上帝呀！"于是一把将领子从衬衫上扯了下来，塞进口袋。冷雨潇潇地下着，然而他却光着头让它淋，并且解开了背心扣子，摇晃着身子痛痛快快毫不在意地走着。他只模糊感觉到有雨。他处在一种极度欢乐的境界，做着梦，重新回味着刚才的每一个场面。

他终于遇到了中意的女人——对于"她"他想得不多（他本不大想女人），可依然模糊地憧憬着有一天会碰上她。他跟她一起用过餐了，用自己的手触摸她的手了，曾经望进她的眼睛，看到了一个美丽的精灵的幻影；——只是那幻影并不比闪现出幻影的那双眼睛更美，不比给予它表现和形象的肉体更美。他并未把她的肉体看作肉体——这于他可是新事，因为他从前对自己遇到的女人全是这么看的。可她的肉体不知如何却有些不同。他并未把她的身子看作身子，带邪恶的有各种弱点的身子。她的身子不仅是她灵魂的外衣，并且是她灵魂的光彩，是她神圣的、精华的纯洁婉约的结晶。这种神圣感让他惊讶，让他从幻想中恢复了清醒的头脑。以前他从不曾被神圣的语言、启示或讽喻打动，也不曾相信过神圣的东西。他一向不信宗教，对于进入天国的人和他们的灵魂一向心平气和地嗤之以鼻。他曾主张死后没有生命，生命仅在此时此地，然后就是永久的黑暗。可如今他从露丝眼里却望见了灵魂——不朽的永恒的灵魂。他看到的人，不管男女，谁都未曾给他永生的信息，但是露丝给了他；她看他第一眼时就悄然给了他。他向前走，露丝的面容在他眼前闪烁——苍白、严肃，甜蜜而敏感，带着同情与温柔微笑着。只有仙灵才会那么笑。她纯净到了他梦想不到的程度。她的纯洁于他也好像是当头棒喝，令他震惊。事物的好好坏坏他全见过，但作为生命属性的纯洁却从未进入过他的心里。现在他在她身上明白了纯洁，那是善与净的最高形式，其总体便构成了永恒。

她的纯洁也立刻唤起了他的雄心，让他抓住这永恒的生命。就连给她送水他也不配——他有自知之明。可以在那天晚上让他遇到露丝、跟她交往并谈话是奇迹般的幸运和梦想不到的福分，是巧合，不是应该，他是不配有这样的福分的。他的心理实质上是充满宗教意味的。他谦卑、恭顺，怀着自我贬斥与压抑。罪人们就是带着这种心情坐到忏悔的长凳上去的。他被判定有罪。然而就像在忏悔席上的谦卑、恭顺的忏悔人瞥见他们将来的辉煌生活一样，他也从占有露丝瞥见了类似的辉煌生活。然而这种占有没有暧昧，跟他所了解的占有完全是两回事。雄心张开狂热的翅膀翱翔，他看见自己跟她一起到达了高峰，跟她同心同德，共同享受着美丽高雅的事物。他想到的是一种灵魂的占有，褪尽凡俗地优雅，是难以用准确的文字定义的一种自由的精神默契。他未曾想过——在这方面他压根不去想。此时感觉已代替了理智。他只是怀着前所未有的激情，战栗着，悸动着，在感觉的海洋上美妙地漂浮。感觉升华了，化成了精神，高于生命的巅峰之外。

他如同醉汉一样跌跌撞撞地走着，嘴里狂热地、喃喃地叫着："上帝呀!上帝呀!"

街角一个警察怀疑地打量了他一会儿，注意到了他那水手式的臂膀。

"你是在哪儿灌的?"警察问他。

马丁·伊登回到了地上。他的机体反应敏捷，能快速地调整，并把变化传输到每一个角落，将它充满。警察一招呼，他马上反应过来，清醒地掌握了情况。

"很有趣，是吗?"他笑笑，回答，"我还没察觉叫出了声呢!"

"你怕是接着还要唱歌吧?"警察给他做出诊断。

"不了，给我根火柴我要乘下班车回家。"

他把香烟点燃，道了晚安，朝前走去。"你没有糊涂吧?"他压低嗓子说道。"那警察认为我醉了。"他暗自好笑，"我看我倒真是醉了，"他又说，"可我不认为一个女人的漂亮脸庞会醉倒我。"

他搭上一趟开往伯克利的电报局大街的班车。车上全是青年和学生，学生们唱着歌，不时地喊着大学啦啦队的啦啦词。他好奇地琢磨着他们。是大学男生。跟她同学，跟她交往，同班，没准还认识她，如果想见到她就每天都能见到。他不知道他们怎么会不想见她，那天晚上为何会出去玩而没有围在她身边去跟她谈话，对她顶礼膜拜。他想了下去。他观察到一个青年眼睛眯成两条缝，嘴唇还耷拉着。他判断那家伙阴险；如果在船上他一定是个告黑状、搬是非、叽叽歪歪的主儿，而他，马丁·伊登准比他强。这想法让他愉快，好像他离露丝靠近了一步。他开始将自己跟那些学生相比，意识到自己身体结实，肯定比他们谁都力气大。然而他们却有满脑子知识，跟露丝有共同的语言，这样想着他又蔫了下来。但是，人长脑子是干吗的?他有点激动。他们能办到的事他也能办到，他们向来是从书本上学习生活，可他却一直在生活里忙碌。他脑子里也跟他们一样充满知识，不过是另外的知识罢了。他们有几个人可以结水手结?能开船?能上班?他的生活在他面前展开为一系列冒险犯难、艰苦劳作的画面。他想到了他在这类学习中所经历的失败和困苦。可不管怎样他同样是优秀的。他们以后还得开始生活，像他一样历经磨难。好吧，等到了他们受磨难的时候，他便能够从书本上学习生活的另外一面了。

汽车路过奥克兰和伯克利之间那个人口稀疏的地区时，他一直在留意一幢熟悉的一楼一底的建筑，楼前是一块神气十足的大招牌——希金波坦现金商店。马丁·伊登在这个路口下了车。他抬眼望了望招牌。除了字面的意思之外他还发现了别的：一个狭隘、自私、耍小滑头的男人好像正从那些大字背后露了出来。伯纳德·希金波坦娶了他的姐姐。他对这人很熟悉。他掏出弹簧锁钥匙开门进屋上了楼。楼上是他姐夫，楼下是杂货店。空气中有腐烂蔬菜的气味。他试探着穿过厅堂，却碰到了一个玩具汽车，那是他众多的侄儿侄女之一留在那儿的，那车被他带了一下，撞在一扇门上发出"砰"的一声响。"吝啬鬼，"他想，"就不愿意花两分钱煤气点上灯，免得房客把脖子摔断。"

他摸到了门把手，进了一间有灯光的屋子，他姐姐和伯纳德·希金波坦在屋里坐着。姐姐忙着给姐夫补裤子，姐夫那瘦弱的身子在两把椅子上搁着。他的脚穿着破烂的毡拖鞋，挂在另一张椅子上摇晃。他读着报，从报纸顶上瞅了他一眼，露出一对不老实的凶恶的黑眼睛。马丁·伊登一见他就不觉感到厌恶。他搞不明白他姐姐究竟看上了这人的什么。他总认为这家伙很像条虫，总使他牙痒痒的，恨不得一脚踩死。"我总有一天要把他那脸撞个稀烂的。"他在受不了这家伙时经常如此安慰自己。那双凶狠的、黄鼠狼似的小眼睛盯着他，充满抱怨。

"好了，"马丁问，"有什么话就说。"

"那扇门我是上个星期才油漆的呢，"希金波坦先生半是哀号，半是威胁，"工联规定的工钱有多高你是清楚的。你应该谨慎一点。"

马丁想反驳，可再一想，反驳也无济于事，便越过那灵魂的严重丑恶去看墙上那幅五彩石印画，那画使他大吃了一惊。他以前一向是很欣赏它的，如今却好像是首次见到。那画廉价，跟屋里别的东西一样，只能称为廉价。他的心回到了刚才离开的住宅。首先看见了那儿的画，接着便看见了在跟自己握手道别的露丝，她正望着他，温柔得要把人融化，他忘记了自己所处的地点，忘记了面前的希金波坦。希金波坦问道：

"你见鬼了？"

马丁回过神来，瞥见了那对含讥带讽、专横却又懦弱的小眼睛。另一对眼睛像在银幕上一样映入了他的眼帘：在楼下商店里做生意时的希金波坦的眼睛：讨好、吹嘘、油滑、奉承。

"是啊，"马丁回答，"我是看见鬼了，晚安。晚安，格特露。"他想着离开屋子，却在松垮垮的地毯一条裂开的缝上绊了一下。

"不要将门关得砰砰响。"希金波坦先生提示他。

一阵怒火中烧，他却控制住了自己，在身后将门轻轻带上。

希金波坦先生得意扬扬地看着他的妻子。

"喝上了，"他沙哑着嗓子宣告，"我跟你说过他会喝上的。"

她无奈地点点头。

"他的眼睛还是有些发亮，"她承认，"领带也解掉了，可出门时是打上的。但是他可能只喝了两杯。"

"连站也站不稳了，"她的丈夫武断地说，"我观察过他。走路已经歪歪斜斜。你自己也听到了，他在大厅里差点摔倒。"

"我看他是被阿丽丝的车绊到了，"她说，"黑暗里看不见。"

希金波坦先生发起怒来，提高了嗓门。他整天在店里低声下气，把气留到晚上冲家人发。晚上他就又会原形毕露。

"我跟你说，你那宝贝弟弟是喝醉了。"

他语气冷酷，尖锐并且专断，嘴唇像机器上的铸模似的一个字一个字地敲。他的妻子叹了口气，没再言语。她是个身材魁梧的健壮女人，总是穿得有些邋遢，总是由于自己个子太大，劳动太重，丈夫太刁而精疲力竭。

"我跟你说，那是从他爸爸那儿遗传来的。"希金波坦先生接着指摘，"有一天也一样会醉倒在阴沟里去哼哼的，这你明白。"

她点点头，叹口气，接着补裤子。两人意见达成一致：马丁回家时的确喝醉了。他们灵魂里缺少理解美的能力，不然他们就会瞧见那闪亮的眼睛和酡红的面颊所流露的正是青春对爱情的首次幻想。

"给孩子们树立好榜样。"希金波坦先生在沉默中忽然哼了一声。他的妻子要对沉默负责，而他又厌恶她的沉默。他有时几乎恨不得他妻子多反驳他几句。"他要是再喝酒，就必须走人，懂不懂？我不会任凭他胡闹下去的。——天真无邪的孩子们都让他带邪了。"希金波坦先生喜欢"带邪"这个词，这是他词汇表上的新名词，前不久才从报纸专栏上学到的。"就是'带邪'——其他词都不对。"

他的妻子仍在叹气，并忧郁地摇着头，继续缝补。希金波坦先生又读起报来。

"他上个月的膳宿费给了没有？"他越过报纸喊道。

她点点头，又补上一句："他还有点钱。"

"他几时再出海?"

"工资花完了就走,我想是,"她回答,"他昨天去旧金山就是去找船的。不过他还有钱,并且对签字要去干活的船很挑剔。"

"像他那种擦甲板的活计,还摆什么架子,"希金波坦先生不屑地说,"挑剔?他?""他提到过一条船,正在作准备,要到什么荒芜的地方去找寻埋藏的珍宝,如果他的钱能用到那时的话,他就上那条船去干活儿。"

"他如果能踏实一点我倒能够给他个活干。开货车。"她丈夫说,语气里全无照顾的意思,"汤姆不干了。"

他的妻子脸上显露出了吃惊和疑问。

"今晚上就不干了。要去给卡路塞斯干。他们付的工钱我给不起。"

"我跟你说过你会失去他的,"她叫了起来,"你该给他涨工钱的,他应该多得。"

"听着,老太婆,"希金波坦威胁道,"我告诉过你无数回了,铺子里的事你别瞎操心。下回我可不再打招呼了。"

"那我不管,"她抽了抽鼻子,说,"汤姆原本可是个好孩子。"

她丈夫恶狠狠地瞪了她一眼,毫无来由地挑衅道:

"你那弟弟如果不白吃那么多面包,他应该来开货车。"他哼了一声。

"他可是吃和住都交了费的,"她反驳道,"况且还是我弟弟,只要他不赖你账你就没理由动不动冲他大呼小叫。我还是有感情的,即便跟你结了七年婚。"

"你跟他提过他若是再躺在床上看书就要他增加煤气费吗?"他问。

希金波坦太太没作声。她的反抗烟消云散了。她肉体太疲惫,精神便萎靡下来、她丈夫占了理,赢了,眼睛一闪一闪放出惩罚的光。他听见她抽泣,心里更高兴。他从驳得她一声不吭中得到极大的满足,而这段日子她却很容易就又上了火,即便结婚的头几年并不这样;那时她那一大群娃娃和他那毫无休止的絮叨还未曾消磨尽她的锐气。

"好,那你就明天告诉他,"他说,"还有,趁我还记得。也跟你说一声:你明天最好找人去叫茉莉安来看孩子。汤姆不干了,我不得不去开车,你得下决心到楼下去守柜台。"

"可明天要洗衣服,"她有气没力地说道。

"那就早些起床先洗完衣服。我十点钟之前还不走。"

他凶狠地翻着报纸,翻得沙沙响,然后又读了起来。

第四章

由于跟姐夫的接触，马丁·伊登还生了一肚子气。他试探着穿过没有灯光的后厅，回到自己的屋——一间小屋，只放得了一张床、一个盥洗台和一把椅子。希金波坦先生太节约，有了老婆干活他是不会雇佣人的。况且佣人住房还能够出租——租给两个人而不是一个人。马丁将史文朋和勃朗宁的书搁在椅子上，脱掉外衣，坐在床上，得喘病的弹簧被他身体一压便吱吱地喘气，他却没注意。他正开始脱鞋，却突然看着对面的墙壁发起呆来。那墙上的白色涂料被屋顶滴落的雨画上了许多肮脏的黄褐色斑纹。幻影逐渐在这个肮脏的背景上流荡、燃烧起来。他忘了脱鞋，呆望了很久，最后嘴唇才开始蠕动，喃喃地说出"露丝"两个字。

"露丝，"他没料到如此简单的声音竟有这么动听。他听了觉得快乐，便又重复，并且激动。"露丝，"那是一道能召唤心灵的符篆、咒语。他每次低诵那名字，她的脸便在他眼前出现，金光闪耀，照亮了那肮脏的墙壁。那金光并不在墙壁上停留，而是往无限处延展。他的灵魂在那金光的深处探索着露丝的灵魂。他胸中最精粹的部分便化成了美妙的洪流奔淌。对她的思念使他高贵、纯洁、上进，也使他更求上进。这对他是全新的感受。他还从未遇见过使他上进的女人。女人总产生相悖的效果，更使他像野兽。他并不清楚许多女人也曾因他力求上进，尽管效果不佳。因为他缺乏自我意识，因此并不清楚自己身上有种能招引女人疼爱的魅力，能使得她们向他的青春伸出手来。她们虽常来烦恼他，他却从不曾为她们烦恼过，也未曾梦想到会有女人能因他而上进。时至今日，他一向过着潇洒的无忧无虑的生活，现在他却似乎觉得她们总是向他伸出邪恶的手要把他往下拽。这种想法对她来说是不公平的，对他自己也不公平。然而，初次有自我意识的他却缺乏判断的条件，他呆望着自己耻辱的幻影愧疚得无地自容。

他突然站起身来，想在盥洗台的肮脏镜子里看看自己。他用毛巾擦拭镜子，认真看了许久。那是他第一次真正地看见自己。他生来一副善于观察的眼睛，但在那以前他眼里只充满了广袤的人世变化万千的形象，只顾着世界，便忽视了自己，如今他看见了一个二十岁的小伙子的头和脸。由于不习惯于品头论足，他不清楚对自己该怎样衡量。方正的前额上是一堆棕色的头发，像板栗似的棕色，卷起一个大花，还连着几个能讨女人喜欢的小波浪。那头发能让女人手发痒，想摸一摸；能让她们指头不安分，想插进去揉一揉。但对这头发他却置之不理，觉得那在露丝眼里不算什么。他对那方正而高的前额考虑了许久，想要看透它，知道它的内涵。他不断地问：那里面的脑子怎样？它能做什么？能给他带来什么？能让他靠近她吗?

他那双钢灰色的眼睛经常变成湛蓝色,在阳光灿烂的海上经得起带咸味的海风吹打。他不清楚自己这对眼睛有没有灵魂,也不清楚露丝对他的眼睛观感如何。他尽力把自己想作是她,凝视着那一双眼睛,然而玩这个游戏他却失败了。他能够换位思考其他男子汉的思想,但那得是他明白他们生活方式的人。但他却不清楚露丝的生活方式。露丝是神秘的,是个奇迹,他能猜得到她的念头吗?即便是一个。好了,他的结论是自己这双眼睛是诚恳的,中间没有小气和卑劣。他那张被太阳晒黑的脸令自己吃惊。他做梦也未曾想到自己会这么黑。他卷起袖子把胳膊白色的内侧和脸作对比。没错,他毕竟是个白人。然而他的胳膊也是晒黑了的。他又侧过臂膀,用另一只手扭起二头肌,瞅着太阳最难照到的地方。那地方很白。他一想起自己的脸起初也像胳膊下那么白便对着镜子朝那张晒成青铜色的脸笑了起来。他不能想象世界上会有哪个白皙的美女能夸耀说她的皮肤比他没被阳光蹂躏的部分更白皙更光滑。

他那丰满敏感的嘴唇若不是在有压力时会紧紧地抿起来,倒很像个婴儿的嘴。有时候那嘴抿得很紧,便显出严厉、凶狠!甚至带禁欲主义的苛刻。那是一个战斗者的嘴,也是个情人的嘴。它能够畅快地品味人生的甜蜜,也能够抛却甜蜜去指挥生活。他那刚开始露出威严棱角的下巴和颧骨也帮助着嘴唇指挥生活。力量和敏感刚柔并济,相得益彰,促进他喜爱益于身心的美,也因无伤健康的感觉而震颤。他那双唇之间的牙从没看过牙医也无需牙医照顾。他觉得那牙洁白、结实、整齐。可是再一看,又开始着急,在他内心的某个角落不知怎么有着一个模糊的印象:有些人天天要洗牙,那是上层的人,露丝阶级的人。她也一定天天洗牙的。若是她发觉他一辈子没有洗过牙,会怎么想呢?他决定买把牙刷,培养刷牙的习惯。他决定立即开始,明天就办。他既想靠近她就不能光靠本领,还必须在各方面提高自己,甚至要洗牙齿、打领带,尽管他觉得套上领带像是舍弃了自由。

他抬手用拇指肚揉揉布满老茧的手掌。细看着嵌入肌理的连刷子也去不掉的污垢。露丝的手掌是多么不同啊!一回忆起来他就欣喜若狂。像玫瑰花瓣,他想,清凉、柔软,像雪花。他没想到女人的手掌可以这么柔嫩可爱;他忽然感觉自己在想象着一个奇迹:接受一只像这样的手的抚摸,不禁惭愧得满脸通红。对她起如此的念头未免太野蛮,可以说是对她纯洁性灵魂的亵渎。她作为苍白、苗条的精灵,是大大超越于肉体之外的,可她那手心的柔嫩仍在他心里萦绕不去。他习惯于工厂女工和劳动妇女的硬茧,熟悉她们的手粗糙的因由,可露丝的手却由于从不劳作而柔嫩细腻。一想到有人竟能够不劳作而生活,露丝跟他的鸿沟便加宽了。他忽然清楚了不劳动者的高贵身份。那身份在他面前的墙上巍然屹立，像一座傲慢专横的青铜雕像，他自己向来都是干活的，他早期的记忆就好像跟干活分不开。他一家人都干活。格特露干活：她的手在因为做不完的活而长起老茧前早已又红又肿，像煮过的牛肉，主要因为洗衣服；茉莉安妹妹干活：上个夏天她去罐头厂干活，那对白嫩美丽的手就叫番茄刀划出了许多伤疤——而去年冬天她还把两个指头尖留在了纸盒厂的切纸机里。他记得母亲躺在棺材里时那粗糙的手掌；他的父亲是一直干到呼出最后一口微弱的气才去世的，死时手上的硬茧竟有半英寸厚。然而露丝的手却柔嫩，她母亲的手、哥哥的手也一样。她哥哥的手使他惊讶，这一事实雄辩地表现了他家阶级地位之高，也表现了露丝和他之间的差距之大。

他苦笑了一下，回到床上，终于脱下了鞋。他是个傻瓜，居然为了一个女人的脸和她柔嫩白皙的手陶醉。面前肮脏的涂料墙上又现出了一个幻影。是日晚上，在伦敦的东头，他站在一家阴暗的公寓门口。面前站着玛尔姬，一个十五岁的小女工。吃完解雇宴他把她送到了家门口。她就住在那幢阴暗的、连猪也不适合住的公寓里。他把手伸向她，道了晚安。她仰起嘴唇等待他亲吻，可他不想吻她。不知为何他有些怕她。于是她抓紧了他的手疯狂地捏。他感到她手掌的老茧摩擦着也硌着他手掌的老茧，心里不禁泛起强烈的怜惜之情。他看着她那期望的眼神和她那营养不良的女性的身体。那身体正带着恐惧匆忙而残忍地成熟起来。于是他带着极大的宽容拥抱了她，弯下腰亲吻她的嘴唇。她那低声的欢叫回响在他耳里。他感到她紧紧依偎着他，像只猫。可怜的饥渴的姑娘！他继续凝视着很久以前的往事的幻影，他的肉体悸动起来，同那天夜里小姑娘紧偎着他时一般。他内心一阵热，怜惜之情油然而生。那是个灰色的场景面，阴暗的灰色，细雨阴沉地洒落在铺路石上。此时，一片辉煌的光照到墙上，她那头金冠般的秀发下的苍白的面孔穿过了刚才的幻影，代替了它，却遥远得无法企及，如同星星。

他从椅子上拿起史文朋和勃朗宁的作品，亲了亲，反正她曾经让我再去看她，他想。又看了看镜里的自己，非常庄严地叫道：

"马丁·伊登，你明天早上首要的事就是去免费图书馆读读社交礼仪。懂吗？"

他关上灯，弹簧又在他身下吱吱地响。

"但是你不能再骂粗话了，马丁，伙计，不能骂粗话！"他大声说。

于是他蒙眬睡去，做起梦来。那梦之疯狂大胆类似于鸦片鬼的梦。

第五章

第二天早上他从玫瑰色的梦境里醒来，屋子早已水汽蒙蒙，充满肥皂泡和脏衣服的味道，金属都在困苦生活的碰撞和嘈杂里颤抖着。他一走出屋子便听见哗啦哗啦的水声，然后就是一声尖叫，一个很响的耳光，那是姐姐心情不好在拿她众多的儿女之一撒气。孩子的嚎叫如同刀子似的扎在他心里。所有情况都叫他烦恼、抵触，连呼吸的空气也都如此。跟露丝家那美丽安静的气氛多么不同呀！他想。那儿一切都那么高雅，这儿却只剩庸俗，低级的庸俗。

"来，阿弗瑞德。"他对哭号的孩子叫道，把手伸进裤子口袋。他的钱总装在口袋里，随随便便，如同他的生活方式。他将二角五的硬币塞进小家伙手心，抱着他哄了一会儿。"现在去吧，买糖去，别忘记分点给哥哥姐姐弟弟妹妹。买最经吃的，记着。"姐姐从洗衣盆抬起红脸膛望着他。

"给他五分就行了，"她说，"跟你似的，不懂得金钱的贵重，会吃坏肚子的。"

"没事儿，姐姐，"他高兴地回答，"钱用了还会来的。要不是你忙着，我倒想亲吻你，向你问好呢！"

他这姐姐好，他想对她表达爱意。他明白她也以她的方法喜欢他。但是，不知为何这些年来她越来越不像曾经的她，也越来越不易理解了。他觉得是由于工作太重，孩子太多，丈夫又太唠叨。他突然产生一种幻觉，她的天性好像也变了，变得像腐烂的蔬菜、难闻的肥皂泡沫和她在店铺柜台上收进的油腻腻的一角、五分、二角五的硬币。

"去去，吃早饭去。"她嘴上虽凶，心里却暗暗高兴。在她这一群四海为家的哥哥弟弟之中她最喜欢的向来是他。"我说，我就要亲亲你。"他说，心里忽然激动起来。

她又开拇指和食指抹掉了一只胳膊上的肥皂沫，又抹了另一只。他用双手抱住她那巨大的腰，亲了亲她那潮湿的带水汽的嘴唇。她眼里涌出了泪珠——与其说是因为感情的强烈，还不如说是因为长期劳累过度的软弱。她推开了他，可他瞥见了在她眼里闪动的泪花。

"早饭在炉子里，"她匆忙地说，"吉姆现在该起床了。我必须提早起来洗衣服。好了，快点收拾，及早出去。今天恐怕不好过，汤姆不做了，伯纳德得去顶替开货车。"

马丁心情沉重地来到厨房。她那通红的脸膛和逆来顺受的样子像酸素一样侵蚀着他的心。她如果有时间是能够对他表示爱的，他肯定。然而她却累得要死。伯纳德·希金波坦真是个禽兽，竟叫她如此辛苦。但是从另一方面看他也必须承认她那一吻算不上美妙。是的，这一吻不平常。多少年来她已只在他出海或回家时才吻他了。可是这一吻却带有肥皂泡沫，并且他发觉那嘴唇松弛，缺少应有的迅速有力的接触。她那吻是个疲惫的妇女的吻。她劳累得太久，已经不懂得如何亲吻了。他还记得她做姑娘的时候。那时她还没有结婚，在洗衣店累了一天还要跟要好的小伙子通宵舞蹈，压根没把跳完舞还要上班干一整天重活放在心上。他又想到了露丝，露丝的嘴唇肯定跟她身体一样，清凉芬芳。她的吻一定像她的握手，或者她看人时的神态：坚定而坦然。他放开胆子在想象中看到了她的唇吻着自己的唇。他想得很生动，想得脑袋眩晕，好像从玫瑰花瓣的雾窗之中穿过，任花瓣的香气在他脑海中洋溢。

他在厨房遇见了另一个房客吉姆，那人正在懒洋洋地吃着玉米粥，眼里现出厌烦的、心不在焉的神情。吉姆是个水暖工学徒，不善言辞，贪图享乐，外加上某些神经过敏的傻气，在抢饭碗的竞争中前途黯淡。

"你为何不吃呢？"他见马丁阴郁地戳着煮得半熟的燕麦粥，问，"昨儿晚上又喝醉了？"

马丁摇摇头。整个环境的肮脏通通令他难受。露丝·莫尔斯跟他的距离比任何时候都大了。

"玩得高兴极了，"吉姆神经质地格格笑着，夸张地说，"啊，她可是朵雏菊花儿呢。是比尔把我送回来的。"

马丁点点头表示听见了——谁跟说话他都认真听，他这习惯源自天性——然后倒了一杯温热的咖啡。

"今天晚上去荷花俱乐部参加舞会吗？"吉姆问，"提供啤酒，若是泰默斯柯那帮人来，会闹翻天的。但是我不在乎。我照样带我的女朋友去。耶稣！我嘴里有什么味儿！"

他做了个鬼脸，想着用咖啡把那怪味冲下去。

"你认识朱莉娜吗？"

马丁摇摇头。

"是我女朋友，"吉姆说道，"好一只仙桃儿，我要把你介绍给她，只有你才能让他高兴。我不明白姑娘们喜欢你什么，说真的，我不明白。可你把姑娘们从别人手里抢走，那让人恶心。"

"我并未从你手上抢走过谁。"马丁淡淡地说。早饭总得要吃完的，"你抢走过的，"对方激动地肯定，"玛姬就是。"

"我跟她没有任何关系。除了那天晚上之外我没跟她跳过舞。"

"对，就是那一回出了问题，"吉姆叫道，"你跟她跳了跳舞，看了看她，就坏了事。你当然没起什么心，我却没什么指望了。她看也不肯看我一眼。总提起你。如果你愿意，她是会乐意跟你幽会亲热的。"

"但是我不愿意。"

"你用不着，但我给晾到一边了。"吉姆钦羡地望着他，"不过，你是如何叫她们入迷的呢？"

"不理她们。"他说道。

"你是说假装对她们没有兴趣？"吉姆着急地问。

马丁思考了一会儿，回答道："或许那就够了，不过我认为我的情况不同。我从来就不大感兴趣。你要是能装出毫不在意的样子，那就行了，八九不离十。"

"昨天晚上你应该到莱利家的仓库去的，"吉姆换了个话题，告诉他，"不少人都戴上手套打过几拳，从西奥克兰来了个好角色，人家称他'耗子'，手脚利索，谁都挨不上他的边。我们都盼着你在那儿。可你到上哪儿了？"

"下奥克兰去了。"马丁回答。

"看表演去了？"

马丁推开盘子站了起来。

"今儿晚上去舞会吗？"吉姆还在对他身后问。

"不，不去。"他回答。

他下了楼，出了屋，来到街上便大口大口吸气。那学徒的絮叨快把他逼疯了。那气氛几乎使他窒息。他好几次都恨不得把吉姆那脸按到玉米粥盘子里，却好不容易才忍住了。他越是唠叨露丝就好像离他越远。跟这样的货色交往，如何能配得上露丝呢！眼前面对的问题叫他恐惧了。他那工人阶级的处境像梦魇一样压着他。一切都在将他往下拽——他姐姐，姐姐的屋子和家庭，学徒吉姆，他熟悉的每个人，每一种人际关系。在他嘴里活着的滋味很不美好，在这之前他一直觉得活着是好事，一直生活在周遭的一切里、除了读书的时候之外他从未曾质疑过它。但是书本毕竟是书本，不过是关于一个更加美好却并不可能的世界的童话。可是现在他却看到了那个世界，可能并且现实，它的核心是一个花朵般的女人，叫露丝；从此之后他就得品尝各种苦味，品尝像痛苦一般尖锐的相思，品尝绝望的滋味，那绝望靠希望哺育，可望而不可即。

他在伯克利和奥克兰的两家免费图书馆之间作了选择，打算去奥克兰，因为露丝住在奥克兰。图书馆是她最可能去的地方，没准会在那儿遇上她。谁能说得准？他不懂图书馆藏书办法，就在无穷无尽的小说书架边穿行，最终还是个面容姣好的像个法国人的姑娘告诉他参考书部在楼上（她似乎是负责人）。他也不懂得到借书台去咨询，径自在哲学部来回穿梭。他听说过哲学书，却没想到会有这么多。填满了大部头著作的巍巍然的书架让他自惭渺小，却也激励了他。这里可是他脑子的用武之地。他在数学类看到了三角，浏览了一番，却只好对着那些莫名其妙的公式和图像发呆。英文他可以读，但他在那儿看见的却是一种不熟悉的语言。诺尔曼和亚瑟明白这种语言。他听到他俩使用过，而他们是她的弟弟。他绝望地离开了数学部。书本似乎从四面八方向他压了过来，要压垮他。他从未想到人类知识的积蓄竟会这样汗牛充栋。他害怕了。如此多的东西他的脑子能全掌握吗？却又马上想起，有不少人是掌握了的。他压低嗓门满怀热情地发下宏愿，别人的脑子能办到的，他的脑子也能办到。

他就像这样走来走去，望着堆满了智慧的书架，时而蔫头耷脑，时而充满斗志。在杂学类他遇见了一本《诺瑞著作提要》。他肃然起敬，翻了翻。那书的语言跟他接近。它谈海洋，而他是海上人。接着他找到一本鲍迪齐的著作，几本雷基与马夏尔合著的书。要找的找到了。他要自学航海术，要戒掉酒，鼓起劲，以后做个船长。在那一刹那露丝好像跟他近在咫尺了。他当了船长就要娶她（如果她愿意的话）。但如果她不愿意，那么——为了她的缘故他就决定在男人世界过正派的生活，酒是不管怎样不喝了。但他又想起了股东和船主，那是船长不得不伺候的两个老板，哪个老板都可以管住他，也想管住他，而股东跟船主却有针锋相对的矛盾冲突。他扫视了一眼全屋，闭目想了想这一本书，不，他不想下海了，在这丰富的书籍里存在着力量，他既要干大事，就得在陆地上干，况且船长出海是不能带太太的。

正午到了，接着是下午。他忘了吃饭，依然在书丛里找寻社会礼仪的书——因为在事业之外他内心还为一个很简单具体的问题苦恼：你遇到一位年轻小姐，而她又要你去看她，你该在多久以后才去？（这是他给自己的问题的措辞。）当时当他找对了书架，答案却依然渺茫。那座社会礼仪的大厦之高大让他恐怖，他在礼仪社会之间的名片交往的迷宫里迷了路，最终放弃了寻找。要找的事物虽没找到，却找到一条道理：要想会礼貌得学一辈子，而他呢，若要学会礼貌还得先同一辈子作准备。

"找到需要的书了吧？"借书处的人在他离开时问他。

"是的，先生，"他回答，"你们图书馆藏书很丰富。"

那人点点头："欢迎你常来，你是个水手吧？"

"是的，先生，"他回答，"我还要来。"

他是如何知道的呢？他下楼时问自己。

走在第一段街道上时他的背挺得笔直，僵硬，不自然，然后因为想着心事，忘记了姿势，他那摇摇晃晃的步子又美妙地回来了。

第六章

一种可怕的烦躁折磨着马丁·伊登，近乎于饥渴。他盼望见到那位用她那柔嫩的手以巨人的握力攫住了他全部生命的姑娘，却总没有勇气去看她。他怕去得太匆忙，违背了那可怕的叫作社交礼仪的庞然巨物。他在奥克兰和伯克利图书馆花了不少时间为自己填了几张借书申请表。他自己的，姐姐格特露的和妹妹茉莉安的，还有吉姆的。为赢得吉姆的答应他还付出了几杯啤酒。有了这四张借书证，他便在仆人屋里熬起夜来，希金波坦因此每周多收了他五角钱煤气费。

他读了很多书，可那只是让他更加烦躁不宁。书里的每一页都是一个窥视孔，使他窥见了知识天地。他读到的东西只增加了他的食欲，让他更饥饿了。他不明白从何学起，只是不断为了基础太差而苦恼。他缺少许多最基本的背景知识，但他清楚知道那是每个读者都早该明白的。读诗时也一样，即便诗歌使他如醉如痴。除了露丝借给他的那一本之外他还读了一些史文朋的作品。《多洛丽丝》他完全能明白，他的结论是露丝肯定没读懂。她过着如此优裕的生活如何能读得懂呢？接着他又碰上了吉卜林的诗，他为它们的韵律、节奏和他赋予平常事物的阅历所倾倒。吉卜林对生命的感悟和深刻的心理刻画也让他吃惊。在马丁的词汇里"心理"是个新词。他买了一本词典，这压缩了他的储蓄，提早了他出海挣钱的时日，同时也惹怒了希金波坦先生。他是恨不得把那钱作为膳宿费收去的。

白天他不敢靠近露丝的家，可到晚上他却像个小偷似的在莫尔斯家住宅附近走来走去，偷偷地望着窗户，爱恋着那荫蔽她的墙壁。有几次他差点被她的弟弟撞见。有一次他还跟着莫尔斯先生来到繁华区，在街边的路灯下研究着他的面孔，恨不得遇到突然的险情威胁他的生命，好让他扑上去救他。有一天晚上他的守夜行为得到了报偿。他在二楼的窗户里看到了露丝的身影——只见到头和肩，她在镜前梳妆，举起了一条胳膊。虽只一瞬，对他却很长，他的血液化为了酒浆，在血管里歌唱起来。接着她便放下了窗帘。但是他已找到了她的房间，从此便常溜到那儿去躲在街对面一棵黑魆魆的树下，抽上不知多少支香烟。有天下午他望见她的母亲从一家银行出来，那又给了他一个他跟她有遥远距离的证据。她属于进出于银行之门的阶级，而他却至今也没进过银行，一向觉得那是只有最有钱最有势的人才光顾的地方。

就某种意义来说，他也经历了一次道德上的革命。她的纯洁无瑕影响了他，他从心里感到一种对清洁的迫切要求。既然他盼望有跟她同呼吸共命运的资格，他就必须爱干净。他开始刷牙，并用刷子刷手。后来他在一家药店的橱窗里看到了指甲刷，猜到了它的用处。他买指甲刷的时候店员看了一眼他的手便向他推荐一种指甲锉，因此他又多了一份梳妆物品。他在图书馆看到一本讲生理卫生的书，马上养成了每天早晨冷水冲淋的习惯。这使吉姆吃惊，也叫希金波坦先生不解。他对他如此故作高雅不以为然，并且进行了一番激烈的思想斗争：是否要叫他另外交点水费。马丁的另一个大进步体现在裤子的平整度上。既然这类事已引起注意，他很快便发觉工人阶级膝盖松弛的裤子跟地位较高的人从膝盖到脚背有一条笔直的褶痕的裤子之间的差别，并且找出了原因。因此便闯进姐姐的厨房去找熨斗和熨衣板。起初他闯了祸，把一条裤子烫得不成样子，只好又买一条，如此又复提前了他出海的日期。

然而他的改变并不只停留在外表上。他依然抽烟，却不喝酒了。那之前他觉得喝酒好像是男子汉的本分，并因自己的酒量能把大部分男子汉喝到桌子底下而自豪。碰到了海上老朋友（在旧金山这类朋友很多）他也跟过去似的请客和做客，但只给自己叫草根啤和姜汁麦酒，他人嘲笑他，他也只乖乖听着。他人喝醉酒哭哭啼啼他就冷眼旁观，看着他们兽性大发不能自拔，便感激上帝自己跟他们再也不同了。他们有太多烦恼需要忘掉，喝醉了酒，每个人混沌愚笨的灵魂便如同神仙，在欲望的酩酊的天堂里称王称霸。马丁对烈性饮料的需求虽已消失，却因一种新的更为深沉的方式沉醉了——为露丝而沉醉了。露丝点燃了他的爱火，让他看见了更为高尚的永恒的生命；她用书本唤起的无数欲望的蠕虫咬啮着他的头脑；她让他感到干净纯洁，而干净纯洁又让他享受到大大超越从前的健康，感觉通体舒畅，痛快淋漓。

一天晚上他来到戏院，抱着盲目的希望，想遇见她。在坐进二楼座位时还真看见了她。他见她跟亚瑟和一个陌生的男子沿着座位间的甬道走着。那人戴着眼镜，蓄橄榄球式发型。一见那人他就害怕并且嫉妒。他看见她在堂厢里乐队前坐下，便整个晚上望着她，别的很少看。雪白的美丽的双肩，淡金色飘逸的发鬓，因为远，不太清楚。但还有其他人也在看戏。他偶然看一看周围，发现两个年轻姑娘从前排十多个座位外侧过头来看他，并大胆地朝他微笑。他向来随和，天生不愿回绝别人。如果在过去他必定会微笑回答，并且鼓励对方继续微笑。可如今不同了。他仍微笑回答，但接着望向他处，故意不再去看她们。但是在他已把她们忘记之后却又好几次遇见她们依然对他微笑。他不可在一天之内两次失态，也不能违背自己宽厚的天性，再见了姑娘们笑，便也满面春风地朝她们微笑。这对他并不新奇，他明白她们是在向他伸出女性的手。可是如今不同了，在远处挨着乐队的地方有一个世上唯一的女性，跟他自己阶级的姑娘们不同，简直有天壤之别。因此他只能怜悯她们，为她们悲哀。他私心里也期望她们能有一点点她的长处和辉煌。她们既朝他伸手，他不管怎样也不能伤害她们。他并未因此而得意；他甚至由于自己身份低下能够感到得意而多少认为可耻。他也清楚自己若是属于露丝的阶级，这些姑娘是不会朝他眉目传情的。因此她们每瞥他一眼他便感觉本阶级的手指在扯他，要把他往下拽。

最后一场还没落幕他就离开了座位。他着急在她出戏院时看到她。剧院外台阶上向来有不少男人，他能够拉下便帽挡住眼睛躲在别人肩膀后面不被她发现。他跟着最早的一群人走出了戏院；但他刚在路边站住，那两个姑娘就出现了。他清楚她们是在找他。一时真想咒骂自己对女性的雄力。两个姑娘好像偶然地挤过了街道来到了路边，他清楚她们找到他了。两人放慢了脚步，挤在人群中同他一起走着。一个姑娘碰了他一下，装作刚看到他的样子。那是个黝黑修长的姑娘，有一双大胆的眼睛。她俩朝他微笑，他只好微笑作答。

"哈罗！"他说。

这是个不自觉的动作。在这种初次会面时他常这样说，并且必须这样做。他天生宽厚容忍，富有同情心，不允许自己粗鲁。黑眼睛的姑娘微笑着打招呼并表达感谢，有停下脚步的意思。跟她手拉手的同伴咯咯笑着，也想停步。他赶忙思考了一下：绝对不能让她出来时看见他跟她们谈话，于是好像理所当然地转过身来走在那黑眼睛姑娘的身边。他一点也不尴尬，也不笨嘴拙舌。他大方、坦然、应付自如，对答如流，俏皮犀利，这一类闪电恋爱的相识阶段一向是这般开始的，他在主要人群路过的街角挤进了一条岔道。那黑眼睛的姑娘却拉住他，跟着他，还拉了伙伴，而且叫道：

"站住，比尔！干吗跑那么快？不会是打算立刻把我们甩掉吧？"

他哈哈一笑，转过身来对着她俩。通过她们的肩头他能够看到人群在路灯下走。他站立的角落灯光暗淡，他能够在她路过时看到她，但不会被她发觉。她一定会经过的，那是她回家的路。

"她叫什么名字？"他问那格格笑的姑娘，用下巴指了指黑眼睛。

"你问她好了。"对方笑着回答。

"喂，你叫什么名字？"他回头对着那姑娘问道。

"你还没跟我说你的名字呢？"她反击。

"你也没问过我呀！"他微笑道，"并且，你一叫就叫准了，我叫比尔，正好，没错。"

"去你的吧，"她望着他的眼睛，眼神热情挑逗，"叫什么名字，说真话。"

她又看着他。自有男欢女爱以来数不尽的世代的女性的柔情都在她眼里动情地闪烁。他满不在乎地打量了她一下。如今胆子大了。心里有数，只要他进攻，她就会小心翼翼羞羞答答地退让；而他如果胆小退让，她便会反守为攻，追了上来。他也是个男人，也受到她的吸引。对她如此的殷勤他的自我当然感到得意。啊，他自然清楚——他对这些姑娘们从头到脚了如指掌。她们善良（她们那特定的阶级的姑娘一般都是善良的），为了微薄的薪水而辛勤地劳作，却看不起为追求享乐而出卖自己，她们的未来如同赌局：或者是无休无止的劳作，或者是更恐怖的苦难的深渊。后者收入尽管颇丰，路却更短。面对这场赌博她们在生活的荒漠里也急切地盼望得到几分欢乐。

"比尔，"他点头答道，"不错，小姐，我就叫比尔，没有其他名字。"

"没胡扯吧?"她追问。

"他根本不是比尔。"另一个姑娘插嘴。

"你怎么知道?"他问，"你之前又没见过我。"

"不用见过也知道你是胡说。"对方反驳。

"坦白，比尔，叫什么?"第一个姑娘问。

"叫比尔不就行了。"他承认了。

她将手伸向他的胳膊，开玩笑地试探他，"我早清楚你是在胡说，不过我还是认为你好，喜欢你。"

他抓住那只伸向他的手，感觉手上有熟悉的记号和伤残。

"你们何时从罐头厂来的?"他问。

"你怎么知道的?"一个说。"天哪，你是个赛半仙咋的?"两人一起叫道。

在他跟她俩你来我往说些从愚昧的头脑里冒出的愚昧的话时，他心灵的眼睛跟前却矗立着图书馆的书架，其中满是每个时代的智慧。他为这两者的不协调而苦笑，心里满是怀疑。他辗转于心中的幻影和外在的说笑之间，却同时观察着从戏院前经过的人群。这时他看到了她，在路灯之下，走在她弟弟和那个戴眼镜的陌生青年中间。他的心好像停止了跳动。就为这一刹那他已等了很久。他留意到她那王家气派的头顶罩了个轻飘飘的东西；留意到她盛装的身躯那品味高雅的线条、她那曼妙的神态和提着长裙的纤手。她很快就走掉了，留下他望着两个罐头厂的姑娘：两人刻意装扮，却显得花里胡哨；她们为了打扮得干净漂亮做出的努力让人难过。便宜的衣料、便宜的丝带，手指上还套着便宜的戒指。他感觉手臂被扯了一下，听到一个声音说：

"醒醒，比尔! 你怎么啦?"

"你说什么?"他问。

"没什么，"黝黑的姑娘将头一甩，说道，"我只是在说——"

"说什么?"

"唔，我在悄悄说，你若是能挖出个小伙子——给她"（示意她的同伴），"倒是个好主意。我们就能够找个去处喝点冰激凌汽水，咖啡，或是别的了。"

他精神上忽然感觉一阵恶心，难过极了。从露丝到面前的两个姑娘，这转变太突然。他看到露丝那双清澈明亮的圣女般的眼睛如深湛纯净的深潭凝视着他，而跟她并排的竟是眼前这姑娘那双大胆泼辣的眼睛。不知为何，一种力量在他内心躁动起来：他要高出这种水平。他一定活得比这两个姑娘更有意义。她们只想着吃冰激凌交男朋友。他想起自己向来在意识里过着一种秘密的生活，曾想将它向人诉说，可从未遇见一个女人懂得——也没有男人懂得。他有时也讲起，但对方总听得不知所云。他现在觉得，既然自己的思想超越了她们，他自己也必定高于她们。他感觉力量在内心涌动，便握紧了拳头。既然生命对他有更丰富的内容，他就应对生命提出更高的要求。但对面前这样的伙伴他是没法提出更高的要求的。那双大胆的黑眼睛提供不了什么。他清楚那眼睛背后的思想不过是冰激凌之类。可并排的那双圣女的眼睛呢——它们却对他提供了他所懂得的一切和他意想不到的东西：书籍、绘画、美、平静、上层生活的优美高雅。他也清楚那双黑眼睛背后的一切思想活动，就像清楚钟表的机件。他能看见它的每个轮子运转。她所追求的只是低级的享受，像坟墓一般狭窄、阴暗，享受的尽头就是坟墓。但那圣女的眼睛追求的却是神秘的、难以想象的奇迹和永生。他在那儿瞥见了她的灵魂，也瞥见了自己的灵魂。

"你这想法只有一点毛病，"他大声说，"我已经有了个约会。"

那姑娘的眼里现出失望的光。

"要陪生病的朋友吧，我看是。"她话中带刺。

"不，真有约会，说实话——"他犹豫了，"是一个姑娘。"

"你没骗我？"她认真地问。

他笔直看着她的眼睛答道："不假，完全不假。可为何我们不能另外约个时间见面呢？你还没跟我说你的名字呢。你住在哪儿？"

"叫丽齐。"她回答，用手捏着他的手臂，对他的态度友好了些，身子也朝他靠了过去。"丽齐·康诺利。住在五号街和市场街的交叉口。"

他又谈了几分钟话，接着道了晚安。他并没有马上回家；他在向来守望的树下望着那扇窗户喃喃地说道："那是同你的约会，露丝。我为你保留的。"

第七章

从那天晚上第一次遇到露丝·莫尔斯起他已刻苦攻读了一周,却仍不敢去看她。他曾多次鼓起勇气要去,却总因顾虑重重而打消了念头。他不明白该何时去看她。没有人告诉他,他又害怕冒险,造成难以弥补的大错。他已摆脱了以前的朋友和生活方式,却又还没有新的朋友。除了读书再也没事可做。他读书时间极长,如果是普通眼睛即便十双也已受不了,可他的眼睛很好,又有极健壮的身体作后盾。并且他的心灵已长期休耕,就书本上的抽象思维来说已经休耕了一辈子,最适宜种。他的心灵还未厌倦书本,总用它锋利的牙齿紧紧咬住书本上的知识不肯放松。

一周过去,他好像已过了好几个世纪。旧的生活旧的观念被远远抛在了身后。他啃了些需要作多年准备才能阅读的书。今天读过时无用的哲学,明天读超前时髦的哲学,脑子里的概念互相抵触,搞得他晕头转向。读经济学家也如此。在图书馆的一个书架上他看到了卡尔·马克思、李嘉图、亚当·斯密和米尔,这一家的深奥公式没法证明另一家的思想早已过时。他弄得稀里糊涂,却依然想弄个清楚。他在一天之内对经济学、工业和政治都产生了兴趣。他从市政大楼公园路过,看到一大群人,中间有五六个人在使劲大声地辩论,争得面红耳赤。他上前去听,从这些人民哲学家们口中又听见了一套陌生的新语言。辩论者有一个是流浪汉,有一个是劳工煽动家,还有一个是法学院的学生,其他的人就是爱说话的劳动者。他头一次听见了社会主义、无政府主义、单一税制,也听见了种种争论不止的社会哲学。他听见了数以百计的新术语,它们所运用的领域是他那可怜的一点阅读所未曾涉猎到的。他无法紧跟辩论,只能猜想和估计包裹在这些陌生词汇中的意思。还有个黑眼珠的旅店服务员,是个通神论者,有个面包师联合会会员是个不可知论者。一个老先生大谈其"存在即是合理"的怪异哲学,说得大家目瞪口呆。另一个老先生则滔滔不绝地说着宇宙和父原子与母原子。

马丁·伊登几小时后从那里离开时脑子已是一片混乱。他急急忙忙赶到图书馆查了十多个不常见的词语的定义,离开图书馆时又在腋下夹了四本书:布拉伐茨基夫人的《秘密学说》《进步与贫困》《社会主义精义》《宗教对科学之战》。倒霉的是他竟从《秘密学说》读起。那书每一行都有些威风凛凛的多音节词,他不清楚。他坐在床上彻夜读着,查字典比看书的时候还多。查过的生词太多,第二次见到又想不起来了,必须再查。他想了个方法。用笔记本把定义抄下来,抄了一页又一页,可依然读不懂,一直读到凌晨三点,读得头昏脑涨，却没抓住书上一个核心思想。他抬起头来，屋子似乎像海上的船在起伏颠簸，于是他咒骂了几声，把《秘密学说》往屋里一丢，关上煤气灯，安下心来睡觉。读其他三本书时他也未必更走运。并不是由于他脑子笨，不够用，他的脑子是能考虑这类问题的，只是缺少思想练习和思考工具而已。他也认识到了这一点，曾经考虑过别的不读，先记住词典上每个词再说。

不过诗歌倒给了他慰藉。他读了不少诗，比较朴实平易的诗人给了他最大的乐趣。他爱美，在他们的诗中找到了美。诗歌如音乐一般打动着他。事实上读诗正为他将要承担的更沉重的工作做着准备，尽管他此时并未意识到。他的头脑是一页页的白纸，他读到并且喜欢的很多诗便大段大段地轻轻松松地印了上去。他马上在朗诵或默读时认识到那些印刷出的诗章的音乐与美，从中收获巨大的快乐。然后他在图书馆一个书架上并排发现了盖利的《希腊罗马神话》和布尔芬奇的《格言时代》，那是一种启发，是射入他蒙昧的黑暗中的巨大光明。他读起诗来更津津有味了。

借书处的人因常在那儿看到马丁，便对他非常热情，他一进门总对他点头、微笑打招呼，于是马丁便做了一件大胆的事。他借了几本书，趁那人在卡片上盖章时赶忙说道：

"啊——我有件事想请教你。"

那人微笑了一下，听他说。

'你如果认识了一位小姐，而她又叫你去看她，你该多久之后再去？'

又是紧张，又是流汗，马丁感觉衬衫紧贴到了他肩上，粘住了。

"我看，任何时候都可以去。"那人回答。

"没错，可这事不同，"马丁反驳，"她……我……你看，是这么回事：没准儿她不在家。她在上大学呢。"

"那就再去第二回呀。"

"我没说明白，"马丁迟疑地承认，然后下定决心把自己交给他摆布。"我算是个粗人，没见过什么世面，但是这个姑娘所具备的我完全没有；我所具备的她又完全没有。你不会认为我在胡扯吧？"他忽然问道。

"不，不，一点都不，你放心。"那人回答，"你的要求超出了询问台业务范畴，但是我们非常愿意为你效劳。"

马丁望着他，感到佩服。

"我如果能侃得那样顺当就好了。"他说。

"你说什么？"

"我说假如我说话可以那么轻松、有礼貌等等就好了。"

"啊。"对方明白了。

"那么，什么时间去最好呢？下午——午饭后过一会儿？或者晚上？星期天？"

"我帮你出个主意，"图书管理员眼前一亮说，"你可以先打个电话问她。"

"好的，"他说，抓起书要走。

却又转身问道：

"你跟一位小姐说话——比方说，丽齐·史密斯小姐——你是称她'丽齐小姐'，还是'史密斯小姐'？"

"称她史密斯小姐，"图书管理员权威地说，"总是叫史密斯小姐——在感情更深之前都这么叫。"

马丁·伊登的问题就这么解决了。

"什么时候都能来，我整个下午都在家。"他结结巴巴问她何时能够去还书时，露丝在电话里回答。

她亲自到门口来迎接他。她那双女性的眼睛一眼就发现了褶痕笔挺的裤子和他身上那无法说清的细微变化。他那脸也引起了她的注意——精力旺盛，近乎专横，身上好像有精力流溢，如浪潮一般向她扑来。她又一次感到了那种欲望，想偎依过去找寻温暖，她的内心不免纳闷：他的出现为何会对她产生如此的作用！他在同他打招呼和握手时再次感到了那种荡漾的幸福之感。两人的差异是：她冷静而克制；而他却满面通红，红到发黑。他又是如此笨拙蹒跚地走在她的后面，甩着肩膀危险地摆动着身子。在大家坐下以后他才放松下来——比他预想的轻松多了。是她有意让他轻松的。她因此所表现的亲切体贴使他越发疯狂地爱上了她。两人先谈读过的书，谈他崇拜的史文朋和他理解的勃朗宁；接着她便一个话题一个话题引他谈下去，同时考虑着怎样才能对他有所帮助。自从头一次见面之后她就经常思考这个问题；她想帮助他。他来看她，期望得到她的同情与关怀，以前可没人这样做过。她的同情出自母性，并不损害他的自尊；她的同情也不可能平常，因为引起她同情的人是个十足的男子汉，一个可以使她少女的心为之震动的男子汉，一个能用陌生的念头和感情使她欢欣震颤的原因是他那脖子原来的诱惑依然存在，一想到用手搂住它便使她陶醉；这也好像是一种放纵的冲动，但她已差不多习惯如此；她做梦也不曾想到一场新的恋爱会以这样的方式出现，也没意识到他所引起的这种情感竟会是爱情。她只感觉不过是对他产生了兴趣，认为他具备许多的优秀素质，不是泛泛之辈而已。她甚至有些行善济人之感。

她并未发觉自己在爱他；他却不同，他清楚自己在爱她，思念她。他一辈子从未有过这样的刻骨相思。他爱过诗，是由于美；而在遇见她之后爱情诗的广阔天地就对他敞开了大门。她所给他的远比《寓言世界》和《希腊罗马神话》要深沉得多。有一句诗在一周前他是不屑再想的——"上帝的情人发了狂，只愿一吻便死去。"可如今那句诗却在他心头萦绕不去。他惊讶于这话的美妙与失实。他注视着她，明白自己是能够在亲吻她之后就快乐地死去的。他感觉自己就是上帝那发了狂的情人，即便封他做骑士也不会使他更加骄矜得意。他终于清楚了生命的意义，清楚了自己为何来到世上。

他注视着她，听着她讲述，思想越来越大胆。他回想着自己的手在门口握住她的手时的极乐狂欢，盼望再握一次。他的目光有时落在她的唇上，便如饥似渴地想亲吻她。而那渴望全无粗野、世俗的成分。那两瓣嘴唇阐述她所使用的词汇时的每一动作都给他带来无法描述的愉悦。她那嘴唇绝不是一般男女的嘴唇，绝非人间材料制成，而是纯粹性灵的杰作。他对那嘴唇的要求跟催他亲吻别的嘴唇时的要求好像绝对不同。他也可能亲吻她的嘴唇，把自己血肉印上去，但必带着亲吻上帝的圣袍的惶恐与狂热。他并未觉察到自己内心这种价值观的改变，也未曾意识到自己望着她时眼里所闪耀的光跟一切男性爱欲冲动时的目光其实并没两样。他做梦都没想到自己的目光会如此炽烈、强悍，它那温暖的火苗会扰乱她的方寸。她那沦肌使髓的处女之美令他的感情崇高，也掩盖了它，让他的思想达到清冷贞纯如星星的高度。他待明白自己眼里放射的光芒是会大吃一惊的。那光芒如暖流一般浸润了露丝全身，唤起了她同样的热情，让他感到一种微妙的烦乱。那美妙的闯入扰乱了她的思想，逼得她不时地重拾中断的思绪，却不清楚干扰从何而来。她向来善于言谈，若不是她确定这人出类拔萃，这种干扰的出现是会令她困惑的。她十分敏感，认为这个从另一世界来的旅人既具有这样特异的气质，他能令她这样激动也就并不奇怪。

既然她意识背后的问题是如何帮助他，她便把谈话往那个方向引，但最终挑明了问题的却是马丁。

"我不知道你是否能够告诉我，"他开始了，对方的默许令他的心怦怦直跳，"你还记得吧？上次我在这儿提到我不能谈论书本上的问题是由于不知道如何谈。是的，从那以后我想过很多。我曾多次去图书馆，然而读到的书大都超越了我的能力。或许我还是从头学起的好。我缺乏有利条件。我从小就用功读书，但是去图书馆用新的眼光看了看书，也看了看新书，便差不多得出了结论：我读的书全不合适。你明白牧人帐篷里和水手舱里的书跟你们家的书是很不同的。我读惯了那类书。不过，绝非自夸，我跟我的伙伴们还是不同。不是说我比跟我一起流浪的水手或牛仔高明——我当过短期牛仔，你明白——但我总喜欢书，能找到什么就读什么，因此，我觉得我跟他们的思想不同。

"现在来说我想说的问题吧！我从未走进过像你们家这样的房子。一个星期前我来这儿看到了这儿的一切就很喜欢。你、你母亲、弟弟和一切。这些我从前听人说过，在有些书里也读到过，当看到你们家，呀，书本都成为了现实。我想说的是：我喜欢这个，需要这个，现在就需要。我想呼吸跟你这屋中一样的空气——充满书籍、绘画、美丽的事物的空气。这儿的人说话轻声细语，身上干净，思想也干净。可我周围的空气里却向来都是吃饭、房租、打架、'马尿'，谈的也都是这些。你经过房间去吻你母亲时，我感觉那是我所见过的最美好的事物。我见过各种各样的生活，却没料到现在见到的会比我四周的人见到的高出许多倍。我喜欢看，还想看得更多，看到不同寻常的事物。

"不过我还未说到主题。主题是：我也要过你们家的这种生活。生活里除了灌'马尿'、做苦工和流浪还有其他内容。那么，我要如何才能达到呢？我该从哪里入手呢？你明白，我是愿意靠双手打天下的。要说刻苦我能刻苦到大多数人吃不消。只要开了头，我就能够不分昼夜地干。我问你这个问题你或许会认为滑稽。我明白在这个世界上我最不该问的人就是你。但我又不认识其他可以问的人——除了亚瑟之外。或许我应该去问他，如果我——"

他停下了。他精心设计的计划只好在一个过好生活的可能性问题前打住了。他本该问亚瑟的，他这是在出自己的洋相。露丝并未马上开口。她一心只想把他这结巴笨拙的语言所表达的朴素单纯的意思跟她在他脸上看到的东西统一起来。她从未见过一双眼睛表现过如此巨大的力量。她从中看到的信息是：这人任何事都办得到。这信息同他口齿的迟钝极不相称。而对待这个问题她的思维却迅速而复杂，对他的纯朴没给予应有的评价。不过她在探究对方心理时也觉察到了一种强烈反应，似乎见到一个巨人在锁链下扭来扭去地挣扎。她终于说话时脸上充满同情。

"你自己也清楚，你需要的是教育。你应该回头去读完小学课程，再读中学和大学。"

"可那得花钱呀。"他插嘴道。

"呀！"她叫道，"这我可没想过。你总有亲戚能够帮到你吧？"

他摇摇头。

"我爸爸妈妈都死了。我有一个姐姐一个妹妹，姐姐早已结婚了，妹妹我猜不久也会结婚。还有好几个哥哥——我最小，——他们非不愿帮助人。他们一直就在外面闯荡，找钱。大哥死在印度，两个哥哥目前在南非，还有一个在海上捕鲸，一个跟随马戏团旅行——玩空中飞人。我觉得我也跟他们一样。我从十一岁起就靠自己生活——那年我妈妈死了。看来我只好自学了，我想要明白的是从哪里开始。"

"应该说第一要学会语法。你的语法——"她原想说"一塌糊涂"，却改为了"不特别好"。

他脸红了，冒汗了。

"我清楚我错话多，用的词你很多都听不懂。但我只会用这些词说话。我也记得不少书上捡来的词，可不懂发音，于是不敢用。"

"问题不在你用哪些词，而在你如何说。我说实话你不会生气吧？我没有使你难堪的意思。"

"不会的，"他叫道，心里暗自感激她的好意，"你就直说吧，我必须知道。我认为听你说比听别人说好。"

"那么，你刚才说，'You was' to 就有问题，应该说'You were'；你说'I'm'也不对，应该是说'I was'。你还用双重否定来表达否定——"

"什么叫'双重否定'？"他问，然后可怜巴巴地说，"你看，你讲了我都还没懂。"

"我看是我还没跟你解释，"她笑了，"双重否定是指——我看——比方你刚才说'非不愿帮助人'，'非'代表否定，'不愿'也是否定，两个否定变成肯定，这是规律。'非不愿帮助人'的意思不是不愿帮助人，而是愿帮助人。"

"这很明白，"他说，"我之前没想过。这话并没有'不愿帮助人'的意思，对吗？我好像感觉'非不愿帮助人'不自然，没说明他们是否愿帮助人。我以前从没想过，往后不用非字就行了。"

他那快速准确的反应让她吃了一惊。一听到提示他就明白过来，并且纠正了她的错误之处。

"这些东西你在语法书上都能够学到，"她接着说，"我还注意到你话里一些别的问题。在不该说'don't'时你也用'don't'。'don't'是个压缩词，实际是两个词。你明白吗？"

他想了想，回答说："是'do not'。"

她点点头，说："可你在该用'does not'的时候也用'don't'。"

这可难住他了，一时没明白过来。

"给我举个例子吧，"他说。

"好的——"她皱起眉头嘟起嘴唇想着。他看着她，认为她那表情十分可爱。"'It don't do to be hasty'。把'don't'分为'do not'，这句话就成了

'It do not do to be hasty',当然是十分错误的。"

他在心里反复地琢磨。

"你认为这话通顺吗?"她提示。

"不认为不通顺呀!"他想了想,说。

"你说'不认为不通顺'为何不用'do'而用'does'呢?"她追问。

"用'do'听上去不对呀,"他慢吞吞地说,"可刚才那句话我却无法判断。我看我这耳朵没受过你那种训练。"

"你用的'ain't'这词也是没有的。"她着重说,那样子很美。

马丁脸又红了。

"你还把'been'说成'ben',"她接着说,"该用过去时'I came'时,你却用现在时'I come'。你吞起尾音来也厉害。"

"你说的是什么?"他的身子弯了过来,觉得应该在如此杰出的心灵面前跪下。"我吞了什么?"

"你的尾音不全。'and'这个字念作'a-n-d',可你却读了'an',没有'd'。'ing'拼作'i-n-g',你有时读作'ing',有时却读掉了'g'。有时你又把单词开头的辅音和双元音含糊掉。'them'拼作't-h-e-m',可你拼成'em'——啊,算了,用不着一个个讲了。你需要的是语法。我给你找一本语法书来告诉你如何开始吧!"

她站起身时他心里忽然闪过社交礼仪书上的一句什么话,赶忙笨拙地站了起来,却担心做得不对,又害怕她误会,以为他要走了。

"顺便问一句,伊登先生,"她要离开房间时回头叫道,"马尿是什么?你用了好几回,你知道。"

"啊,马尿,"他笑了起来,"是土话,意思是威士忌、啤酒什么的,总之能让你喝醉的东西。"

"另外,"她也笑了,"话若没有说到对方就不要用'你'。'你'踢入是分不开的。你刚才用的'你'并不全是你的本意。"

"我不懂。"

"可不,你刚才跟我说'威士忌、啤酒什么的,总之能让你喝醉的东西'——让我喝醉,懂了没有?"

"啊,有那个意思么?"

"当然有,"她微笑,"要是不把我也扯进去不是更好么?用'人'代替'你'试试看,不是好多了么?"

她拿了语法书回来后,搬了把椅子到他身旁坐下了——他不确定是否该去帮她搬。她翻着语法书,两人的头靠在了一起。她在提纲挈领告诉他该做哪些功课时，他几乎没听进去——她在他身旁时带来的陶醉使他惊讶，然而在她强调"动词变化"的重要性时他便将她全忘了，他从没听说过"动词变化"，原来它是语言的"龙骨骨架"，能窥见这一点让他很着迷地往书本靠了靠，露丝的头发便轻拂着他的面颊。他一生只昏倒过一次，此时好像又要昏倒，连呼吸也困难了。心脏把血直往喉咙送，弄得他将要窒息。她跟他好像前所未有地亲近，两人之间的巨大鸿沟之上一时仿佛架起了桥梁。然而他对她的崇高之情并未由此而变化。她并没有向他降低，是他被带到了云雾之中她的身边，在那一刻他对她的崇拜还应算作宗教的敬畏和狂热，他好像已闯进了最最神圣的领地。他小心地缓慢地侧开了头，中断了接触。那接触像电流一般让他震颤，但她却浑然不知。

第八章

　　几周之后，马丁·伊登在这几周里学了语法，回顾了社交礼仪，苦读了感兴趣的书，因为他不同本阶级的人来往，荷花俱乐部的姑娘们不清楚他出了什么事，总跟吉姆打听。在莱利家仓库搞拳击的人则为他的缺席而庆幸。他在图书馆又找到了一桩宝藏：语法书告知他语言的龙骨架构，那本书却告知他诗歌的龙骨架构。他开始学习诗歌的韵律、结构和形式，在他所爱的美之下探究着美的底蕴。他又找到了一本新潮的书，把诗歌看作一种表现艺术，从最优秀的文学著作中列举了丰富的证据，作了详细的分析。过去他读小说从未像现在读此类书这么兴致盎然，津津有味。他那二十年未曾动过的脑筋受到成熟的欲望的驱使，更对书本紧抓不放，孜孜以求，对初学者来说其啃劲之猛非常罕见。

　　站在此时的高度回顾他所熟悉的往日世界；那陆地、海洋、船只、水手、母夜叉似的女人都好像渺小了起来；但也同面前的新天地交织渗透。他的心向来追求统一。最初看到两个世界的交汇时他感觉惊讶。他在书中找到的美与崇高的思想让他心胸高洁，更加笃信在社会上层，即在露丝和她一家所处的社会里，所有的人，不论男女，思想和生活都纯净无瑕。而在下面，在他自己的生活圈子中，人们却卑微污秽。他要去除那污染了他一辈子的秽物，跻身于上层阶级所生活的高贵世界里。他的整个青少年时期都被一种朦胧的不安困扰着，不清楚自己需要什么，老在希冀着某种追求不到的东西，直到如今他遇见了露丝，他内心的不安愈加强烈了，变成了痛苦。他终于清楚明白地知道了：他所追求的是美、智慧和爱情。

　　那段时间他曾好几次跟露丝见面，每次见面对他都是一次鼓舞。她帮助他学英语，纠正他的发音，给他上数学启蒙课。但他俩的交往并局限于上课。他经历过太多的生活，心灵太成熟，无法满足于分数、立方根、语句分析和解释，有时便转移了话题——他近来读过的诗，她最近研究着的诗人。她向他朗读她所喜爱的诗句时他便遨游于欢乐的九霄之上。他听过许多妇女说话，却从未听见过像她这么美妙的声音。她最轻柔的声音都让他爱恋。他为她说出的每一个字感到快乐和悸动。他爱恋她声音的悦耳、平和与它那动人的起伏——那是文化教养与高雅的灵魂的流露，柔和丰富得无法描述。听她说话时，他记忆的耳朵里回响起了凶悍的妇女刺耳的聒噪和劳动妇女和他本阶级的姑娘们虽不刺耳但也不中听的声音。这时幻觉开始施展了它的化合力，那些女人一个个在他心里出现，跟露丝形成对比，更增添了露丝的光彩。当他发觉露丝的心为理解着她所朗诵的诗篇、体验着它的情思而战栗时自己禁不住心花怒放。露丝为他朗诵了《公主》中不少片段。他见她眼里常噙着泪水，便明白了那诗篇是怎样美妙地触动了她天性中的审美琴弦。在如此的时刻她的脉脉情怀总让他胸襟高贵，化作了神明。在他凝视着她的面庞聆听着她朗诵时，便好像在凝视着生命的面庞，体会着生命最深邃的奥秘。这时他发觉了自己精微的感受力所达到的高度，便认定这就是爱情，而爱情是世间最美好的东西。因此他往日经历过的欢乐和狂热便在回忆的长廊里一一走过——酒后的沉醉、女人的爱抚、粗野的竞技比赛的胜负，这一切同他此时的崇高的激情相比都显得微不足道、卑下无聊了。

这情况露丝无法察觉。她从未有过心灵方面的体验。在此类问题上她仅有的体验都来源于书本，但在书本里，平常琐事一经过幻想润色都能变成如梦似幻的神仙境界。她并不清楚这个大老粗水手正在往她心里钻，并在那儿集聚着力量，某一天将点燃为熊熊的烈焰，燃遍她的全身。她并不明白真正的爱情之火。她对爱情的理解纯粹是理论性的。只把它想象成幽微的火苗，轻柔如露珠坠落、涟漪乍起，清凉如天鹅绒般幽暗的夏夜。她对爱情的想法更像是一种平心静气的柔情，在花香氤氲半明半暗的轻松氛围里为心爱的人做这做那。她从没梦想过火山爆发大地抽搐式的爱情，从没想到过它的熊熊烈焰，它的破坏力，它能烧成一片片焦土。她不清楚自己的力量，也不清楚道世界的力量；生命的深处对她不过是幻想的海洋。她父母的婚姻之爱是她理想的爱情境界。她期盼有一天会跟一个如意郎君过同样甜蜜的日子，不用经历震荡或摩擦。

于是她把马丁·伊登看成一个稀奇的人，怪异的人；仅把这样的人对她所产生的影响看作奇人异事。这也很自然。她在动物园看到野兽时，她因狂风呼啸或是电闪雷鸣而惊恐时所体验到的感情也都非比寻常。这些事物具备某种浩瀚辽阔的特性，马丁也具备某些浩瀚辽阔的气质。他携带漠漠的天穹和辽阔的空间的气息来到了她身旁：他脸上有赤道的炎炎烈日，他柔韧暴突的肌肉中有原始的生命力。他受过一个神秘世界的粗暴的人与更粗暴的行为的伤害，留下了满身伤痕，而那个神秘的世界远远超出了她的世界之外。这个浑身野气未经驯化的人能如此温驯地依偎在她手下，这使她暗暗得意。人所共有的驯服凶猛动物的冲动怂恿着她——一种下意识的冲动。她从未想到要按她父亲的形象重新塑造他，即便她觉得那是世界上最完美的形象。因为缺乏经验，她无从知晓她对他的浩瀚辽阔的印象其实是那最辽阔浩瀚的事物：爱情。爱情以同等的强力让男性与女性跨越了万水千山相互吸引，促使雄鹿在交配季节互相厮杀，甚至驱策着自然元素以无法抗拒的力量结合在一起。

他的快速进步使她惊讶，也感到有趣。她发现他身上出现了意想不到的优点，如花朵在适宜的土壤中一天天成熟绽放。她向他朗诵勃朗宁的诗，却常为他对他们讨论的段落做出的奇特解释而感觉困惑。她不可能意识到他的解释常常比她正确，因为他更懂得人和人生。在她眼里他的看法好像太天真，即使自己也常因他一套套大胆的理解而激动。他的运行轨道远在星河之间，是她没法跟随的。她只能为他那出人意料的冲撞所折服。接着她便给他弹奏钢琴。她不再向他发出警告，却用音乐探测他，因为音乐能进入到她的探测线所不能到达的地方。他的天性对音乐开放，如同花朵对太阳开放。他的爱好很快就从工人阶级喜欢的爵士乐和银明音乐发展到了她几乎能背诵的古典音乐代表作。只是他对瓦格纳表露出一种平民化的兴趣。他经她一提示便发表见解说《坦豪瑟》序曲跟她弹奏的别的作品大不相同。这曲子间接地表现了他的生活。他的所有过去的主题恰是维纳斯堡，他不知为何还把露丝定为《香客合唱》的主题；他又从自己到达的高度继续不断向上攀登，穿入精神探索的寥廓晦涩的天地，在那里善与恶永远在战斗。

他有时提到的问题使她对自己为音乐所下的定义和某些概念产生过质疑。但他对她的歌唱却从未怀疑过。她的歌唱太像她自己了。他总是坐在那儿为她那清纯的女高音的神圣旋律倍感惊讶。他总是把它跟工厂女工们尖锐颤抖而疲软的声音作比较——她们营养不良又没受过训练。他也把它和海港城市的妇女们刺耳的噪声相对比——她们喝杜松子酒喝哑了嗓子。她喜欢为他弹琴唱歌。实际上她是头一次跟一个人的灵魂做游戏，而塑造他那可塑性极强的性格也是让人高兴的事，因为她认为自己是带着一番好意塑造着他。况且，跟他在一起也让她陶醉，她对他不再反感了。第一次的反感实际上是对她尚未察觉的自我的一种畏惧，而如今那种畏惧早已休眠。尽管尚未意识到，但她对他已经产生了一种独占情绪。他也是她的一种兴奋剂。她在大学读书很努力，让她暂别尘封的书堆，享受一阵他那性格的海风的清新吹拂，能让她精力充沛。精力，她所需要的恰是精力，他慷慨地赋予了她充沛的精力。跟他一起进屋，抑或在门口迎接他，都让她振奋。他离开之后她再回到书本，钻研起来便更加精力旺盛、朝气蓬勃。

她懂得勃朗宁，可从未真正懂得跟灵魂游戏能让人尴尬。随着她对马丁兴趣的增加，重新塑造他的生命就成了她的一种激情。

"有一位巴特勒先生，"有天下午她说，那时他们已将语法、数学和诗歌放到了一边，"起初他的家境并不好。他父亲本是个出纳，但病榻上度过好几年，终于因肺痨死于亚利桑纳州。他过世之后巴特勒先生（他叫查尔斯·巴特勒）发觉自己孤苦伶仃地活在世上。他父亲是从澳大利亚来的，你要明白，至此他在加利福尼亚州没有一个亲人。他到一个印刷办公室工作——我听他说过好多次——从周薪三元开始。但他今天的收入至少是每年三万。他是如何富起来的呢？依靠诚实、自信、刻苦和节俭。他不让自己享受大部分男孩子都热衷的东西。他计划好每周要存多少钱，便能够为此牺牲一切。显然，不久之后他的薪水便不止三元了。但工资增长，他的储蓄额也随之增加了。

"他白天上班，晚上上夜校。总把眼睛盯紧了未来。之后他又上了夜校中学班，只十七岁他做排字工的收入已然很高。他很有想法。他要的不是生活而是事业。为了最终的利益他自愿地做出了牺牲。他决定学法律，进了我爸爸的公司作跑街——想想看，每周只有四块钱。然而他已学会了节俭，四块钱他也同样储蓄。"

她停了停，歇口气，瞧瞧马丁的反应。马丁的脸上因年轻的巴特勒先生的奋斗闪出了兴趣的光芒，同时也皱起了眉头。

"我看这条路对一个青年而言是太苦了，"他发表意见，"每周四块钱！他如何活得下去？你可以打赌他是一切享受都没有的。我如今吃饭住房也要每周五块钱呢，并且条件很差劲，他一定活得像条狗，你可以打赌。吃的东西——"

"他自己做饭，"她插嘴道，"用个小煤油炉。"

"他吃的东西一定比最糟糕的远洋轮上的水手还糟，糟到不能再糟了。"

"可你看看他的现在吧！"她激动地说，"想想他现在的收入能给他什么吧！他早年的刻苦如今得到了一千倍的报偿。"

马丁目光炯炯地盯着她。

"有一条我能够打赌，"他说，"巴特勒先生尽管发了财，心里并不快活。他一年又一年如此安排伙食，只吃小孩子的分量，我敢保证他现在肠胃肯定不太好。"

在他那问询的目光下她垂下了眼睑。

"我敢保证他现在还患着消化不良。"马丁挑战地说。

"没错，他是消化不良，"她承认，"可是——"

"我还敢打赌，"马丁紧逼，"他一定像只老猫头鹰似的板着面孔，一本正经，不喜欢快活，即便一年有三万块钱。我还敢打赌他见了别人快乐便不太高兴。我说得对吧？"

她同意地点点头，却赶忙解释：

"可他不是那类人。他天生就冷静、严肃。向来如此。"

"你能够打赌他准定如此？"马丁宣布，"三块钱一个星期，四块钱一个星期，一个年轻人弄个煤油炉子自己做饭，为了存钱！白天上班，晚上上学，只会干活不会玩，从未快活过，也从不学着快活快活——这样的三万块一年显然是来得太晚了。"

他那易于共鸣的想象力在心里描绘出了那孩子的无数生活细节和他变成为年收入三万元的富翁的狭隘的精神历程。查尔斯·巴特勒的整个一生在他的幻觉中凝缩呈现，马丁立即思绪万千，一切都看透了。

"你知道不？"他又说，"我替巴特勒先生难过。他那时年幼无知，为了三万块糟蹋了自己一辈子，而如今那三万块对他已完全是浪费。整整三万块能为他买到的东西还不如他年轻时储蓄的一毛钱所能买到的。比如糖果、花生或是顶楼座位的一张戏票。"

使露丝惊讶的正是他这类特殊的见解。它们对她不仅新鲜，跟她的理念抵触，而且总让她发觉含有真理的种子，有可能推翻或改变她自己的信仰。她若是十四岁而不是二十四岁便会因之而改变信念，可她已经二十四岁，因为天性和教养，她的性情保守，早已在她所出生和成长的环境里定了形。没错，他的奇谈怪论刚出现时曾让她迷惑，可她觉得那是因为他的奇特类型和奇特生活导致，立刻把它忘记了。即便这样，他发出这些论调时所表现的力量，眼里所闪出的光和面部表情的认真依然让她悸动心跳，吸引着她，即使她并不赞同，她不可能猜到这个来自她的视野之外的人此时正在怀着更广阔深邃的思想飞速向前。露丝的局限性是她的视野的局限性，但受到局限的心灵不通过他人是意识不到的。因此她感觉自己的视野已然很广阔，他跟她看法相左之处只代表着他的局限性。她期望着帮助他使他像她一样看问题，扩大他的视野，直到跟她的观点一致。

"但是，我的故事还没有完呢，"她说，"父亲说他比他办公室组的任何跑街的工作得都好。巴特勒先生工作一直都很努力，从未迟到，往往提前几分钟他就到办公室了。而且还能挤出时间来，他把所有空闲时间都用于学习。学簿记，学打字，晚上为一个需要训练的法庭记者做听写练习，赚了钱学速记。他非常快便被提升为职员，使自己变成了无价之宝。爸爸对他非常欣赏，认为他有远大的前程。他听取了我父亲的建议，上了法律学院，成了律师。他再次回到办公室时爸爸就让他做了他的年轻搭档。他是个了不起的人，多次拒绝去美国做参议员。爸爸说只要他愿意，一旦出缺他就也许会做最高法院的法官。这样的一生对我们来说是一种鼓舞。它证明一个意志坚强的人是能够摆脱环境的限制成长起来的。"

"他是一个了不起的人，"马丁由衷地赞美道。

可是他好像觉得这故事里有些他对美和人生的感觉抵触的东西。他觉得巴特勒先生那种积攒困苦的生活动机不一定非常恰当。假若是为了爱一个女人，或是为了追求美，马丁可能会理解。上帝的疯狂的情人为了一个吻是什么都可以做的。但是为了一年三万元却不值得。他对巴特勒先生的事业不顺意，总觉得其中有些东西不足为训。虽然三万元一年还是不错，但是为此得了消化不良的病，连像人一样快活一下也不会，如此巨大收入全无价值可言。

他竭力向露丝阐述了这种想法，露丝被吓了一跳，觉得还需要继续对他重新塑造。她的心灵是普遍的那种偏狭心灵。这种心灵让人相信自己的肤色、信条和政治是最好的，最正确的，而分居世界各地的其他人则没有他们幸运。正是同样的偏狭心理使古代的犹太人因为自己未曾生为女人而感谢上帝；使现代的教士到天涯海角去做上帝的代理人；使露丝要求把这个从生活另一角落来的人物接她自己那特定的生活角落里的人的样子加以塑造。

第九章

马丁·伊登从海上回来之后便怀着情人的思念返回加利福尼亚。当初他花完了自己所有的财富便登上了那艘寻宝船当上了水手。，探宝队在八个月的寻宝活动失败后在所罗门群岛解散分别了。船员们纷纷在澳大利亚结算工资散了伙，马丁即刻搭乘一艘远洋轮船回到了旧金山。通过那八个月的钱不但可以使他多在岸上生活几周，而且还完成了不少功课和研究性工作。

有着学者心灵的他，出色的学习能力背后隐藏的是他那百折不挠的天性和对露丝的深深爱。他反反复复地读那些随身携带的法语书，一直读到他那不知道累的脑袋把它读到一个滚瓜烂熟。伙伴们蹩脚笨拙的语法一旦被他发现，他便刻意修正他们语言中的粗率不文之处，以求更上一层楼。他发觉自己的耳朵变得更加敏感了，新培养出的这一条语法神经，使他不由自主地开心。他听见双重否定就觉得刺耳，但是由于实践的不足，那刺耳的东西却偏偏又总是从自己的嘴里冒出。他的舌头还没能快速掌握新的技巧。

反反复复地读完了语法之后，他又从字典中每天新学二十个单词。他发觉这项任务不轻松。不管在掌舵或是张望时他都坚持不懈地反反复复地复习他那些越来越多的单词的发音和定义，一直记到自己已经睁不开眼睛。为了让舌头有露丝那种语言的习惯，他总小声地重复着某些句型和它的变化：用 never 所引起的倒装句式，用 if…were 所表达的虚拟语态，和 those things…之类。在读 and 和 – ing 时要把 d 和 g 都交代明白。他反复练习了无数遍。令他欣喜的是他的英语发音竟比官员们和出资探宝的冒险家先生们还要标准正确了。

船长是个视力不佳的挪威人，莫名其妙地拥有一套莎翁全集，却从来不去阅读。马丁就帮他洗衣服，希望他能允许借阅那些珍贵的书籍。有一段时间他读得十分入迷。好些他喜爱的段落几乎不费吹灰之力便深深地印刻在他的脑海中。整个世界也仿佛在伊丽莎白时代的悲剧和喜剧的模式中来回切换，连他思考问题都开始用素体诗了。这却使他的耳朵受到了训练，让他阅读典雅英语时有细微的欣赏能力，与此同时也把很多古老和过时的东西带入了他心里。

这八个月真是过得意义非凡。他不仅掌握了纯正标准的语言和高雅深邃的思想，而且对自己他也认识到了很多。他一方面由于缺少学问而缺乏自信，另一方面也开始相信起自己的能力来。他意识到自己和朋友们之间有了显著的级别差异。他也心知肚明，知道那差异不在实际之中而是在潜在能力中。

他可以做的，别人也都可以；但他内心深处有一种搞不清的发酵过程。那告诉他现有的条件要比他已经有的成绩高。海上那绚烂多姿的景色使他不舒服，他多么希望露丝能在场和他一同欣赏。他想要为她描绘出南太平洋的各种令人沉醉的美景。这想法使他满腔的创作精神熊熊燃烧，促使他为更多的人重新编织出那美。于是那伟大的思想光辉地出现了。他要写作。他要变成世人的一双眼睛，让他们看得更远；变成世人的耳朵，让他们听得更清；变成世人的心灵，让他们感受得更深刻。他要写，写尽一切——写诗、写散文、写小说、写戏，写和莎士比亚一样精彩的戏。这就是事业，这就是通向露丝的路，一条光明的路。他认为文学家是世界的巨人，他们比每年可以赚三万元要是愿意甚至能当最高法院法官的巴特勒先生一类的人要强得多。

　　这个念头一出现，便主宰了他，回旧金山的路已恍如梦寐。他陶醉于自己从没想到过的能力，他感到自己好像什么事都可以办成。他在法国的寂寥的大海里望到了远景。他第一次清晰地看到了露丝和她的世界。他默默地把它描绘在心里，是个具体的东西，可以用双手捧起来来来回回地琢磨把玩的东西，那个世界一些部分还模糊不清，但他看到的是全局而不是局部，而且找到了主宰那个世界的光明大道——写作！这念头在他心里生根发芽。他一回去就要全身心地投入其中。首要的事就是写出这次探宝人的海上航行，然后要卖给旧金山某家报纸。先不告诉露丝，等他的名字印在报纸上她一定会惊讶和欣喜。他有能力在写的同时继续研究，他每天有二十四个小时的时间。他战无不胜，他懂得如何工作，它会征服每一座堡垒。这样他就没必要再出海了——不用作为一名水手出海了。霎时间他已看到一艘快艇的幻影。其他的作家也有快艇呢，当然，他提醒自己，开始时成功可能会来得很慢。在一段日子之内他只能以赚的钱可以维持生活作为满足。然后，过了一段日子——估计好的一段时间——等他学习好了，作好准备了，他就能创作出伟大的作品来。到那时他的名字就会人尽皆知，被人热议。而比成名还要了不起，不知道了不起多少倍，最了不起的事是：他就可以证明自己和露丝是相配的。成名不是件坏事，但他那美好而光辉的梦却都是为了露丝。他不是贪图名利之徒，他仅仅是上帝的痴迷的情人罢了。

　　他来到奥克兰，口袋里塞满了一笔可观的工资，在伯纳德·希金波坦商店那间老房间安顿了下来，投入到了工作。他甚至没告诉露丝他已经回来了。他计划在写完探宝人的故事之后再去看她。他心里的创作之火正在熊熊燃烧，控制住自己不去看她不算困难。更何况他要写的那篇东西还能让她离自己更进一步呢！他不知道一篇文章应该写多长，但他数了数《旧金山检验者》周日增刊的一篇占了两版的文章，用它的数字做参考。他疯狂地创作了三天，写完了他的故事。但是在他用好辨认的大草体规规矩矩抄好之后，却从他在图书馆借来的一本修辞学书上了解到还有分段和引号之类他从前根本没意识到过的东西。他只好立即重新抄一遍，与此同时一直参考修辞学方面的书籍，在这短短一天收获的写作知识竟然比普通学童一年学到的还多。等他抄完文章卷起第二遍之后，他又在一张报纸上发现一篇对初学作者的提示。其中有一条铁打不动的规律：手稿不可以卷，稿笺不可以两面写，但这两条铁律他都犯了。他还从那篇东西知道，第一流的稿件每栏至少可以获得十元稿费。因此，在他第三次抄写手稿时他又用这个十元乘十栏的稿费来安慰和鼓励自己。乘积肯定没差：一百元。于是他坚信那要比出海强多了。如果没有触犯那些铁律，这篇文章他三天就能写完。三天可以挣一百元，而这些钱如果在海上得挣三个多月。他的结论是：能靠写作赚钱的人还去出海简直就是傻瓜，虽然他并不那么在乎钱。钱的价值只在于能给他自由，给他像样的见客服装，让他尽快靠近那个纤弱苍白的、带给她无限灵感的姑娘——她已经让他丢了魂。

他用一个扁塌塌的信封装了手稿，寄给了《旧金山检验者》的编辑。他认为报纸收到了的东西马上就会发表。手稿既然是星期五寄出的，星期一就能在报纸上看到。他设想最好以文章见报的方式让露丝知道他已经回来了。这样星期天下午他就可以去看她了。他还有另外的想法，他为那想法的清晰、审慎、谦逊而得意和开心。他要写一个冒险故事，献给男孩子们，将书卖给《青年伙伴》。他进入免费阅览室查了《青年伙伴》的资料，发现在那个周报上的连载故事总是分五期登完，每期大概有三千字，却也看到有登了七期的，于是决定写一篇连载七期的故事。

他曾经在北极作过捕鲸航行。原本计划去三年的，因为出了海难事故就进行了三个月。虽然他充满奇思妙想，甚至有时会想入非非，可大体上他是倾向于实际的，这就要求他写自己熟悉的事务。他熟悉捕鲸，他利用自己熟悉的材料创作了两个男孩作为主角，从而可以开展他设想的那些冒险活动。这项工作很容易，他星期六晚上下了决定，当天就写完了第一期的三千字——吉姆觉得挺有意思，希金波坦先生却公开嗤之以鼻，整个进餐过程中都在嘲笑家里新发现的"文豪"。

马丁只幻想着周日清晨他的姐夫打开《检验者》读到探宝故事时大吃一惊的样子，并以此为满足。周日他很早就到了大门口，紧张地浏览了一遍版数很多的报纸，又再认真地翻了一遍，然后叠好放回原处。他心里暗暗窃喜没有把写这篇文章的事透露出去。后来他想了想，得出结论，报纸刊登文章的速度不是他所期望的那么快。更何况他那文章并无新闻价值，编者应该是先要跟他联系之后再发稿。

吃过早饭他继续写他的连载故事。他的文思泉涌，笔走龙蛇，尽管总是会停下笔来查词典、查修辞学。在查阅时又常常一章一章地读下去，来回地读。他默默安慰自己，心里想这虽还不是在写作自己心目中的伟大作品，也是练习和提升写作能力的一种方法，可以培养构思和表达的能力。他卖力地写，写到太阳快要落山再出门到阅览室去浏览杂志和周刊，直到阅览室十点钟关门。他一个礼拜的日程都是如此。三千字一天，晚上翻杂志，调查编辑喜欢刊登什么故事、文章和诗歌。有一点是确定的：既然有那么多作家能写，他就也可以写。只要能给足够的时间，他还能创作出他们创作不出来的东西。他在《书籍新闻》上读到一段有关杂志撰稿人收入的文章大受鼓舞。倒不是因为吉卜林的稿费每字一元，而是因为第一流杂志的最低稿费是两分一个字。《青年伙伴》一定是第一流杂志，按这个标准计算他那天写的三千字就可以带来六十元的收入——那可顶出海两个月的薪酬！

周五晚上他完成了连载故事，整整二万一千字。他算了算，每个字两分，一共四百二十元。这一周的活干得可不错，他以前的收入从没有这么高的。都有点不知道该怎么花呢！他挖到金矿了。这矿还能一直不停地开下去呢！他打算再买几套衣服，订好多杂志，买上几十本参考书，那就用不着到图书馆查阅资料了。那四百二十元还余下不少，这叫他伤了好一会儿脑筋。最后才想起可以给格特露雇个用人，给茉莉安购入辆自行车。

他把那厚厚一沓的手稿寄给了《青年伙伴》，又盘算好写一篇潜水来珠的故事，然后才在礼拜六下午去看露丝。他提前打过电话通知她，露丝亲自到门口迎接了他，他那一身熟悉的旺盛精力喷涌而出就好像迎面给了她一个冲击，仿佛一道倾泻的光芒射进了她的身子，在她的血管流淌、沸腾。给了她力量，使她微微颤抖。他握住她的手凝视着她那蓝色的眼睛时不禁脸红了。可那八个月的太阳晒成的健康的青铜肤色把那红晕遮住了，尽管它挡不住脖子不让它受硬领的折磨。她观察到那一道红印觉得好笑，但转眼看到那身衣服她便笑意全无了。那衣服确实合身——那是他第一套量身定做的服装——他看去好像更颀长了些，挺拔了些。他那布便帽也换成了软礼帽。她希望他戴上看看，然后便赞美他漂亮。她不记得什么时候曾经这样畅快过，他的变化就是她的成绩，她引以为傲，更急于进一步帮助他。

但是他最大变化的也最令她兴奋的变化却是他的谈吐。不但纯正标准多了，而且轻松多了，好多新词语从他嘴里蹦出来。只是一激动或兴奋他那含糊不清的坏习惯又会发作，字尾的辅音也会吞掉。而在他试用刚刚学会的新词语时还会出现尴尬的犹豫和停顿。还有，他说话不但流畅了，而且带了一些俏皮诙谐，多么叫她高兴。他一向是幽默的一把好手，善于开玩笑，很受伙伴们喜爱，但是由于缺乏词汇、没什么训练，他在她面前却无从施展。现在他已摸清了道路，觉得自己不再是局外人。但是他却小心翼翼，甚至过分小心，只紧跟露丝当下的快活和幻想的尺度，不敢草率地越过雷池一步。

他告诉她他最近都在干什么，又说他打算以写作谋生，并会继续做研究工作。但是他失望了。她并没有赞同他的想法，对他的计划没有过高的评价。"你看，"她坦率地说，"写作和别的工作一样必须是个职业。当然，我不了解写作，只是根据我的常识判断。不当三年学徒是做不了铁匠的——也许是五年吧！作家比铁匠的收入高多了，想当作家的人当然会多得多，想写作的人太多了。"

"可我是不是有得天独厚的条件，最宜于写作呢?"他问道，暗自在心中为使用的习语得意。他丰富的想象力把现在这场面、气氛跟他生活中无数野蛮粗俗放肆鄙陋的场面映射到了同一个巨大的幕布上——这光怪陆离的幻影全部以光速形成，没使谈话停顿，也没阻碍他平静的思路。在他那幻想的银幕上他看到自己和这个漂亮可爱的姑娘面对面坐在一间充满书籍、绘画、情趣与文化的屋子里，正在用纯正流利的英语相谈甚欢，一道闪亮耀眼的光稳定地笼罩住他俩。而与此相映成辉的各种场景则堆砌在他们四周，渐渐往银幕的边沿淡去。每一个场景都是一幅图画，而他是看客，可以任意观看自己想看到的画面。他穿过飘荡的烟云和朦胧的雾霭观看着这些画面。烟云雾霭在耀眼的红光前飘散开来，他看见了酒吧前的牛仔喝着充满烈性的威士忌，空气中弥漫着野蛮粗俗的话语，他看见自己和他们混在一起，跟最粗野的人在一起喝酒，在一起咒骂，或是跟他们打扑克，赌场的筹码在黑烟弥漫的煤油灯下发出清脆的声响。他看见自己打着赤膊戴着专业的拳击手套"利物浦红火"在萨斯克汉纳号的前舱进行着那场伟大的拳击赛。他看见约翰·罗杰斯号充满血渍的甲板。是那个预备着哗变的灰色早晨，大副在主舱因为死前的疼痛难忍踢着腿；可那老头儿手上的就连发枪还冒着烟。水手们挣扎着激动的面孔，发出尖酸恶毒的谩骂声，一个个粗鲁的汉子倒在他的身边。他又回想到正中的那个场面，光照稳定、安静、纯洁。露丝跟他面对面闲谈，周围全是书籍和绘画，他也看到了钢琴。于是露丝弹奏一曲。他听见自己选用的正确词语在震响的声音。"所以，我难道不是得天独厚最适合写作的人吗?"

"不过一个人不管如何得天独厚最适合当铁匠，"露丝笑了，"我却从来没听说有人不光当学徒就可以行的。"

"那你看我应该怎么办?"他问，"别忘了，我认为我有这种写作能力——我说不清楚，我只知道我隐藏在心中有这条件。"

"你必须接受系统的教育,"她回答,"不管你最终是否成为作家,不管你选择什么职业,这种教育是不可或缺的,而且不能粗心大意,你应当上中学。"

"是的——"他正要说,她又说了一句,让他的话没有说完。

"是的,你也能继续写作。"

"我是非写作不可的,"他坚定地说。

"为什么?"她不知所措地、甜美地注视着他。不太喜欢他那种冥顽不化。

"因为我不写作就不能上中学。你知道我必须要吃饭、买书,买衣服。"

"这我倒是忘了,"她笑个不停,"你怎么会生下来不拥有遗产呢?"

"我倒更愿意天生身体强壮,拥有丰富的想象力。"他回答,"有钱没钱都可以将就,有些东西——"他几乎用了个"你",却没有用——"你将就不了。"

"你说'将就',"她气鼓鼓地大喊,却是用甜蜜的语气,"那话太俗,太难听了。"

他脸红了,结结巴巴地说: "好的,我只愿你一发现我有错就立刻纠正。"

"我——我愿意,"她犹豫地说,"你身上优点特别多,我希望看见一个完美的你。"

他立即变成了她鼓掌中的泥团。他心怀热情地希望她塑造他;她也很希望把他塑造成为一个理想中的人。她告诉他,恰巧中学入学考试就要在下个礼拜一举行,他马上表示能够参加。

然后她开始为他弹琴唱歌。他用饥渴的眼神凝望着她,吞噬着她的美丽,心里纳闷:怎么可能会没有一百个她的爱慕者像他一样在那儿听她弹唱,充满爱意地看她呢?

第十章

那天晚上他留在那里吃了晚饭，给露丝的父亲留下了不错的第一印象，露丝十分满意。他们畅谈海洋事业，这是马丁烂熟于心的话题。事后莫尔斯先生说他好像是个有头脑有智慧的青年。因为避开了土话俗语和在心里搜寻恰当的字眼，马丁说话速度放缓，这能使他便于找到心中那个最好的想法。他比大概在一年前的晚餐席上畅快自如多了。他的腼腆和谦恭甚至让莫尔斯太太刮目相看。她见了他大大的进步十分欣喜。

"他是第一个引起露丝注意和兴趣的男人，"她对她的丈夫说，"在男性问题上她落后得出奇，我非常担心她呢。"

莫尔斯先生一脸惊讶地望着妻子。

"你打算用这个年轻水手去唤醒她的爱情吗？"他问。

"我是说我只要有办法可想是绝对不会让她一辈子就当老姑娘的，"她回答。"如果这年轻的伊登可以重新唤醒她对男人的普遍兴趣，也算件好事。"

"是件大好事，"父亲接着说，"但是如果——有时我们不能不如果，亲爱的——如果她竟对他情有独钟呢？"

"不可能，"莫尔斯太太笑了起来，"他比她小三岁，而且也做不到，不会有问题的，相信我吧。"

马丁所要饰演的角色就这样内定了。而此时因为亚瑟和诺尔曼的诱导，他正在考虑一桩特别费钱的事。他们要骑自行车去小山区旅游。马丁本来对此不感兴趣，可是他却听说露丝很会骑自行车，也要去，就同意了。他不仅不会骑自行车，还没有自行车，不过既然露丝要骑他就决定自己也非骑不可。晚上与露丝道别之后他便在回家的路上进了一家自行车行，买了一辆自行车，一共花了四十块钱。那花的钱超过了他一个月辛辛苦苦挣来的钱，严重地减少了他的积蓄。但是在他把《检验者》要支付给他的一百元加在《青年伙伴》至少要给他的四百二十元上面后便感到这笔非同一般的开支所带来的烦恼减轻了。虽然在他学着骑车回家的路上又撕破了衣服，他也毫不在乎。那天夜里他从希金波坦先生店里给裁缝打了个电话，另行定做了一套。然后他就把自行车扛上了紧紧地贴着房屋后壁窄窄的得像太平梯一样的楼梯，再把自己的床从墙边搬开，便发现那小屋拥挤得只装得下他和自行车了。

周日他计划用来准备中学入学考试的，但那篇潜水采珠的故事提起了他的兴趣。他用了整整一天工夫狂热地投入那叫他燃烧的美和浪漫。《检验者》那天清晨没有刊登他的探宝故事，可那并没有叫他垂头丧气。他此时会当凌绝顶，是不会泄气的，希金波坦先生两次叫他去参加礼拜天晚上的聚餐，他都没去。希金波坦先生家礼拜天总是会加点好菜。这顿饭是他事业有成繁荣兴旺的广告。在席上他总要发表一篇老套的说教，夸赞美国的制度和它能给所有肯吃苦的人上进的机会。他总是指出，他就是从一个杂货店店员升职为希金波坦现金商店的老板的。

周一早上马丁·伊登苦苦地盯着还没写完的潜水采珠的故事。轻轻地叹了一口气，坐车到了奥克兰的中学。几天后他去看考试成绩，发现只有语法及格了，其他的竟然都没有及格。

"你的语法优秀，"希尔顿老师隔着厚重的镜片望着他，对他说，"不过别的功课却一无所知，的确是一无所知。你的美国史真的是烂透了——没有别的词形容，就是烂透了。我劝你——"

希尔顿老师顿了一下，瞪着地，毫无感情，跟他的试管一样。他是中学的物理老师，养活一大家子，薪水少得可怜，有一肚子精挑细选的人云亦云的大道理和知识。

"是，先生，"马丁乖乖地说，要是那时处于希尔顿老师位置的是图书馆询问台的那个人就好了。

"我的建议是你回小学去再读至少两年。早安。"

马丁对考试失败满不在乎，但他告诉露丝希尔顿老师的建议时露丝那惊讶震动的表情却叫他大吃了一惊。她的失望显而易见。他觉得抱歉，但主要是因为她。

"你看，我说对了，"她说，"你的知识比中学生丰富多了，可你就是考试不及格，那是因为你的教育是细碎的、粗疏的。你必须加强训练，那是只有熟练教师才能做的事。你必须有全面的牢固的基础。希尔顿老师是对的，如果我是你，我就去上夜校。一年半的夜校足以让你追赶上别人，少读六个月也没事，而且你还有时间去写作。就算不能靠写作为生，也可以找活儿白天干。"

可是我如果是白天干活儿，晚上上夜校，哪里还会有时间来看你呢？——这是马丁的第一个念头。但他憋住了没讲。他说：

"让我上夜校，这也太像小孩儿了。但只要我觉得有用我也无所谓。但是我并不觉得有用。我学得可以比他们教得快。夜校仅仅是浪费时间而已——"他想到了她，想到自己还要得到她——"而且我也没有时间。事实上我没办法挤不出时间。"

"你必须学习的东西太多，"她那样温柔地望着他，使他感到如果再反对就变成了禽兽。"物理和化学——不上实验课你是没办法掌握的，你还会认识到代数和几何如果不听课也学不会，你必须有熟练的教师，教授知识的专家。"

他默默无言了一会儿，想寻求一个最不虚荣的方法表达自己的意思。

"请不要认为我在吹牛，"他开始说，"我一丁点也没有吹牛的意思。不过我有一种感觉，我可以说是那种天生的自学者，无师自通，我可以自学。而且我天生好学，就好像鸭子喜欢水一样，我学语法的情况你是清楚的。我还学过许多别的东西——你怎么也想不到我学了多少，而我仅仅才开始。只要等我积聚起——"他停顿了一下，确保自己没用错词才说，"积聚起势头，直到现在我才真正有了点感觉。我正开始估计形势——"

"请别用'估算'，"她打断道。

"摸索形势，"他马上改正。

"在标准英语里这话也不行，"她批评。

他挣扎着另辟蹊径。

"我的意思是我正在开始摸索情况。"

他出于同情地容忍了。他说了下去。

"在我看来知识好像就是一门海图室。我每次去图书馆都有这种想法。老师的任务就是把它系统地教给学生，他是图室的指导，仅此而已。海图室并不是老师脑子里的东西，老师不是造出海图室的人，海图室不是他的作品。海图都在海图室，他们知道如何利用海图，他们的职能就是告诉陌生人图上的方位避免别人迷路。但是我却是不容易迷航的。我有方向感，总知道自己处于什么地方——又有什么问题。"

"Where 后面别再用 at。"

"对，"他十分感谢地说，"不用 at。我说到哪儿了？是的，一说到海图。唔，有些人是需要指导的，大部分人都是需要的。但我认为我不要指导同样可以工作。我现在已在海图室工作了很久，大概学会了该看什么图，找哪个海岸了。我思考着我若是自己摸索进步要快得多，你要明白，舰队的速度和最慢的船只的速度一样，教师的进度也受到同样的影响，不能比差生快。我给自己的规定速度可以比老师为全班学生规定的平均速度快。"

"独行最速，"她为他引用了一句成语。

有一句话他几乎脱口而出：我和你一起一样能快。一个幻觉出现在他眼前：一片无边无际的天空，这里阳光灿烂，那里星光闪耀，他跟她一起飞翔，他用手臂搂住她，她淡金色的头发拂过他的面颊。可现在却感到了他那不流利的语言的隔阂。上帝呀！要是他能毫无障碍地运用语言，让她感受到他看到的东西就好了！他感觉到一阵激动；要为她把自己内心的明镜上自然呈现的幻影描绘出来，那是一种痛苦的渴望。啊，是这样啊！他隐约领悟到了那奥秘。那正是大文豪大诗人的厉害之处，他们之所以伟大的道理。他们懂得怎样把自己所想到的、感觉到的和见到的表达出来。在阳光中酣睡的狗总是要呜咽或吠叫几声，但是狗无法表达自己看到的那使它呜咽的东西。他总是会猜测狗看见了什么，而他自己就是只在阳光下看睡觉的狗。他看到了优雅美丽的幻影，却只能对着露丝呜咽吠叫。他得要停止在阳光下睡觉。他要把眼睛睁开，站起来，要奋斗、要工作、要学习，一直到眼前没有了屏障，舌尖没有了阻碍，能够把他丰富的幻想与露丝分享。别的人已找到了表达的诀窍，能让词语运用自如，让词语的组合表达出比单词意义相加丰富多彩的意思。对这奥秘的短短的一瞥给了他极大的鼓舞，他再度看到了阳光灿烂星光熠熠的空间的幻影——他突然发现没有声音了，他看见露丝眼含微笑，兴致勃勃地观察看他。

"我方才看到了一个了不起的幻影，"他说，听到自己的话语声他的心猛地跳了一下。他用的词是从哪儿来的？他的话为幻影所造成的停顿作了十分恰当的说明。真是一个奇迹。他从没有像这样把一个高尚的思想崇高地表达出来过。从来没有想到过问题的症结正在这里，解决的办法也在这里，他从没有尝试过。但是史文朋尝试过，吉卜林和所有的诗人都尝试过。他的《潜水采珠》在他的心头闪过，他从没有敢于尝试伟大的东西，去表现那沸腾在他心底的美丽的神韵。如果把它写出来，一定会与众不同的。那故事应有的美的浩瀚无垠令他不寒而栗。他的心再一次滚烫起来，再一次鼓足勇气，他问自己，为什么就不能像伟大的诗人们那样用优雅的诗篇歌唱那全部的美？还有他对露丝的爱情造成的神秘的快乐与精神的奇迹，他为什么不能像诗人们一样称颂赞美它？他们歌唱过爱情，所以他也要歌唱爱情。啊，上帝作证！——这声感叹反响到他月出，不禁使他受到了惊吓。他一时忘情，竟然叫出了声！血液突然冲向他的面颊冲淡了额上的青铜色，羞涩的红晕从脖子一直涌到发际。

"我——我——我很抱歉，"他磕磕巴巴地说，"我刚才是在思考。"

"听起来你仿佛在做祷告呢，"她鼓足勇气说，心里却叹了一口气，感到难受。从她所认识的男人嘴里听见猥亵的话，这在她还是第一次。她大吃一惊，不仅仅是因为那是个原则和教养的问题，更是因为她的精神在她受到保护的处文苑圃里受到了生活里的狂风暴雨的吹打，大受震撼。

但是她还是原谅了他，轻轻松松地原谅了他，她自己也感到意外。不知怎么回事，原谅他的任何过失都不算困难。他不像别人那么幸运，却踏实肯干，并且有成绩。她从来没有想到自己对他的好感还会有其他理由。她对他怀着温和的情绪自己却不清楚，也无从知晓。她二十四岁了，一直平静稳重，从来没有恋爱过，可这并没有使她对自己的感情敏感起来。这位从来没有因真正的爱情而心动的姑娘在不知不觉中她已怦然心动。

第十一章

马丁又继续他的《潜水采珠》。如果不是他多次期间转而写诗，完成那篇文章会要早得多。他的诗都是爱情诗，灵感来源于露丝，但都没有完成。用高雅的诗篇歌唱并非一朝一夕的功力。韵脚、格律和结构已经非常不容易了，更何况还有一种他在所有伟大的诗歌里都能感觉到却总是摸不透的东西，这东西他捉不住，写不进诗里。他感觉得到，不断追寻却无法抓住的是诗歌那飘忽不定的神韵。那东西于他仿佛一道微明的亮光，一片温暖的流云，永远可望而不可即，他偶尔抓住了一丝半缕编织成几个诗句，那环绕的音韵便在他脑子里回荡往复，而那以前从未见过的音符便如朦胧的雾雷在他的视野中出现。这真叫人疑惑不解。他渴望表达，期望得头疼，可表达出来的却总是些谁都能说出来的东西，平淡无味，味如嚼蜡。他把自己写成的段落大声朗读，那段落中规中矩，十全十美，韵脚敲出的节奏即使舒缓，也同样完美无缺，但总没有他希望的应当有的光芒与激情。他搞不懂为什么，只能一次又一次地失望、失败、泄气，又回过头写他的故事。散文毕竟是比较容易的文体。

完成《潜水采珠》后，他又继续写了一篇有关海上生涯的东西，一篇捉海龟的东西，一篇有关东北贸易风的东西。然后他尝试着写短篇小说，原本只想小试牛刀，还没撒开大步，已经创作完成了六个，寄给了六家不同的杂志社。除了去阅览室查资料、图书馆借书，或看露丝之外，他紧张地没日没夜地写着，硕果累累。他感到发自肺腑由衷地痛快，他的生活格调高雅，创作的热情从不间断。他感到了过去认为只有神灵才能独有的创造的欢乐。他周遭的一切全成了幻影——腐烂的蔬菜的气味，肥皂泡的气味，姐姐无奈的样子，希金波坦先生那满是挖苦的脸。他心里所拥有的才是现实世界，他描述的小说仅仅是他心中的现实生活中的许多片段。

时间太短，他要研究的太多。他把睡眠减少为五小时，觉得也过得去。他又试了四小时半，但是只能遗憾地放弃。把醒着的时间用于他所追求的任何项目他都开心。停止写作去做研究他觉得遗憾，停止研究去图书馆他觉得遗憾，离开知识的海图室或者杂志的阅览室他也感到遗憾（杂志里充满了各种各样的卖文成功的作家们的窍门）。跟露丝在一起但是又得站起来离开，更像是拉断了心里的琴弦。可随即又火急火燎地穿过黑漆漆的街道，要尽早回到书本中去。而最叫他不舒服的却是合上代数或物理书、放下铅笔和笔记本闭上疲倦的眼睛去睡觉。一想到要暂时停止生活（哪怕只是短短的几小时）他就感到遗憾，他仅有的安慰是闹钟定在五个钟头之后。它所损失的时间毕竟只有五个小时，然后那叮铃铃的闹钟声音便会把他从熟睡中惊醒，那时他的面前又会有个灿烂的日子——十九个小时。

时间日复一日地的过去，他的钱越来越少，却没有分文进账。他的那篇为男孩子们写的冒险连载故事在一个月之后由《青年伙伴》退回。退稿信措辞委婉得体，让他对编辑充满好感。但对《旧金山检验者》的编辑他却厌恶。等了两个星期，给编辑写了信，一个月以后又写了一封信，一个月之后，他又亲自去旧金山探访编辑，可还是见不到那位高高在上的人物，由于有那么一位年纪不算大染着一头红头发的办公室小厮像只塞伯勒斯狗一样看守着大门。第五周周末稿件邮寄了回来，但是也没有个交代：没有退稿单，没有解释，什么都没有。他的其他文章在旧金山主要的报纸的经历也完全一样。他收到之后又送到东部去，退稿更是快，总是附带着印好的退稿条子。

几部短篇小说也以差不多的形式退了回来。他把它们翻来覆去地读，仍然是很喜欢。他真想不出为什么会退稿。直到有一天他在报上读到稿件总是用打字机打好的，这才明白过来。当然啦，编辑们都很忙，没时间没精力，也不必要费事去读手稿。马丁租借了一部打字机，花了一天时间就学会了打字，把每天完成的东西都用打字机打好。以前的稿件一退给他，他也马上打好送出，可他打好的稿件依然给退了回来的时候他大吃一惊，腮帮子好像更棱角分明了，下巴好像更咄咄逼人了。他又把手稿寄给了其他编辑。

他开始想到自己不一定是对自己的作品的好评判员，就让格特露听听。他向她朗诵了自己的小说。她的眼里泛着光芒，自豪地望着他说：

"你还能写出这样的东西，真是厉害！"

"好了，好了，"他满是不耐烦地追问，"可是那故事——你认为怎么样？"

"就是捧呗，"她回答，"就是棒，棒极了，我很喜欢，听得我好激动。"

他能看出她的心里事实上并不明白。她那善良的脸上露出了强烈的疑惑，便等她说下去。

"可是，马，"过了好一会儿她才说，"这故事到结局是怎么回事？那个说了那么多让人爱听的话的年轻人最后拥有她了吗？"

他向她阐述了故事的结局（他原感觉已巧妙而显而易见地作了交代的），她却说：

"我想弄明白的就是这个。你是因为什么原因不在故事里那么写呢？"

在反反复复朗读了几个故事之后他清楚了一点：她倾向于大团圆的美满结局。

"那故事写得十分精彩，"她在洗衣盆边直起身子满是疲惫地叹了一口气，用一只红通通冒着水汽的手擦掉了额上的汗，说道，"可这故事叫我不舒服，想哭。世界上的伤心事就是太多了。想一些快活的事能叫我快活。假设那小伙子娶了她，并且——你不会生气吧，马?"她小心翼翼地问，"我是随意发表意见的。我看是我太累了的缘故。这毕竟是个伟大的故事，挑不出缺陷的。你计划把它卖到哪儿去?"

"那就是另一回事了。"他哈哈地笑起来。

"如果要成真了，你能得多少钱?"

"啊，一百块，这算是最少的，按时价计算。"

"天哪! 我衷心祝愿你能卖掉!"

"这钱好赚，对不对?"他又骄傲地补充说，"是两天就完成的。五十块钱一天呢。"

他很想把自己的故事读给露丝听，却没有那个胆量。他决心等到发表了几篇之后再说，那时她就能理解他在忙些什么了。现在他还继续干着。他的冒险精神和探索精神过去从没有这样强烈地激励他在心灵的领域做过这种大胆的探索。除了代数以外，他还买了物理和化学课本，做演算和求证。他以相信书本的态度对待实验室。他那超凡的想象力使他对化学物质之间的反应比普通学生经过实验所了解的更深刻更透彻。他在艰辛的学问里自在遨游，因为取得了对事物本质的了解而欣喜若狂。之前他只把世界看作世界，现在他更深谙了世界的构造，力与物质之间的相互作用。对旧有事物的认知在他心里自然迸发。杠杆与支点的原理令他心驰神往，他的心飞回到了海上，在撬棍、滑车和复滑车中遨游。他现在了解了能让船只在没有道路的海上航行不会迷路的航海理论，揭示了风暴、雨和潮汐的秘密。季候风成因的理论使他开始担心自己那篇描述东北季候风的文章写早了。至少他知道了自己如今能够写得更完美。有一天下午他跟亚瑟去了加州大学一趟，在那里怀着宗教的敬畏屏神静气地在许多实验室走了一圈，看了演示，听了一个物理学教授上课。

但他并没有忽略写作。从他笔下流出了一系列短篇小说。他有时又拐弯写起比较朴实简单的诗来——他在杂志里见到的那种。他还一时头脑发热花了两个星期用素体诗写了个悲剧。那剧本被六七个杂志退了稿，叫他十分吃惊。然后他发现了亨雷，就开始按照《病院速写》的模式写了许多海上诗歌，都是些淳朴的，有光有色，浪漫和冒险的诗。他把它们命名为《海上抒情诗》，认为那是他最好的作品。总共有三十首，他一个月就写成了，每天写完了额定数量（相当于普通的成功作家一个星期的工作量）之后再写一首。他对这样的刻苦努力不以为然。那不算刻苦，他不过是追寻着表达的语言，仅此而已。在他那不太利落的嘴唇后面关闭了多少年的美与奇迹如今化作了一道猛烈湍急的河流滔滔不绝地流泻着。

他不把《海上抒情诗》展示给任何人看，就连编辑也不给。他已经不信任编辑。但他不愿意叫人看的原因并不在于信不过，而是他认为那些诗太美好，只能保留下来，等到很久以后的某个美好时刻跟露丝共同欣赏，那时他已经可以勇敢地向她朗读自己的作品了。他把这些诗珍藏起来就为了等待那个时刻。他反反复复地朗读它们，读得滚瓜烂熟。

醒着的时候他生活得分秒必争，睡着的时候他依然生活着，他主观的心灵在五小时的暂停里躁动着，将白天的思想和事件组合成为离奇荒诞的奇迹。事实上他从不曾休息过。身体稍差脑子稍不稳定的人早就崩溃了，可是他不会倒下。他对露丝的拜访次数也在渐渐减少，因为六月马上就要到了，那时她要获取学位，从大学毕业。文学学士——想想她的学位她便好像从他身边飞走了，其速度快到他根本追不上。

她只给他每周一个下午，他会待到很晚，经常是留下来吃晚饭，听音乐。那就是他的喜庆日子，那屋里的氛围跟他所住的屋子形成十分鲜明的对比，还有和她的亲近，使他每次离开时都更加坚定决心要往上爬。虽然他有满脑子的美，也急切地想加以表现，他斗争对象还是她。他先是一个情人，并且永远是情人。他让别的一切拜倒于爱情足下。他的爱情探险要比他在思想世界的探险来得伟大，且并不因组成它的原子分子由无法阻挡的力量推动而化合从而显得神奇；叫世界显得神奇的是露丝活在上面，她是他所见过的，梦想过的或猜测过的最惊人最惊喜的事物，但她的辽远却无时无刻不压迫着他。她离他太远，他不知道怎么接近她。在他自己阶级的女孩、妇女面前他一向很成功；可他从没有爱过她们其中任何一个；而他却爱上了她，更令他感到艰难的是，她还不光属于另一个阶级。他对她深深的爱使她高于所有阶级。她是个遥远的人，因为她的遥远，他就无法像一个情人那样接近她。不错，他的知识和语法学得越多就离她越近，说着她那种语言；发现跟她相同的思想和喜好；但那并不能全部满足他作为情人的渴望。他那情人的幻想把她神圣化了，太神圣化了，精神化了，也太理想化了，不可能跟他有一切肉体的往来。把她推开，使她跟他好像好不起来的正是他自己的爱情。是爱惜自己向他否定了他所要求的仅存的东西。

于是有一天，两人之间的鸿沟突然短暂地出现了桥梁。以后巨大的差距虽仍存在，却在日复一日地变窄。那天两人在吃樱桃——美味大颗的黑樱桃，液汁黑得像深色的酒。后来，在她为他朗诵《公主》的时候他不经意注意到了她唇上有樱桃汁。就在那一瞬间她的神圣感粉碎了。她也不过是血肉之躯，跟他和别人一样都要遵循血肉之躯的原则。她的嘴唇也跟他的嘴唇相同是肉做的，樱桃既能污染他，也就能污染她。嘴唇是这样，全身也是这样。她是女人，全身都是女人，跟其他的女人没有两样。这种猛然间闪过他心里的念头成了一种启示，叫他感到十分惊讶。好像看见太阳飞出天外，受到膜拜的纯洁受到玷污。

然后他领悟了此事的意义，心房便怦怦地疯狂跳动，要求他跟这个女人谈情说爱。她并非是外来世界的精灵，而是一个嘴唇也能被樱桃汁弄脏的女人。他这想法的胆大狂妄使他不寒而栗，但他灵魂完全是在歌唱，而理智则在胜利的赞歌中肯定了他的正确。他心里的变化一定或多或少落到了她的眼里，由于她暂停了朗诵，抬头望着他看了一会儿，微笑了。他的目光从他蓝色的眼睛落到她的唇上，唇上的污迹使他狂热了，使他几乎像他自由自在的时期一样伸出双臂去拥抱她。她也好像在向他歪过身子，静静地期待着，他是用全部的意志力才控制住了自己的欲望。

"你一个字也没听呢，"她噘起了嘴。

于是她为他那难堪的样子感到高兴，笑了起来。他看看她那自然洒脱的目光，发现她一丁点儿也没觉察到他的想法，便感到羞愧了。他的思想确实是太出格。他认识的女人除了她之外谁都会猜到的，可她没猜到。不同正在这里，她就是与众不同。他为自己的粗野感到惊愕，对她的纯净无邪、一尘不染肃然起敬。又隔着鸿沟凝望着她。

可这件事拉近了他们之间的距离，心里老记着。在他最沮丧的时候便用力反复地想着它。鸿沟变窄了，他跨越了一段比一个文学士学位，比一打文学士学位还遥远的距离。确实，她很纯洁，纯洁到他想都想不到的程度，但是樱桃也能玷污她的嘴唇。她也像他一样，必须服从不能对抗的宇宙法则。要吃饭才能活下去，脚潮了也会感冒着凉。但问题还在于：她既然也会饿，会渴，知冷，知热，也就可以去爱——可以去爱上个什么人。而他，也是个人。他怎么就不能做那个人呢？"那需要靠我自己去奋斗，"他常狂热地小声说，"我就要做那个人。我要让自己成为那个人。我要努力奋斗。"

第十二章

有一天晚上，时间还很早，马丁正在费尽心思写一首十四行诗。闪耀着荣光与氤氲着迷雾的美与情思从他脑里不断闪现，写下的诗却把它扭曲得不成样子。正在这个时候电话来了。"是位小姐的声音，一位美丽的小姐的声音。"希金波坦先生阴阳怪气地叫他。

马丁来到屋角的电话机旁，露丝的声音一出现，一股暖流便流通了他的全身。在他跟十四行诗奋斗的时候他忘记了她的存在，可他的声音一出现，他对她的爱便像突然的一击触动了他的全身。太过美妙的声音了！——娇嫩、甜蜜，有如遥远处缥缈的音乐，或者，更不如说像银铃，美妙的音色，晶莹透彻得像水晶。有这样嗓子的绝不仅仅是个女人，其中有天国的东西，来自另外的世界。他不禁心神荡漾，几乎听不见对方的话语，虽然他仍控制住自己的面部表情，因为他知道希金波坦先生那双尖锐的眼睛正注视着他。

露丝要说的话不多，不过是：诺尔曼那天晚上本来要和她一起去听讲演的，却由于头痛的原因去不了，她觉得十分失望。她有票，若是他没有事，可不可以劳驾陪她去一趟？可不可以陪她去！他竭尽全力控制了嗓子里的兴奋。这个消息太惊人了！他一向总在她屋里跟她见面，从没敢邀请她一起出过门，这时就在他站在电话机旁跟她说着话时，他便毫无道理地产生了一种非常强烈的欲望：为她赴汤蹈火也在所不惜。慷慨赴死的种种幻影在他那眩晕昏沉的头脑里一再形成、消失。他那么爱她，爱得那么疯狂，希望又那么微小。她要跟他（跟他，马丁·伊登！）一起去听讲演了。在这个高兴得要发疯的时候她对他是那么遥不可及高不可攀，他好像感到除了为她而死再没有其他事可做。死亡好像似乎成了他对她表白自己那伟大高尚的爱的唯一适合的方式。那是所有挚爱者都会有的、出于至情的无私高尚的献身精神。它就是在这里，在电话机旁，在他心里萌生了，是一股烈焰与强光的旋风。他感到为她而死便是死得其所，爱得尽情。他只有二十一岁，以前没有任何恋爱经历。

他挂上电话时手在微微颤抖，从那令他激动的电话机旁走开时他都已经站不稳了。他的双目泛出光彩，仿佛天使，脸也变了，洗尽了人世间的浑浊与污秽，变得纯净圣洁。

"到外面约会去？"他的姐夫讥笑道，"你明白那是什么意思。搞不好会被抓到警局的。"

但是马丁现在没办法从云霄落下。就连这话中内含的意思也没办法让他回到人世。他已超然于不满与伤害之外。他看到了一个伟大的幻影，自己已俨然成了神灵。对于这个蛆虫样的人他只有深沉与严肃的怜悯。他没去看他，目光虽从他身旁掠过，却装作看不见。他像在做梦一样走出屋子去穿衣服。直到他回到自己屋里打着领带时才感受到有个声音在他耳里不开心地纠缠。找了找那声音恍然发现那是伯纳德·希金波坦最后的一声哼哼。不明白为什么刚才它就没有进入他的脑子。

露丝家的门在他们身后关上，他和她一起走下了台阶，他才发现自己非常慌张凌乱。陪她去听演说并非是不含杂质的纯净的幸福。他不明白应该做些什么。他在街上见过她那个阶级的外出的女人挽着男人的胳膊。可是也见过并不挽胳膊的。他弄不明白是否是晚上出门才挽胳膊，或是仅仅是夫妻或亲属之间才会这样。

他刚走到人行道上就想起了米妮。米妮一直是个考究的人，第二次跟他出门就把他严厉地训了一顿，由于他走在了靠里的一面。她给他讲规矩：男的跟女的一起行走的时候男的要走靠外的一面。后来他们过街的时候米妮便总跟他的脚后跟，告诉他走靠外的一面。他不知道她那条规矩是怎么来的，是否是从上面拉来的，是否可靠。

两人来到人行道，他认为试试这条规矩也无妨；就从露丝背后转到靠外一面他的位置上。这时又出现了一个问题。他是不是应该向她伸出胳膊？他一辈子也没有向谁伸出过胳膊。他认得的姑娘从来没有搂过同伴的胳膊。一开始几次两人并排分开走，然后便是互相搂着腰，到黑暗的地方脑袋便靠在伙伴肩头上。可这回却不一样。她可不是那种姑娘。他得想出个办法。

他弯起了靠她那一边的胳膊——稍稍一弯，默默地试试，没有做出请她挽着的样子，只是随随便便，好像习惯于那样走路。于是奇迹出现了。他感到她的手挽住了他的胳膊。刚一触摸到她的肌肤，一阵美妙的酥麻便传遍了他全身，甜蜜地过了好一会儿就好像离开了这坚实的世界带着她在空中翱翔。

但是新的复杂局面又叫他坠落到了地上。他们要过街了。那就会把他转到了靠里的一面，而他是应该在外面的。他应不应该松开她的手转换方向？若是松了手，下次还要再弯弯胳膊吗？再下次怎么办？这里有点不对劲的东西。他下定决心不要再东换西换出洋相了。不过他对自己的结论又放心不下。于是在他靠里走的时候便滔滔不绝饶有兴致地谈着话，好像谈得出了神，这样，一旦做错了也可以用热情为粗心辩护。

他在横跨大马路的时候又迎面遇上了新问题。在白炽的电灯光下他看到了丽齐·康诺利和她那咯咯发笑的朋友。他只停顿了一下就迎了上去，脱帽招呼。他不能对自己人不忠诚，他脱帽招呼的可不光是丽齐·康诺利。她点了点头，鼓足勇气望着他。她的目光不像露丝那样温和优雅，而是明亮、犀利地从他瞧到露丝，——打量了她的面容、服装和身份。他也感觉到露丝也在打量她，那胆怯温驯像鸽子的目光稍纵即逝。就在那顷刻之间露丝已看到了一个工人阶级的姑娘，一身低廉的服饰，戴一顶那时一切的工人阶级的姑娘都戴的帽子。

"多么美丽的姑娘！"过了片刻露丝说。

马丁大概可以谢谢她，不过他说：

"我不清楚。估计是各人的口味不同吧，我并没有觉得她非常好看。"

"怎么，那么整齐美丽的脸儿可是千里也难挑一的呢！她长得精致极了。她的脸轮廓分明，像是玉石上的浮雕。眼睛也十分美的。"

"你这样想吗？"马丁心不在焉地问道，因为在他心里世界上只有一个漂亮的女人，而那个女人就在他的身边挽着他胳膊。

"我这样想？如果是那个姑娘有适宜的机会穿着打扮，伊登先生，如果是再学学仪表姿态，是能叫你眼花缭乱，叫所有的男子汉都眼花缭乱的。"

"可她得先会说话，"他发表看法，"不然的话大部分男子汉都会听不明白她的话的。我肯定，若是她信口开河，就算是四分之一你都听不懂的。"

"瞎说！你解释起自己的想法来也跟亚瑟一样蹩脚。"

"你忘了我们俩第一次见面我是怎么说话的了。那之后我学了一种新的语言。在那以前我说话也跟那姑娘一样。现在我也能用你们的语言说得让你们完全听得明白了；能向你阐述你听不明白的那个姑娘的谈话了。你知道她走路怎么个姿势吗？过去我从来不思考这类问题，现在考虑了，我开始懂了——很多道理。"

"她怎么会那个姿势？"

"她在机器边干了许多年的工作。人年轻的时候身体可塑性强，做苦工能按工作的性质把身子重塑，就像捏油灰。有不少我在街上遇见的工人我一眼就能看出是干什么工作的。你看我吧，我在屋里为什么老摇摆身子？由于我在海上过了很多年。如果在那些年平我当了牛仔，我这年轻的可塑性强的身子就不会再摇摆，而是圈着腿了。那姑娘也是如此。你注意到了吧！她的眼神我可以叫作：凌厉。她从来没有谁保护，只有自己照顾自己。而一个年轻姑娘是不会既照顾自己，又目光温柔得如你一般的。"

"我觉得你说得不错，"露丝低声地说，"太遗憾了。她是那么漂亮的一个姑娘。"

他看着她，见她的眼里闪出矜持的光。他这才想起自己爱她，所有又因自己的幸运而感到惊讶，忘了一切。幸运之神允许他爱她，让她搂着他的胳膊去听演讲。

　　"你是谁呀，马丁·伊登？"那天晚上他回到屋里，对着镜子里的自己发问。他满怀好奇长时间地凝视着自己。你是谁呀？你是做什么的？是什么身份？你理应是属于丽齐·康诺利这样的姑娘的。你的朋友们是吃苦受累的人，是下贱、粗野、丑陋的人。你跟牛马苦役做伴，只配住在脏乱的臭气熏天的环境里。现在不就有腐烂的蔬菜、腐烂的土豆的怪异的味道么，闻闻看。可你却竟然有胆子翻阅书本，听美妙动人的音乐，学美丽的绘画，说纯正标准的英语，产生你的自己人无法产生的思想，挣扎着想要离开牛群和丽齐·康诺利这样的姑娘们，去和跟你隔着十万八千里、住在星星里的像苍白的精灵一样的女人相爱。你是谁？是做什么的？去你的吧，你还要继续努力奋斗么？

　　他对着镜里的自己摇晃着拳头。在床边坐了下来，睁大了眼睛冥思苦想了一会。然后他拿出笔记本和代数书，投入到了二次方程式的世界。时光静静溜走，星星渐渐隐没。黎明的鱼肚白向他的窗户倾泻了下来。

第十三章

在风和日丽的午后，聒噪的社会主义者和工人阶级的哲学家们常在市政厅公园开展滔滔不绝的辩论。这次惊人的发现就是由他们引发的。每月有一两次，马丁在穿过市政厅公园去图书馆的路上总要停下自行车来了解了解他们的辩论，每次离开时都有些依依不舍。他们的讨论比莫尔斯先生餐桌上的谈论格调要低得多，没有他那么一本正经，煞有介事。他们动不动就发脾气，扣帽子，嘴里不干不净地满是脏字。偶尔他还见过他们打架。不过，不知道为什么，他们的思想中好像有某种至关重要的东西。他们的激烈争论要比莫尔斯先生们沉着冷静的教条更激发他的思考。这些把英语毁得一塌糊涂、疯头疯脑地打着手势、怀着原始的愤怒对对方的思想交战的人好像要比莫尔斯先生和他的老朋友巴特勒先生更加生气勃勃，充满激情。

在那公园里马丁多次听见别人引用赫伯特·斯宾塞的话。有天下午斯宾塞的其中一个信徒现身了。那是个穷困潦倒的流浪汉，穿一件肮脏的外套，为了掩盖里面没穿衬衫，纽扣一直扣到脖子那里。堂皇的战争开始了，抽了很多香烟，吐了许多口斗烟唾沫，流浪汉坚持守护阵地，取得成功，虽然有一个相信社会主义的工人挖苦说："没有上帝，只有不可知之物，赫伯特·斯宾塞就是他的先知。"马丁对他们议论的东西感到无所适从，在骑车去图书馆的路上赫伯特·斯宾塞激发了他的兴趣。因为那流浪汉多次提到《首要原理》，马丁便借出了那本书。

于是伟大的发现就此开始了。他过去也曾经试读过斯宾塞，挑选出了《心理学原理》入门。却跟读布拉伐茨基夫人时一样获得了失败，压根就读不懂。没读完就还掉了。但是那天晚上学完代数和物理，写完一首十四行诗之后，他在床上躺着翻开了《格要原理》，却一口气直读到了天亮。他难以进入梦乡，那天甚至停止了写作，只是躺在床上读书，身子疲倦了，便躺到硬地板上，书有时捧在头顶，有时向左侧，有时右侧，继续读。直读到晚上，才又睡了一觉。第二天早上虽然又开始了写作，那书却仍在吸引着他，他受不了诱惑又整整读了一个下午。他把一切都抛到脑后，就连那天下午是露丝安排给他的时间都忘记了。一直到希金波坦先生猛然间探开门要求他答复他住的是否是大饭店，他才第一次感受到身边的直接现实。

马丁·伊登一生都受着好奇心驱使，追寻着知识。是强烈的求知欲送他到世界各地去冒险的。可是现在他却从斯宾塞那里懂得了他竟然一无所知，并且他如果继续航行与漫游是永远不会明白任何东西的。他只是略知事物的表面，观察到的只是彼此无关的现象，搜集到的只是细小琐碎的事实，只能在小范围内去归纳总结——而在一个满是偶然与机遇的光怪陆离、杂乱无章的世界里，所有事物之间都是互不关联的。他曾经观察过、研究过鸟群飞行的机制，并试作解释，但是从没想到去对鸟儿这种有机的飞行机制的演化过程寻找过一个合理的解释。他万万没有想到鸟儿也是进化来的，只是把它们当作一向旧有的、自然存在的东西。

鸟儿既然如此，其他的也都如此。他过去对哲学那种完全没有准备的健啖没给他什么东西。康德的中世纪式的形而上学没有赐予他开启任何东西的钥匙，它对他唯一的用处就是让他对自己的智力表示怀疑。一样的，他对进化论的研究也仅仅局限于罗迈尼斯的一本专业得看不明白的书。他没学到什么东西，读后的唯一感受就是：进化是一种枯燥乏味的玩意儿，是一群运用着晦涩难懂的词语的小人物弄出来的。现在他才体会到，原来进化并不仅仅是理论，而是已为人们所普遍接受的发展过程。科学家们对它已没有争议，只是在有关进化的方式上还存在一些分歧。

如今又出了这个斯宾塞，为他把知识组织了起来，统一了起来，解释了终极的现实，把一个描绘得十分具体的宇宙送到了他眼前，令他感到惊讶和莫名其妙，有如水手们做好放到玻璃橱里的船舶模型。不是想什么就是什么，没有偶然，全是法则。鸟儿能飞是遵循法则，萌动的黏液汁扭曲、蠕动、长出腿和翅膀、变成鸟儿同样是遵循同一法则。

马丁的智力生活一直在升级，现在几乎到达了巅峰状态。一切的秘密事物展现出了它们的奥秘。他沉迷于钻研理解。夜里梦着他在光怪陆离的梦乡里和神明生活在一起；白天醒着时，他仿若一个个梦游者一样来回走，心不在焉地凝视着他刚发现的世界。对餐桌上那些卑微细小的谈话他听而不闻，心里只急于在眼前的所有事物中探索和追踪因果关系。他从盘子里的肉看出了明媚的阳光，又从阳光的各种转化形式追溯到它亿万里外的源头，或者又从它的能量联系到自己胳膊上运动着的肌肉，这肌肉使他能切肉。从而又追踪到领导肌肉切肉的脑子，最后，通过内视看到了太阳在他的脑子里散发着耀眼的光芒。这种大彻大悟令他灵魂出窍，没听见吉姆在静悄悄说"神经病"，没有看到他姐姐脸上的焦急表情，也没注意帕纳德·希金波坦用手指在画着圆圈，暗示他小舅子的脑袋里有些乱糟糟的轮子在转动。

在某种意义上给马丁印象最深的是知识（所有知识）之间的相互联系。过去他急于了解事物，刚刚获得一点知识就把它们存档，给自放进头脑中互不相干的抽屉里。这样，在航行这个课题上他有庞大的积累，在女人这个课题上也有一定数量的积累。但两个课题的记忆屉子之间并无联系。如果说在知识的网络中，一个怒气冲冲的妇女跟在飓风中顺风使航或逆风行驶的船有任何联系的话，他准会觉得荒谬无知，觉得绝无可能。可是赫伯特·斯宾塞却向他证实了这说法不但不荒唐，并且两者之间不会没有联系。一切事物都跟一切其他事物有联系，从最广袤的空间里的星星到脚下沙粒中数不清个原子，它们之间都有联系。这个新概念使马丁永远十分吃惊。于是他意识到自己在不断地探寻着从太阳之下到太阳以外的所有事物之间的联系。他找出一些最不相关的事物，然后将它们列成名单，在它们之间探索联系，探索不出就不开心——他在爱情、诗歌、地震、火、响尾蛇、虹、宝石、妖魔、日落、狮吼、照明瓦斯、同种相食、美。杀害、情人、杠杆支点和烟叶之间探索练习，就像这样把宇宙看作一个整体，捧起来观察，有时是在它的僻静小巷或丛莽中漫游。他不是个在各种各样的神秘之间探索未知目标的心惊胆战的旅客，而是在观察着、记录着、熟悉着迫切的要知道这一切。知识越丰富，就越是热情地崇拜宇宙和生命，包含他自己的生命。

"你这个傻瓜！"他盯着镜子里的影像，说，"你想写作，也写作过，可你心里蕴藏的东西太少了。你心里能有什么呢？——些稚嫩天真的念头，一些半生不熟的情绪，许许多多没有消化的美，一大堆漆黑的愚昧无知，一颗叫爱情涨得快要爆炸的心，充其量还有跟你的爱情一样巨大，跟你的愚昧一样毫无用处的雄心壮志。你也想要写作么！唉，你有什么能学到了东西可供你写作呢？你希望创造美，可你竟然连美的性质都不了解，怎么创造？你想写生活，可你对生活的根本特点都不理解。你想写世界，常常写对生活的设想，但是世界对你却是个玄虚的疑团，你可以写出的就只能是你并不了解的生活的各种千奇百怪的设想。但是，别泄气，马丁，小伙子，你仍然可以写作的，你还有一点知识，虽然不多，现在又已找到了路可以知道得更多了。如果你是幸运的话，没准哪一天你能差不多知道所有能知道的东西。那时你就好写了。"

他把他的伟大发现带到了露丝那儿，想跟她分享他的欢乐与惊讶。但她只一言不发地听着，并没有表现出热情，仿佛从她学过的课程中已有所了解。她没有他那么激动。他若不是马上明白了斯宾塞才露丝并不像对他那么新鲜，他是会十分吃惊的。他了解到亚瑟与诺尔曼都相信进化论，也都读过斯宾塞，虽然两者对他俩没曾产生什么举足轻重的大影响。而那个有着浓密的头发的戴眼镜的青年威尔·奥尔尼却还尖酸刻薄地挖苦了一番斯宾塞，并重复了那个警句，"没有上帝，只存在着不可知之物，而赫伯特·斯宾塞却是他的先知。"

不过马丁谅解了他的嘲讽，由于他慢慢发现奥尔尼并没有爱上露丝。之后他还从各种琐事上发现奥尔尼不但不爱露丝，反而很不喜欢。这真是令他目瞪口呆。他想不通，这可是他没办法用以跟宇宙其他任何现象联系的现象。不过他依然为这个年轻人感到遗憾，因为先天性的巨大缺陷使他难以适当地欣赏露丝的高贵与美丽。有几个周日他们曾一同骑车去山区游玩。马丁有很多机会看到露丝跟奥尔尼剑拔弩张的关系。奥尔尼常跟诺尔曼泡在一起，把露丝交给亚瑟和马丁陪伴。对这件事马丁当然心怀感恩。

那几个周日是马丁的大喜日子，最令人欣喜的是他能跟露丝在一起，然后是他越来越能跟她相同阶级的青年平起平坐了。他认识到虽然他们受过不少教育培育，但是自己在智力上却并不亚于他们，同时，跟他们谈话还给了他机会把他费尽辛苦学会的语法付诸实践。如今他不读社交礼仪方面的书了，他转向了观察，从观察学习礼仪进退。除去内心兴奋情不自禁的时候，他总抱警觉，总敏锐地观察着他们的行为，学着他们细小的礼节与高雅的举止。

读斯宾塞的人少得可怜，这一事实叫马丁沉浸在惊讶中良久。"赫伯特·斯宾塞，"图书馆借书处那人说，"啊，不错，是个非常伟大的思想家。"但是那人对这位"了不起的思想家"的思想却好像一点都不知道。有天晚上晚餐时巴特勒先生也在座，马丁把话头抛给了斯宾塞。莫尔斯先生费尽心机地责难了这位英国哲学家的不可知论一番，但是承认他并未读过《首要原理》；巴特勒先生则说他没耐心读斯宾塞。他的书他从来没有读过一个字，而且没有他照样过得不错。这在马丁满腹疑问。他若不是那么坚决地独行其是，说不定也会接受大家的意见放弃斯宾塞的。事实上，他觉得斯宾塞对事物的解释有极强的说服力，就像他的提法："放弃斯宾塞无异于让航海家把罗盘和经线仪扔到海里。"于是他持续研究进化论，要把它弄得明明白白。他对这个问题越来越精通，各种各样的独立的作者的旁证更使他坚信不疑。他越是学习，没有探索过的知识领域便越是在他面前表现出远景。对一天只有二十四小时的遗憾真是成了他的慢性病。

可是因为一天的时间太短暂，有一天他便决定放弃代数和几何。三角他甚至还没想过要学。然后他又从课程表上去除了化学，只留下了物理。

"我不是专家，"他在露丝面前争辩道，"也不想当专家。专门学问太多，不管是什么人一辈子也学不了十分之一。我学的只能是普通的知识。在有必要用到专家著作的时候只需参考他们的书就行了。"

"可那跟你自己掌握了毕竟不同，"她反对。

"但那没必要，专家的工作给我们带来许多有益的东西，这就是他们的作用。我刚进屋时看到扫烟囱的在忙碌地干活儿。他们就是专家。他们干完了活儿你就能享受干净的烟囱，而对烟囱的结构你什么都不懂"

"这说法太过于牵强吧，我害怕是。"

她探询地盯着他，从她的眼神和神态里他体会到了怪罪的意思。但是他坚持相信自己的理论是对的。

"研究普通问题的思想家，事实上世界上有名的思想家，都得依靠专业人士。赫伯特·斯宾塞也依靠专家。他通过归纳对成千上万的调查者发现。如果要靠自己去干，他恐怕要活上一千年才行。达尔文也是同样的。他用了花卉专家和牲畜培育专家的方面的知识。"

"你没错，马丁，"奥尔尼回答，"你清楚地明白自己追求的是什么，露丝却不明白，连自己追求的是什么都不知道。"

"——啊，没错，"奥尔尼不管她的反对，急匆匆地说，"我知道你通常会把那叫作一般的文化素养。但是缺乏一般的文化素养对你所要做的学问事实上没什么影响。你可以学法语，学德语，或者两种都不学，去学世界语，你的文化素养格调同样会高雅。为了达到目的，你也能学希腊文或拉丁文，虽然它对你一无是处。那也是文化素养。对了，露丝还学过撒克逊语，并且表现得聪明——那是两年前的事——可如今他脑海里也就只留下了'正当馨香的四月带来了芬芳的阵雨'——对吧？"可它照样达到了你的文学格调，"他笑了，依然不让她插嘴，"这我知道。咱们俩那时同班。"

"你把文化素净当作达到一些目的手段是吧，"露丝叫了出来。她两眼放光，两颊上泛起两朵害羞的红晕。"文化素养本身就是为了达到目的。"

"但马丁想要的并不是那个。"

"你是如何知道的？"

"你需要的是什么，马丁？"奥尔尼转过身对着他问。

马丁惶恐不安，好像在求救一样地望向露丝。

"不错，你需要什么？"露丝问，"你回答了，问题就能迎刃而解了。"

"我需要文化素养，是的，"马丁停顿了，"我爱美，文化素养能使我更好地理解美、更深刻地欣赏美。"

她点点头，露出胜利的微笑，"废话，这你可是知道的，"奥尔尼说，"马丁想要的是事业，不是文化素养。可就他的事业而言，文化素养恰好不可缺少。如果是他想做个化学家，文化素养就不需要了。马丁想的是写作，但害怕直接说出来会证明你错了。"

"那么，马丁要写作的原因是什么呢？"他继续说，"因为他并没有家财万贯。你为什么拿撒克逊语和一般文化知识往脑子里塞呢？因为你不需要混迹社会打自己的一片天，你爸爸早给你安排好了，他给你买衣服和所有东西。我们的教育——你的、我的、亚瑟的——有什么鬼用处！我们都泡在普通文化营养里。如果我们的爸爸今天有了问题，我们明天就会遭殃，就得去参加教师考试。你可以获得最好的工作，露丝，就是在乡下的学校或是女子寄宿学校做音乐教师。"

"那么问题来了，你又干什么呢？"她问。

"我都干不了什么像样的活儿。只能干点一般的活，一天赚一块半，也可能到汉莱的填鸭馆去当好外头——我说的是有可能、请留意，一星期之后我没准会被开除，因为我没本事。"

马丁专心致志地听着这场讨论，虽然他明向奥尔记述的对，却厌烦他对露丝那种不客气的态度，听着听着他心里已经对爱情产生了一种全新的想法：理智与爱情没有关系。他所爱的女人思考得对与否都没有关系。爱情是超越理智的。就算她不能充分理解他追求事业的必要性，她的可爱也不会因此减少。她完全就是可爱，她想什么跟她的可爱与否没有关系。

"什么？"他问。奥尔尼的问题打断了他的思路。

"我刚刚在说你是不可能傻到去啃拉丁文的。"

"但是拉丁文不属于文化素养范畴。"露丝插嘴说，"那是学术配备。"

"唔，你要啃拉丁文吗？"奥尔尼坚持不懈地问。

马丁被逼得很艰难，他看得出露丝很为他的回答操心。

"我害怕没有时间，"他终于说，"我倒是想学，但是没有耐心。"

"你看，马丁寻求的并不是文化素养，"奥尔尼开心了，"他要的是完成某个目的，是有所作为。"

"啊，不过那可是对头脑的训练，是智力的教育。有训练的头脑就是这样培育出来的。"露丝怀着渴望看着马丁，宛如等着他变化想法。"你明白的，橄榄球运动员大赛之前都是要训练的。那便是拉丁文对思想家的作用。它训练头脑。"

"废话，胡说！那是我们当娃娃时大人教导我们的话。但有一件事他们没有告诉我们，要我们长大后自己去领悟出来。"奥尔尼为了增强效果停顿了一下，"那就是：大人先生，大家拉丁，学来学去，都不懂拉丁。"

"你这话不公正，"露丝叫道，"你一把话题引开我就明白你要耍弄小聪明。"

"小聪明归小聪明，"对方辩驳，"却也没错怪谁。懂拉丁的人只有药剂师、律师和拉丁文老师。如果马丁想当个什么师，就算我猜错了，但是那跟赫伯特·斯宾塞又如何能扯得上？马丁刚发现了斯宾塞，正为他倾倒呢。为什么？是斯宾塞让他前进了一步的缘故。斯宾塞不能让我进步，也不能让你进步。我们都不愿意进步。你有一天会完婚，我只需盯紧我的律师和业务署理人就行，他们会管好爸爸给我留下的钱的。"

奥尔尼起身准备走，到了门口又杀了个回马枪。

"你别去滋扰马丁了，露丝。他清楚什么东西对他最好。你从他的成就来看就知道了。他有时叫我烦，不过烦归烦，却也叫我忸怩不如。他之于世界、人生、人的地位和诸如此类的问题现在所知道的应该要比亚瑟、诺尔曼或者我多，就这方面来说，也比你多，虽然我们有拉丁文、法文、撒克逊文、文化素养什么的一堆。"

"不过露丝是我的老师，"马丁挺身而出，"我可以学到点东西全都依赖于她。"

"废话！"奥尔尼用阴森的脸望了望露丝，"我怕你还要报告我是她举荐你读斯宾塞的呢——幸亏你并没这么说。她对达尔文和进化论没有比我对所罗门王的宝藏了解得更多。那天你扔给我们的斯宾塞对那些东西下的那个诘屈聱牙的定义——'无法确定不连贯的同质'什么的，是如何说的？你也扔给她试试，看她能明白一个字不。你看，这并不属于文化素养范围，啦啦啦啦啦，你如果去啃拉丁，马丁，我便不尊重你了。"

马丁对这场辩论虽有极大的兴趣，却也觉得有不开心的地方。是有关基础知识的讨论，谈学习和功课的。那门生娃娃味儿跟令他壮怀猛烈的巨大事业很矛盾——就算在此时他也把指头攥得紧紧的，像鹰爪一样攥紧了生活，心情也为浩瀚的热情冲击得很不舒服，并且开始感觉到自己可以完完全全控制学习了。他把自己比作一个诗人，由于海难，沦落到了异国的海岸。他满腔是美的强力，想利用新的土地上同胞们那种粗糙蛮横的语言歌颂；却结结巴巴不容易成功、那争论也跟他矛盾。他对庞大的问题广泛存在敏感，敏感得叫他痛楚，可他却不得不去思量和讨论学生娃娃的话题，探究他应该不应该学拉丁文。

"拉丁跟我的理想有什么干系，那天晚上他在镜子面前问道，"我盼望死人乖乖躺着。为什么要让去世了的人来领导我和我心中的美？美是生动活泼永垂不朽的，语言却有生有灭，不外是死人的灰烬罢了。"

他立即感到他自己的想法措辞很棒，躺上床时便想他怎么不能以同样的要领跟露丝交谈呢？在她面前他的确是个学生，说着学生的话。

"给我时间，"他大声地说，"如果能给我时间就可以。"

时间！时间！时间！是他永不停歇的悲叹。

第十四章

他最终决定不听露丝的意见，不顾自己本身对露丝的爱，不学拉丁文了。他的钱就意味着时间。比拉丁文紧张的东西太多。许多学问都急迫地要求他去做，他还得写作，他还得盈利。他的稿子没人要。四十来篇稿件在各家杂志间不停地旅行。别的作家是怎么做的？他在免费阅览室耗费了大量的时间钻研别人出版的东西，急迫地、用批评的眼光加以研究，把它们跟自己本身的作品比较，推测着、不停推测着他们所找到的卖出稿子的秘诀。

他对毫无生机的出版物数量之庞大大吃一惊。这些作品没透露出任何丝毫璀璨生命或色彩，没有生命在呼吸，却依然卖得掉，并且两分钱一个字，十元钱一千字——剪报上是这么说的。他为汗牛充栋的短篇小说感到混乱疑惑。他承认它们写得聪明、轻松，但没有生命力和真实感，生命是如此离奇而奇妙，弥漫了无数的问题、梦想，和英勇的劳动，但那些小说却只在写平凡无趣的生活。他感到了生活的压力和紧张，生活的热情、汗水和剧变——毫无疑问，这才是值得写的东西！他想要称赞失去盼望的事业的向导者，爱得深沉的情人，在恐怖与悲剧中战斗，饱尝艰辛苦难，以他们的努力逼得生活节节败退的巨人，杂志上的短篇小说却好像专注地吹嘘着巴特勒先生这种人，肮脏的追名逐利之徒和平凡庸俗的小男小女的平庸的爱情。这是因为杂志编辑本来就是平底之辈吗？他追问，或是因为这些作者、编辑和读者都畏惧生活呢？

不过他主要烦恼却是：他连一个作家、编辑或读音都不了解。而且他不光是不了解作家，就连尝试过写作的人也不了解。没人告诉过他，提醒过他，给过他十句针砭箴规。他开始怀疑编辑是不是真实存在的人。他们好像是机器上的螺丝钉。事实上便是一部机器。他把自己的灵魂倾注于小说、散文和诗歌之中，在最后却交给了机器去处理。他把稿件像这样折好，贴好的邮票一起装进长信封，封好，在表面又贴上邮票，再丢进邮筒，让那信去作横跨大陆的旅行。过了一阵子邮递员交还他用另一个长信封装好的稿件，表面贴好寄去的邮票。路程的那头并无编辑这个人，只有一套奇妙的机器。那东西将稿件另装一个信封，粘贴好邮票，跟无人售货机相同，放过硬币就听见一阵机器旋转，之后一包香糖或一块巧克力就送了出来。是得口香糖或是得巧克力决定于硬币投入了哪一个投币口。一个投币口送出的是支票，另一个投币口出来的是退稿条。到现在为止，他找到的只有退稿口。

那恐怖的机器式的进程是由退稿条来完成的。退稿条满是按如出一辙的格式印好的。他收到的已有好几百张——他早些时候的稿子每份的退稿条都在一打或一打以上。如果在他全部退稿条之中曾有一份上面写了一行字，说了一些私人的话，他同样也会受到激励。不过没有一个编辑证明有那样的可能性。所以他只能说那一头并不存在温暖的带着人味儿的东西，只是上好了油在机器中美好运转的齿轮。

他是个优秀的战士，一心一意，坚定顽强，可以日积月累往机器里喂稿件而心安理得。但他正在流血，流得快要升天了，所以战斗的结果只需几个星期就可以得出结果，用不了几年。他每个星期的膳宿费通知都把他带近扑灭一步，而四十份稿子的邮资流血之多也一样严重。他再不买书了，还在许多小地方节省，想推迟那注定的结局；可他却不知道如何节约，又给了妹妹茉莉安五块钱买了一件衣服，让了断提前了一个星期。

他在黑暗中努力奋斗，没有人为他出主意，也没有人激励他。他在波折的齿缝里挣扎。就连格特露也开始不满意他了。一开始她怀着姐姐的溺爱心情放纵了他，认为那是他暂时发傻；可是现在，出于做姐姐的关怀，她发急了，以为他的傻劲好像成了疯狂。马丁理解她的想法，心里比遭到希金波坦喋喋不休的公开讥讽还要难受。马丁对自己本身有信心，但这信心是孤单的。就是露丝也没有信心，她曾要求他专注于学习。虽然没反对他写作，却也没表示过赞同。

他从没有要求露丝阅读他的作品，那是因为一种过头的警惕。更何况她在大学的功课很重，他不愿夺走她的时间。不过在她得到学位之后她却积极主动地要求他让她看一点他的作品。马丁很开心，却又信心不足。现在有了裁判员了。

是个文学学士，在内行的教师指导下钻研过文学。编辑们说不定是能干的裁判员，但她跟他们不一样，不会交给他一张千篇一律一模一样的退稿条，也不会说他的作品没被选中未必意味着没有长处。她是个有血有肉的人，会说话，会以她那锐利和富有智慧的方式说话。最重要的是，她可以多多少少看到真正的马丁·伊登，从他的作品观察到他的心智和灵魂，因而理解某些东西：他梦想的是什么样的，能力有多强之类，哪怕只是一点点。

马丁选了他几个短篇小说的复写本，停顿了一会儿，又加上了他的《海上抒情诗》。两人在一个六月的下午骑上自行车到了丘陵地区。那次是他第二次跟她独自外出。芬芳温暖的空气被海风一吹，冷却下来，变得清爽舒适。他俩骑车前进时他获得了一个深刻的印象：这是个十分漂亮的、秩序井然的世界，活着并且恋爱着真是非常幸福的事。他俩把自行车留在路旁，爬上了一个视野开阔的褐色丘陵。那儿被骄阳晒干了的草满足地散发出一种收获季节的馨香味儿。

"草地的任务结束了，"马丁说。两人安顿下来。露丝坐在马丁的外衣上，马丁趴着，紧贴在暖洋洋的地上。他闻了闻褐色的草的甜香。那香味儿进入了他的脑子，促使他的思想从独特到一股旋转着。"它已找到了它存在的理由，"他说下去，充满情谊的地拍打着干草。"它在去年冬天寒冷的暴雨中立下志向，跟肆虐的早春做了斗争，开花了，引来了虫子和蜜蜂，撒播了种子，尽了本分，还清了对世界的债，于是——"

"你怎么总用这样实际得恐怖的眼睛看事物？"她打断道。

"因为我一直在研究进化论，我想。如果要告诉你事实的话，我可是最近才睁开眼睛呢。"

"但我好像觉得像你这样事实上是会错过了美的。你就像是小孩捉住蝴蝶，弄掉了它漂亮的翅膀上的磷粉一样，使美残缺了。"

他摇摇头。

"美是有意义的，但我以前不清楚，只把美看作是无意义的东西，感觉美就是美，并无道理可言，这就说明我对美一无所知。可如今我明白了，确切地说，是开始知道了，现在我了解了草是如何变成草的。在我知道了形成草的阳光、雨露、土壤的隐秘化学变化之后，便觉得草更加美丽了。确实是，所有草叶的生命史中全部有它的浪漫故事，是的，还有冒险故事。一想到这些我便心潮澎湃。我想到力与物质之间的相互作用，其中的浩瀚无垠的斗争，便觉得自己好像能写一首小旱史诗。"

"你谈得多好呀，"她心不在焉地说，他注意到她正用试探的目光望着他。

须臾之间他慌乱了、不好意思了，血喷涌而出，脖子和额头都红了。

"我希望自己是在学着说话，"他结巴地说，"我好像有一肚子的话要说，全都是些大题目。我找不出办法表达心里真正的感受。有时我好像觉得所有世界、所有生命、一切的一切都在我心中生存，嚣张的要我为它们说话。我感到了——啊，我没有语言可以描述——我感到了它的巨大，不过一说起话来，却只能支支吾吾像个娃娃。把情绪和感受转变成文字或话语，能使读者或听话的人倒过来变成心中一样的情绪或感受是一项艰难的任务，一项不同凡响的任务。你看，我把脸埋进草里，从鼻孔吸进的清香令我产生了无限的幻想，全身战栗。我闻到的是宇宙的气味。我明白歌声和欢笑、成功与痛苦、斗争和死亡；草的清香味不知怎么在我的头脑里引起了各种各样的幻影，我看见了这些幻影，我想把所有的都告诉你，告诉全世界，可我的舌头没什么用，它怎样才可以管用呢？我刚才就是想向你用言语刻画草的香味对我的影响，但是没有奏效。只是用拙劣的言辞勾勒了一下。我以为自己说出的好像全是废话。我憋闷得慌，急于表达。啊——他的手向上一挥，做了个扫兴的手势——"我做不到，别人不明白！没有办法交流！"

"但是你真的说得很好，"她坚持说，"想想看，在我认识你之后的短短的时间里，你已经有了长足的进步！巴特勒先生是个著名的演说家。选举的那段日子州委会经常要他到各地去演说，但是你说得就跟他那天晚上在宴会上说得一样美妙。只是他更有控制，而你太冲动罢了。只要多说几回就好了。你可以成为一个很好的演说家，只要你乐意干，你是可以大有作为的。你是个出类拔萃的人，我相信你有能力领导群众，但凡是你想干的事没有理由不成功。你在语法上的成功就是一个例子。你能成为一个优秀的律师。你应该在政治上辉煌起来。没有东西能阻挡你获得眼巴特勒先生一样伟大的成功的——而且不会消化不良。"她笑着补充了末了的一句。

两人继续谈下去。她总是温文尔雅不断坚持地回到一个问题：教育一定要全面打好基础，拉丁文是基础的一部分，对从事任何事业大有益处。她描绘出了她理想的成功者。那大体是她父亲的形象，其中准确无误地夹杂着一些巴特勒先生形象的线条与色彩。他躺在地上尖起耳朵专心致志地听着，抬起头注视着他，欣赏着她说话时嘴唇的所有动作，不过脑子却装不进去。她所描绘的图画并不迷人。他隐隐约约感到失望的痛苦，因为对她的爱那痛苦更加清晰。她的全部谈话没有一个字关于他的写作。他带来念的稿子躺在地上遭到了冷落。

谈话终于暂时停止了，他瞅了一眼太阳，估算了一下它跟地平线的距离，作为一种暗示拿起了稿子。

"我简直忘了，"她急忙说，"我特别想听呢！"

他为她念了一篇自己觉得是最好的短篇小说。他把它叫作《生命之酒》。故事里的酒是在他写作时静悄悄地钻进他脑子的，也许他一念，那酒又钻进了他的脑子，故事的轮廓本来就有一定的魅力，文采和点缀是他用来渲染的。他一开始写作时的火焰与热情又在他心里燃起，令他陶醉，所以看不见也听不到自己作品的缺点了。露丝却不一样。她那训练有素的耳朵听出了它的薄弱和夸大之处和初学者过度渲染的地方。句子的节奏一有疙瘩和拖沓也都马上为她察觉。除了这些只要没有太装腔作势她都几乎不顾及节奏。作品那业余味儿给了她不高兴的印象。业余水平，这是她对全部小说的最终评价。但是她没有直说，反方面看，在他念完之后她只指出了一些次要的瑕疵，说她喜欢那篇小说。

但是他感到失望。他承认她的评价是公平的，但他仍然有一种感觉，他让她听这小说并非要她作学堂式的作文修改。细节不重要，它们可以自生自灭。他可以改，能学会自己改。他在生活中抓住了某种重大的东西，要创作进他的小说。他向她念的是那重要的东西，不是句子结构或分号什么的。他想要她跟他一起体验属于他的这点重要的东西，那是他用自己的眼睛看见过，在自己的头脑里深思熟虑过，用自己的手在纸上打出来的。完了，我没能成功，这是他心里的秘密看法。编辑们估计是对的。他意识到了那巨大的东西，却没表现出来，依旧波澜不惊。他隐藏了心中的失望，随声附和了她的评价，使她没有认识到他内心的深处有一道汹涌的潜流在奔腾。

"下一篇我把它叫《阴谋》，"他对着稿子说，"已经有四五个杂志退稿了，可我总是认为它不错。事实上我不知道该如何评价。我只是把捉住的某种东西写了下来。它就算使我非常激动，却未必能使你同样激动。篇幅短小，只有两千字。"

"太可怕了！"他念完了稿子，她叫道。"骇人听闻，难以言说的骇人听闻！"

他观察到了她那惨白的脸色，神色紧张地瞪大的双眼和攥紧的拳头，心中暗自得意。他成功了，他已表述出了自己在头脑中设计的形象与感情，他打中了。不管她喜欢与否，故事已经抓住了她，支配了她，使她坐在那边静静地听，再也不思量细节。

"那就是生活，"他说，"生活并不是永世俏丽的，大概因为我生性奇特，我在恐怖中找到了一些美好的东西。我好像感到正因为它出现在恐怖中，那美丽才增长了十倍，"

"但，那可怜的女人怎么不能——"她漫不经心地插嘴道，却又抑制住了心中的厌恶之情，叫道，"啊！这小说堕落！不美、肮脏下流！"

他感到心房好像霎时间停止了跳动。肮脏下流！他做梦也想不到，他设计那个意思，整个情节站在他面前，每个字母都燃着火，燃得那么闪亮耀眼。他无论怎样也找不出肮脏下流的东西。他的心脏恢复了跳动，他问心无愧。

"你怎么不选一个美好的题材？"是她在说话，"天下有肮脏下流的东西，这我们知道，可我们没有理由——"

她充满怒气地说下去，但他没有听，只抬起头望着她那处女的脸，心中偷偷窃喜，那张脸多么天真纯洁，天真得令人垂怜、纯洁得摄人心魄，能除去他身上的所有脏污，把他浸润于一种天国的灵光之中。那灵光清凉、温柔，如月亮，像星星，世界上有肮脏下流的东西，这我们了解。看来她也知道有肮脏下流的东西，这叫他开心，心里也不禁窃喜他只把她那话看作是恋爱时的笑话紧接着，各种各样的细节的幻影便闪过他心田，他看到了本身所经历过的肮脏下流的生活的汪洋大海，他包含了她，同为她不可能明白状况，而那并不是她的错。他感恩上帝她能这样天真无邪、一尘不染。但是他却知道生活，明白它的肮脏和美好；知道它的伟大，虽然其中到处总是恶。以上帝发誓他现在正要向世界发言加以勾勒呢！天堂上的圣徒除了美丽纯洁还能怎么样？对他们不必称颂。但是丑恶渊薮中的圣徒——啊，那才是永恒的奇迹，那才是生命的意义所在，眼睁睁地看着道德上的伟人从邪恶的泥淖中升起；眼睁睁地看着自己从泥淖中升起，睁开滴着泥浆的双眼第一次看到了遥远处朦朦胧胧存在的美；眼看着力量、真理和崇高的精神天赋从无力、脆弱、恶意和各种各样的地狱般的兽性中升起——

从她嘴里说出的一连串话语钻进了他的耳朵。

"这小说的档次整个儿低下。可事实上小说有许多高尚的东西。试以《悼念》为例。"

他因为无奈，几乎要提起《洛克斯利大厅》。如果不是他的幻影又抓住了他，让他盯着她，他险些说了出来。这跟他同一种属的女人，从远占的萌动开始，在生命的宏大的阶梯上爬行挣扎，经历了亿万斯年，才在最高层出现，演化出了一个露丝，纯洁、美丽、神圣，有力量让他明白爱情，向往纯洁，盼望品尝神性的滋味——马丁·伊登，也是。以某种令人惊诧的方式从泥淖中，从数不清错误和数不清流产的创作中爬出来的。浪漫、奇迹和荣耀都在这里。只要他可以表达。这就能成为写作的素材。天上的圣徒！——圣徒仅仅是圣徒，连自己也挽救不了；可他却是个人。

"你拥有力量，"他听见她在说话，"可那是没有经过训练的力量。"

"你必须培养辨别本领，必须考虑品位、美和情调。"

"像一头闯进瓷器店的公牛，"他这样比喻，赢得了她一笑。

"我胆太大，写得太多，"他小声地说。

她笑着同意了，之后坐好，又听下一篇。

"我不清楚你对这一篇会怎么看，"他说明道，"这一篇挺好玩，我害怕会力不从心，但用意是好的。你没必要锱铢必较，只看看你能否感觉到其中重大的东西。它重大，也真实，尽管我很可能没有表现出来。"

他开始读，一边读一边观察她。他最终打动她了。她坐着一动不动，眼睛仅仅注视着他，连呼吸也几乎停止了。他觉得他是被她作品的魅力打动了，读得如醉如痴了。他把这小说叫作《冒险》，事实上是对冒险的礼赞——不是故事书中那种冒险，而是现实中的冒险。野蛮的头领经历过可怕的惩罚取得了惊人的报偿。没有充足的信心，多次不断要求着令人畏惧的耐性和在辛酸的日夜里的勤劳苦作。面前或是耀眼的明媚阳光，或是忍饥受渴之后的漆黑的死亡，或者是高烧不退，形销骨立，精神严重紊乱而死。通过血与汗，蚊叮虫咬，通过一串又一串琐碎平凡的交锋，最终到达了灿烂的结局，取得了伟大的成就。

他写进小说的便是这种东西，它的全部，而且更多，他相信在她坐着静听时使她激动的正是这东西。她的眼睛睁得很大，淡淡的红晕出现在她苍白的面容上，他结束时仿佛感到她快要喘不过气来了。她确实是激动了，不过并不是因为故事，而是因为他。她对故事的评价不高。她感受到的是马丁那雄壮的力，他那一向过剩的精力好像正向她汩汩流注，把她淹没了。说来也怪，正是载满着他的强力的小说一下子成了他的力量向她倾泻的渠道。她只感受到那力量，却忽视了那媒体。在她好像为他的作品所颠倒时，颠倒她的事实上是一种对她还很陌生的东西——一种令人恐惧而危险的思想不期而至，在她头脑里出现。她忽然发觉自己在困扰着婚姻是什么样子，在她感受到那思想的放肆与狂热时她的却是吓坏了。这念头太不适合她的处女身份，也不像她。她还从未因自己的女儿之身而烦恼过。她总是生活在丁尼生诗歌式的梦境里。那精巧的大师对闯入王后与骑士之间的粗野成分虽然作了微妙的暗示，但她对它的含义却感觉迟钝。她一向沉睡未醒，不过现在生命已在急不可耐地猛烈地敲着她的每一扇门扉。她的心如一团乱麻，正在忙着插插销，上门闩，可放纵的本能却在催促她打开门户，邀请那生疏得美妙的客人进来。

马丁心满意足地等着她的判决词。他对那判决怎样毫不怀疑。但是一听见她的话却不禁目瞪口呆。——"很美。"

"的确很美，"片刻之后她又侧重地重复了这句话。

当然很美，但是其中不光有美，还有其他的，有更光芒闪耀的东西，美在它面前只是个婢女。他静静地趴在地上，望着极大的不信任以其狰狞的形象在他面前升起。他失败了，他力不从心。他曾经看到一个世界上最伟大的东西，但是没有表达。

"你对——"他犹豫了一会儿，为头一次使用一个陌生的词感到有些害羞。"你对作品的主题有什么看法?"他问。

"主题有些混乱，"她回答说，"总的来说这就是我仅有的评论。我跟随着故事情节，但其中似乎夹杂了好多别的东西，有些婆婆妈妈。你插进了许多乱七八糟的东西，阻碍了剧情的发展。"

"不过那个才是主要的主题呢，"他匆匆忙忙地解释，"是个重大的潜在的主题，广阔无边的具有普遍意义的东西。我努力让它跟故事本身同时发展，可毕竟也只能浮光掠影，我嗅到了一个猎物，枪法却不行。我没写出我想要写的东西。但是我总可以学会的。"

她没有明白他的意思。她是个文学土，但他已超越了禁锢着他的藩篱。对此她并不理解，却把自己的不明白看作是因为他的逻辑混乱。

"你太复杂，"她说，"但是小说很美，在一些部分。"

她的声音在他耳里好像很辽远，因为他正在思考是否给她念念《海上抒情诗人他躺在那儿，隐隐约约地感到失望，她却在打量他，又在考虑着不期而至的疯狂放肆的婚姻问题。

"你愿意成名吗？"她忽然问他。

"想，确实有些想，"他承认，"那是冒险的其中一部分。重要的并不是出名本身，而是出名的过程。而对我来说，成名只是获得另一目的的手段。为了那个目的我十分想成名。"

"目的便是你，"他希望有这句话。如果她对他念给她听的东西反应强烈，说不定他就会加上的。

但是她此时正忙着思考，要为他假想出一种至少是可行的事业。她并没有追问什么才是他所暗示的最终目的。文学不是他的事业，对此她笃信不疑，像他今天又已用他那些业余半生不熟的作品作了证明。他可以谈得十分动人，但不能用文学的手法加以刻画。她用丁尼生、勃朗宁和她喜好的散文大师跟他作比较，跟他那些无可救药的不足作比较。但她并没有把心里的话全告诉他，她对他那种奇怪的爱好使她迁就着他。他的写作欲终究是一种喜好，以后会自然消散的。那时他就会去从事生活中更为严肃的事业，而且取得成功，这她知道，他意志坚强，身体好，是不会失败的——只要他选择放弃写作。

"我盼望你把所有作品都给我看看，伊登先生。"她说。

他开心得涨红了脸。他至少能肯定她已提起了兴致。她没有给他一张退稿条。她说他的作品一些地方很美，这已经是他从别人那边听到的第一个鼓励之辞。

"好的，"他冲动地说，"而且，莫尔斯小姐，我向你保证肯定好好干。我知道我的来路很长，要走的路也很长，但我必须要走到，哪怕是手足并用也要走到。"他捧起一叠稿子。"这是《海上抒情诗》，你回家时我再给你，你抽时间读一读，请务必告诉我你对它的看法。你明白我最需要的就是批评。请你一定坦率地提出意见。"

"我绝对完全坦率，"她答应着，心里却觉得不安，因为她对他并不十分坦率，而且怀疑下回对他是否全部坦率。

第十五章

"第一仗就这么结束了，打完了，"十天后马丁对着镜子说，"接下来还有第二仗，第三仗，直打到时间的止境，除非——"

话还没说完，他转过头看了看那间寒碜的小屋，目光停留在一堆退稿上，装在长信封里的退稿躺在地板角落山地里。他不再有邮票打发它们去周游了，一个星期以来退稿在不停地堆积。明天还会有越来越多的退稿要来，还有后天，大后天，直到稿子一一退回。而他已无法再把它们打发出去了。他已有一个月没交打字机租金，由于交不出的缘故。他的钱只勉勉强强够这一周已到期的膳宿费和职业介绍所的手续费。

他坐了下来，满怀心事地望着桌子。桌子上有墨水印迹，他猛然发现自己很爱这桌子。

"亲爱的老桌子，"他说，"我跟你一起度过了一段十分开心的时光。说到底你对我还是够朋友的，向来不拒绝为我做事，从来不给我一份退稿条用来回答我的无能，也向来没有抱怨过加班加点。"

他双肘往桌上一搁，便把脸埋了过去，她的喉咙一阵难受，有想哭的冲动。这让他想起他第一次打架。那个时候他六岁。他眼泪汪汪地不断地打着。

比他大两岁的那个孩子拳头耳光直打得他筋疲力尽。在他终于倒下的时候他望见那一圈男孩子仿佛野蛮人一般号叫着。他痛得扭来扭去想呕吐，鼻子鲜血直流，受伤的眼睛噙满了眼泪。

"可怜的小伙子，"他自言自语，"你如今又遭到了惨败，被打成了肉泥。你给打倒了，退场了。"

但那第一场架的幻觉还在他眼帘下存在。他认真地一看，又见它融化开去，变作此后的多次打架。六个月之后干酪脸（他那对手）再次把他打败了，眼睛却也被他打肿了。那些仗打得可不容易。他一仗一仗都看到了，每一仗他都挨揍，干酪脸在他面前耀武扬威。但他从来没逃走过。只要一想到这一点他便有了力气。打不过就挨揍，却坚决不逃走。干酪脸打起架来是个小魔鬼，对他从来没有手软，但他总能坚持住！总能坚持住！然后，他看到了一条窄窄的胡同，两旁是歪七扭八的棚屋。胡同止境叫一栋一楼一底的砖房堵住，砖房里发出印刷机随着节奏轰鸣，第一期《探询者》报就是在这儿出版的。他那时十一岁，干酪脸十三岁。两人都送《探询者》，都在那里等报纸。当然，干酪脸又跟他找碴，于是又打了一架。这一架难分伯仲，因为三点三刻印刷车间大门一开报童们就挤进去折报纸了。

"我明天准收拾你，"他听到了干酪脸向他保证，也听见自己尖锐而颤抖的声音忍住了眼泪答应明天在那边见面。

第二天他果然去了，从学校匆忙地赶去，抢先到达，两分钟后就跟干酪脸干了起来。别的孩子说他是好样的，帮他出谋划策，指出他拼打中的毛病，说要是他照他们的点子打他准能赢。他们也给干酪脸参谋，出谋划策。那一仗他们看得好高兴！他停止了回忆，却来羡慕那群孩子所看到的他跟干酪脸那一次精彩表演。两人打了起来，打得难分胜负，打了三十分钟，直打到印刷车间开门。

他观看着自己的幻影一天天的从学校匆匆忙忙赶到《探询者》胡同去。他行动不便了，因为每天打架，腿僵了，瘸了。因为挡开了无数的拳头，他的前臂从手腕到手肘被打得青一块紫一块，有些方位还化脓了。他的脑袋、胳臂、肩头、后腰都疼，全身都疼，脑袋沉重，发晕。在学校他既不玩乐也不读书，甚至像他现在这样在桌子边安静地坐上一天，也是一种折磨。从每天一架开始，日子便长得可怕，时间流逝成了梦魇，未来只是无休止的每天一架。他常常想他怎么就打不败干酪脸？打败了他，可不就逃脱苦海了吗？可他从没有想到过不打，从来没有想到过向干酪脸认输。

他就像这样忍耐着肉体和灵魂的痛苦，挣扎着去《探询者》胡同，去学忍耐，去面对他那永远的敌人干酪脸。那孩子也跟他一样难受，如果不是有那群报童看热闹非得保全那痛苦的面子不可，他也有些不想打了。某天下午在两人按照规矩（不许踢，不许打皮带以下部位，倒地之后不许再打）作了一场激烈的苦斗之后，干酪脸被打得上气不接下气，站立不稳，提出算个平局不再打了。这个时候脑袋伏在胳膊上的马丁看到了许多年以前那天下午自己的样子，禁不住欢欣雀跃。那时他已站立不稳，大口大口喘着粗气，打破的嘴唇在流血，那血流进喉咙，噎得他说不出话来。但他却摇摇晃晃地向干酪脸走去，将一口血吐了出来，清理了喉咙，大叫说，干酪脸尽可以认输，但是他还要揍他。干酪脸不服输，两人又打了起来。

第二天、第三天和以后没有尽头的日子里下午的架照打不误。他每天抢起胳膊开仗时都疼得厉害。最初的几拳不管是打的还是挨的，都疼得他翻肠倒肚。后来就麻木了。他闷着头瞎打。干酪脸那粗糙的五官、野兽一样的燃烧着的眼睛像梦境一样在他面前转来转去，晃来晃去。他集中精力揍他的脸，别的只留下一团旋转的虚无，世界上除了那张脸便什么都没有。不用自己那流血的拳头把他打成肉泥自己就得不到休息——幸福的休息。否则便是让不知怎么属于那张脸的充满鲜血的拳头把自己打成肉泥。总之，不管输赢他都可以休息了。但是住手不打，要他马丁住手不打，哼！没门！那一天总算是到了。他拖着身子来到《探询者》胡同，却没有看到干酪脸。以后干酪脸也再没有出现。孩子们恭喜他，告诉他干酪脸给他打败了。不过马丁并不知足。他还没有打败干酪脸，问题还没能解决。后来他们才听闻干酪脸的父亲就在那天猛然死了。

马丁跨越了许多年来到了奥狄多林戏院楼座的那天夜里。他那年十七岁，刚刚从海上回来。有人争吵，马丁出面调和，面对他的正是干酪脸那充满怒火的眼睛。

"看完戏我再收拾你，"他的老对手从牙缝里说。

马丁点点头。楼座警卫已经向骚乱方向冲过来。

"最后一场完了咱俩外边会，"马丁低声说，脸上的兴致仍在舞台的蹦蹦飞上，没有走神。

警卫瞪了他一眼走掉了。

"有哥儿们吗?"那一出看完他问干酪脸。

"当然了。"

"那我也得找一些来。"马丁说道。

他在幕间休息时招呼来了自己的人马——铁钉厂的三个熟人，一个铁路上的锅炉工，大麻帮的六七个，再算上两路口帮的六七个横人。

观众出戏院时两帮人马从街两面不起眼地鱼贯而出，来到一个幽静的地方，会了面，举行了战前会议。

"地点确定在八号街大桥，"干酪脸帮的一个红发崽说到，"你俩能在正中灯光下打，哪头来了公安就能从另一头溜走。"

"我没意见。"马丁跟自己那帮人的领头人商议了一下说。

八号街大桥横跨于安东尼奥河入海口的一道细长的海湾，相当于城市的三段街长，在桥的正中和两头全部有电灯。警察在桥头的灯火下一露脸就会被察觉到。要进行此时在马丁眼帘前出现的战斗，那是个比较安全的地方。

他会看同那两帮人气势汹汹，阴郁着脸，相互冷冷对峙着。各自支持自己的斗士。他注意到自己和干酪脸掉衣服。不远处布有岗哨，任务是看着灯光照亮的两边桥头，大麻帮一个人拿着马丁的外衣、衬衫和帽子准备如果出现警察干预就跟他们共同向安全地带逃走。马丁看到自己走到正中。面对着干酪脸听见自己举起手警告说：

"这一架只打不和，明白吗？只能打到底，再没别的；不可以认输求和。这是算旧账，是要打到底的，懂吗？总得有一个人给打垮才结束。"

干酪脸想表示不一样的意见——马丁能看出——但在两帮人面前他不能不照顾自己面临危机的面子。

"噢，好吧，"他回答道，"不要废话。奉陪到底。"

随后两人就仿佛两头血气方刚的小牛一样打起架来。不戴手套，酝酿了足够的仇恨，恨不得把对手打伤、打残、打死。人类万余年来在创造的历程中，在向上发展的阶梯中所获得的进步已荡然无存，只留下了电灯光，那是人类伟人的冒险历程中的一个里程碑、马丁和干酪脸都成了石器时代的野蛮人，穴居野处构木为巢。两人往烂泥的沼泽里越陷越深，倒退成了生命一开始时的渣滓，按化学规律毫无头绪地斗争前，像原子一样，好像满天星尘一样斗争着。撞击，退缩，再撞击，永远撞击。

"上帝呀，我们都是野兽啊！野蛮凶猛的野兽！"马丁看着斗殴继续，大声嘟哝道。那话是对自己说的，他现在具有超凡的视力，有如通过电影放映机在观看。他既是旁观者，又是参加者。好多个月的文化学习和教养使他见到这种场面感到十分惊悚了。然后现实从他的意识中抹去，往昔的幽灵依附到他身上，他又成了刚从海上回来的马丁·伊登，在八号街大桥跟干酪脸打架。他挨打、苦斗、流汗、流血，没戴手套的拳头只要打中，他就得意扬扬。

他们是两股仇恨的旋风，声势浩荡地绕着彼此旋转。时间流逝，敌对的两帮人鸦雀无声。他们从没见过这样的凶狠残忍，不禁恐慌起来。对拼的两人都是比他们更凶猛的野兽，血气方刚的冲动和锐气慢慢地消磨下去，双方都打得更加小心翼翼了，小心多了，谁都没有占到便宜。"谁胜谁败可真无法预测，"马丁听见有人说。然后他双管齐下时一个假动作紧逼过去，却挨了猛烈地一拳反击，感到面颊被撕破了，破到了骨头。那不是光凭拳头能打成的。他听见那血淋淋的伤口引起的惊呼与窃窃私语。血大片大片地流了下来，但他没动声色，只是十分警觉了，因为他充满智慧，深知自己这类人的狡猾与肮脏卑鄙。他观察着、等待着，终于假装了一个猛攻却中途收拳，看见有金属的光一闪。

"举起你的手来！"他尖叫道，"你戴了铜大节？你竟然用铜关节打我！"

两帮人都悲惨地叫着，张牙舞爪地向前冲；一瞬间就可能打成一团，那他就没办法报仇了。他急得像疯了一样。

"你们全都闪到一边去！"他嘶哑着喉咙尖叫着，"懂不懂？说，懂不懂！"

人们闪开了。他们都是野兽，但是马丁却是头号野兽，是比他们高出一头的、管得了他们的凶神恶煞。

"这一架是我的架，别来凑热闹。把铜关节交出来。"

干酪脸清醒下来，有点胆怯了，交出了那卑鄙的暗器。

"是你递给他的，是你这个红头崽躲在别人的背后递给他的，"马丁狠狠地把铜关节扔进水里说，"我早看见你了，早预料到你要使坏。你要敢再使坏我就揍死你，知道了吗？"

两人再次打了起来，打得精疲力竭依然不停，打到疲倦得无法计量，难以想象，打到那帮野人从满足了嗜血的兴趣发展到被那惨象吓坏了。他们公公正正地提出双方停战。干酪脸差不多要倒地而死或是不倒地而死，他那差点给打得成了一张完全的干酪皮，成了张狰狞的鬼脸。他动摇了，犹豫了；不过马丁扑进人群又对他一次又一次地打了起来。

然后，约莫过了一百年，干酪脸突然间垮了下去，可就在一阵混乱的击打声中猛然出现了刺耳的折断声，马丁的右臂垂了下来，他的骨头断了。那声音人人都听得见，也都明白。干酪脸也明白，便趁对方走投无路之际拳头雨点一样地打了过去。马丁一帮冲上前来劝架。马丁被打得晕头转向，还是发出恶毒却也认真的咒骂，叫他们躲到一边去。他怀着最终的凄凉与绝望抽泣着、呻吟着。

他用左手持续打了下去，他坚强地、晕晕乎乎地打着。他好像听见遥远处那群人在恐怖地叽叽喳喳地议论。其中有一个嗓子颤抖地说："这不算是打架，伙计们，这是杀人，我们得阻止他们。"

不过并没有人来挡住。马丁很开心，用他那唯一的胳膊疲劳不堪地不停地打了下去，对着眼前那鲜血淋漓的东西拼命地打。那东西已不是股，而是一团恐怖，一团晃来晃去、丑陋无比的没有名字的东西。那东西坚持在他昏花的眼睛面前不愿意走开。他一拳又一拳地打着，越打越慢，最后的活力一点一点地往外渗出。打了许多个世纪、亿万斯年，一直打到了天荒地老，最后才隐约感到那难以名状的东西在往下垮，慢慢地倒下在粗糙的桥面上。他随即耸立到了那东西上面。他双腿颤抖，踉跄着，摇晃着，在空中抓挠着，试图找个依靠。用自己也不认识的声音说道：

"你还想挨揍不？说呀，还想挨揍吗？"

他不停地逼问，要求回答，威胁着，问那东西是不是还想挨揍——这时他感到团伙的同伴们扶住了他，帮他拍拍背，给他穿衣服。于是眼前一黑，不省人事了。

桌上的白铁皮闹钟在响着，但是头埋在手臂里的马丁·伊登没有听见。他一点都没有听见，什么都没想。他一定在重温着昏死在八号街大桥上的那个旧梦，现在他也昏死了过去。眼前的黑暗和心里的空虚持续了一分钟之久，他才死人复活似的蹦了起来，站直了身子，眼里燃着火，满脸流汗，叫嚷道：

"我打垮了你，干酪脸！虽然等了十一年，可我打垮了你。"

他的膝盖在颤抖，他觉得很虚弱，晃晃悠悠地回到床边，一屁股坐在床沿上。往昔的日子依然支配着他。他奇怪地望着小屋,不清楚自己在什么地方,直到瞥见了屋角的稿件。然后回忆的轮子才飞掠过四年的时光,让他察觉到了现在,意识到了他翻开的书和他从书本中所获得的天地、他的梦想和雄心,察觉到他对一个苍白的天使一般的姑娘的爱情。那姑娘敏感、受宠、轻灵,如果看见了刚才在他眼前重演的往日时光,就算只一瞬间,她也会吓坏的——不过那却不过是他曾经经历过的所有肮脏生活的一个瞬间。

他站起身子,走到镜子前面,对着自己。

"你就这样从泥潭中爬出来了,伊登,"他严肃地说,"你在朦胧的光中洗涤了眼睛,在星群之间挺起了肩膀,你在做着生命要做的工作,'让猴与虎死去',从一切古往今来的力量中汲取最优秀的遗产。"

他更认真地审视着自己,笑了。

"有几分歇斯底里,还带有几分浅薄的浪漫,是吗?"他问,"没关系,你打垮了干酪脸,你也能打垮编辑们的,就算要花去你两个十一年的时间。你不能到这样就停止了。你必须前进。你得走到底,要知道。"

第十六章

闹钟响了，马丁清醒过来。闹声很突然，如果换个体质不如他的人怕是连头都会闹痛的。但他即使睡得很熟，却像猪一样马上警惕起来，脑子也马上清醒了。他很开心五小时的睡眠就这样结束了。他仇恨睡眠，只要睡着就什么都忘了。而他有太多的事要去做，太丰富的生活要过，一分钟也不舍得让睡眠夺去。铃声还没有播完，他已连头带耳朵钻进了洗脸盆，叫冷水冲得打激灵，十分清醒。

不过他并没有按正常的日程办事。他已再没有未完成的小说要写。再没有新的小说要构思了。昨晚他熬了夜，现在已经是早餐时分。他竭尽全力想读一章费斯克。脑子里却乱成一团的，只好合上了书。今天他要开始新的奋斗了，在一段时间内他都不会再投身于写作了。他感到一种离乡背井告别亲人的难过，他望了望屋角的稿件。一切都是为了它们。他要跟稿件告别了——他那些不受欢迎的、受到侮辱的可怜的孩子们。他又开始审视起来。他东一段西一段地读起来他得意的作品，他把最大的荣誉给了《罐子》，然后给了《冒险》。前一天才完成的最新作品《欢乐》，因为没有邮资被丢弃到角落里，此时此刻得到了他最真诚的赞美。

"我不明白，"他嘀嘀咕咕地说，"不然的话然就是编辑们不明白，他们每个月都要发表许多更糟糕的作品。他们发表的东西是一团糟——至少是几乎所有的都很糟糕，但是他们却司空见惯，不知道有什么错。"

早餐完毕他把打字机装进盒里，送下了奥克兰。"我欠了一个月租金、"他对店里的店员说，"请你告诉经理我要干活去，几个月后就回来跟他结账。"

他坐渡轮到了旧金山，去到一家职业介绍所。"任何活都行，我没有技术，"他告诉那代理人，一个新来的人打断了他的话。那人穿得有些花哨，某些生性爱漂亮的工人就爱好那种打扮。代理人无可奈何地摇了摇头。

"没办法，对不对？"那人说，"可我今儿必须得找到一个人不可。"

他转身望着马丁，马丁回望了他一眼，察觉到他那浮肿惨白的脸，漂亮，但是没精打采。他知道他喝了一个晚上。

"找工作？"那人问，"能做什么？"

"不容易的活。当水手，打字（不会速记），干牧场活儿，什么活儿我都可以，我一点都不怕吃苦。"马丁回答。

那人点点头。

"我看挺好的。我叫道森，乔·道森，想找个洗衣工。"

"我干不了，"马丁好像看见自己在烫女人穿的白色衣服，毛茸茸的，感到十分滑稽。但看那人却顺眼，就补上一句："洗衣服我会。出海的时候学过。"

乔·道森很明显是在思考，过了一会儿。

"听我说，咱俩商量一下，愿意听不？"

马丁点了点头。

"是个小洗衣店，在北边儿，属雪莉温泉——旅馆，你明白的。两人干。一个做头儿，另一个帮手。我是头儿。你不是给我干活，只是给我打下手，愿意学吗？"

马丁想了片刻。前景光明。干几个月又会有机会学习了。他还可以一边卯足劲头儿干活，一边努力学习。

"饮食不错，你能自己有间屋，"乔说。

那就解决了问题。自己有间屋就没人打扰我开夜车了。

"可活儿非常重，"那人又说。

马丁抚摸着他鼓突的肩部肌肉表示，"这可是干苦活儿熬出来的。"

"那咱们就讨论一下，"乔用手捂了一会儿脑袋，"天啦！喝得真是痛快，可眼睛都花了。昨天晚上喝了个够——看不见了，无法看见了。那边的条件是：两个人一百元，吃饭在外。我一直是拿的六十，那个人拿四十。但他是熟手，你是生手，我要教你，刚开始时还得干许多该你干的活儿，只给你三十，以后一直涨到四十。我不会让你吃亏的，到你能干完你那份活儿的时候就会给你四十。"

"我就依你，"马丁大声地说，伸出了手，对方握了握。"可以预支一点吗？——买火车票，还有别的。"

"我的钱花完了，"乔回答，有些难过。又伸手捂住脑袋。"只剩下一张来回票了。"

"但是我交了膳宿费就没钱了。"

"那就逃跑呗。"乔出主意。

"不可以，是欠我姐姐的。"

乔很尴尬，悠长地吹了一声口哨，想了想，无计可施。

"我还有几个酒钱，"他豁出去了，说，"来吧，有可能想出个办法。"

马丁拒绝了。

"戒酒了？"

这回马丁点了点头，乔开始抱怨："希望我也能戒掉。"

"可我不明白为什么就是戒不掉，"他辩解道，"辛辛苦苦干了一星期总想喝个痛快。不喝就恨不得割破自己的喉咙，恨不得把房子烧了。不过我倒很开心你戒掉了。戒掉就别再喝了。"

马丁明白他跟自己之间有一道巨大的鸿沟——那是由读书造成的。他要是乐意跨回去倒也容易。他一生都在工人阶级环境里生活，对劳动者的同情已经成为他的第二天性。对方头疼解决不了的交通问题他都解决了。他还能利用乔的火车票把箱子带到雪莉温泉，自己骑自行车去。总共是 70 英里，他能在星期天一天骑到，周一就上班。那之前他能回去拾掇。他用不着和谁告别，露丝和她全家都到内华达山的太和湖度悠长的夏天去了。

周日晚上他筋疲力尽浑身脏兮兮地到达了雪莉温泉。乔饶有兴致地接待了他。乔用一条湿毛巾捆在疼痛的前额上，整整工作了一天。

"我去找你的时候上个星期的衣服堆积如山，"他解释说，"你的箱子现在送到了。放到你屋里去了。你那鬼东西根本不能称作是，装的是什么？金砖吗？"

乔坐在床上，马丁打开箱子。箱子原本是早餐食品包装箱，希金波坦先生收了他半元钱才给他的。他给它钉上两段绳作把手，从技术上把它改装成了可以在行李车厢上上下下的箱子。乔睁大了眼睛望着他拿出几件衬衫和内衣内裤，然后便是书，再取出来还是书。

"一直到底都是书吗？"他问。

马丁点了点头，把书在一张厨房用的桌子上摆放整齐。那桌子原是摆在屋里做盥洗架用的。

"天哪！"乔脱口而出，便不再吱声，他在动脑筋想推断出个理由来。他终于清楚了。

"看来，你对姑娘——不大有兴趣？"他试探着问。

"没什么兴趣，"他回答，"在我迷上书之前也爱追女孩子。那之后就没有时间了。"

"可在这里是没时间的。你只有干活和睡觉的分儿。"

马丁想到自己一夜只需要五小时睡眠便轻轻地微笑他那屋子在洗衣间楼上，跟发动机在同一幢楼。发动机又抽水，还得发电，又带动洗衣机。住在隔壁房的技师过来跟新手马丁见了面，还帮助他安了一盏电灯。安装在接出来的电线上，又牵了一根绳，让灯泡可以在桌子和床的上方不断移动。

次日早上六点一刻马丁便被叫醒，预备六点三刻吃早饭。洗衣楼有个浴盆，原是给侍役用的，他在里面洗了个冷水浴，叫乔十分惊讶。

"天哪，你真棒！"他们在旅馆厨房坐在一个角落吃饭时，乔说。

和他们共同吃饭吃饭的还有技师、花匠、花匠的下手和两三个马夫。吃饭时大家都着急，板着脸，很少谈话。马丁从他们的谈话更认识到自己跟他们现状的距离之远。他们的头脑贫弱得令他丧气，他巴不得赶快离开。所以使他跟他们一样把早餐急急忙忙塞进肚子，从厨房门走了出去，然后长长地舒了一口气。早餐一点都不好吃，软唧唧的。

那是一个设备十分齐全的小型蒸汽洗衣房，所有机器可以做的工作全部由最新式的机器做。马丁听了一遍讲解便去分拣大堆大堆的肮脏衣物，给它们分类。这时乔便开动粉碎机，调制全新的液体肥皂。那东西是由带腐蚀性的化学药品合成，逼迫他用浴巾把嘴、鼻子和眼睛都包了起来，包得像个木乃伊。衣服分类完成马丁便帮助他脱水：把衣物倒进一个旋转的容器，以每分钟几千转的速度旋转，用离心力的原理把水甩掉。之后他又在烘干机和脱水机之间忙来忙去，抽时间把短袜长裤"抖抖"。下午他们加热了机器，一人送进一人折叠，把长裤短袜用热轧滚筒熨烫。然后就是用熨斗烫内衣内裤，一直工作到六点。这时乔依然是摇头。没把握能够干完。

"差远了，"他说，"晚饭后还得干。"

晚饭后他们在白亮的电灯光下一直干到十点，得以把最后一件内衣熨完、折好、放进分发室。那是个惹得令人喘不过气的加利福尼亚之夜，有个烧得红红的熨个炉灶在屋里，虽然大开着窗户，屋子依然是个锅炉。马丁和乔两人把衣服脱得只剩下了内衣，光着膀子依然是汗流不止，喘不过气来。

"就和在赤道地区堆码货载一样。"两人上楼时马丁说。

"你一定可以的，"乔回答，"你很踏实肯干，真像把好手。就像这样干下去，仅仅需一个月拿三十块，下个月就能拿四十块了。可你别说你之前没熨过衣服，我能看出来。"

"说实话，在今天之前连块破布也没有熨过。"马丁表示不赞成。

进了屋子他为自己的劳累感到意外，忘了他已经持续站着干了十四个小时。他把闹钟设置在六点，再倒回来算到一点。他能一直读书到一点。他踹掉鞋，让肿胀的脚能够痛快一些，拿起书在桌边坐下。他打开了费斯克，紧接着两天前停下来的地方读下去。第一段就读得很吃力，回过头来又读。之后他醒了过来，觉得僵直的肌肉非常酸疼，从窗口吹进的山风刮得好冷。一看时钟，指着两点。他睡了四个钟头了。他脱掉衣服钻进被窝，脑袋一沾枕头便呼呼大睡。

星期二是同样的连续的苦工。乔干活的速度赢得了马丁的表扬。他一个人抵得上十二个魔鬼。他有十足的干劲，标准高。在悠长的一天里他每分钟都在为节省时间而奋斗。他集中注意力干活，集中注意力节约时间。他向马丁指出马丁用五个动作才可以完成的活儿可以用三个动作完成，或是三个动作才完成的活儿能用两个动作完成。"除去多余动作，"望着他并照着他做时给他这一套取了名字。马丁自己是个好工人，又灵活又麻利，自负的是从不让别人做他那工作，也从不让别人超越他。最后是他也同样集中精力集中力量干起活来。他那伙伴一给他传授窍门和点子他就赶紧学。他"压平"领子和袖口，从夹层之间挤出粉浆，防止在熨烫时产生气泡。他做得很快，受到乔的称赞。

两人手边总是有活干，没有空闲时间。乔一不等待二不纠缠，接连不断地流水般地干着。他们用收拢动作挽起衬衫，让袖口、领子、肩头和胸脯露出在握成圆形的右手之外，正在这时左手捞起衬衫下半截，以防沾上粉浆，右手硬往粉浆里一浸——粉浆很烫，绞出粉浆时双手一定不停地往一桶冷水里浸。统共洗了两百件。那天晚上他们又一直干到十点半。为太太小姐们那些带褶皱的、摆阔气的、精致美丽的衣物作"花式浆洗"

"我宁愿在热带干活，也不乐意洗衣服。"马丁笑着说。

"不洗衣服我还有什么活能干，"乔严肃认真地说，"我除了洗衣服什么都不行。"

"可你衣服洗得非常好"

"可以洗得好的。我是在奥克兰的康特拉科斯塔开始做事的，那时才十一岁，把东西抖散，为进热轧滚筒作预备。已干了十八年。其他的活儿全没干过。但现在这活儿是我干过的活中最致命的。至少应该多加一个人。明天晚上我们还得干活。用热轧滚筒总在星期五晚上——熨领子和袖口。"

马丁上好闹钟，坐到桌边，打开了费斯克。第一段没读完，一行行的事已模糊成了一片，他打起了盹。他来回走动，用拳头野蛮地捶脑袋，仍然无法打败沉重的睡意。他把书支在面前，用手指搓着眼皮，可睁着眼睛依然睡着了、他只好服输，迷迷糊糊脱掉衣服钻进了被窝。他睡了七个小时，睡得非常死，像牲口一样。被闹钟惊醒后还觉得满是睡意。

"读了很多书吗?"乔问他。

马丁摇了摇头。

"没事的。今天晚上咱们只开热轧滚筒。周四六点就下班。你就能做你想做的看书工作了。"

那天马丁在一个大桶里用手洗毛料衣物，加了一些强效肥皂液，用一个连在春杆上的马车轮毂洗。春杆固定在头顶的一根弹簧杆上。

"我的发明，"乔得意地说，"比搓衣板和你的手指头厉害多了，一星期最少能省十五分钟，干这种活能省下五分钟就不可小看了。"

同热轧滚筒熨领子和袖口也是乔的点子。那天晚上他们两个在电灯光下干活，他解释道：

"没有哪家洗衣房像这样，除了我这儿。要想在星期六下午三点之前干完活儿，我必须用这个方法。但只有找才知道怎么做，不同就在这。温度要适当，压力要适当，还要压三遍。你看！"他抓起一只袖口举了起来。"用手或压力熨都做不了这么好。"

星期四乔气急败坏。一大包另外的"花式浆洗"送了过来。

"我不干了，"他宣布，"无法忍受这种窝囊气。我要给他扔下走掉。我一个星期一个星期像个奴隶一样干活儿，争分夺秒，他们却给我送另外的'花式浆洗'来。我忙来忙去有什么好处？我们作为一个自由的国家，我要当面告诉那荷兰胖子我对他的意见。我不会骂他粗话，合众国式的直接我看就够好的了。他竟然叫我给他加班干'花式浆洗'。"

"我们今天晚上还是干吧，"过了片刻他说，推翻了刚才的想法，向命运屈服了。

那天晚上马丁没有读书。他已经一星期没看报，令他奇怪的是，也并不想看。他对新闻已提不起兴致。他太疲劳，太厌烦，对什么都失去了兴趣，虽然他计划着如果周六下午三点能收工，就骑车到奥克兰去。距离为70英里，星期天下午若果是再骑车回来，就根本谈不上休息，然后只得去上下一周的班。坐火车即使轻松些，往返的票钱得要两块五角，而他却只是想攒钱。

第十七章

　　马丁学会了许多活儿。第一星期的一个下午他跟乔"消灭"了那两百件白衬衫。乔使用压力熨斗。那东西是个钩在一条钢筋上的熨斗，由钢筋供给压力。他用这东西熨烫了衣肩、袖口和领圈，使领圈跟袖口成为直角，再把胸口烫出光泽。他快速地熨完了这几处立即把衬衫扔到他和马丁之间的一个架子上，马丁接过去"补火"——就是说熨烫没有烫过的地方。

　　这活儿一小时一小时地迅速干下去是令人十分辛苦的。旅馆外宽阔的阳台上男男女女穿着凉爽的白衬衫，用力吸着冰冻的饮料，舒缓着血液循环，可洗衣房里空气却热得要冒泡。巨大的火炉狂吼着，从通红烧到白炽。熨斗在潮湿的垫布上运行，送出一团团的水汽。这些熨斗跟家庭主妇们的熨斗不尽相同。能用蘸水的指头测量的普通熨斗乔和马丁用起来都嫌太冷。那种测量法行不通。他俩都是把熨斗贴近面颊，以某种微妙的心灵反应来测量温度的。马丁对这办法很赞赏，却不清除其中奥妙。烧好的熨斗太热，需要用铁棒钩起送到冷水里浸一浸。这也要求健全的判断力。多浸了若干分之一秒也会损坏精确的温度所产生的微妙细致的作用。马丁为自己所培养出的精确反应觉得惊讶——一种自动化的精准，准确无误到机器的标准。

　　但是他们没有时间惊讶。马丁把全部意识都用到工作上。头和手不断地运动着，把他变成了一部智能机器，把他作为人的所有都集中到提供那种智能上去了。他脑子里再也装不下宇宙和宇宙间的重要问题了。他那宽阔巨大的心灵走廊全关闭了。他被封锁了起来，像个隐士。他灵魂的回音室窄小得如一座锥形的塔，指挥着他的胳膊和肩肌、十个灵活的指头、和熨斗，沿着雾气腾腾的道路奔，做大刀阔斧的挥动。挥动的数量正好，并且是恰到好处，决不过火，只沿着没有尽头的两袖、两腰、后背、后摆急跑，之后把熨烫完的衬衫甩到承接架上，还不让它打皱。而他那着急的灵魂在扔出这一件的同时已经在向另一件衬衫伸了过去。他们就像这样一小时接着一小时地干着，而车间外的全部世界则正让加利福尼亚的太阳晒得发昏——这间温度过高的屋子里可没有人头昏脑涨，因为阳台上乘凉的客人需要清洁的衬衫。

　　马丁大汗淋漓。他喝了大量的水，可是天气太热，他又太累，喝下的水全部通过肌肉从毛孔里渗了出来。在海上，除了非常少数特殊情况，他所从事的工作总能给他许多机会独自思考。那时船老板只控制了他的时间；不过在这里，旅馆老板甚至还控制了他的思想。在这儿只有折磨神经残害身体的苦工，毫无思想。除了干活儿不可能思考。他已不清楚还爱着露丝，露丝甚至已根本不存在。由于他那疲于奔命的灵戏没时间去回忆她。只好在晚上钻进被窝或是早上去吃早饭时露丝才在他短暂的回忆中明确了自己的地位。

"这是地狱，对不对？"乔有一次说。

马丁点了点头，却也感到一阵愤怒。是地狱，自不待言，还用说。他们俩干活儿时一言不发，说话会打乱步伐。这次一说话就乱了。让马丁的熨斗错过了一个动作，多做了两个动作才跟上节拍。

周五早上升动了洗衣机。他们每星期要洗两次卧室用品：床单、枕头套、床罩、桌布和餐巾。洗完之后又得全力以赴干"花式浆洗"。那是慢工细活，又繁杂琐碎又精细。马丁学起来不是那么轻而易举，并且不能冒险，只要出错就是大乱子。

"看见了吧，"乔说，举起一件轻薄的胸衣背心，那东西团一团就能藏在手心里。"一烫坏就得扣除你二十元工资呢。"

所以马丁没烫坏那种东西。他的肌肉即使因此而松弛下来，神经可比任何时候都紧张。他满怀同情听着伙伴的咒骂。那是他在辛苦洗着漂亮衬衫时发出的——那些衬衫妇女们自己不浆洗却偏要穿。"花式浆洗"是马丁的噩梦，也是乔的噩梦。他们掏空心思节省下来的每时每刻都叫这"花式浆洗"吞食了。他们弄了整整一天"花式浆洗"，直到晚上七点才搞完，然后用热轧滚筒熨烫客房用品。晚上十点旅馆客人全部睡了，两个洗衣工仍旧流着汗忙"花式浆洗"呢。忙碌到半夜一点、两点，直到两点半才下班。

星期六又是"花式浆洗"和许多零七八碎的活儿，到下午三点，一同的活儿才最终干完。

"累成这副德行你不会还要骑 70 英里去奥克兰吧？"乔问。这个时候两人坐在台阶上庆祝胜利。

"要去，"马丁说。

"去干什么？——看姑娘吗？"

"为节省两块五毛钱火车票钱。要到图书馆去续借几本书。"

"为什么不用快递寄去寄来？寄一趟仅仅两毛五。"

马丁思考着这个建议。

"明天还是休息一下吧！"乔劝他，"你非常需要休息。我知道我就需要休息。累得筋疲力尽了"

他确实是满脸疲惫。他整个礼拜都不停歇，为争分夺秒而奋斗着，从不休息，消灭着耽误，打破着障碍。他是一股清泉，流泻出无法抵抗的力量，是一部高功率的活马达，一个干活的魔鬼。可完成了一星期的工作之后他却瘫痪了。他一点力气都没有了，非常憔悴，那张漂亮的脸松弛了、瘦削了、堆满了倦容。他没精神地吸着烟，声音异常呆板单调，全身上下那蓬勃的朝气和活力都不存在了。他的胜利好像很可怜。

"下周还得照样干，"他难受地说，"所有的这些又有什么意思呢？哼，我真不如去当个流浪汉。流浪汉不工作不也一样活吗？天哪，我真想喝一杯啤酒，可又鼓不起劲下村子里去。你就留下吧！把书用快递寄回去，不然的话你就是一个大傻瓜。"

"可我周日整日在这儿干什么呢？"马丁问。

"休息呀。你不知道自己有多疲惫。唉，星期天我可是累得要命，连报都懒得看的。有一回还生了病——伤寒。住院了两个半月，什么活儿都不干。那可真是奇妙！"

"真是美妙，"过了一分钟他又重复道。

马丁洗了一个澡，洗完察觉到乔已经不见了。马丁估摸他十有八九是喝酒去了。但要证实还得走半里路下到村里去。那路他觉得好像太长。他没有穿鞋躺在床上，一时下不定决心。他没有取书读，疲倦得连睡意都消失不见了。只昏昏沉沉躺着，几乎任何事都不想做，直躺到晚饭时候。乔没回来吃晚饭，马万听花匠说他也许到酒吧"拆柜台"去了，便已经明白。晚饭一吃完他马上上了床，一觉睡到了天亮才感到获得了足够的休息。乔仍然没有露面。马丁弄来一张星期天的报纸，在树林里找了个凉快角落躺下，一上午眨眼间就过去了。他没有睡觉，也没有谁打扰他，可报纸没有看完。吃完午饭他又返回那里读报，读着读着又睡着了。

周日就这么结束。星期一早上他又费尽辛苦地分拣开了衣物。乔用一条毛巾把脑袋扎得紧紧的，呻吟着，谩骂着，启动洗衣机，搅和着液体肥皂。

"我就是忍不住，"他解释道，"一到星期六晚上必须喝酒才行。"又一个星期过去了。每一个晚上都要在电灯光下苦战，一直到周六下午三点才结束。现在乔又品尝到了他已经凋萎的胜利的味道。然后又大步走向村里，去寻找忘却。和以前一样的马丁的星期天：躺在树荫里漫无目的地看报，一躺很多个小时，什么都不做，什么都不想。他即使对自己反感，却因太累，不去想它。他鄙视自己，好像是卷入了堕落，也许是天性卑劣。他身上神圣的所有全给磨灭了。豪情壮志没有了，能量没有了，激烈的热情感觉不到了。他已经死了，仿佛没有了灵魂，成了个畜生，一个干活的畜生。阳光透过绿叶洒了下来，他看不见它的美；湛蓝的天穹再也不像平时那样对他悄语，颤抖着表现出秘密，启示他宇宙的辽阔了。生命到了他嘴里只有苦味，沉闷而愚蠢，无法忍受。他内心那视觉的镜子罩上了一道黑色的帷幕。想象着躺进了密不透光的漆黑的病房。他羡慕乔能够在村子里不管不顾地"拆柜台"；脑子里能有蛆虫咬啮；能伤感地考虑着伤感的问题，却也能激情澎湃；他羡慕他能醉得想入非非，光芒万丈，忘掉了即将到来的周一和一整周能累死人的苦役。

第三周过去，马丁厌烦了自己，也厌烦了生命。失败感令他尴尬难受。现在他已明白过来：编辑们拒绝他的作品是有理由的。他讥笑自己和自己的幻梦。露丝把他的《海上抒情诗》穿了回来。他毫不动摇地读着她的信。露丝竭尽全力表示了喜欢这些诗，说它们很美。但她不能撒谎，不可以对自己掩盖现实。他知道这些诗并不成功。他从露丝的信中每一行缺乏热情的官样文章里看出她并不赞同，而她是对的。他重读了这些诗，坚信自己的感觉没有错。美感与神奇感已渐行渐远。读诗时他发觉自己在纳闷：一开始落笔时自己心里究竟有什么感受？他那些气势磅礴的词句给他怪诞的印象：他的得意之笔其实很鄙陋。所有的都荒唐、虚伪、不像话。他若是意志力够顽强，是会把《海上抒情诗》当场烧掉的——发动机房就在下面。但要费尽心力把稿子送到锅炉里去并不值得。他所有的力气都用到洗别人的衣服上去了，再没有任何力气干自己的事。

他打算在星期天振作起精神给露丝写封回信。可到星期六下午，等到他完成了工作洗完了澡，那寻求忘记的愿望又战胜了他。"我看还是到下面去看看乔如何吧，"他这样为自己辩护，却也明白这是在撒谎，可他已没力气去想它。就算是有力气，他也不会思考了，因为他只想忘却。于是他便随心所欲地慢慢往村子走去。将到酒店时不知不觉加快了步子。

"我还以为你依然在戒酒呢。"乔招呼他说。

马丁对于争论感到很不屑一顾，开口便叫威士忌，给自己的杯子斟满之后把酒瓶递给了乔。

"别通宵地喝，"他粗鲁地说。

乔捧了酒瓶磨蹭着，马丁不乐意等，一口气喝完了一杯又满斟了一杯。

"哎，我可以等你，"他恶狠狠地说，"可你也要赶快。"

乔赶快斟满酒，两人对饮起来。

"是干活太辛苦了吧？"乔问他。

马丁拒绝讨论这个问题。

"这儿干的真是地狱的活儿，我知道，"对方说下去，"但眼看你开了戒我心里依然不是滋味。来，祝你好运！"

马丁不声不响地喝着，咬着牙叫酒，咬着牙请人喝酒，叫得酒吧老板害怕。那老板是个带女人气的乡下小伙子，水汪汪又明亮的蓝眼睛，头发从正中分开。

"像这样强迫咱们穷鬼们干活，真是可耻的。"乔在说话，"我要是没有喝醉就会不管它三七二十一把洗衣房给他烧掉。是我喝醉了所以才救了他们的，我可能告诉你。"

但是马丁没有回答。几杯酒下肚他觉得脑子里有令他激动的蛆虫在爬。啊！这才像活着！三周以来他第一次感受到了生命的气息，他的梦也回来了。想象着从漆黑的病房里出来了，像火焰一样明亮，诱惑着他。他那映照出幻想的镜子明亮如银，有如一块旧的铭文大体磨去，又刻上了新的字迹的铜件。神奇与美手挽手跟他同行，他拥有了所有力量。他想告诉乔，可乔有他自己的想象。那是个完美的计划，他要当一家大的蒸汽洗衣场的老板，不用再受洗衣房的奴役。

"告诉你，马，我那洗衣场一定不用童工——杀了我也不行。下午六点以后车间里连鬼也不可以有一个。听我说！机器需要多，人要多，要在规定的时间服做完任务。所以，马，你来帮我的忙，我让你当监工，管全店，从上到下全管。我的计划是：戒酒，存上两年钱——存好钱就——"

但是马丁已经走开，让他去对着店老板絮絮叨叨，一直唠叨到那位人物被叫去拿酒——是两个农民走进门，马丁在请他们喝酒。马丁出手大方，请大家都喝：几个农场帮工、一个马夫、旅馆花匠的下手、酒店老板，另外一个像幽灵一样溜进来、像幽灵一样在柜台一头游荡的鬼鬼祟祟的流浪汉。

第十八章

星期一清晨第一小车衣物送到了洗衣房，乔垂头丧气。

"我说，"他开始说。

"别跟我说话，"马丁叫嚷道。

"不好意思，乔，"中午马丁说，两人下了班，正准备去吃饭。

对方眼里泪水流出。

"没有啥，老兄，"他说，"我们是在地狱里，没有任何办法。你知道，我似乎非常喜欢你呢，我不开心正因为这个。我最开始就非常喜欢你的。"

马丁抓着他的手摇了摇。

"咱们不干了吧，"乔建议，"丢下活儿当流浪汉去。我从未尝试过，可那难是最容易不过的，什么都不需要干。我得过一回病，伤寒，住在医院里，太美妙了，我特别想再生一回病呢。"

那一个礼拜过得很慢。旅馆客满，另外的"花式浆洗"不断送来。他们创造了英勇奋战的奇迹。每晚都在电灯光下埋头苦干，吃饭狼吞虎咽，甚至在早饭前还得加班半小时。马丁再也不洗冷水浴了，无时无刻都在赶、赶、赶。乔是个聪明的羊倌，他牧放的是时间。他无时无刻细心地赶着，不让它们跑掉；仿佛守财奴数金币一样不断计算着。他狂热地计算着，计算得发了疯，变成了一部发高烧的机器。另外一部机器也跟他配合。那部机器觉得自己以前曾经叫马丁·伊登，原是个人。

马丁能思考的时候已不常见。他那思维的居室早已关闭，就连窗户都打上了木板，而他已沦落为那居室的幽灵似的看守者。他是个幽灵，乔说得对。他们俩都是幽灵，而这里便是只有没有尽头苦役的地狱，或者，这仅仅是个梦？有时，当他在弥漫着雾气热得冒泡的环境里不停地舞动着沉重的熨斗，熨烫着衣物时，他认为想爱你在就是做梦。一会儿之后，或是一千年之后，是会醒过来的。那时他依然会在他的小屋子里，在他那墨迹斑斑的桌子边，紧接着昨天停下的地方写小说。或者，连那也是一个梦，醒过来已是该换班了，他得从颠簸的水手舱铺位上翻下来，一直爬到热带星空下的甲板上去，去掌舵，让清凉舒爽的贸易风吹透他的肌肤。

周六下午三点，空虚的胜利最终还是到来。

"我看我还是下去来一杯啤酒吧，"乔说，口气古怪、单一单调，表示到周末他已经累垮了。

马丁好像猛地惊醒过来。他打开工具箱，给自行车上好油，给链条抹了一些石墨，调整好轴承，在乔去酒店的途中赶上了他。马丁低身伏在车把上，两腿有节律地用力蹬着九十六齿的齿轮，绷紧了脸迎接面对 70 英里的大道、坡路和灰尘。那天晚上他在奥克兰睡觉，星期天又骑完 70 英里回来。周一的早上他疲惫地开始了新一星期的工作，但没有喝酒。

第五个星期过去，然后是第六个星期。这两周里他仿佛是个机器一样活着，服着苦役，心里只多余出一小点火星——那是灵魂的一道光芒，是那点光驱使他每星期完成那 140 英里路。但这不是休息，却好像是一部超级机器在干活儿，只帮助扑灭着灵魂的那点激光——那已是往日生活的仅剩的残余。第七周周末他不自觉的已跟乔共同走上了去村子的路。在那儿他用酒淹没了生命，一直到周一早上才转世还魂。

到了周末他又去蹬那 140 英里。为了清除太辛苦的劳动带来的麻木，他用了更辛苦的劳动所带来的麻木。第三个月月末他跟随乔第三次下到村里，在那儿他陷入了遗忘，复活了过来。那时他十分清晰看见他在把自己变成什么样的牲口——不是用酒，而是用干活。酒不是理由，而是结果。酒无可避免地跟随着苦活儿，正如黑夜紧紧跟着着白天。威士忌向他耳语的信息是：变作做苦工的畜生不能使他攀登到高处。他点头表示同意。威士忌很有智慧，他泄露有关自己的机密。

他要了纸和铅笔，另外要了酒邀请每个人喝。别人为他的健康碰杯时他靠着柜台潦草地写着。

"一份电报，乔，"他说，"开始读吧。"

乔怀疑他醉醺醺地瞅了一眼电报。那电报又好像让他清醒了过来。他带着指责的神情望着对方，泪水从眼里渗出，沿着面颊流下。

"你该不会要扔掉我吧，马？"他不怀希望地问。

马丁点了点头，叫了个悠闲的人把电报送到电报房去。

"等一等，"乔含糊不清地说，"让我想想。"

他扶着柜台，两条腿晃来晃去，马丁用胳膊搂住他，扶着他，让他想。

"把它改成送两个洗衣工来好了。"他猛然间说，"喏，我来改。"

"你辞职的原因是什么？"马丁问。

"理由跟你一样。"

"但是我是要去出海呢，而你不可以。"

"不可以，"回答是，"可我能够当好个流浪汉，可以当好的。"

马丁打量了他几眼，叫道：

"上帝呀，我认为你做得对！比起当干活的畜生还不如去当流浪汉。挺好的，老兄，你能生活的。比之前的生活要更好！"

"我住过一次医院," 乔改正他, "生活得很幸福的, 伤寒——我曾经告诉你吗?"

马丁把电报变为两个 "洗衣工" 时乔接着说:

"我住院的时候一直不愿意喝酒, 很有趣, 是吧? 可是奴隶般地辛苦一周, 就非喝不可了。你见过厨房工人醉得不省人事的吗? ——面包师傅有吗? 全都是干活儿逼的。非喝上酒不可。来, 电报费我分担一半。"

"咱俩掷骰子决定," 马丁建议。

"来吧, 大家都喝," 乔叫道。两人哗啦哗啦地摇着骰子, 掷在水汪汪的柜台上。

星期一早上乔疯狂地盼望着。他不在意头疼, 也不在意干活了。那心不在焉的牧羊人望着窗外的阳光和树林, 让他放的羊儿一群一群地逃跑散开了。

"你去看看外边!" 他叫道, "都是属于我的! 全免费! 我只要愿意, 可以在那些树下睡上一千年。啊, 来吧, 马, 咱俩不干了。再拖下去没有任何意思。外面就是不用干活的土地。我有去那里的票呢——但不是来回票, 他娘的!"

几分钟之后, 在往小车里装脏衣服预备送到洗衣机去时, 乔看见了旅馆老板的衬衫。他记得上面的记号, 于是怀着猛然间获得自由的光辉之感, 他把那衬衫往地上一扔便踩了上去。

"你这个顽固不化的荷兰人, 我真希望你就在你的衬衫里!" 他大叫, "就在里头, 在我踩着你的地点! 挨我一脚! 再来一脚! 再来一脚! 快点过来扶住我呀! 扶住我!"

马丁开怀大笑, 匆忙扶他去工作。礼拜二晚上新洗衣工到达。之后的几天就在培养他们学习那套例行工作中过去。乔坐在旁边阐述他的干活系统, 却不再干活了。

"碰都不想碰," 他宣布, "碰都不想碰。他们如果开心, 可以炒我鱿鱼。他一炒我就走。我没有劲干活了。我感谢万分。我要去搭黄鱼车, 要到树下去睡觉。干活吧, 奴隶们! 没有错, 做奴隶挥洒汗水去! 做奴隶流大汗去! 死后也像我一样腐烂。那跟你生前怎么生活有什么关系? ——呃? 告诉我——说到底又有什么关系?"

礼拜六两人领了工资来到分手的地方。

"我如果劝你改变主意跟我一起去流浪, 害怕没用吧?" 乔不抱希望地问。

马丁摇了摇脑袋。他站在自行车旁预备出发。两人握了手, 乔往前走了几步, 说道:

　　"在咱俩死去之前，马，我还会跟你见面的。事实上，我由内而外感觉到这一点。再见，马，祝你好运。我真的太爱你了，你保重。"

　　他站在大路中央，一副孤苦伶仃的模样，望着马丁拐了道弯，消失了。"他的车骑得真快呀，那小伙子，"他结巴地说，"骑得真快。"

　　然后他便沿着大路大步流星走去，来到水塔旁边。那里有六七个空车皮停在一条支线上，等待着北上的货车送来货载。

第十九章

露丝和她的全家全部回来了，马丁回到奥克兰之后跟她总是见面。露丝拥有了学位，不再读书了。马丁呢，工作得心力交瘁，也不用再写东西了。这就让他们两个比以前有了更多的时间碰面。两人的关系也立马亲密起来。

一开始马丁除了休息什么事都不做，睡了很多觉，花了很多时间苦思冥想。此外无所事事，像个饱尝了惊人的苦难后渐渐恢复的人。他重新觉醒的最初信号是对每天的报纸发生了兴趣，不再不闻不问了。然后他又投入读书——读轻松的小说和诗歌。过了几天他又如醉如痴地迷上了他久已未读的费斯克。他那非同一般的体魄和健康产生了新的活力，而他的青春又柔韧和富于弹性了。

当他宣布打算在有足够的休息之后再出一次海时，露丝的失望显而易见。"你为何要出海？"她问。

"为了钱，"回答是，"我得攒一笔钱，预备下一次向编辑们发起进攻。就我现在的处境而言，钱是战斗力的源泉———要有钱，二要有耐心。"

"既然你缺的只是钱，你怎么不在洗衣房里干下去？"

"由于洗衣房要把我变成牲口。那样的活干得太多是会逼迫人去喝酒的。"

她眼睛瞪得大大的望着他，眼里闪烁着惊恐。

"你是说——？"她发着抖。

要绕开这个问题并不困难，但他的自然冲动却是诚实坦率。他想起了以前的决心：不管出现什么状况都要诚实坦率。

"是的，"他回答，"就是那样。去喝了几次。"

她不禁战栗，离他远了些。

"我所认识的人都不喝酒的——没有人。"

"那是由于他们没有在雪莉温泉旅馆的洗衣房子过活，"他刻薄地笑道，"苦干是好事，所有的牧师都说它令人健全。上天也知道我从没有畏惧过苦干。不过世界上就有好过了头的事。那儿的洗衣房就是这样。因此我希望再出一趟海。我认为那将是我最后的一次了。因为我回来之后就要打进杂志里去。我有把握。"

她沉默不语。她并不赞成。马丁不开心地望着她。他知道要她体会他所经历的痛苦是多么没用。总有一天我会把它全写出来的——《苦干的堕落作用》或是《工人阶级饮酒的心理研究》，就像这种。

　　自从第一次见面之后他俩从没有像那天那么疏离过。他现坦率的自白背后虽带有反抗情绪，却仍使她不喜欢。但令她惊讶的倒不是致使反感的原因而是那反感本身。这事向她表明了他对她有强大的吸引力。意识到这一点之后她对他反而更亲密了。此外，那也唤起了她的怜悯之心，和一种天真烂漫的理想主义的改造热情。不管对方是否愿意，她也要挽救这位跟她距离很远的蒙昧的青年，使他抛弃旧我，摆脱早期环境的不幸影响。她觉得这一切都出于一种异常高贵的胸怀，却怎么也想不到那背后和下面会隐藏着爱情的谨慎的欲望。

　　他俩常常在秋高气爽的日子骑车外出，到山里去大声朗诵诗歌。有时他朗诵，有时她朗诵，读的都是使人陶醉于高尚事物、催人奋进的高雅诗章。她借此间接向他宣扬着克己、牺牲、忍耐、勤奋和刻苦上进这类的原则——在她心里这些抽象的品德都体现在她的父亲和巴特勒先生身上，还有安德路·卡耐基——那从一个穷苦的少年移民奋斗成为世界性权威的人。

　　所有的所有马丁都赞赏，并且喜欢。他现在更理解她的思想脉络了。她的灵魂再也不是过去那种无法探测的奇迹了。他跟她在智力上相差无几。他俩的意见出入并不影响爱情。他爱得比以前任何时候都深切了。因为他爱的就是此时的她。就连她那柔弱的身体在他眼里也只增加了妩媚。他读到柔弱多病的伊丽莎白·勃朗宁的故事。她有好多年双脚没有沾过地面，一直到她跟勃朗宁私奔的那天，由于爱情燃烧竟然顶天立地地站了起来。马丁觉得勃朗宁在她身上能做到的他一样在露丝身上做到。可第一她得要爱他，然后别的就好办了。他会给她力量和健康的。他看见了他俩以后多年的一起生活。以工作、舒适和一起富裕为背景，他看见了自己跟露丝在共同读诗、探讨诗的场景。她依偎在一大堆放在地面的靠垫上，向他朗诵着。这就是他俩未来生活的基调。他常常看到那幅图画。有时她仅仅依偎着他，听他朗诵：他的手搂着她的腰；她的头靠着他的肩。有时他们俩又一起沉浸于那印刷在书页上的美。而且，她对大自然充满热爱，于是他便以丰富的幻想变换着他们俩读诗的场景——有时候在峭壁环抱、与世隔绝的山谷之中；有时候在高山峻岭之巅的草场上；有时候在灰色的沙丘之旁，细浪在脚边像花环般环绕；有时在辽阔的热带入山岛上，瀑布飞泻，水雾蒙蒙，宛如片片薄绡，直通到海滨，每一阵风的飘摇吹过都使那雾摇曳。不过占据前景的一直是他和露丝这对美的主人。他们一直朗诵着，分享着，而在大自然这个背景之外还有个朦胧迷离的背景：劳动、成功和金钱。有了这些他们才可以不受世人和他们的所有财产束缚。

　　"我要提醒我的小姑娘当心呢，"有一天她的妈妈警告她。

　　"我明白你的意思，但那是不可能的。他跟我不——"

　　露丝的脸红红的，是处女的羞红。她还是头一回跟被她看作神圣的母亲探讨这个在生命中同样神圣的问题。

"——不相配。"她妈妈为她补完了全句。

露丝点点头。

"我原本不想谈的。不过他真的不相配。因为他粗野、剽悍、健壮,太健壮了。没有——"

她犹豫了,说不下去了。她从来没有跟妈妈谈过这类事。她妈妈又为她把话说完:

"你想说的是:他从没有过过清洁整齐的生活。"

露丝点点头,脸上又羞得泛红。

"就是这样的,"她说,"那不能怪他,不过他也太随——"

"——太随波逐流?"

"是的,太随波逐流。他叫我胆怯。有时他谈起那些事竟那么开心愉悦,好像全不当回事似的,真令我心惊胆战。那是该当回事的,是吗?"

这时她们母女俩相互搂着腰坐着。她闭嘴了。妈妈也沉默不语,只拍拍她的手,等她说下去。

"但他却引起了我非常大的兴趣,"她说,"他在一定程度上是我的门徒,也是我的第一个男朋友——认真地说,还算不上朋友,应该还是门徒兼朋友吧。而在他叫我胆怯的时候他又好像是我的一只斗牛狗,供我养着玩的——学校姐妹会里就有人养斗牛狗玩,可他在龇着牙使劲扯链子,想扯断了逃跑呢。"

她妈妈等着她继续说下去。

"我认为他真像牛头狗一样提起我的兴致。他还有非常多的长处。但是另一方面他也有不少我不喜欢的东西,你看,我总是在想。他骂粗话抽烟、喝酒、打架(他告诉我的,而且说他喜欢打架)。男人不应该有的东西他都有。他并非我所喜欢的——"她放低了声音,"丈夫人选。而且他又太健硕。

我的'王子'应当是高挑、颀长、黝黑的——一个潇洒的有魅力的'王子'。不,我没有爱上马丁·伊登的危险。爱上他只能是我最大的不幸。"

"不过,我想谈的却不是这个。"她的母亲躲躲闪闪地说,"你从他那一面思考过没有呢?他在各个方面都是那么不尽如人意,这你知道。可要是他爱上了你,你怎么办?"

"他已经爱上我了?"她叫道。

"这倒也是人之常情,"莫尔斯太太轻声细语地说,"认识你的人谁又能不爱上你呢?"

"奥尔尼可不喜欢我呢!"她激动地叫喊,"我也讨厌奥尔尼。只要他在场我就产生一种猫的感觉,要想给他难堪。虽然我没有那个意思他也会给我尴尬的。但跟马丁·伊登在一起，我却觉得愉快。以前没有人爱过我——我是说像男人那样爱过我，而有人爱——恋爱，却是很甜蜜的。你理解我的意思，好妈妈。发觉自己已是个真正的、十足的女人是很甜蜜的呢。"她把脸埋进妈妈的怀里哭泣起来。"我清楚你为我担心。但我是真诚的，我告诉你的都是真实感情。"

说也奇怪，莫尔斯太太倒是悲喜交加。她的女儿，那个做了大学文学士的大姑娘，不见了，变成了个女人。她的实验成功了。填满了露丝天性的不满，并没有带来危险和不良后果。而工具便是这个粗鲁莽撞的水手。他唤起了她女人的感情。

"他的手发抖呢，"露丝说道，因为害羞仍然把脸埋在妈妈裙兜里。"非常有趣而且滑稽。可我也为他伤心。在他的手抖得太凶、眼睛太明亮的时候，我就教训他，谈他的生活，告诉他那改正缺点的路子不正确。但我知道他喜欢认同我。他的双手和眼睛不会撒谎。一想到这个，只要一想到这个，我就认为已经是个成年人了。我觉得获得了我有权获得的东西——我跟别的姑娘和年轻女人一样了。我也清楚我过去跟她们不一样，你因为这个着急，为我怀着担忧。你觉得没有让我知道，其实我早明白了，而且计划——用马丁·伊登的话说：'解决它'。"

那是母女双方神圣的时候。两人在微弱的灯光里谈着话，眼里满是晶莹的泪水。露丝胸无城府，天真烂漫，坦率诚实；母亲满怀同情，洞察人意，淡定地解释着，劝导着。

"他比你小四岁，"她说，"没有社会地位，没有职务，也没有薪水，并且不切实际。既然爱上了你，根据常识他也该做一些使他有权结婚的事了吧！但是他却拿他那些小说到处乱寄，做着天真的梦。我担心马丁·伊登是永远也不能长大成人了。他不会承担起责任，在世界上做一份男子汉的工作，如你父亲和我们全部的朋友一样，例如巴特勒先生。我担心马丁·伊登永远不会变成能挣钱的人。不过这个世界的秩序的要求却是：有钱才幸福——啊，不，不见得要像我们家这样豪气，总也要过得舒坦像样吧！他——没有提起过？"

"没有提起过一个字，没有计划过。不过虽然他有那意思我也不会让他提的。因为，你看，我并不爱他。"

"这就叫我开心了。我不会愿意看到我的女儿，我这样纯洁无瑕的唯一的女儿，爱上一个像他那样的人的。世界上有那么多高尚的男人，纯洁、真诚、男人味十足的男人，你有一天是会遇到这样的人，并且爱上他的，他同样会爱上你的。你跟他会非常幸福，就像你爸爸跟我一样。有件事你一定永远铭记在心——”

"是的，妈妈。"

莫尔斯太太将声音压低，甜甜蜜蜜地说："那就是孩子。"

"我思考过孩子的问题，"露丝承认。她想起了过去那些曾叫她尴尬的放肆的想法。因为没办法不谈起这样的问题，脸上出现了处女的羞红。

"孩子的问题更淘汰了伊登先生，"莫尔斯太太一针见血地继续说下去。"孩子们必须家世清白。我却担忧他的家世并不清白。你爸爸给我说过水手的生活，因此，你是清楚的。"

露丝捏捏妈妈的手是理解的表示。她觉得自己真了解，事实上她的印象模糊、辽远、可怕、无法想象。

"你知道我不管做什么都是会告诉你的，"露丝说，"但是有时你得问问我，就好像这次。我本来是想告诉你的，可总认为难以启齿。我知道不应该这样害羞。可你一问我就好开口了。你有时就是该来问问我，给我说话的机会，就像这次似的。"

"唉，妈妈，原来你也是个女人！"两人都站了起来，露丝站得笔挺，牵着妈妈的双手，在微光里面对着她，感受到跟她之间的一种甜蜜的平等关系，开心得哭了起来。"没有这番谈话，我是不会那样看你的。在清楚了自己是个女人之后，我也才认识到了你也是个女人。"

"我们俩全都是女人，"她的母亲深情地拥抱她，亲吻着她说，"我们两个都是女人，"她们俩走出屋子时她重复道。两人互相搂着腰，因体会到一种崭新的伙伴之情而心花怒放。

"我们的小丫头长大成人了呢。"一小时以后莫尔斯太太欣喜地告诉她的丈夫。

"那就是说，"他凝视了妻子良久之后才说，"他正在恋爱。"

"不，只不过是有人爱上她了，"她含笑说，"我们的实验成功了，她最终还是苏醒了过来。"

"那么，我们就得挣脱那个人了。"莫尔斯先生带着认认真真、公事公办的口气坚决地说。

但是他的妻子摇了摇头："不用了。露丝说他过几天就要出海了。等他回来她早不在这儿了。我们要送她到她姑妈克拉拉家去。她正好需要到东部去过一年，换换气候，换换人，换换思想和所有呢。"

第二十章

突然，马丁心里涌起创作的欲望。从他脑子里蹦出小说和诗歌，并自然而然形成初稿。他把这些草草记下，以为日后写成作品。不过此刻他并没有写，由于他正在度过一个宝贵的短假。他决定将它用来休息和恋爱。他想争取这两方面都非常好。他很快又精神百倍，活力四射了，并且他想让每天的每次跟露丝见面都让她感受到了自己旺盛的精力。

"小心点，"母亲又一次提醒露丝，"我担心你跟马丁·伊登见面太多呢。"

露丝笑了，她坚信自己很安全。而且马丁再过几天要出海去，等他回来的时候她已经到东部去做客了。但马丁旺盛的精力仍然有它独特的魅力，并且他也听说了她即将到东部探亲的事，马丁正决定要尽快进行呢。他有些迷茫，该怎样跟露丝这个女人谈恋爱。跟与她完全不一样的女人谈恋爱他经验很丰富，但那对自己却很不利。以前的那些女人不仅懂得爱情和生活，而且还很会调情，可露丝却没有经验。她太天真无邪，这令他非常惶恐，把他的甜言蜜语都冻结在嘴唇上，让他必须相信自己真的配不上她。除此以外，还有一点也对他不利，那就是以前他从没这么认真地谈过恋爱。在他那些辉煌的日子里，他曾经喜欢过女人，也曾对几个女人动过心，但他并不明白该怎样跟她们谈恋爱。那个时候他只需神气活现随随便便地吹吹口哨她们自己就来了。她们只不过是一种游戏，一段故事，是男人把戏的一部分——而且那最多也只是一小部分。但是如今他首次变成了一个温柔、胆怯、害羞、忐忑不安的追求者。那个被他所爱的女人是那么天真纯洁，可以说是一尘不染。该怎么去爱她？怎样对他诉说爱情，这他都不知道。

多姿多彩的世界他认识，他曾在千变万化的各种局面里如旋风般前进。在前进的过程中他明白了一种行为准则，大概是：只要是新花样都要让别人先去做。以前这个准则曾使他数以千次立于不败之地，并且他的观察能力也大为提高。他知道了怎样观察新食物，等待弱点暴露，再找到突破口冲过去。就像打架时伺机进攻。凭他多年的积累，只要找到了破绽就要抓住不放，穷追不舍。

马丁就这样观察着等着露丝，他想向她表白却又没那胆量。他怕吓到她，而且他对自己也没信心。其实如果他知道，他的这条路倒是非常好。爱情是在它表白之前就已经来到这世界上的，在它的蓓蕾期就摸索出了各种窍门和办法，从此永生不忘。马丁就是用这种古老的而又原始的方式来向露丝求爱的。尽管后来他明白了，但一开始他并不知道。他俩之间手的碰触要比他嘴里的任何话语都有力。马丁旺盛的精力冲击着她的想象力，这种冲击的诱惑远远大于典籍上的诗歌和千年万代的情侣们的情话。他能用话语表达的意思虽然能打动她的一部分判断力；他们手之间的短暂碰触却能直接打动她的本能。她具有像她一样年轻的判断力和像她的种族一样古老，甚至更古老的本能。在爱恋年轻时本能也是年轻的，可它本能却比传统舆论和一切新生的东西更有智慧。所以露丝觉得没有必要用她的判断力。他没有意识到马丁向她的爱恋本能所发起的进攻的强大的威力。而另一方面，马丁对她的爱恋已经像日中天一样明了。她看到了他的爱恋的表现，也感受到自己的快乐：那温柔的光在他眼睛里进行燃烧，那双颤抖的手，那被太阳晒黑的皮肤一定会慢慢泛起红潮。她甚至进一步胆怯地勾引过他，但是他隐约感到，他并没有怀疑过这些，而自己也并不清楚。她也基本上没有怀疑过自己。她的威力的这种种表现证明了她已经是个成熟的女人，这使她激动喜悦。她也把抗争和玩弄他当作享受，像夏娃一样。

马丁因为没有经验而且过分热情，他不能说出后来。他下意识地用笨拙的碰触的方式去接近她。他们之间手的碰触让她感到快乐，甚至美妙。马丁对此却一概不知，他只知道她不反感。除了见面和道别之外他俩的手接触并不多，比方说在摆弄自行车时，在往车上捆扎需要带上山去的诗集时，在肩并肩品味书中的情趣时，他俩的手会有偶尔碰到的可能。何况他俩俯身于书页中沉醉于其中之美时，她的头发有时也会碰到他的面颊，肩头有时也会碰着他的肩头。有时一种无赖的冲动突然袭来，她还会想去弄乱他的鬈发。这时她便偷着乐了。而他呢，当两人读书倦了的时候，也渴望把头放在她的膝盖上，闭上眼睛冥想他俩未来的日子。以前他曾多次在贝陵公园和帅岑公园野餐时将头枕在别的女人膝盖上，并且睡得非常香。而那些女人就会给他遮阳，低头看着他，爱他，不知道他为何那么大架子，对她们的爱情一定都不在乎。尽管他过去把头枕在女人膝盖上是非常容易的事，但他现在却没法靠近露丝的膝盖。其实他的追求有力正是由于他的沉默。因为沉默她便不至于受到惊吓。她天生挑剔，怯懦，她不觉得两人的交往会有危险，于是她便不由自主地向他靠拢，而且越靠越近。他能感受到她对这种逐渐的亲近，尽管他很想鼓起勇气，却又有些害怕。

有一天下午他终于鼓起勇气。他发现她自己在昏暗的起坐间里头痛得厉害，眼睛都看不清了。

"什么药都不管用，"她回答他的问题时说，"而且霍尔医生不让我吃头痛粉。"

"不用吃药我觉得我可以治好你的头痛，"马丁回答，"我想试试，尽管我没有十足的把握。非常简单，用按摩的方法。我最初是从日本人那儿学的。你知道他们是个会按摩的民族。后来我又从夏威夷人那儿重新学了一遍，稍微有些变化。他们叫它'罗米罗米'。它都不仅能治药物能治好的病；它也能治一些药物不能治的病。"

他的手刚一碰到她的头，她便深深地叹了一口气。

"真舒服，好享受"她说。

半小时之后她问他："你累吗？"

这问题仅仅是个形式，答案她很清楚。然后她一边朦胧思考着他的力量对她产生的镇痛作用一边昏昏欲睡。疼痛（或者说她似乎觉得驱赶着）被从他的指尖流出的生命驱赶着，直到它彻底消失。看着她睡着了，他也静静走开了。

那天晚上她打电话给他，向他道谢。

"我一直睡到该吃晚饭了才醒，"她说，"伊登先生，我真不知道该怎么感谢你，你彻底治好了我的病。"

他回答时有些结结巴巴，心里却暖和得很，好开心。在整个通话时间里他脑子里涌动着勃朗宁和多病的伊丽莎白·巴瑞特的场面。做过的事还可以继续做，特别是为了露丝·莫尔斯，马丁·伊登能做而且愿意做。他回到屋里继续看那卷斯宾塞的《社会学》。他把书翻开放在床上，但他根本读不进去。爱情折磨着他，考验着他的意志。他发现自己违背了自己原来的决定，坐到那张有墨水印迹的小桌子旁边。那天晚上他完成了他此后两个月内写成的五十首爱情组诗的第一百行，他心里想着《葡萄牙人的爱情十四行诗》，然后写出了十四行诗。他的诗是在产生伟大作品的最好条件下写成的：在生活的重要关头，在他被甜蜜的疯魔折磨得痛苦之际。

没跟露丝见面时，他便开始写《爱情组诗》，有时候在家读书，有时候到公共阅览室去。在那儿对流行杂志有更密切的关注，知道它们的政策和内容的性质。尽管他跟露丝一起度过的时光让他看到希望，但却并没有结果。两方面急得他要发疯。就在他治好她的病后的一个星期，诺尔曼建议到梅丽特湖上去应对泛舟。亚瑟和奥尔尼同意他的建议。他们说服马丁接受任务，因为只有他会驾船。他和露丝一起坐在船尾。三个小伙子在中舱闲聊，为兄弟会的事侃侃而谈，争吵得好不热闹。

月亮还没升起来。露丝凝视着繁星点点的天空，没有跟马丁说话，这让她突然感到孤独。她看了他一眼。一阵风吹来，船体有些倾斜了，水花也溅上了甲板。马丁迅速一手掌舵一手操纵主帆，让船慢慢地贴风行驶，同时两眼眺望着前方，以便找出不远处的北岸，没有觉察到露丝在看他。露丝专注地看着他，不停地想象、猜测着究竟是什么力量使得像他那样一个精力过剩的青年把时间花费在注定平庸或失败地写小说和写诗上面，让他的灵魂发生扭曲。借着依稀的星光，她的眼睛顺着着结实的喉头向挺立的头部看去。激起了她往日的欲望：她好想用双手搂紧他的脖子。她所厌恶的旺盛的精力吸引了她。她感到更加孤独。她累了。船身一倾斜，她那样坐着感到非常吃力。她想起了他为她治好的头痛，想起了他所能带给她的那么舒服的休息。而此刻他就坐在自己身边，离得很近。那船好像要让她向他歪过身子，她有一种向他冲过去的冲动，想依偎在他那健壮的身体上。那冲动朦胧依稀，若有若无，她不知不觉地向他依偎了过去。是船体在倾倒吗？她不知道，一点也不知道。她只知道自己依偎在了他身上，休息得舒服又轻松，感觉很好。是不是应该怪船呢？她没打算停下来，只是轻轻靠在他的肩膀上。他顺势挪了挪身子，这样让她可以靠得更舒服。她就继续靠着他。

他不想去想，这太疯狂了。她已经不是她自己，而是个女人，一个需要偎靠的女人。虽然偎靠得非常轻，却似乎满足了她的需要。她再也不疲倦了。马丁没有说话，似乎怕一说话那魔法就会消逝。他在爱情上的沉默让魔法延长了。他快乐得昏昏沉沉，晕头转向，不明白究竟发生了什么事。这种高烧时的幻觉太美妙。他有一种丢下船舵和风帆去拥抱她的疯狂冲动，直觉告诉他不能那样做。他庆幸风帆和船舵占住了他的双手，抵制住了这个诱惑。但他驾着船贴风行驶的手却有些懈怠了，不顾脸面地让风从帆边漏出去，推迟了他们到达北岸的时间，因为一旦到北岸就得回头，两人就要分开。他巧妙地驶着船，老远便放慢速度，还好那几位一直在争论不休的人没有注意大棚。此刻他原谅了过去的最艰苦的航行，因为它给他带来了这么美妙的夜晚，给了他操纵海浪、船只和风的能力，还让她在驾船时坐到自己身边，并将她那可爱的身子靠到了自己的肩上。

第一缕初升的月儿的光线落到了帆船上，用它珍珠般的柔光照亮了小船。露丝挪开了从依偎在马丁肩上的身子，同时他也在挪开。原来他俩都感觉怕人注意。这段插曲静悄悄的，却秘密而亲切。她挪开身子，脸烧得红彤彤的，但那偎依的作用却让她震撼。她犯了个错误，不愿让两个弟弟和奥尔尼看见。她怎么能这么做？她一辈子也没有做过这样的事啊。她以前也跟年轻小伙子在月下一起泛过舟，却从没想过这样做。她羞愧难当，为她的蠢蠢欲动感到不好意思。她偷偷地看了马丁一眼，他正忙着改变航向。她也许是恨他的，因为他竟让她做出了这样不知羞耻的事。为何偏偏是他！她妈妈也许是对的。他跟她见面太多了。她下定决心再也不让这样的事发生，以后少跟他见面。

她还异想天开打算在两人单独会面的时候向他解释，假装无意的样子撒个谎，月亮快出来时她忽然感到晕眩，没坐稳身子。可她又想起月亮快出来时他们俩互相挪开的事，她知道他会听出那是在撒谎。

她感觉接下来的日子里，她已经不再是自己，而成了一个满肚狐疑的陌生人。看问题偏执，看不起自我分析，不肯面对未来，不愿考虑自己，也不管自己在往哪儿漂流。一个令人心动的奇迹让她狂热。她有时害怕，有时沉醉，但总是迷茫困惑。但是有一点她却坚信不疑，只要不让马丁表白爱情，就可以保证自己的安全。只要能做到这一点她就能逃过一劫。过了几天他出海了。不过就算他表白了也没事。他们不可能，因为她并不爱他。当然，半小时之内他会很难过，她也会很不好意思，因为那第一次有人向她求爱。一想到这一点她竟又高兴起来。她真的长大了，有男人爱上她，并向她求婚了。那是对女人的一重天性的诱惑。她生命的机制、她整个的身体都不禁震动、颤抖起来。这种想法好像被火光吸引的飞蛾在她心里胡乱扑腾。她甚至还想象起马丁求爱的样子，连他要说的话都设计好了。她还设想了自己的拒绝。她会好好跟他说，鼓励他做个有骨气的男子汉，特别要戒掉烟——这一点要加以强调。不行，她对妈妈许诺过，一定不能让他说出口来。她满脸通红，浑身发热，扫兴地驱走了她所设想的场面。她的第一次求婚应当是在到一个非常吉利的时辰，求婚人也应该更优秀。

第二十一章

美丽的秋天来了。暖洋洋的季节让人感觉懒洋洋的。季节的变化带来的平静让人有些胆怯。一个加利福尼亚州的小阳春日子，太阳光朦朦胧胧，细细的风轻轻吹拂，却吹不醒沉睡的空气。紫红色的薄雾已经不是水气，而是彩色编织成的鲛绡，在群山的沟壑里时隐时现。山顶的旧金山，好像一片模糊的烟霭。其间的海湾发出一片熔融的金属般的暗淡的光，海湾上的船只有的轻轻地旋泊，有的随着淡荡的潮水慢慢漂流。远处，塔马派斯山在金门旁巍巍矗立，在银色的雾霭中隐约可见。金门在夕阳西沉下是一脉淡黄色的水道。再往外，缥缈浩瀚的太平洋在天边缓缓升起，驱赶着向大陆袭来的云团，并在声势浩大地发出寒冬的呼啸的第一道警报。

夏天马上就会走了，可她却有些恋恋不舍，他停留在群山里，在那里慢慢变老，把那儿的丘壑染得又红又紫。此刻她正用衰弱的力气和过度的欢乐编织着烟霭的尸衣，要怀着不虚度此生的满足死去。马丁和露丝并排坐在他们喜爱的群山之间的丘陵顶上，两颗头俯在同一本书上。马丁正在朗读着一个女诗人的十四行诗，那女诗人对勃朗宁的爱是人世间的男子很少得到的。

他的朗诵早已没精打采。他们周围正在消失的美太迷人。辉煌的一年是个全无担忧的美丽的荡妇，她正在光荣地死去。空气里弥漫着回忆中的开心与满足。那感觉走入了他们心里，让人迷茫，削弱人们的意志，同时也给道德和理智蒙上了一层烟霭，一层紫雾。马丁柔情脉脉，不时有股股热力涌向全身。他俩的头靠得很近，当幽灵样的清风吹过时，她的头发碰到他的脸上时，他眼前的书页便随风飘动起来。

"我敢肯定你一定不知道自己在读什么内容。"有一次他找不到自己读的地方时，她说。

他用那双燃烧的眼睛看着她，似乎马上要露出窘相，但却冒出了一句反驳的话。

"恐怕你也不知道刚才的十四行说的是什么吧。"

"我确实不知道，"她坦然地笑了，"我早已经忘记了。咱们不要读了。今天天气真好！"

"这是我们最近一段时间之内最后一次上山了，"他语气沉重地说，"海面上正在酝酿着风暴。"

那本书从他手里滑落到地下。两个人默默地想着，用怀着幻梦却还看不见的眼睛假想着梦幻样的海湾。露丝瞅了一眼他的脖子。她并未依偎过去，却似乎被身外的某种力量吸引了去。那力量比地心引力还强。要依偎过去虽然只有一英寸距离，她完全没有想就依偎过去了。她的肩头挨到了他的肩头，轻得像蝴蝶点着花朵。她的反应也同样轻微。她感到他的肩头靠着了自己，一阵电流穿过她全身。她应该马上挪开身子，可她已像一个受神经支配的机器人，她感到一阵疯狂的沉醉，他也根本不想到控制或是压抑。他的手臂轻轻地伸到她背后，搂住了她。一阵欢乐折磨着她，那手缓缓移动起来。她等着，不明白到底等什么。她喘着粗气，嘴唇发干，心跳加速，一种期待的狂热扩散到了她的血液。搂着她的手往上移动了，把她接了过去，温存地慢慢地搂了上去。她再也不能等了。她发出一声疲劳的叹息，然后主动地，痉挛地，一股脑地靠到了他的胸脯上。他马上低下头去，当他的嘴唇刚一靠近，她的嘴唇马上就迎了上来。

在她获得理智的那一瞬间，她想这肯定就是爱情。如果不是爱情，就太可耻了。一定是爱情。她爱这个搂着她、亲吻她的男人。她扭了扭身子，靠得他更紧了。过了一会，她突然激动地挣开了他的怀抱，伸出胳膊搂住了他那被太阳晒黑了的脖子。当爱情和欲望得到了满足的时候，他感觉非常美妙，她不由自主地发出了一声声呻吟，然后将胳膊放松，半昏迷地躺在了他的怀里。

他们两人很久没有说话。他两次弯下身子亲吻她，她两次都用嘴唇羞答答迎接他的嘴唇，而且开心地往他怀里钻。她偎依着他，没办法躲开。他坐着，用两条手臂半托着她，凝望着海湾那边巨大的城市的模糊样子——虽然看不清楚。此刻他脑子里只有光和色在脉动，没出现幻想，那光与色像那天的天气一样温暖，像爱情一样火热。他慢慢向她俯过身去，她已在说话了。

"你何时爱上我的？"她轻轻地问。

"就在第一次看见你的时候我就爱上你了。我爱得发疯，那以后更是越爱越狂，而现在是爱得最狂的时候，亲爱的。我几乎快成了个狂人。我感觉脑袋都快发晕了。"

"我很高兴成了一个女人，亲爱的马丁。"她长叹了一口气说。

他不停地紧紧地抱着她，然后问道：

"你呢？你什么时候开始知道的？"

"啊，我其实一直都知道，几乎从一开始就知道。"

"可我却像只蝙蝠一样没有发现！"他叫了起来，带着懊恼的腔调。"做梦我也没想到，直到刚才我吻了你才明白过来。"

"我没那个意思。"她挪开了一点，看着他。"我是说我差不多从一开始就知道你爱我。"

"我想知道你是否爱我"他追问。

"我是偶然发现的。"她说得很慢，眼睛热泪盈眶的，闪动着，柔情脉脉，脸颊上泛起了淡淡的红晕，很久不散。"我一直都没弄明白——是刚才你搂着我才明白的。我从没有想过要与你结婚，马丁，现在以前都没想过。你用何种办法让我爱上你的?"

"我不知道，"他笑了起来，"爱就是办法吧，由于我非常爱你，就算是石头心也能融化了，更何况是你这个活生生的女人的心了。"

"这跟我想象中的爱情完全不同。"她换了个话题。

"那么你想象中的爱情是什么样子的呢?"

"我没想到它是这样的。"一边说她一边望着他的眼睛，但随即低下了眼帘，说道，"你知道吗，我真的就不知道爱情是什么样的。"

他又想去接她，却仅仅让接着她的手臂微微动了一下——他怕自己太贪婪，然而这时他却感到她的身子顺从了。这时候她又一次依偎到了他的怀里，两个人的嘴唇紧紧贴到了一起。

"我的家里人会怎么说呢?"停顿时她忽然害怕地问道。

"我也不知道，不管什么时候想知道都可以问一下的，很容易。"

"可万一我妈妈不同意怎么办呢? 我好害怕告诉她。"

"我去跟她说好了，"他勇敢地说，"我觉得你妈妈不喜欢我，但我可以争取。为了你我可以努力争取，即使我们没有争取到——"

"那可怎么办?"

"那没啥，我们仍然可以彼此相爱。不过，我觉得争取你妈妈并不困难，她那么爱你。"

"我不愿意看到她伤心，"露丝沉吟着说。

他多想向她保证她妈妈一定不会那么容易伤心的，然而却说道:"爱情是世界上最伟大的东西。"

"你知道不，马丁，你有时候真让我胆小。我现在想起你和你的过去都还胆颤呢。你一定要对我非常好，因为你要知道我毕竟是个从来没有恋爱过的孩子。"

"我也是从没有恋爱过。我俩都是孩子。我们好幸运，因为我们彼此都是初恋。"

"不可能!"她突然从他怀抱里激动地抽开了身子。"你不可能是初恋。你当过水手，而我听说，水手是——是——"

她犹豫了半天，终于没说出来。

"水手不是都有嗜好，在每个港口都有一个老婆，是吗?"他问道，"你是这个意思么?"

"是。"她低声回答。

"可那不是真的爱情,"他武断地说,"我去过许多港口,但在那天晚上第一次遇到你之前我从来没有恋爱过。我跟你分手之后几乎被抓了起来你知道吗?"

"为何抓起来?"

"警察还以为我喝醉了呢;因为爱上了你,我那时真的醉了。"

"你刚才说我们还是孩子,而我说你不可能还是孩子,我们似乎跑题了。"

"我说了除了你之外我从没有爱过任何人,"他回答,"你是我的初恋,第一个爱的人。"

"可你做过水手。"她反驳道。

"可那并不能说明你不是我的初恋。"

"可是你有过别的女人,啊!"

令马丁·伊登感到非常意外的是,她突然泪流满面,大哭起来。他用了许多亲吻和爱抚才让她停止哭泣。他一边安慰她,一边想着吉卜林的诗句:"上校的夫人和别的贱女人,说到底也一样是血肉之躯。"他认为这话有道理,虽然他读过的小说曾有人表达过别的看法。那些小说独特的看法是:上流社会只有通过正式求婚才能缔结婚姻,而出身在下层,姑娘和小伙子靠身体的接触而互相拥有是平常的事。但如果要说上层社会的高雅人物也用同样的方式恋爱,他就觉得很难想象了。可是小说错了,眼前就有一个证据。悄无声息的接触和爱抚对工人阶级的姑娘非常有用,对高于工人阶级的姑娘也同样有用。她们毕竟同是血肉之躯,骨子里就是姐妹。如果他没忘记斯宾塞的话,他早就该知道这些了。在他抱着露丝、安慰她的时候想起上校的夫人和无论什么贱女说到底都很像的话,感到非常欣慰。这让露丝跟他更亲近了,她不再高不可攀了。她那可爱的身子也和别人的身子一样,和他的身子没什么两样。他们的婚姻再没了阻碍。现在他们唯一的差异是外在的、可以摆脱的阶级的差异。他曾经读到过一个从奴隶上升为罗马穿红着紫的人物的故事。既然这样,他也可以上升到和露丝一样的地位。在她那纯真、圣洁、有教养、和仙女一样美丽的灵魂之下,她作为人的基本要求和丽齐·康诺利以及其他姑娘并没有什么两样。她们可能做的事她也可能做。她可能爱,可能恨,还可能歇斯底里;她一定可能妒忌,她现在就在他的怀抱里抽泣着,妒忌着呢。

"还有你比我小,"她睁开眼睛看着他突然说,"小三岁。"

"别胡闹了,你还是个孩子,要是论经验的话,我比你得大四十岁。"他回答。

事实上，在爱情方面，他们俩都是孩子，在表达爱情上他俩都很幼稚，不成熟，尽管她脑子里充满了从大学学来的各种知识，他有满脑子科学的哲学思想和实实在在的生活经验。

两人静静地坐着，看着辉煌的景色慢慢暗淡，说着情人们总要絮叨的情话。他们对爱情的感悟，把他们俩那样奇迹般地撮合到一起的命运感到神奇，而且武断地认为他俩爱情之深沉是任何情侣也赶不上的。他们反反复复不知疲倦地倾谈着对彼此的第一印象，又全无希望他想准确分析这段感情，诉说它的强烈。

太阳落入了西边地平线上的云层里，周围的天转成了片红色，连天空也燃烧着同样的温暖色调。四面都是红色的光，她唱起歌来："再见，甜蜜的日子，"那光洒在了他们身上。她依偎在他的怀里，曼声唱着，她的手握在他手里，他俩的心紧紧地握在彼此手里。

第二十二章

露丝一回到家，莫尔斯太太便靠母亲的直觉看出了挂在她脸上的端倪。那羞红不褪的脸已经说明了这件事情，那双水汪汪的大眼睛更有力地反映了存在她内心的不容置疑的感情。

"今天怎么了?"莫尔斯太太一直等到露丝上了床，才问。

"你知道啦?"露丝嘴唇微微颤抖着问。

妈妈伸出一只手搂着她，再用另一只手抚摩她的头发，作为回答。

"他没有说什么，"她突然叫道，"我不愿意这样的，也决不愿意他提出——而且他并没有提出。"

"那么，他既然没有提出就不会发生事情了，是不是?"

"可事情还是发生了。"

"天哪，孩子，你在嘟囔什么哪?"莫尔斯太太不明白了，"我一直不明白出了什么事。究竟怎么啦?"

露丝惊奇地看着妈妈。

"我还以为你知道了呢。我和马丁订婚了。"

莫尔斯太太带着不愿相信的气愤，微微地笑了。

"没有，他没提出来，"露丝解释说，"他只是爱上了我，仅此而已。我也跟你一样意外呢。他一个字也没提，只是用胳膊搂住我，我就——我就有些身不由己了。他亲吻了我，我也亲吻了他。我们情不自禁，只能那样。后来我明白了，我爱他。"

她不说了，等待着妈妈那带祝福的亲吻，可莫尔斯太太却冷冷的一句话也没有说。

"这个意外好可怕，我明白。"露丝继续往下说，声音越来越小，"我不知道你会不会原谅我，但是我控制不住。之前我做梦也没想到我会爱上他。你一定要帮我告诉爸爸。"

"不告诉你爸爸不是更好吗?让我和马丁见一面吧，让我跟他谈一谈，解释一下。他可能会理解的，会放掉你的。"

"不!不!"露丝吃了一惊，然后尖叫起来，"我不要他放掉我。我爱他，爱情是很甜蜜的。我要跟他结婚——当然，需要你同意。"

"你爸爸和我另有安排，亲爱的露丝，——不，不，不是我们没有给你选择好对象，没有做这一类的事。我们是想让你嫁给跟你在生活中跟你地位一样的人，一个体面的好男人，上等人。到你爱他的时候，由你自己决定。"

"可我已经爱上马丁了！"她痛苦地抗议道。

"我们不会阻止你的选择，可是你是我们的女儿，我们不忍心眼看你嫁给他。他除了粗鲁野蛮还能给你什么东西，而你带给他的却是文雅和贤惠。他不管怎样也配不上你，也养不起你。我们虽然对于财富并不抱糊涂观念，但生活却要舒适。我希望我们的女儿至少应该嫁给一个能让她活得舒适的人，而不是一个不名一文的冒险家、牛仔、水手、走私犯，还有天知道什么。此外，这个人不仅头脑简单，而且缺乏责任感。"

露丝没有说话，她承认妈妈说得对。

"他把时间都浪费在写作上，他做的事只有天才和少数受过大学教育的大学生才能偶尔做到。一个要想结婚的人总得作结婚准备吧，可他偏去做学术。我说过，也知道你会同意我的意见，他不负责任。他能够不这样吗？水手们都这样的。他一点也不懂得节俭和克制。这么多年的胡花乱用给他打上了烙印。当然，这不能怪他，但不怪他也没有改变他的本性。还有，你想过这些年来他已经有过的下流生活吗？你想过这个问题没有，孩子？你是知道婚姻的含义的。"

露丝听完感到不寒而栗，紧紧地依偎偎到她妈妈怀里。

"我想过。"露丝过了好一会儿才开口说话。"是可怕。我一想到就恶心。我刚才说过了，我爱上了他完全是个可怕的意外，但是我情不自禁。你能让自己不爱爸爸吗？我也是一样的。在我和他身上，都有某种东西——今天以前我并不知道——尽管它一直存在，而且使我爱上了他。我原本没有打算爱他的。可谁知道我爱上他了。"她说完了，带着某种淡淡的胜利的口气。

母子二人谈了很久，也没谈出结果，最后双方同意做无限期的等待，暂不行动。

那天晚上稍微晚些时候，莫尔斯太太向她的丈夫主动地承认了她的打算落空了，然后两人也达成同样的结论。

"不可能出现别的结果，"莫尔斯先生判断，"这个水手是她目前接触到的唯一的男性。她早晚会明白的。她这会不就该觉醒了吗？马丁，目前这个水手是她唯一接近的男性，她当然会马上爱上他的，或者说自己以为爱上了他。"

莫尔斯太太盘算采取迂回战术对待露丝，以避免正面交锋。由于马丁目前没有结婚的条件，所以时间肯定是充足的。"让她明白她对他的一切要求，"莫尔斯先生提出办法，"她越是了解他，就越不爱他，我敢打赌。多让她作些对比，以后多邀请些年轻人到家里来。男的，女的，各种各样的男孩，聪明的，成功的，快要有成就的，她本阶级的男性，上等人。她可以拿他们来衡量衡量他。他们可以让他相形见绌。毕竟他只是个二十一岁的娃娃，而露丝也还非常幼稚，双方都是初恋，相信他们会渐渐淡忘的。"

于是这事便暂且搁置了下来。在家庭内部大家都知道露丝和马丁订了婚，但并没有正式宣布。家里人都感觉用不着。大家默契地认为：婚约期会非常长。他们没有要求马丁去工作，也没要求他放弃写作。他们不打算让他改正错误，这恰恰也给他们那并不友好的打算帮了忙，因为他万万没想到的事就是去工作。

"我做了一件事，不知道你是否喜欢过几天对露丝讲，"我已经决定自己住，在姐姐那儿吃住太贵。我在北奥克兰租了一间小屋子，那很偏僻，你知道，我已经买了一个煤油炉子烧饭。"

露丝非常高兴。煤油炉子让她很开心。

"巴特勒先生不就是这样开始的吗"她说。

一听她表扬那位大人物马丁心里不爽。他接着说："我给我的稿子全都贴上了邮票，又把它们邮到编辑先生们那儿去了。我今天搬进去，明天就开始工作。"

"你有工作了！"她惊讶地叫了起来。流露出欢乐的表情，更紧地依偎着他，摸着他的手笑着。"可你一点都没向我透露呢！什么工作呢?"

他轻轻摇摇头。

"我是说我要开始写作了。"她脸色阴沉下来，他急忙说下去，"别误会，这次我不写那些闪光的东西了。这是个冷静的、普通的、现实的打算。这总比出海要好得多。我一定要多赚些钱，赚的钱要比一个在奥克兰没有技术的人所能获得的收入要多。

"你看，我刚刚度过的这个假期让我看到了方向。我没有拼命干活儿，也没有写作，至少没有为发表而写作。我一共做了两件事，爱你和思考问题。我读过一些书籍，但那也只是我思考的问题的一小部分，我读的主要杂志。我对自己、世界、我在世界上的地位、对我能争取得到的机会（要能配得上你的机会）都勾画了轮廓。此外，我一直都在读斯宾塞的《文体原理》，我发现我有许多毛病——确切地说是我写作上的毛病，也是好多杂志每个月发表的作品的毛病。

"这一切都是我思考、阅读和恋爱的结果，即便是搬到街上去。我要把大部头放一放，我要写下锅之作：笑话、短评、特写、俏皮诗、交际诗等乱七八糟的东西，需求量好像很大的。还有报刊供稿社、报刊短篇小说供稿社、星期日增刊供稿社。我可以写下去，不停地写他们要的东西，正确挣的钱抵得上一份很高的薪水。有的自由撰稿人，你知道，一个月能挣个四五百块呢。我并不想成为他们那样的人，可我要有一份好生活，能有很多时间归自己支配，那是任何工作所不能给我的。

　　"随后我就会有时间读书，做真正的工作了。苦苦投稿的同时我要试着写杰作，为写杰作读书作准备。回顾我所走过的漫长的道路，我感到非常惊讶。刚开始写作的时候，我只有一点点可怜的经验，别的没什么可写，而那些经验我又既不懂得，也不喜欢。我还没有思想，我真的没有考虑过，就思考的话也不会说。我的经验只是好多没有意义的画面。但是当我开始增加知识、扩大知识面的时候，我便能从我的经验里看出越来越多的东西，不光是画面了。我保留了这些画面，然后对它们进行解释。那就是我开始写出好作品的时候。那时我写了《冒险》《罐子》《生命的酒》《扰攘的街道》《爱情组诗》《海上抒情诗》。我决定还会继续写那样的作品，而且写得更好，但要利用业余时间去写。现在我需要脚踏实地。首先得写下锅之作，努力赚钱，然后再说杰作。为了给你欣赏，我昨晚给滑稽周刊写了半打笑话。正要睡觉，忽然心血来潮试着写了'小三重奏'，一种俏皮诗，不到一个小时写了四首。每首能赚一块钱，上床之前信手拈来就能赚到四大块钱呢。

　　"诚然，这些东西没什么大的价值，仅仅是无聊的苦凑合而已。但总比每月记账挣六十元好得多吧，没完没了地算那些枯燥无味的账目，直算到要吐要有意思些，要好过些。此外，写下锅之作会让我跟文学作品保持密切接触，让我有时间试写更好的作品。"

　　"可是更好的作品，这些杰作，有什么好处？"露丝问，"你又不会卖掉它们。"

　　"相信我，我能卖掉的，"他刚要开口便被她打断了。

　　"你刚才说的那些作品，还有你自认为很好的那些杰作——你一个都没卖掉。我们不能靠卖不掉的杰作结婚的。"

　　"那我们就靠能卖掉的'小三重奏'结婚好吧，"他坚决地说，说着伸手搂住了她的腰，把一个很不情愿的情人搂到怀里。

　　"你听听下面这个，"他故作高兴地说，"这虽然谈不上艺术，但也能值一块钱。

　　"我已出门去，

　　他才进门来，

　　并不为别的，

　　借钱应应急。

　　他刚空手去，

　　我又空手来，

　　我回到家里，

　　他早已拜拜。"

他本来给这绕口令设置了活泼有趣的旋律，可他念的时候却高兴不起来。露丝没有给他丝毫笑脸，却一本正经懊恼地看着他。

"这东西给你一块钱，"她说，"可那是一块赏给小丑的钱，赏给小花脸的钱。你不觉得吗，马丁，这完全是堕落。我希望我爱和的人能够比一个写笑话和打油诗的人要优秀呢。"

"你希望他像巴特勒先生吗？"他说道。

"我知道你不喜欢巴特勒光生。"她回答。

"巴特勒先生没错，"他打断了她的话，"我不佩服的是他的消化不良。不过我想说，我实在看不出写笑话和俏皮诗跟玩打字机、当记录员、管一大堆账目有什么区别。都是达到目的的手段。你是想让我从管账本开始，以后能成为一个成功的律师或企业家。我的理想却是从写下锅之作开始，发展成为一个有名的作家。"

"当然有区别。"她坚持到。

"什么区别？"他问。

"这还用说吗？你的那些自以为很好的优秀作品，卖不掉。这你知道，因为编辑们不要。"

"请给我时间，亲爱的。"他恳求道，"我只是暂时写下锅之作，我并不把它当回事。给我两年时间，我一定会成功的，编辑们会喜欢上我的好稿子的。我明白我自己在说什么，我对自己有信心。我了解自己的本事。现在我懂得什么叫文学了。我知道许多小人物稀里哗啦搞出来的那些平庸玩意儿，而且相信两年之后我一定会走上成功之路。说到搞企业吗，我一定不会成功的。我对它没有感情，总觉得它枯燥、愚昧、唯利是图、诡计多端，我没法适应。我最多能做个店员。靠店员挣得那几个破钱你跟我怎么能活得舒适呢。我要把世界上上最好的东西给你，如果我不要，那它就不是最好的。我一定能做到的，所有这一切都能办到。一个成功的作家的收入一定会把巴特勒先生比得灰头土脑的。一本'畅销书'总能赚到差不多五至十万块的，有时多一点有时少一点。"

她一直都没说一句话，显然她很失望。

"你说怎么样？"他问。

"我有过别的希望和打算。我一直认为，你最好还是学速记，因为你已经会打字了，然后到爸爸的办公室去工作。你很优秀，我相信你能做一个成功的律师的。"她说道。

第二十三章

虽然露丝对马丁当作家的理想缺乏信心，她在马丁眼中却并丝毫无变化，也没有小看她。在他所度过的短短假期里，马丁花了好多时间作自我分析，充分了解自己。他发现自己爱美甚于爱名，而他急于成名主要是因为露丝——所以他有强烈的成名欲，希望自己在别人眼中很不错，用他自己的话说，是"有点威望"。其目的是为了让他深爱的女人感到自豪，相信他很有出息。

说到他自己，他怀着对美的满腔热情。只要能够为美服务他就很开心了。而他爱露丝又甚于爱美。他认为爱情是世界上最美好的东西。她现在想这样做的原因就是这场爱情。是这场爱情将他从一个粗鲁的水手变成了一个学生，一个艺术家。所以，在他眼里爱情比学问和艺术都伟大，是三者中最伟大的。他发现他的脑子比露丝想得更多，正好像比她的弟弟和爸爸想得更多似的。尽管他具有大学教育的一切优势，尽管他面对的是具有学士学位的她，他的智慧的力量依然能使她相形见绌。他这一年左右的自学和思考让他深刻地了解了世界、艺术和人生，而那是她一定办不到的。

他很清楚这一切。但那并不影响他对露丝的爱，也没有影响露丝对他的爱。爱情实在太美好，太高贵，他本身又是太忠诚的情人，他不能用批评指责来玷污它。爱情跟露丝对艺术、对正确行为、对法国革命、或是对选举权平等的不同看法没什么关系，那都是思维的过程，可爱情是高于理智的，凌驾于理智以上。他不能小看了。他崇拜爱情。爱情高卧在峡谷以外的山峰之巅，是存在的升华，是生活的极致，是很少降临人世的。由于他所喜欢的科学哲学家流派，他明白了爱情的生物学意义；但是通过细致的科学推理他得到了一个结论：人类的生理结构在爱情中达到了最高目的。爱情毋庸置疑，只能被接受为对生命的最高回报。所以他认为情人是一切生物中最幸福的人，一想起"颠倒膜拜的恋人"高于人间一切，高于财富和判断，高于舆论和夸赞，高于生命，高于"一吻便死去"，他感到非常开心。

许多这类道理马丁早已经明白了，有些道理他后来也明想通了。这时他干起了工作，过着斯巴达式的苦行僧生活，除了去看露丝以外从不消遣。他从一个葡萄牙女房东租来一个小房间，每月租金两块五毛。房东叫玛利亚·西尔伐，是个利落的寡妇，吃苦耐劳，很精明，拉扯着一大群孩子，有时用一加仑淡薄的酸酒抹去她的疲劳和忧伤，话说那酒是她花五毛钱从街角的杂货店买来的。马丁起初讨厌她的嘴不干净，后来看到她的勇敢奋斗便不禁生了几分敬意。那小屋一共有四间房——除去马丁那间，只有三间。一间是客厅，铺了张彩色地毯，显出几分喜气；还挂了一份讣告和已死去的众多孩子的一个的遗像，却又带了几分忧伤。这间房严格规定只接待客人，百叶窗总是关着，如果没有大事，她那群光脚丫的小宝贝决不许擅入。她在厨房里做饭，一家人在那儿吃饭，除了星期天她会在那里洗衣服，浆衣服，熨衣服，因为她的收入主要是靠替她的邻居浆洗衣服。剩余的那间屋就是寝室，跟马丁那间一样大小，她和她那七个孩子共八个人都挤在那里睡觉。马丁对她们怎么能挤得下去一直觉得不可思议。在薄薄的板壁那边每天晚上都听见每一件小事：上床、叫喊、争吵、细语和小鸟一样的睡意蒙眬的唧啾。玛利亚的另一笔收入来自她养的两头母牛，她每天早晚都要从它们身上挤奶。那两头牛是靠偷吃空地和公用道路两边的青草活命的。通常由她一两个衣衫褴褛的孩子看着，他们总警惕地看守着，以防畜栏管事出现。

马丁就在他租的这间小房里生活、睡觉、读书、写作、做家务。屋里小小的门廊只有一扇窗户，窗前是一张桌子，他把它当作书桌、图书馆和打字机台。靠后墙的床占据了整个房子的三分之二。有一个花哨的柜子在桌子旁，是一个没啥实用价值是用来赚钱的。上面的装饰板每天都在脱落。这柜子在桌子的另一面，在屋子的一个角落，在另一个角落里是厨房——一个布匹箱上放着一个煤油炉。布匹箱里有碗和做饭用具。墙上有个放食物的架子，地面上放一桶水。马丁不得不到厨房的水槽去接水，因为屋里没有水龙头。在屋里蒸汽非常多的日子，装饰板从桌上脱落的碎片就会洒落一地。他的自行车用辘轳挂在床顶的天花板下。起初他曾试着将它放在地下室里，可是西尔伐家的孩子们却把轴承弄松，还把轮胎扎破，把他赶了出去。然后又把它放到前门那小小的门廊，一天晚上一阵东南风咆哮着，车轮又被浸泡了一夜。最后他不得不将它又放回到自己的屋子里，车子就被悬在了空中。

由于桌上桌下都放不下了，他的衣服和搜集来的书籍放在一个小橱里。他在读书时养成了做笔记的习惯，他的笔记记得非常多，如果不是在屋里牵了几根洗衣绳把它们全挂了起来，在这有限的空间里便没了他的容身之处。即便如此，屋里也太挤，"航行"起来很困难。如果不关柜橱门就不能打开房门，反过来也一样。他没法从其他地方直线穿过屋子。从门口到床头不得不拐来拐去，在黑暗里很难不碰到东西顺利通过。在解决了门和门的问题后，他得向右急转，绕开"厨房"。然后又得左拐以免碰上床脚。要是拐得太大了又可能会撞上桌脚。等他匆匆一歪一斜，不用拐弯，便得沿着"运河"再往右转，"运河"的这面是床，那面是桌子。如果是屋里唯一的椅子放到了应该放的桌前，"运河"航行就会有困难。椅子在不用的时候只能躺在床上，即使他做饭时有时也坐椅子，一边等水开一边读书；甚至一边炸着牛排一边巧妙地读上一两段。厨房的那个角落非常小，需要什么东西他坐着伸手就能够到。而且，坐着做饭反而方便；如果站着，倒常常会自己挡了自己的路。

他不仅有一个特别好的胃，似乎什么东西都能消化，而且知道各种既有营养又便宜的食物。豌豆汤是他餐桌上的常见菜，还有土豆和蚕豆。蚕豆他会做成墨西哥口味，大大的，黄褐色。他每天至少吃一顿米饭，他的做法跟美国主妇很不一样，她们永远也学不会。由于干果比鲜果便宜，他通常都准备一罐，做得好好的，可以随取随用，用它代替黄油涂面包。有时他还买圈牛后腿肉，或是炖汤的骨头让自己很有胃口。他每天喝两次不加奶油或牛奶的咖啡，晚上喝茶。咖啡和茶都沏得很好喝。

他需要节约。他的假期几乎花光了在洗衣房挣来的钱。而他距离"市场"又很远，他的那些下锅之作有可能得到的回复至少也需要几周。除了和露丝见面和去看他姐姐格特露的时间之外，他都会像隐士一样生活，每天至少要完成一般人三天的工作。他每天只睡短短的五个小时。我们不得不佩服他的那种钢铁般的毅力。他坚持每天连续苦读十九个小时，天天都这样。他不想浪费每一分钟。几张发音和定义的单子被贴在镜子上。刮胡子、穿衣服或是梳头时都能默记。煤油炉上方的墙上也钉着类似的单子，做饭或洗碗时同样能默记。旧的单子不断被新的单子替换。读书时碰见生词或是不太熟的词他都马上记下来，积累到一定的程度，他就用打字机打出来钉在墙上或贴在镜子上。他甚至把单子随手塞到口袋里，上街时也挤时间复习，在肉店杂货店等着买东西时也不忘记复习。

不止这些，他在读有名作家的作品时，总记下他们的每一个成功，思考他们成功的窍门——叙述的窍门，表达的窍门，风格的窍门，他们的想法，对比手法和警句。把这一切列成单子，加以研究。他并不人云亦云，仅追求其中的原理。他把有用的、动人的独特格调制成年干，再把这些作家的独特格调进行归纳，找出一般原则。像这样统一起来之后，他再去寻找自己的独具一格，要与众不同，要有新意，再对它恰当地加以权衡、估量和评价。他也用一样的方法去搜集富有表现力的词语，经常在生动活泼的语言中出现的词语，能像酸那样腐蚀人，像火山那样着火的词语，或是能在平淡语言的中熠熠发光、醇厚甘美的词语。他总是寻求着躲在背后的原则。他要知道的是究竟应该怎样做，并且自己也可以做。他不满足于美丽的外表。他在他那拥挤的小卧室兼实验室里剖析了美。那屋里做饭的气味跟屋外西尔伐家族疯人院式的争吵吵闹交替出现。在剖析和弄懂了美的结构之后，他离创造美就近百八十步。

　　如果不懂了他没法做，那是他的天性。他不能在黑暗里盲目地工作，不知道自己要创造什么，不能靠运气，不能相信自己是幸运之星能创造出美好的东西。他对偶然的效果并无耐心。他希望知道原因和做法。他天生是审慎的创造天才。在他开始写一篇小说或一首诗歌之前，那东西已经出现在他脑海里。他能看得见结尾，心里也清楚通向结尾的路。否则那努力也必定是徒劳的。另一方面他又欣赏不可思议地出现在他脑子里的字词句的偶然效果。这种效果以后能经得起美和力的各种考验，能产生无法描述的巨大的想象空间。他可对这种现象俯首低头，莫名吃惊。他知道那是别人所没法故意追求到的。而且无论他为了寻求美的底蕴和实现美的原理曾对美作过多少解剖，他也一直明白美的底奥是神秘的，他无法猜透，也没有谁猜透过。他和斯宾塞学到了人不可能获得对于任何东西的全部知识，美的奥秘并不比生命的奥秘更轻易猜透——不，更困难——美的素质跟生命的素质是互相纠结的，他自己也不过是那没法理解的素质的一小部分，是由阳光、星辰和奇迹组合成的。

　　事实上他的心里充满这种思想时写出了那篇论文《星尘》的。在《星尘》里他批评的不是原理而是主要的批评家。这论文精辟、深奥、富于哲理，妙语连珠，能令人哑然失笑。可它没出去却马上被各家杂志拒绝了。不过他把这事忘记之后，又心平气和地前进了。他已养成了这样的医德习惯，一个问题通过反复思考，逐渐成熟，他就用打字机匆匆把它记录下来，并不把没发表当成多大的事。用打字机记录只是长期心灵活动的结束，是对分散思路的总结，是对压在心上的种种材料的归纳，是一种主观的努力，以便释放心灵，接受新的东西，研究新的问题。一定程度上那跟普通男女受到的真正的或是想当然的委屈时候的习惯没啥两样，他们不再经常沉默，大发牢骚，"畅所欲言"，直到把苦水全部吐尽为止。

第二十四章

几个星期过去，马丁的钱用光了。出版社的支票像以前一样没有消息。他的重要作品全都退回来又送出去了。他的"下锅之作"遭遇也并不怎么样。小厨房里再也没有种类繁多的食品，他已经弹尽粮绝，只剩下半袋米和几磅杏子干了。他连续五天都是三餐大米加杏子干。然后他开始赊账。他原来一直付现金的葡萄牙杂货店老板在他积累赊欠达到三块八毛五的巨额之后就不再赊欠了。

"不好意思，你看，"杂货店老板说，"由于你找不到工作，你就没法还我，这钱就得我亏。"

马丁无话可说。他无法解释。将东西赊给一个身强体壮却不愿意上班的工人阶级小伙子跟正常的生意原则是相违背的。

"你一旦找到工作，我立刻就给你吃的，"杂货店老板问他保证，"不工作就没有吃的，这是生意经。"接着，为了表现这样做全是生意上的远见，而不是偏见，他说："我请你喝一杯酒吧——咱俩还是朋友。"

马丁轻轻松松喝了酒，答应跟老板还是朋友；然后没吃晚饭就上床睡觉了。

马丁买菜的水果店是个美国人开的。那人做生意原则性不强，直到马丁的积欠到五块才停止了赊欠。面包店老板赊到两块便不赊了，屠户是四块时决绝赊欠的。马丁把这些债加起来，发现他在这世界上一共欠了十四元八毛五分。他的打字机租期也快要满了，但他估计能欠上两个月债。那会是八元。到时候他怕会弄得赊欠无门了。

一袋土豆是他从水果店买到的最后的东西。他就整个礼拜一日三餐光吃土豆——只有土豆，再也没有别东西的。偶尔在露丝家吃顿饭能帮助他恢复体力。虽然他看到满桌子的食物就饥肠辘辘，没法控制住自己不再吃下去。他也多次趁吃饭时间到姐姐家去，在那儿放下面子大吃一顿——比在莫尔斯家胆大多了，虽然心里有些惭愧。

他一天天这样工作着，邮递员一天天将退稿给他送来。他实在没有钱买邮票了，稿子便在桌子堆积了一大堆。有一天他已经连续四十个小时没吃东西了。去露丝家去吃已不可能，因为露丝到圣拉非尔做客去了，要去两个礼拜。他也不能再去姐姐家，因为太不好意思。最倒霉的是，邮递员下午又给他送来了退稿五份。后来马丁穿了外套去了奥克兰，回来时外套不见了，口袋里叮叮当当多了五块钱。他还了每位老板一块钱的债，又在厨房里煎起了洋葱牛排，煮起了咖啡，还熬了一大罐梅子干。吃完饭他又坐在他那饭桌兼书桌旁，午夜前他完成了一篇散文，名字叫作《高利贷的尊严》，文章用打字机打完之后也只能扔到桌下。因为五块钱花完了，已经没钱买邮票了。

　　然后他把手表当了，接着自行车也当了，给所有的稿子都贴上邮票，寄出去，这又减少了所能到手的伙食费。他对自己写下锅之作感到无助，没人愿意买。他把它与在报纸、周刊、廉价杂志上找到的东西比较，他认为自己的作品要比其中中等的作品好很多，可就是卖不掉。突然他发现许多报纸都大量出一种叫作"流行版"的版块。他找到了提供这种稿子的协会的地址，可他送去的稿子也被退了回来。退稿附有一张印好的条子，说他们所需的所有稿件都由自己提供。他又在一家大型少年期刊上发现了一整栏一整栏的奇闻怪事，他天真地认为这是个机会。可他的短文依然被退了回来。虽然他不停地努力往外寄，却总是没有用。后来到了他几乎不在乎的时候，他才知道，那些副编辑和助理编辑为了增加收入自己就提供那种稿子。滑稽周刊也将他的笑话和俏皮诗退了回来。他为大杂志写的轻松社交诗也没能幸免于难。接着被退回的是报纸上的小小说。他觉得自己写出的小小说要比已经发表的好很多。他设法找到了两家报纸的供稿社地址，送去了一连串的小小说。一共二十篇，然而却一篇都没有卖掉。他这才决定不再写了。但是，他仍然每天看到在日报和周刊上发表的成批成批的小小说，没有一篇比得上他写的。他绝望之余得出结论，他没有一点判断力，只能让自己的杰作催眠了。看起来他是个自我陶醉的自闭的作家。

　　没点火气的编辑机器能够照常油滑运转。他把回程邮票和稿件一起装好送进邮筒，三周到一个月之后邮递员就踏上台阶，把稿件退还给他。看来那一定是一头只有齿轮、螺丝钉和注油杯———一部由机器人操纵的智慧的机器，没有热度的活人。他非常不开心，曾多次怀疑是否编辑真的存在。他几乎从来没有见到过一点能够说明编辑存在的迹象。因为他的作品全都没有提意见便被退了回来，如果说编辑仅仅是由办公室的听差、排字工和印刷工所捏造出来并加以宣传的话，也有一定道理。

　　跟露丝一起时是他仅有的欢乐试管，而在那时双方又未必都开心。他一直感到苦恼：一种不安吞噬着他，没有比获得她的爱情还让他不放心的事。虽然他现在收获了她的爱情，却跟任何时候一样距离获得她还很远。他曾提出过以两年为期限；但是时光飞逝，他却一事无成。何况他还一直知道她不同意他的做法——她虽然没有直接说，却已经旁敲侧击让他明白了，跟直截了当告诉他完全一样。她虽然没有任何怨言，却也没有赞成。性格有些暴躁的女人也许会抱怨，她却仅仅失望，她失望极了，她主动要求要想改变的这个人现在不接受改变了。她在一定程度上感觉他这块泥土具有弹性，而且越来越顽强，不愿意按照她爸爸或是巴特勒先生的形象进行塑造。

她没看到他的伟大和坚强，更不幸的是，她误解了他。其实造成这个人的原料弹性是非常大的，凡是人类能生存的鸽子笼里他都可以生存，可她却认为他太顽固，由于她无法把他塑造得能在她的那个鸽子笼里面生存，而那是她所知道的唯一鸽子笼。她无法任由他的思想飞翔。他的思想一旦超出她的范围，她就断定他太反常——从来没有人的思想超出过她的范围。她一直都能跟上她爸爸、妈妈、弟弟和奥尔尼的思想。因此她跟不上马丁的思想，便知道问题一定出在马丁身上。这是个古老的悲剧：目光短浅的人硬要充当胸襟辽阔的人的导师。

"你一定是拜倒在现有秩序的神坛下了。"有一次两人讨论普拉卜斯和万德瓦特时，他告诉她，"我承认他们是出类拔萃的权威，他们的话被别人引用——是美国最前列的两个文学批评家。美国的每一位教师都崇拜万德瓦特，把他看作批评界的领袖。可是我读了他的东西，却认为那对于心灵空虚者似乎是淋漓尽致的。是最准确不过的自白。你看，在台勒特·贝格斯的笔下，万德瓦特不过是个傻乎乎的老冬烘。普拉卜斯也并不比他高明。比如他的《铁杉苔》就写得很好，每个逗号都用对了，调子也很崇高，啊，崇高极了。他可以说是美国收入最高的评论家。不过，很遗憾！他其实根本就不是批评家。他们的评论比英国的差得多。

"问题是，他们唱的全部是大众的调子，而且唱得那么好，那么道貌岸然，那么理所当然，他们的看法令我想起英国人过的礼拜天。他们说的是大家都要说的话。他们是你们的英语教授的后台，你们的英语教授也是他们的后台。他们脑袋里就没有一丁点的独到见解。他们只知道现有的秩序——实际上他们就是现有秩序。他们心灵孱弱，现有秩序在他们身上打上的烙印就像啤酒厂在啤酒瓶上贴上标签一样简单。而他们要做的就是抓住上大学的青年们，把一切偶然出现的闪光的独特意识赶出他们的脑袋，为他们贴上现有秩序的标签。"

"我感觉，"她回答，"当我站在现存秩序一边的时候，我比你更靠近真理，你却像个南太平洋海岛上大发脾气的偶像破坏者。"

"破坏偶像的是教会，"他大笑，"非常遗憾的是，全部的教会人员都跑到异教徒那里去了，这里反而无人来破坏万德瓦特先生和普拉卜斯先生这两尊古老的偶像。"

"还有大学教授的偶像。"她接着说。

他用力摇头："不，教理科的教授必须得要。他们真的非常伟大。可是英语教授的脑袋十有八九都该破一破——他们是一些心眼小得需要用显微镜才看得见的小鹦鹉。"

这话对教授们确实不公平，在露丝看来兼职是亵渎。她不禁要用那些教授来衡量马丁。教授们一个个彬彬有礼，语调控馆，衣着整洁得体，谈吐文明儒雅。而马丁呢，是个几乎难以用语言描述的年轻人，而她却不知自己怎么会爱上他。他的衣着从来就不合身，一身暴突的肌肉说明做过沉重的粗活。一说话就冲动，不是平静地叙述却是咒骂，不是冷静地自律而是暴躁地高谈阔论。教授们的薪水丰厚，是君子——是的，她得逼迫自己面对这一事实，而他一文钱也不能赚到，他跟他们没有办法比。

她并没有就马丁的话语和论点本身进行衡量，她是从外表的比较断定他的意见不正确的——对，那是无意识的。教授们对文学的判断正确，因为他们是比较成功的人；而马丁对文学的判断不正确，因为他写的作品没人要。他自己认为，他的作品都"很好"，而他自己却不像个模样。而且，要说他不对也讲不过去——不久以前，就在这起坐间里，他在被人介绍时还脸红，尴尬，还害羞地望着那些小摆设，生怕他那晃动的肩膀会将它们碰下来；还在问史文朋死了多久；还在炫耀他读过《精益求精》和《生命礼赞》。

露丝不知不觉地论证了马丁的论点：她对现存秩序顶礼膜拜。马丁能跟随她的思路，但是不愿意再往前走。不是因为她对普拉卜斯先生、万德瓦特先生和英语教授们的看法而爱她。他慢慢意识到，而且越来越相信，他自己具有的思维空间和知识面是她所没有办法理解，甚至一点都不知道的。

她认为关于音乐他的观点是没一点道理，而对于歌剧他的理解不光是没有道理，简直就是故意作奇谈怪论了。

"你觉得如何？"一天晚上他俩看完歌剧后，她问他。

那天看歌剧他是勒紧了一个月裤腰带才带她去的。她还在颤抖，还在为刚看见和听见的画面激动。她本想等待着他发表意见，可他却没说话，她这才问了他这个问题。

"我很喜欢它的序曲，"他回答，"非常精彩。"

"我也这么认为，歌剧怎么样？"

"也很精彩，我是说，乐队挺精彩，但是，如果那些蹦蹦跳跳的人干脆闭上嘴或是离开舞台我一定会更喜欢的。"

露丝听得哑口无言。

"你难道是希望特绰兰尼或是巴瑞罗离开舞台？"她追问。

"都离开，全下去。"

"但他们是多么伟大的艺术家啊。"她驳斥道。

"他们不真实的滑稽表演也同样破坏了音乐。"

"但是你难道真的不喜欢巴瑞罗的嗓子？"露丝问，"别人说他得嗓音仅次于卡路索呢。"

"当然喜欢,并且更喜欢特绰兰尼,她的嗓子非常棒——至少我这样认为。"

"但是,但是——"露丝结巴了,"我不懂你的意思。你既然欣赏他们的嗓子,为何又说他们把音乐破坏了呢?"

"就是这样的,如果让我到音乐会去听他们唱歌,我几乎愿意付出任何代价,但是歌剧乐队一演奏,我就宁可出点钱不让他们唱。我真的怕我是个无药可救的现实主义者。伟大的歌唱家不一定都是优秀的演员。先听巴瑞罗用他那天使般的嗓子唱一段情歌,接着听特绰兰尼像另一个天使那样唱一段回答,再加上色彩绚丽、光彩夺目的伴奏,简直是个十全十美的酒神节,能叫人沉醉其中,甚至酩酊大醉。因此,我不但承认,而且坚信。可是我一看到他俩,整个效果就破坏了。我看特绰兰尼,两条粗腿,五英尺十英寸的身高,一百九十磅的体重;再看巴瑞罗,只有可怜的五英尺四英寸,油光光的一张脸,铁匠般的胸脯,矮墩墩的,不够尺寸。再看看这一对,装模作样,抓着胸脯,像精神病医院的狂人那样在空中挥舞着两条胳膊,非要我承认这是一个窈窕漂亮的公主跟一个英俊潇洒的年轻王子的恋爱场面——嗨,我不能接受,接受不了。这是瞎胡闹,是荒谬,是虚假。问题就在这儿:太假,不真实。我不相信世界上有这样谈恋爱的。嗨,我要是跟你谈恋爱也这样,你一定会扇我耳光的。"

"但是你看得太片面了,"露丝反驳道,"每一种艺术都有它的局限性。"(她正努力回忆她在大学听到的一个关于传统艺术的演讲。)"一幅画在画布上就有两度空间,可是你能接受的是三度空间的幻觉。那是画家的艺术在画布上的表现,写作也一样。作者需要无所不能。作者对女主人公的神秘思想所做的描述,我认为是合乎逻辑的。可你也一直知道,女主人公在这样思考的时候就是独自一人,作者还有别人都不可能听见她的话。舞台也如此,雕塑、歌剧和每一种形式的艺术也都是这样的。我们需要接受某些没办法的东西。"

"是的,我也知道那些,"马丁回答,"每种艺术都有它的传统。"(露丝听见他用这个词真得感到惊讶,他简直像是念过大学一样,而不是不学无术,简简单单从图书馆找了几本书看。)"可是讲传统也得讲真实。如果把画在平面纸板上的树木固定在舞台两边,我们可以认为是森林。而海洋的布景就不能被当作森林,那是没法做到的,它跟我们的感官矛盾。今天晚上那两个疯子的哇里哇啦、左扭右扭和痛苦的痉挛你不会,或者说不可以当成让人信服的爱情表演的。"

“可是你不会觉得自己比音乐批评家更胜一筹吧？”

“不，不，一点也不。我只是有我个人的观点。我刚才只是告诉你我的想法。目的是解释特绰兰尼夫人那大象式的蹦蹦跳跳为何在我眼里把歌剧破坏了。全世界的音乐评论家们都可能没错，但我依然是我，即使全人类的判断都一致，我也是不会让自己的观点屈从于别人。我不喜欢就是不喜欢，那就行了。天底下就没有任何东西能让我因为别人喜欢它（或是假装喜欢它）而装作喜欢它。我不能在个人爱好的问题上追赶别人。”

“但是，你知道吗，音乐是需要训练的，”露丝辩解道，“而歌剧尤其需要训练。你是不是——”

“我是不是缺少对歌剧的训练呢？”

她轻轻地点点头。

“就是这样，”他表示认可，“我倒认为自己没有从小就迷上它是真的走运，不然我今天晚上就会伤心地哭鼻子，而这两位宝贵的小丑般的怪人的嗓子显得尤为甜蜜，乐队的伴奏也会显得更加动听。你说得没错，那估计是个训练的问题。而我现在已经不年轻了。我需要的是真实，否则宁可不要。没有说服力的幻觉是明显的谎言。在矮小的巴瑞罗冲动地搂着胖嘟嘟的特绰兰尼（她也是感情冲动），告诉她他是如何满腔热情地崇拜着她时，我已经懂得什么是大歌剧了。”

露丝再次拿他的外部条件作比较，并且对她用现存秩序的信任来衡量他的观点。他是什么人物，不会是一切有教养的人都错了，而他反倒对了吧？他的观点和话语都没有给她留下一点印象。她对现存秩序太迷信，对革命思想一点也不同情。她一向喜欢音乐，从小就开始欣赏歌剧，而她周围的人也都喜欢歌剧。马丁他凭什么能从他那爵士乐和工人阶级歌曲中冒出来（他是最近才冒出来的）对世界上的音乐评头论足？她为他不开心。跟他走在一起时她模糊感觉好像受了冒犯。在她心里最需要他怜惜时候，她也只把他阐述的论点当作奇谈怪论和毫无来由的俏皮话。但是，当他搂着她来到门口，跟她深情地吻别时，她却又热情澎湃，把什么都忘记了。然后，当她躺在床上很长时间无法入睡时，就苦苦地思考着（她近来常常苦苦地思考），她为何会爱上了这么个与众不同的人。家里人都不看好，她怎么偏偏喜欢上了他。

第二天马丁不再写“下锅之作”，满怀激情地写成了一篇论文，名叫《幻觉的哲学》。贴了一张邮票挤了出去。同时它也注定了还要在以后的好几个月里贴上许多邮票、重上旅途。

第二十五章

玛利亚·西尔伐非常穷。她理解贫穷生活的各种艰难。可对露丝来说贫穷只不过是不舒适的生活环境而已。她对贫穷的全部知识仅仅如此。她知道马丁不富裕，却把他的环境跟亚伯拉罕·林肯、巴特勒先生和其他有奇迹的人物的童年放在一起。此外，她一方面意识到贫穷很不轻松，另一方面又有一种中产阶级无所谓的感觉：贫穷是福。它对一切不肯堕落的人、不愿意绝望的苦力都有一种强烈的激励，能督促他们去取得胜利。因此在她听说马丁穷得把手表和外衣都当掉时，并不奇怪，甚至认为有了可能，它总有一天会奋起，放弃写作的。

露丝从没有在马丁脸上读出饥饿。反而她在见到他面颊消瘦、凹陷加深的时候感到开心。他好像变得更加清秀了。他脸上以前叫她讨厌却也吸引过她的肌肉和带暴戾意味的活力大为减少了。他俩在一起时她还会偶尔看到他眼里闪出的不同寻常的目光，那叫她崇拜，因为他更像个诗人或者学者了——而那正是他想做而她也愿意让他做的人。但是玛利亚·西尔伐从他那凹陷的双颊和燃烧的目光中读出的却是另外一种反馈。她看到他每天的种种变化，并从中看出他的颓废。她看到他穿了外衣出去却没穿外衣回来，尽管天气不仅冷而且阴沉。她便看出他的面颊略为丰满了一点，他的眼睛里没了饥饿的火。还有，她看到他的手表和自行车不见了，而每一次随着他的东西消失，他都会洋溢出些活力。

她同样也看到了他的刻苦。她知道他晚上需要熬夜到很晚。那是他在工作！她知道他比她要辛苦得多，虽然他的工作是另外一种性质。她还注意到他吃得越少干得越多。有时候看他饿得太厉害，她也好像偶尔给他送一大块刚出炉的面包去，并开玩笑说她烤的面包要比他做的美味，作为一种拙劣的掩饰。有时她也叫她的小孩子给他送一大碗热气腾腾的菜汤去，虽然他心里也想着像这样从自己的亲骨肉嘴中夺食不应该。马丁也并不是不感谢，他知道穷人的苦处，也知道世界上倘若有大发慈悲，这就是大发慈悲。

有一天她屋里剩下的东西喂饱了那几个孩子之后，用她最后的一毛五分钱买了一听仑便宜啤酒。正巧马丁到她厨房打水，她便邀他坐下一起喝。他为她的健康干杯，她也为他的健康干杯，然后她又祝福他事业兴旺，而他就祝福她找到那个詹姆士·格兰特，收他欠下的那些洗衣费。詹姆士·格兰特是个经常欠债的流浪木匠，欠着玛利亚三块钱呢。

玛利亚和马丁都是空肚子喝着新酿的酒，酒力马上进了脑袋。他们俩经是完全不一样的人，在痛苦中却同样孤单。尽管默不作声，没当回事，可孤独却成了联系他俩的纽带。玛利亚听说他曾经去过亚速尔群岛感到很吃惊：她在那儿长到十一岁。她听说他到过夏威夷群岛时更是吃惊：她跟她一家人就是从亚速尔群岛搬到夏威夷群岛去的呢。当他告诉她他曾去过毛伊岛时，她简直就惊讶极了。毛伊岛可是她长大后遇到她的丈夫井和并他结婚的地方。马丁曾经两次去过那里！是的，她还清楚地记得运糖的船，而他就在那上面干过活——哎呀，这世界好小。还有瓦伊路库！他会认识种植园的总管吗？认识，他们还曾经喝过两杯呢。

他们俩就像这样谈着往事，用酸味的新啤酒淹没着饥饿。未来在马丁面前还是很光明的。成功在他眼前晃荡，他几乎快要抓住了。他目不转睛地盯着面前这个饱经折磨的妇女满是皱纹的脸，不由得想起了她的菜汤和新出炉的面包，一种最温暖的感激和怜悯之情在他心里油然而生。

"玛利亚，"他忽然叫了起来，"你现在想要个什么东西？"

玛利亚不解地看着他。

"现在你想要个什么东西，现在，假如你能得到的？"

"给每个孩子一双新鞋——七双。"

"我给你七双鞋，"他说，她郑重其事地点点头，"但我说的是大愿望，你想要什么大的东西。"

她的眼睛闪着随和的光。不会是他跟她开玩笑吧，现在已经很少人跟她开玩笑了。

"仔细考虑一下，"她正张开嘴要说话，他提醒她。

"好吧，"她回答，"我好好想想，我想要房子，就现在这房子吧。整幢都属于我，用不着每月付七块钱房租。"

"房子你一定会有的，"他答应了，"不久就会有的。现在再要个大的吧。假如我是上帝我告诉你你想要什么就可以得到什么。你要什么呢，我听听。"

玛利亚仔细地想了一会儿。

"说出来你不会害怕吧？"她警告他。

"不害怕，不害怕，"他笑了，"我不怕，快点说吧。"

"可是大得很呢，"她警告他说。

"没问题。说吧。"

"好——"她像个孩子一样深深吸了一口长气，鼓足了劲，说出了她对生活的最大愿望。"我想要个奶牛场——一个最好的奶牛场。有好多的牛，好多的土地，好多的草。我希望它靠近圣利安，我妹妹就住在那儿。我能够到奥克兰去卖牛奶，赚很多钱。乔和尼克两个孩子不用放牛，能够去上学，以后能当个工程师，在铁路上工作。没错。我就是想要个奶牛场。"

她不说了，眼里闪着光，看着马丁。

"你一定会有的。"他马上回答。

她轻轻点点头，恭恭敬敬用嘴唇碰了碰杯子，向送她礼物的人表示感谢——尽管她知道那些礼物她是永远也无法得到的。他的心意是好的，她打心眼里感激他这番好意，好像礼物已随着许诺送到她手里。

"一定会的，玛利亚，"他接着说，"尼克和乔不用去卖牛奶了，孩子们全部都去上学，一年四季都有鞋穿。一个头等奶场——各种设备都有。一幢房子用来住人，一个马厩用来喂马，当然还有奶牛场。有鸡、猪、菜、果树等等。牛还要多，然后雇两个雇工。到时候你就不用管别的，专心带孩子就可以了。话说回来，你如果是能找到一个合适的人，还可以再婚，让他来管理奶牛场，你就轻松过日子就可以了。"

马丁兑现了这份将来才能赠送的礼物后，转身就把他仅有的一套漂亮衣服送进了当铺。他这样做是无奈之举，因为处境太坏了。而一旦当了衣服他和露丝就再也不能见面了。他再也没有第二套漂亮衣服能见客——尽管见卖肉的和烤面包的还凑合，也可以去见他姐姐。可是要让他穿得那么寒酸迈进莫尔斯的住宅，那是绝对不可能的。

他继续刻苦地干着，很难过，几乎已经没什么希望。他知道第二次战役也失败了，他必须去工作了。他一去工作所有的人都会满意的——杂货店老板，他姐姐，露丝，甚至玛利亚都会高兴。他已经欠了玛利亚一个月的房租；打字机租金也欠了两个月，代理人已经通知他如果要是再不付租金就得收回打字机。他已经走投无路了，几乎要拒收投降了。他打算暂时跟命运停战，直到再有新机会的时候。他去参加了铁道邮务署的文职人员入职考试。让他感到意外的是，竟然以第一名被录取了。工作是有着落了，尽管没有人知道他什么时候上班。

就在此时，在他山穷水尽的时候，那油滑运转的编辑机器正好出了个故障。也许是一个齿轮打了滑，或是油杯没油了吧，有天早上邮递员给他送来了一封薄薄的信。马丁瞄了一眼左角，看到了《跨越大陆月刊》的几个大字和地址，他的心猛地跳了一下。他忽然感觉到一阵头晕目眩，双膝发抖，身子也慢慢往下沉。他晃晃悠悠进了屋子，在床上坐了下来。还没拆开信，在那个瞬间他懂得了一个道理：为什么有人会因为突然得到非同寻常的好消息而死去。

这当然是个好消息，薄薄的信封里没稿子，所以一定是采用通知。他清楚地记得寄给《跨越大陆》的是什么故事，故事名字叫《钟声激越》，一篇恐怖小说，整整有五千字。因为一流杂志都是一经采用稿件立刻付稿酬的，里7面便应该是一张支票。一个字两分钱——一千字二十元，支票一定是一百元！一百元！他轻轻地撕开信封时，脑子里便列出了他所欠的每一笔账——杂货店老板＄3．85；肉店老板＄4．00；面包店老板＄2．00；水果店老板＄5．00；总共＄14．85；房租＄2．50；再预付一个月＄2．50；两个月打字机租金＄8．00；预付一个月＄4．00；总共＄31．85。最后是赎回典当的那些东西，再加上当铺老板的利息：表＄5．50；外衣＄5．50；自行车＄7．75；衣服＄5．50（利息60%，那也无所谓）——几笔账合计＄56．10。他仿佛好像在他眼前的空中看到了闪着光的数字：先出现的是那个整数，然后是减去开支剩下的余数，是＄43．90。当他还清了账目，赎回了东西，口袋里还会叮叮当当响着一笔阔绰的数字＄43．90，而且是已经预付了一个月房租和一个月打字机租金剩下的。

这时他已经抽出那张用打字机打出的信件，慢慢展开。他发现没有支票，他往信封里瞧了瞧，又把那信对着光线看了看。他不敢相信自己的眼睛。他颤抖着赶紧撕开了信封：没有支票。他一目十行地读下去，忽略了编辑对他作品的赞美之词，想要快速找到主题：为什么没有进支票？他终于找到了，可他却突然垮掉了。信从他的手上滑落到地上，他的两眼没有了光泽。他躺到枕头上，拉过毯子盖好整个身体，一直盖到下巴。

《钟声激越》的稿费只有五块钱——五千字才五块钱！不是两分钱一个字，而是一分钱十个字！而编辑还夸赞说他写得好。而且支票要等到作品发表之后才能收到。原来这一切都是瞎说：说什么最低稿费两分钱一个字呀，稿件一经采用即刻支付稿酬呀，统统是骗人的，骗得他上了当。他要是早知道这样是决不会将精力用在写作上的。他很早就会去工作了——为露丝他去工作了。他每次回想起自己刚开始决心写作时，不禁为自己所浪费那么多的时间痛心疾首。最终是一分钱十个字！他所看到的关于别的作家的高稿酬的事看来没准不是真的。关于写作他获得的第二手资料是不正确的，这里便是证据。

《跨越大陆》每份定价二毛五。它那高贵优雅的封面表明它属于一流杂志，是份非常值得尊重的杂志。它在他出生之前就已经连续出版了许多年。你瞧，在每一期封面上都印有一个世界著名的伟大作家的话，宣布了《跨越大陆》的神圣使命，而那位文坛巨星一开始就是在这个杂志的篇幅里大放异彩的。可是这份崇高、风雅、从上天获得灵感的杂志《跨越大陆》的稿酬竟是五块钱五千字！而那伟大的作家恐怕最近也在国外穷愁潦倒地死去了。此事马丁记得，也不感到奇怪，看看作家那可怜稿酬就明白了。

唉，他上了别人的当。报纸上关于作家和稿酬的瞎话让他浪费了近两年的美好时光。现在他要把上的当从嘴里吐出来。他一行也不会再写了。他要按露丝的要求去做——那也是每个人的愿望——找一份工作。一想到工作他便想到乔——那个在游手好闲的天地里漂泊的乔。马丁长叹一口气，心里很开心。那是每天连续十九个小时的劳动对乔所产生的后果。但是乔并没有谈恋爱，没有对爱情担负的责任，他可以肆意地在天地里漂泊。而马丁却有奋斗的目标。他马上要去工作。明天天一亮他就要去找工作，他要让露丝知道他已经幡然悔悟，愿意进入她爸爸的办公室了。

五千字只有五块钱，十个字只有一分钱，这就是当今艺术在市场上的价格。那失望，那虚假，那无耻总浮现在他脑海里。在他合拢的眼帘下充满着他欠杂货店的 $ 3. 85，像火一样的数字。让他发抖，骨头里感到疼痛难忍。尤其腰痛。头也痛，头顶也在痛，后脑勺也在痛，脑袋里面也在痛，而且好像在膨胀，而前额却痛得没法忍受。额头下、眼皮里总是那个无情的数字：$ 3. 85。他睁开眼想逃避，屋里白亮的光似乎灼烧着他的眼球，逼得他闭上了眼。可一闭上眼那个数字 $ 3. 85 又出现在了他眼前。

五千字五块钱，十个字一分钱——那没法形容的念头在他的脑子里扎下根来，无法摆脱，跟摆脱不了眼下那个 $ 3. 85 一样。突然那数字似乎发生变化，他吃惊地望了望，在那儿燃烧地变成 $ 2. 00 了。啊，他想起来了，那是赊面包店的账。接下来出现的数字是 $ 2. 5，那，那数字叫他迷惑，他努力地想，仿佛是个非常重要的问题。他欠了谁两块五，肯定是，可欠了谁的呢？这已是那严肃的、恶意的宇宙交给他的任务。他在他心灵的无尽的走廊里徘徊着，打开了种种堆满破烂的房屋，其中是七零八碎的知识和记忆，他努力寻找答案，却没有结果。过了好几个世纪，答案出来了，却并不难，原来是玛利亚。他这才如释重负，让灵魂回到眼下的痛苦面前。问题解决了，他终于可以休息了。可是 $ 2. 50 淡了开去，又出现了一个 $ 8. 00。那又是谁的账？他还需要在心灵的寂寞小路上重新走一遍，找出它来。

他不知道自己找了多长时间，只知道好像许久之后被一阵敲门声惊醒了。玛利亚来问他是否生病了。他含糊地说他也不清楚，他只是睡了个午觉。等他看到屋里已黑了下来，惊讶极了。他接信时是下午两点。他知道自己病了。

然后 $ 8. 00 又在他的眼帘下慢慢燃烧，他又被迫回去接着寻找。但是他这回聪明了。他刚才太笨了，他其实没必要在心灵里打转。他拉动一根杠杆，让心灵绕着自己转了起来。那是一个硕大无比的命运之轮，像一个记忆的旋转木马，也像一个聪明的滚动圆球。他越转越快，把它卷进了旋涡，然后被急旋着扔进了一片漆黑的小屋。

他突然发现自己正在一个热轧滚筒旁，正在往滚筒里喂袖口。喂着喂着猛然发现袖口上有数字。他以为那是给衣服做记号的新方法，可仔细一看，但在一个袖口上看到了 $ 3. 85。这才记起那是杂货店的发票。看到在热轧滚筒上飞速地旋转的发票，他产生了一个奇妙的念头：把发票全扔到地板上，这样就可以逃避记账。他这么一想便马上干了起来。他把袖口轻轻地揉成一团，扔到极其肮脏的地板上。袖口越来越高，虽然每张发票都变成了一千份，他却只看到他欠玛利亚的那张发票。玛利亚没法催他还债了。于是他大方地决定只还玛利亚的债。他从扔出的大堆袖口里去寻找玛利亚的发票。他拼命地找呀找呀，找了不知多长时间，一会那荷兰胖经理送来了，脸上气得发出白炽的光，他大喊大叫，叫得惊天动地。"我要从你的工资来扣掉袖口钱！"这时袖口已堆成了一座小山。马丁知道他注定要做成百上千年的苦工才能把债还清了。完蛋了，没有办法了，只能杀了经理，一把火烧掉洗衣间。但是那个肥胖的荷兰人把他打败了。那荷兰人一把抓住了他的脖颈，揪着他晃动起来，让他在熨衣台、在炉子、在热轧滚筒上晃，一直晃到外面的洗衣间里，晃到绞干机和洗衣机上。晃得他牙齿吱吱地响，脑袋生疼。他没想到那荷兰胖子能够有这么大的劲。

突然他发现自己来到了热轧滚筒面前。这一回是他接袖口，另一边是一个杂志编辑在喂。每一张袖口都是一张支票，马丁急切地检查着。可全都是空白的支票。他站在那儿收着空白支票，大约收了成千上万张，一张也不能错过，生怕漏掉签了字的。他最后终于找到了。他用他那颤抖的手指拿起那支票对着光看了看。原来是五块钱的支票。"哈哈！"编辑隔着热轧滚筒大生笑起来。"哼，我要杀死你，"马丁嚷着。他走了出去，冲进洗衣房去拿斧头，却看到乔的手稿上浆。他想叫他停下，他挥起斧头向他砍去。可是那斧头却在半空中停住不动了，由于马丁已经发现自己在一场暴风雪中回到了熨烫车间。不，那飘落的哪是雪花，是大额支票。最小的也比一千元大。他将收集的支票整理一番，把一百张的合成一扎，一扎扎用绳捆结实。

他捆着捆着抬头一看，却看到乔站在他面前像玩杂技一样抛掷着熨斗。上了浆的衬衫、稿子，还不停地伸手加一扎支票到飞旋的行列中去。那些东西冲出房顶，变成一个极大的圆圈不见踪影。马丁向乔一斧砍去，让他把斧头夺走了，也扔进了飞旋的行列。他还抓住马丁也扔了出去。马丁穿出房顶去抓稿件，落下来的时候手里已拿了一大抱。可他刚一落下又飞了起来，接着就一次二次无数次地飞旋。他听到一个尖细的声音在歌唱："带上我一起跳华尔兹吧，威利，一圈圈地跳呀。"

他终于在支票、熨好的衬衫和稿件的银河里找到了斧头，决定下去杀掉乔。但是他并没有下去。这时候玛利亚在凌晨两点隔着板壁听到了他的呻吟，走进他的房间，还用热熨斗在他身上做起了热敷，并用湿布贴在了他眼睛上用来止痛。

第二十六章

清晨，马丁·伊登没有出去找工作。等他从昏迷中醒来时已经是下午了，他用疼痛的眼睛打量着屋子。八岁的玛丽是西尔伐家的孩子，正在旁边守着他，看见他醒来便大声尖叫。玛利亚赶紧从厨房跑过来，用长满了老茧的手抚摸着他那滚烫的额头，并给他把了把脉。

"想吃点东西吗？"她问。

他摇了摇头，一点食欲也没有，就像从来都不知道自己曾什么时候饿过肚子。

"玛利亚，我难受极了，"他有气无力地说，"你知道我得了什么病吗？"

"流感。"她说，"过个两三天就会康复的。你现在最好别吃东西，逐渐就可以多吃了。也许明天就可以呢。"

马丁不习惯害病。玛利亚和她女儿一离开他她就试着站起来穿衣服。却头晕脑涨，眼睛也疼得厉害，怎么也睁不开。他勉强挣扎着下了床，然而一阵晕眩迫使他靠在桌上昏了过去。半小时后，才又拼着力气着回到床上，老老实实躺着，闭上眼睛去感受各种痛苦和疲劳。玛利亚先后几次进屋，给他更换额头上的冷敷，之后让他静躺休息。她很知趣，不唠叨和打扰他。这使他既激动又感动。他不禁自言自语地低声说："玛利亚，你一定会得到牛奶场的，一定会的。"

于是他想起了自己已逝的过往。自从他接到《跨越大陆》的通知以后，好像已过了一辈子似的。所有的都完了，所有的都放弃了，他已经翻开了新的一页。他曾尽心竭力作过斗争，可现在躺下了。他如果不是让自己挨饿是不会得流感的。他失败了，连进入他肌体的细菌也没有力气赶出去。这就是他的结局。

"就算一个人写了一图书馆的书，最后却死掉了，又有什么好处呢？"他大声地问。"这不是我的世界。我心里永远也没有文学了。我要到财务室去管账目，挣月工资，跟露丝组建小家庭。"

两天之后，他吃了两个鸡蛋和两片面包，喝了一杯茶，便问起邮件的事，却发现双目依然痛得无法读信。

"你能给我读读吗，玛利亚，"他说，"不用管那些厚信、长信，全扔到桌子底下去，只给我读那些薄的。"

"我不认识字，"她说，"特利莎在上学，她认识字。"

然后九岁的特利莎·西尔伐便拆开信给他读起来。他漫不经心地听着打字机店的一封催款的长信，心里急着想着找工作的各种方法，却突然一震，清醒过来。

"我们愿意给你四十块钱，换取你故事的连载权，"特利莎吃力地拼读着，"只要你对我们提出的修改方案无异议。"

"那是什么刊物呀？"马丁叫道，"这儿，给我！"

他现在能看得见东西了，行动也不觉得疼了。提出给他四十元的是《白鼠》杂志，那是他早期的作品，恐怖故事《旋涡》。他把那信读了又读。编辑直截了当地告诉他，他们要买的是主题，而他恰恰对主题处理不当。如果是能精简故事的三分之一他们才准备采用，但是得得到他的同意信后才行，之后会立即给他汇款四十元。

他要来了笔和墨水，告诉编辑如果需要的话，当然可以精简相应的内容，并要他们立即把四十元汇来。

马丁让特利莎到邮筒送信之后，又躺下来。他没有撒谎，《白鼠》的确是一经采用立即付酬的。《旋涡》有三千字，去掉三分之一是两千字，合算两分钱一个字，一经采用立即付酬——报纸说的是真话。然而他却把《白鼠》看成三流杂志！他显然对杂志不太了解。他曾把《跨越大陆》看成一流杂志，可它的稿酬却是十个字才一分钱；他也曾觉得《白鼠》无足轻重，可它付的稿费却是《跨越大陆》的二十倍，而且一经采用立付稿酬。

哦，有一点可以确定：他病好了是不会再去找工作了。他脑子里还有许多诸如《旋涡》的好故事呢。如果按四十元一篇来计算，他能获得的酬劳远比其他工作或职位多得多。他以为自己失败了，没想到却胜利了。他的工作能力已得到证明，发展方向也已经清晰可见。从《白鼠》开始，他要不断扩展接受他稿件的刊物。下锅之作可以休矣。那看起来像是浪费时间，就连一块钱的收入也没有过。他决心一定要写出作品来，而且必须是优秀的作品，要把心里最优秀的文字洋洋洒洒地写来。他多么希望露丝也能和他共享欢乐。他又一次看着床上剩下的信，意外发现有一封正是露丝写的。那封信委婉地批评了他，不知道出了什么事，他居然那么久都没有来看她——久得那么可怕。他激动地反复读着，端详着她的笔迹，满心钟爱地看她的一笔一画，最后还亲吻了她的签名。

他她坦率地给露丝回信，告诉她他之所以无法去看她是因为他最好的衣服已送进了当铺。他也告诉她他病了，但已基本康复了，在十天或半月之内（也就是信件往返纽约的时间里）赎回了衣服就可以来看她了。

但露丝实在等不及了，何况她爱的人还在生病。第二天下午，在亚瑟的陪同下，露丝就坐着莫尔斯家的马车来了。这使西尔伐家的孩子们和街道上的顽童们兴奋不已，玛利亚也大为惊讶。在狭窄的前门走廊边西尔伐家的孩子挤得水泄不通，她就扇他们耳光，然后又用出奇可怕的英语为自己的外表致歉。她把袖子卷了起来，露出的胳膊挂着肥皂泡，腰上还系着一条湿淋淋的麻布口袋，使她正在从事的工作充分显露。两位这么体面的年轻人来问起她的房客，弄得她不知如何是好，以至于忘了请他们在小客厅里坐下。客人要进马丁的房间得从那暖烘烘、正在大洗其衣服的厨房里经过。马利亚的激动，又让寝室门跟厕所门挂住了。于是阵阵带着肥皂泡沫和污秽味便涌入了房间，达五分钟之久。

露丝拐完了之字拐后，穿过了桌子与床之间的小小通道，来到了马丁身边。但是亚瑟的弯却拐得太大，在马丁做饭的角落里碰到了他的盆盆罐罐，弄出了一片叮当之声。亚瑟没有多逗留。唯一的椅子被露丝占了，他完成任务后退出来，只好站到门口，成了西尔伐家七个孩子的中心。孩子们像看什么新鲜玩意似的望着他。十来个街区的孩子们呼啦一下都围到了马车旁边，迫不及待地等着看什么悲惨可怕的结局。一般情况下，这条街道的马车只是用于婚礼或葬礼。可这儿并没有婚礼或葬礼，会有什么事儿发生呢？他们眼巴巴地拭目以待。

马丁恨不得一下就见到露丝。他原本是个多情种子，而又比平常人更需要同情——他渴望同情，那对于他意味着思想上的理解。可他并不知道露丝的同情大体是情绪上的，礼貌上的，那并不是她出于对对象的理解，更多是出于她温柔的天性。因此，在马丁抓住她的手向她倾诉时，她出于对他的爱便也握着他的手。一见他那孤苦伶仃的样子和脸上满是艰辛的样子，她的泪便止不住在眼里打转儿。

然而在他告诉她他的两篇作品被采用，又告诉她他在接到《跨越大陆》的通知时的失落和接《白鼠》的通知时的欣喜时，她却没有跟上他的心情。她虽然听到他说的话，但只明白那字面意思，却不明白它蕴藏的内涵和他的失落和欣喜。她无法挣脱自己。她对给杂志投稿换取稿酬不感兴趣，她认为最重要的是婚姻，但她并没有意识到——那正如她不明白自己希望马丁找工作是一种本能的冲动，是替当妈妈作准备。若是有人干脆把这话告诉了她，她一定会害羞，并且会生气，会言不由衷地说她只对所爱的人能充分施展他的才能感兴趣。所以，当马丁为自己在第一次选择的工作的成功而高兴不已，向她倾诉心声时，她听见的也只是词语。她盯着这一切，为眼前的景象惊呆了。

露丝是首次看到贫穷的，在她眼里，饥饿的情人好像永远是浪漫的，但却不知道饥饿的情人究竟是怎样生活的。她怎么也没有想到会是这样。她时而望他，时而又望望屋子，然后又望回来。屋里脏衣服的味儿叫人恶心，露丝觉得如果那可怕的女人经常洗衣服的话，马丁准是浸在了那味儿里的。也许堕落就是这样传染开的吧。她望着马丁，就像看到周围环境在他身上留下的污秽。她以前从来没有见过他胡子拉碴的样子，所以他那三天没刮的胡子的样子令她十分反感，不但给她留下阴沉黑暗的坏印象，跟西尔伐家里里外外相同，而且好像突出了那种她所讨厌的粗野的力。而现在他还在自我陶醉、得意扬扬地向她述说着他的两篇作品被采用的事情。再受几天苦他原是可以妥协，走向工作的，现在怕是又得在这个不喜欢的屋子里过下去，饿着肚子再写上几个月吧。

"那是什么味道？"她突然问道。

"我想可能是玛利亚的部分衣服的有味道吧，我已经很习惯了。"

"不，不，不是那味儿，是其他的什么，一种叫人恶心的腐败味儿。"

"除了时间长一些的烟草味，我没有闻到什么。"他说。

"就是烟草，太难闻了。你怎么抽那么多烟，马丁？"

"我也不知道，孤独的时候就想多抽。抽烟时间太长了。我是从少年时代就抽起的。"

"那习惯不好，你知道，"她责备他，"简直太臭了。"

"那是烟的问题，我的能力范围内只能买最便宜的。你等着，等我拿到那四十元的稿酬，我要买一种连天使也不会讨厌的牌子。不过，有两篇稿子三天之内就会被采用了，还可以吧？四十块钱几乎可以还清我的全部欠债了呢。"

"那是两年的工作报酬吧？"她问。

"不，是一周之内的工作报酬。请把桌子那儿的本子递给我，那个灰皮的账本。"他打开账本迅速地翻了起来。"对，是的。写作《钟声激越》历时四天，写作《旋涡》历时两天。就是说写作一周能得到四十五块钱，每月能得一百八十块。超过其他任何工作的报酬了。并且这才是起步。就算我每月给你花一千块也不算多，每月五百块都太少了。四十五块不过是刚刚开始而已。等着看我大步向前吧。那时候我还要腾云驾雾呢。"

腾云驾雾是句俗话，露丝不懂，她又联想到抽烟上去了。

"你现在已经抽得太多了，不管牌子如何，差别并不大，吸烟太伤身体了。你是个烟囱、活火山、会走路的烟筒子呢，简直丢脸透了，亲爱的马丁，你知道这样下去不行啊。"

她满眼都是请求的眼神，他望着她那嫩嫩的小脸儿，看着她那晶莹纯净的眼睛，又觉得自己像过去一样感到自己配不上她了。

"我多么希望你别再抽了，"她低声说，"我求你了，为了——我。"

"好，我答应你，"他说，"你让我做什么都行，亲爱的宝贝，你知道的。"

她感到一种巨大的满足，她不止一次见过他那宽厚随和的天性，也曾认为若是她要求他放弃写作，他一定会答应。霎时间话到嘴边，却又忍住了。她不够勇敢，不够坚定，反倒迎着他靠了过去，依偎在他的怀里细声说：

"马丁，确实不是为了我，而是为了你自己呢。而且，做奴隶总不是好事，做毒品的奴隶更不是好事儿啊。"

"可我却永远是你的奴隶呢。"他笑着说。

"那，我可要颁布命令了。"

她调皮地望着他，虽然后悔没有提出最大的要求。

"国王陛下，服从您是小臣的天职。"

"那么，本王的第一命令是：勿忘每日刮胡子，你看你把我的脸都扎了。"

随之而来的是男欢女爱的调笑和爱抚。可是她已经提出了一个要求，一次不能提得太多。让他戒烟，她感到是一种女性的骄傲。下一次，他就要要求他找份工作了，他不是说过为了她他什么事都愿意做吗？她转过身，去看了看房间，检查了挂在头顶洗衣绳上的笔记，明白了把自行车吊在天花板下的秘密，也为桌下那一大堆稿子感到难受——她认为写作浪费了他太多的时间。煤油炉子倒使她欣喜，可一看食品架，却什么吃的也没有。

"怎么回事啊，可怜的宝贝，你吃东西了没有？"她满是温柔的同情，"你肯定饿肚子了。"

"我把我的食物放在玛利亚的柜子和收纳间里，"他撒了个谎，"在那儿可以更好地保存。我还没到挨饿的地步。"

她重新回到他的身边，看见他的胳膊，袖子底下肌肉聚集起来，形成了一块隆起的肌肉疙瘩，又大又结，说心里话，她并不喜欢它，可是她的脉搏、血液，全身上下都那么爱它，那么渴望着它。所以她便像以前一样没有回避，而是顺其自然地向他靠了过去。在接下来的时刻里，在他紧紧的怀抱里，她那关心着生活表面现象的脑子虽有些不愿意，但她的心，她那关心着生命本身的女性的心却因胜利而很是欢喜。她恰恰是在这个时刻最深刻地感到了自己对马丁的坚定的爱。因为在她感到他那强有力的胳膊伸过来，搂紧她，由于狂热搂得她生疼时，她已快乐得几乎要晕过去了。在这个时候她找到了背叛自己的原则和崇高理想的根据，尤其是悄无声息地违背了父母意愿的根据。他们不想让她嫁给这个人，因为她爱上了这个人而吃惊；就连她自己有时也吃惊——那是在她独处、头脑清醒、可以思考的时候。可在他身边时，她便无法自拔地爱他。那种爱情太让人烦恼、痛苦了。可那毕竟是爱情，无法控制的爱情。

"流感不算什么，"他说，"就是脑袋有点晕，痛得难受，比登格热差远了。"

"你也得过登格热么？"她心不在焉地问他，边问边陶醉于躺在他怀里的那种天赐的自我享受。

她就这样自然而然地引着他说着话儿。可是，说着说着却使她大吃了一惊。

原来在夏威夷群岛的一个小岛上，在一个秘密的麻风寨里有三十个麻风病人，他就是在那得的登格热。

"你怎么会到那儿呢？"她问。

对自己身子这种满不在乎的态度几乎是犯罪。

"因为我那时也不知道，"他说，"我做梦也想不到那会有麻风病人。我下船后从海滩上了岸，便跑向内陆，想找个地方藏起来。连续三天，我都靠丛林中野生的芭拉果、奥夏苹果和香蕉过日子。第四天我才发现了一条路——那是一条脚步踏出的通向内陆高处的路，那正是我要找的路，上面有新的走过的足迹。那条小路有个地方通向一座山顶，那儿窄得像刀刃，最高处连一英尺宽都不到，两面都是悬崖峭壁，起码有几百英尺深。只要有足够的武器弹药，那可是一个一夫当关万夫莫开的地方。

"那是通向秘密隐藏处的唯一通道。三小时后我到了那儿。那是一道山谷，是个火山熔岩的峰峦围成的口袋形的地方。那个地方被修成了梯田，种着芋芳，也有水果，还有十来间草房子。但是我见到当地的居民才知道闯到了什么地方，真是一目了然。"

"那你怎么做的呢？"露丝像个苔丝德梦娜，既恐怖又好奇，喘不过气来。

"我没有办法啊。他们的头儿是个慈祥的老人，得了重病，却像个国王一样统治着。是他发现了这个小山谷，组建了这个麻风寨的——全都不合法，可他们有枪，有很多的军火，而卡那卡人又是出了名的神枪手，经历过打野牛野猪的训练。没有办法，马丁·伊登进不了。他留下了——一留三个月。"

"你后来是怎么逃生的？"

"若不是那儿有一个姑娘，我也许至今还在那儿。那姑娘有一半中国血统，四分之一白人血统，四分之一夏威夷人血统。可怜的人儿啊，她很美丽，而且受过良好的教育，她妈妈在檀香山有一百万左右的家产。最后，这个姑娘把我放了。她妈妈资助着这麻风寨，她不怕放了会受到处分。可她让我发誓肯定不泄露这隐藏他的秘密。我也没有泄露过。今天还是我第一次谈起这事呢。那姑娘刚开始出现麻风的症状，右手手指有些弯曲，胳膊上有一个红色的斑点，如此而已。我想，也许她现在已经不在人世了吧。"

"你当时害怕吗？你为逃出来而没有染上那可怕的病而高兴吗？"

"害怕，"他承认，"我开始有点心惊胆战；后来就习惯了。但是我一直为那个可怜的姑娘感到可惜。那也让我忘了害怕。那姑娘真的很美，长得漂亮，心灵也美，她受到轻度的感染，可却不得不留在那儿，过着那里原始的生活，任凭身体慢慢烂掉。麻风病可要比你想象的可怕多了。"

"真是位可怜的姑娘，"露丝低声喃喃地说，"她竟然能让你逃掉，真是个奇迹。"

"你是什么意思？"他不明白，问道。

"我觉得她一定是爱上你了，"露丝依然低声地说，"现在，直截了当地说吧，是这么回事吗？"

因为之前在洗衣店里工作，现在在室内生活，加上病痛和营养不良，马丁那黝黑的脸已经褪色，甚至有些许苍白，苍白中又慢慢透出一阵红晕，他刚要开口说什么，却被露丝打断了。

"没关系的，不用回答，其实没有必要的，"她笑出了声。

但他好像觉得那笑声里夹着某种生硬的东西，眼里的光芒也冷冰冰的。在那一刻他突然想起了自己在北太平洋经历的一次狂风。那时的情景立即在他眼前浮现——风起之前的夜万里无云月朗天高，一望无际的茫茫大海在月光下闪着金属般冰冷的光。然后他遇见了麻风寨的那位姑娘，记起她是因为爱上了他才让他逃走的。

"她很高尚，"他简单地说，"是她给了我生命。"

他只将这件事谈到这儿，但他却已经听到露丝如鲠在喉般嘶哑的呜咽，看到她转过脸去面对着窗户。再转过脸来时她已逐渐平静，眼里也没有了暴风雨的痕迹。

"我真傻，"她伤心地说，"可是我不能控制自己。我是太爱你了，马丁，非常爱，非常爱，我会慢慢变得大度起来的，可是现在我却忍不住要嫉妒过去的事情。你是知道的，你的过去充满了幻影。

"绝对错不了，"她不让他辩解，"不可能错了。可怜的亚瑟已在向我招手，他等得太累了，我要走了。亲爱的，再见了。

"有医生新推出一种合剂，对戒烟有帮助，"她到了门口又回过头来，说，"我给你送一些来。"

门刚被关上，又被打开了。

"我非常爱你，爱你。"她轻轻对他说。这一次才真的走了。

玛利亚崇拜地目送她上了马车。她目光敏锐，注意到了露丝衣服的料子和剪裁。那是一种从没见过的款式，有一种神秘之美。贪玩的孩子们很失望，无可奈何地望着马车绝尘而去，然后扭过头来注视着玛利亚——她立刻成为街道上最引人注目的人物。可是她的一个孩子却使她的威望大打折扣，说那些贵客是来看他们家租房者的。于是玛利亚又和以前一样默不作声了，而马丁却发现附近的孩子们突然对自己肃然起敬了。在玛利亚的心里，马丁的身价也起码提高了十倍。若是那杂货店的葡萄牙老板亲眼看见坐马车来的客人，恐怕也会同意再赊给他三块八毛五的货品的。

第二十七章

马丁越来越幸运了。露丝走后的第二天，他收到了纽约一家流言蜚语周刊寄给他的三块钱支票，作为他三篇小三重奏的稿费。两天后，他的《探宝者》也被芝加哥出版的一家报纸采用，答应发表后给他十块钱。尽管报酬不高，但那却是他的第一篇作品，他第一次想变作铅印的试作。叫他特别高兴的是，周末前，他的第二篇试作，也被一家名叫《青年与时代》的月刊所采用，那是一篇为孩子们写的连载冒险故事。虽然那篇文章有二万一千字，但他们只答应在发表后给他十六块钱，也就是说一千字差不多只有七毛五分钱。可还有一点也是事实：那是他的第二篇试笔文章，他心里知道那些文字质量较差，没有什么价值。

虽然他最早的作品有些拙劣，却并不平庸。这些作品拙劣的特点是过人——是初出茅庐者那种用撞城锤砸蝴蝶、用大棒描花样的拙劣。所以即使用低价卖掉自己的早期作品，他也仍然感到高兴。他知道它们的价值——写出后不久就知道了。他对后来的作品寄以厚望。他曾力求超出杂志小说家的水平；努力以种种富于艺术性的手段武装自己。他努力地避免过分提高作品的力度，自己对现实的爱也没有偏离。他的作品是基于现实主义的，但他也力求把它跟幻想和想象中的美进行有效融合。冷静的现实主义是他所追求的，这其中充满了人类的理想和信念。他理想的是生香暮色的生活，这其中融会了生活中的全部精神探索和灵魂成就。

在阅读过程中他注意到了两种小说流派。一派把人当作天神来写，忽略了人原是来自人间的；另一派把人当作傻瓜来写，忽略了人与生俱来的梦想和神圣的潜力。在马丁看来，两派都有错误，原因在于看问题的角度和目的太单一。有一种中庸之法较为接近现实，尽管它一方面非难了傻瓜派的牲畜式野蛮，一方面也不夸大天神派。马丁觉得他那篇叫露丝觉得篇幅较长的故事《冒险》就体现了小说真实的理想。他在一篇论文《天神与傻瓜》里对这个问题作了全面的陈述。

但是他的《冒险》和其他自以为不错的作品却仍在等待编辑们的敲定。他早期的作品在他眼里除了给他带来报酬之外别无它用。尽管他的恐怖故事发表了两个，他也并不认为它们是成功之作，更不是最好的作品。他觉得这些作品显然都是明显的想当然和想入非非之作，尽管也杂读了真实事物的种种魅力——那是它们力量的源泉。他把这种超乎寻常与现实的杂糅只认作是一种技巧——充其量是一种聪明的方法。伟大的文学作品是不可能在这样的东西里存在的。它们技巧很高，但他并不认为脱离了人性的技巧会有什么可以推崇的。它们只是给方法打上人性的幌子而已。他在他的六七部恐怖小说里就是这样做的。那是在他达到《冒险》《欢乐》《罐子》《生命之酒》的高度之前的事。

他拿三篇"小三重奏"的三块钱将就着换来了《白鼠》的稿酬。他在杂货店那信不过他的葡萄牙老板那儿兑现了第一张支票，还了他一块钱，另外两块分别偿还了面包店和水果店。马丁还舍不得吃肉，《白鼠》的支票到达时他一直过着捉襟见肘的生活。兑现第二张支票的时候，他举棋不定。他一辈子也没到银行去过，更别说去取钱了。他一直想实现孩提时那天真的愿望：昂首挺胸地走进奥克兰一家大银行，潇洒地把已经准备好的四十元支票往柜台上一扔。可另一方面讲求实效的常识却提醒他，还不如在他的杂货商那儿兑现好呢，因为那可以给杂货商一个好印象，让杂货商以后可以多赊点账给他。他不情愿地满足了杂货商的要求，还清了他的债，找回了一口袋叮叮当当的硬币。接着又还清了其他商人的债，赎回了他的衣服和自行车，预付了一个月的打字机租金，还了玛利亚一个月欠租，还预付了一个月的。这一来，他兜里只剩下三块钱以解燃眉之急了。

这小小的稿费似乎成了一笔大财产。他一把衣服赎回来就立即去看露丝，路上忍不住拨拉着口袋里的几块银币叮当作响。他穷得时间太长了，就像一个快被饿死又被救活的人怎么也不愿放开没吃完的食物一样，他就是对那几个银币爱不释手。他并不抠门，也不贪心，但那钱不光意味着银洋和角子，也代表了成功，银币上的几个鹰徽对他来说就是几位长了翅膀的胜利之神。

他隐约中感到这个世界异常美好，确实比平常美好多了。很久以来世界都是非常低沉灰暗的，严峻的。可现在，他不但差不多还清了所有的债务，口袋里还叮叮当当响着几块钱。在这心里满是成功喜悦的时候，阳光也温暖而和煦。不巧一场急雨来个猝不及防，把毫无准备的行人淋了个七零八落，可他依然感到高兴。他忍饥挨饿时心里总惦记着他所知道的世界上其他无数挨饿的人，可现在他吃饱了，脑海中那和他一样无数挨饿的人便烟消云散了。他在享受着恋爱的甜蜜，便也幻想着世界上其他不计其数恋爱的人们。他脑子里不知不觉已开始活跃爱情抒情诗的主题。创作激情使他兴奋不已，受此影响，下电车时已错过了两段路，对这，他一点也不觉得烦恼。

在莫尔斯家，他见到许多人，其中有从圣拉非水来看露丝的她的两个表姐妹，莫尔斯太太以招待她俩为由实施起用年轻人包围露丝的计划。在马丁无法出面的时候这计划已经开始，现在正进行得如火如荼呢。她重点邀请了有作为的男性。所以除了陶乐赛和佛罗伦斯两姐妹之外，马丁还在那里见到了两位大学教授（一个教拉丁文，一个教英文）：一个是青年军官，曾是露丝的同学，刚从菲律宾回来；一个是旧金山信托公司总裁约塞夫·相金斯的私人秘书，叫梅尔维尔；还有一个是斯坦福大学的毕业生，虽然三十五岁了却还年轻的银行经理，他是尼罗俱乐部和团结俱乐部的成员，在竞选时是共和党稳妥的发言人，名叫查理·哈外古德，目前在各个方面都正在扶摇直上。女性之中有一位是女肖像画家，有一位是职业音乐家，还有一位是社会学博士，因为她在旧金山贫民窟的社会服务工作而在那一带小有名气。但是女性并不是莫尔斯太太的邀约计划里的重要对象，顶多是给"红花"起陪衬作用的"绿叶"。有所作为的男性总是要设法吸引来的。

"你说话的时候别紧张。"在考验性的介绍开始之前露丝叮嘱马丁。

这一群人让马丁忐忑不安，他为自己的笨拙而感到压抑，开始时有些受拘束，尤其害怕自己的肩膀会有什么动作，以至于威胁到家具和摆设的安全。他以前从没见过这样高层的人士，何况人数又那么多。他对银行经理哈外古德产生了兴趣，决定有机会就研究他一下。因为在他的惶惑之下还隐藏着一个自信的自我。他迫不及待地用这些纳士淑女来比对自己，看他们从书本和生活中学会了一些什么他所不知道的东西。

露丝的眼睛不时地瞄着他，关心着他应付得如何，见他跟她的表姐妹轻轻松松便认识了，不禁感到又吃惊又高兴。他保准没有激动，落座之后也不再担心肩膀闯祸了。露丝清楚两个表姐妹都是聪明人——肤浅，但是敏锐。（那天晚上睡觉时两人都称赞马丁，她却几乎不明白她们的意思。）在那一方面，马丁也觉得在这样的环境里开开玩笑、无伤大雅地斗斗嘴其实挺容易的，因为他在自己的世界里原本是个智慧幽默的人，在舞会和周末的宴会上惯于互损说笑，调皮逗乐。而那天晚上成功又给他支持的力量，拍着他的肩膀告诉他做得很好。因此他毫无窘涩之感，不但能够让自己高兴，也能够让别人高兴，露丝的担心后来应验了。在一个显眼的角落里，马丁和考德威尔教授交谈起来。露丝用挑剔的眼光看着他，虽然马丁没有在空中挥舞手臂，却仍然容易激动，眼睛频繁地闪出光芒，谈话也既快又热烈，太容易紧张，激动的血液也太频繁地涨红面颊。他欠缺彬彬有礼的风度和涵养，与跟他谈话的年轻英文教授形成了鲜明的对比。

但是马丁却满不在乎自己的外表，他很快就注意到了教授那训练有素的心智，欣赏起他学识的渊博。而考德威尔教授却不知道马丁对一般英文教授的看法。因为马丁不知道为什么最好不要谈本行，便要求教授谈本行，教授虽然开始时似乎不情愿，后来还是谈起来了。

几周以前马丁曾对露丝说过："反对谈本行是荒谬而不公平的，当男男女女欢聚一堂之时，天底下有什么理由能阻止他们交流自己最好的东西呢？他们最好的东西正是他们最擅长的、他们赖以生存的东西，他们日日夜夜地专门干着、研究着、甚至连做梦也想着的东西。你思考一下，若是让巴特勒先生出于社交礼仪而大谈其保尔·魏尔伦、德国戏剧或是邓南遮，岂不是要把人闷死吗？如果我非要听巴特勒先生谈话不可，我就想听他谈他的法律，法律才是他最宝贵的东西。人生苦短，我想听到的是我所遇到的人的精华。"

"可是，"露丝反对道，"是有大家都感兴趣的话题的啊。"

"那你就不对了，"他机关枪似的说下去，"社会上的每一个人和每一个集团——也可以说，几乎每一个人和每一个集团——都要以强者为榜样。那么谁是最好的榜样呢？整天吊儿郎当的人，富有却无所事事的人？这些人一般不知道世界上埋头苦干的人所知道的东西。他们在谈自己所从事的事业时会感到沉闷，所以他们便声称这类东西叫作本行，不方便谈论。同样他们还划定了什么东西不在本行之内，可以谈论，最近演出的歌剧、最新出版的小说、打扑克、打弹子、鸡尾酒、汽车、马展、钓鲜鱼、钓金枪鱼、大野兽狩猎、驾游艇和诸如此类的东西便成为可以谈论的东西了——值得注意的是，这些都不过是那些无所事事的人们熟悉的东西。说穿了，是他们决定了他们自己的本行话题。而最有趣的是：他们把这类想法强加给别人，而很多聪明人和全部可能聪明的人都乐意接受。至于我嘛，我总是想听见别人的精华，无论你把它叫作没礼貌的本行话或是别的什么都可以。"

露丝还是没明白马丁的想法，只觉得他攻击现存秩序未免有些意气用事。

这样，马丁以他急切的心情感染了考德威尔教授，使他说出了心里话。露丝从他身边走过时正听见马丁在说：

"你在加州大学肯定是不会发表这种离经叛道之论的吧？"

考德威尔教授耸耸肩说："你知道，这是诚实的纳税人应付政客的办法。萨克拉门托给我们拨款，我们只好向萨克拉门托磕头表示感谢。我们还得向大学董事会磕头，向党报磕头，向两个党的党报都磕头。"

"对，这很明了，可你呢？"马丁追问，"你看来是一条离开了水的鱼呢！"

"我觉得，在大学这个池子里像我这样的鱼并不多。有时我真感觉自己是条离开了水的鱼。我应该到巴黎去，到贫民窟去，到隐士的洞窟里去，或是跟贫苦不羁的流浪艺人在一起。我应该跟他们一起喝红葡萄酒——在旧金山叫作'南欧红'。我应当在法国拉丁区廉价的饭馆里吃饭，对上帝创造的一切发表激烈的言论，慷慨陈词。的确，我差不多常常认为自己是个与生俱来的极端分子。可我有许多问题仍旧没有把握。在我面对着自己人性弱点的时候，我便胆小起来。这常常使我对任何问题都难以统揽全局——人的问题，问题重大，你知道。"

马丁说着，感觉自己的唇边出现了《贸易风之歌》——"我最强劲时虽在正午，可等到夜里月儿透出，我也能吹得帆地鼓鼓。"

他几乎哼唱出声来，却忽然发现原来教授令他想起了东北贸易风。那风稳定、冷静、有力。这位教授心平气和，值得信任，可仍叫他捉摸不透：说话总留有余地，宛如马丁心中的贸易风：浩荡强劲，却有所保留，决不横流放肆。马丁又胡思乱想了。他的脑子是一个极容易拓展的仓库，满是了记忆中的事实和幻象，好像总是对他整整齐齐排列，让他查阅，在他眼前发生的所有事情都可以引起对比的或类比的想象，而且往往以幻影的形态出现——它总是随着眼前即发的事物飘然而来。比如：露丝的脸上暂时有嫉妒神情时，他眼前便出现了遗忘已久的月光下的风暴场景；又如听考德威尔教授说话时，他眼前便再次出现了东北贸易风驱赶着白色的浪花越过紫红色的海面的场景。如此，新的回忆镜头往往在他面前出现，在他眼帘前铺开，或是投射到他的头脑里。它们并不让他为难，反倒使他认识了自己，明白了自己的类属。它们是出于往日的行为与感受的，是出于昨天和上个礼拜的情况、事件和书本的——是出于不胜枚举的幻影，无论是他睡着还是醒着总在他心里翻腾的幻影。

在他聆听考德威尔教授轻松流畅的谈话（那是个有教养有头脑的人的谈话）时，便是这样。他的过去不断重现，那时他戴一项"硬边的"斯泰森大檐帽，穿一件双排扣方襟短外衣，得意扬扬地晃动着肩膀，是个十足的流氓，他的最高理想是野蛮到警察无法管的程度——他并不打算掩饰或淡化这些。他在生活里有一段时间的确是个平常的流氓，一个叫警察发怵的、威胁着朴实的工人阶级居民的团伙的头儿。可是现在，他的理想已经发生了改变，满眼都是穿着体面、门第高贵的红男绿女，肺里吸进的是涵养与儒雅的空气，而同时他早年那个戴硬边帽、穿方襟短外衣、趾高气昂、野蛮粗鲁的青年的幻影也在这屋里浮现。他看见那街角的流氓的形象跟自己无法对接，正跟一个货真价实的大学教授侃侃而谈。

他毕竟还没有稳定自己持久的地位。他到哪儿都能随遇而安，到哪儿都永远受人欢迎，因为他对工作一丝不苟，愿意并也能够为自己的权益而斗争，因此别人对他也毕恭毕敬。但是他却不曾扎下根来。他有很高的能力能够满足伙伴们的需要，却不能满足自己的需要。一种不安的情绪永远困扰着他，他永远能听见远处有什么东西在召唤，他一辈子都在前进，都在向往着它，直到他发现了书本、艺术和爱情。于是他来到了这里，来到这一切之间。在他所有共患难过的同志们之中他是唯一被接纳入莫尔斯家的人。

可这一切思想和幻影对他跟随考德威尔教授的谈话并没有影响。当他怀着理解和批判的眼光听着他时，他注意到了对方知识的完整性，也不时地发现着自己知识的不足和大片大片的空白，那是不计其数的完全不熟悉的话题。然而，多亏了斯宾塞，他发现自己对于知识已有了一个总的轮廓。只要时间允许。他可以按照这个轮廓去填补材料。那时候你再看吧，他想——注意，暗礁！他感到自己好像是坐在教授脚边，满怀景仰地吸取着知识；但他也渐渐发现了对方判断中的缺陷——那缺陷闪闪烁烁，很难捉摸，若不是一直出现他是难于捕捉到的。他终于捕捉到了，一跃而上，与对方平起平坐了。

马丁开始谈话时，露丝第二次来到了他们身旁。

"我要指出你的不足，或者说那影响了你判断的东西，"他说，"你缺少了生物学。你的体系之中没有生物学的成分。我指的是如实地诠释着生命的生物学，从基础开始，从实验室、试管和获得了生命的无机物开始直到美学和社会学的广泛结论的生物学。"

露丝感到惶恐不安。她曾听过考德威尔教授两次课，她崇拜他，是把他看作活的知识宝库的。

"我不太明白你的意思。"教授含糊地说。

马丁觉得他其实多少明白他的意思。

"那我来说明一下，"他说，"我记得读埃及史的时候曾读到这样的意思：如果只研究埃及的土地问题就无法研究埃及的艺术。"

"是的，"教授点点头。

"因此我似乎觉得，"马丁继续说，"既然在一切事物里没有事先了解生命的本质和构成生命的元素就无法了解土地问题，那么，如果我们连创制法律、制度、宗教和风俗的生灵的本质和他的构成元素都不了解，那又怎么能谈得上了解法律、制度、宗教和风俗本身呢？莫非文学还比不上埃及的建筑和雕刻更能反映人性吗？在我们所知道的世界中，有什么东西能不受进化规律的支配呢——啊，我知道，对于各种艺术的发展历程已经有人做过阐述，但我总觉得它们先于机械，把人本身忽略了。对于工具、竖琴、音乐、歌曲和舞蹈的发展历程已有了美轮美奂的阐述，可对于人自身的进化过程呢？对创造出第一个劳动工具和唱出第一首歌曲之前的人类本身的基础的、内在的部分进化过程呢？你没有思考的正是这方面，我把它叫作生物学——最广义的生物学。

"我知道我阐述的还不够系统，但我已经尽力表达我的意思了。那是在你谈话时我才想到的，因此考虑得不缜密，讲得也不清楚。你刚才谈到人脆弱的特点，因此无法考虑到所有的因素。然后你就漏掉了生物学这个因素——我觉得应该是这样的，所有的艺术是依靠这个因素编织出来的，它是编织人类一切行为和成就的经纬线呢。"

马丁的理论没有立即被粉碎，她觉得教授的回答宽容了马丁的不成熟，这让露丝大吃一惊。考德威尔教授摸着他的表链，沉默不语，坐了足有一分钟。

"你知道吗？"他终于开口了，"以前也有人这样批评过我——那是个很了不起的人，一个科学家，进化论者，约瑟夫·勒孔特。他已经去世了，我以为再也不会有人发觉我这个问题了，可你来了，指出了我的这个问题。郑重地说，我承认错误，我觉得你的看法是有道理的——实际上很有道理。我太古典，在解释性的学科分支方面我的知识已经不能与时俱进。我只能以我所受到的不利教育和我拖沓的性格来做解释，是它们影响了我。我从来没有进过物理实验室和化学实验室，你相不相信？可那是真的。勒孔特说得对，你也没错，伊登先生，至少在一定程度上不错——我有许多东西都比较欠缺。"

露丝找了个借口拽走了马丁。她把他拉到一边，悄悄说道：

"你不应该像那样霸占着考德威尔教授。可能有别的人也想跟他谈话呢。"

"我错了，"马丁后悔了，他承认这一点，"可是你知道吗？我使他激动，而他也很引起我的兴趣，于是我就忽略了别人的感受。他是我平生与之交谈过的最聪明、最有头脑的人。我再告诉你另一件事，我以前以为凡是上过大学或是处于社会上层的人都跟他一样有头脑，一样聪明呢。"

"他可是个与众不同的人。"露丝回答。

"我觉得也是，现在你要我跟谁谈话呢？——啊，对了，我想见一见那个银行经理。"

马丁跟银行经理大约谈了十五分钟，露丝不可能要求她的情人态度更好了。他的眼睛没有之前的神采，面颊也不及之前红润。他说话时的平静、稳重使露丝很是惊奇。银行经理此类人等在马丁的评价里一落千丈了。他在那天晚上剩下的时间里一直在跟一个印象做斗争：银行经理跟满是陈词滥调的人旗鼓相当。他发现那个军官性情温和，真诚淳朴，是个身体健康头脑也聪明的小伙子，对于家世和幸运在生活中分配给他的地位也很满足。在听说他也上过两年大学之后，马丁感到不解：他把大学学到的东西搁到哪儿了？尽管如此，比起那位满口陈词滥调的银行经理来，马丁觉得他可爱多了。

"其实，我并不反对陈词滥调，"后来他告诉露丝，"但折磨得我无法忍受的是，他搬出那些陈词滥调时那不可一世、志得意满、高高在上的态度，和他所浪费的时间。他用来告诉我统一劳工党跟民主党合并所花去的时间，我都可以用来给他讲一部宗教改革史了。你知道吗？他在字句上要花样用去的时间跟职业赌徒拿手里的牌要花样的时间差不多。有时间了我再跟你详谈吧。"

"我很遗憾你不喜欢他，"她回答，"他可是巴特勒先生面前的红人儿，巴特勒先生说他忠实可靠，坚如磐石，称他为'彼得'，认为银行的一切机制只要建立在他身上便都坚实可靠。"

"管中窥豹，可见一斑。从我在他身上所见到的那一点东西和我听见他说出的更少的东西看来，对此我并不怀疑；但我现在对银行的估价已经大打折扣。你不会介意我这样如实相告吧？"

"不，不，挺有趣的。"

"那就好，"马丁快活地说下去，"这不过是我这个粗鲁的人第一次窥见文明世界时的印象。我这种印象对于文明人来说也一定有趣得惊人吧。"

"你觉得我的两个表姐妹怎么样？"露丝问道。

"比起其他女人我倒更喜欢她俩。两人既风趣，又从不装腔作势。"

"那么你也喜欢别的女人吗？"

他摇摇头。

"那位从事社会救济的妇女谈起社会问题来只会胡乱说话。我敢发誓，如果把她用明星（比如汤姆林森）的思想进行一番簸扬，她是一点独创的意见都没有的。还有那个肖像画家，简直太讨厌了，他做银行经理的老婆倒也珠联璧合。至于那位女音乐家，不管她那抬头有多潇洒，技巧有多精湛，表现又是多么精彩，我都没有兴趣——事实上她对音乐是一塌糊涂的。"

"她演奏得挺美妙的。"露丝反对。

"是的，无疑她在音乐的外部表现上操练有素，可对音乐的内在精神她却把握不足。我问过她，音乐对她意味着什么——你知道我向来对这个特殊问题感兴趣；可她并不知道音乐对她有什么意义，只说是她崇拜音乐，音乐是最伟大的艺术，对于她比生命都重要。"

"你又让她们谈本行了。"露丝责备说。

"这我承认。不过可以推测，连本行都谈不出个道理来的她们，谈别的可不更叫我头痛吗？我原来一直以为这儿的人在文化上很有优势——"他沉默片刻，仿佛看到自己年轻时那戴着硬边大檐帽的幻影，穿着方襟短外衣进了门，抬头挺胸穿过了屋子。"我刚才说了，我以为社会上层的人们都是德才并存的，都闪着光芒。可现在，在我和他们有了短暂的接触之后，我对他们的印象却是：除了考德威尔教授外，很多人都是笨蛋，剩下的人中百分之九十又都是令人生厌。考德威尔教授是个十足的人，每一寸都是，就连他脑髓的灰白质里每一个原子都是。"

露丝的脸闪出了光芒。

"谈谈他吧，"她引导他，"用不着谈他的优点和智慧，那我很了解。我倒是急着想听反面的东西呢。"

"我可能会说不清楚，"马丁幽默地辩解了一下，"倒不如你先跟我说说他的问题。说不定你看他全身都是优点呢。"

"认识他已经两年了，听过他两门课，所以迫不及待地想知道你对他的第一印象。"

"你是说坏印象？好了，是这样的。我猜想他确实如你所想，具有一切优秀的品质，他至少归类于我所遇见过的最优秀的知识分子之列，可他有一种潜在的耻辱感。

"啊，不，不！"他赶紧叫道，"没有什么龌龊或粗鄙的事。我的意思是我对他印象是这样的：作为一个洞察一切的人，又不愿看见所洞见到的情况，所以便假装没有看见。这种说法也许不明确，可以换一种说法。他是这样的一个人，发现了通向秘密的庙堂的路却没有沿着那路一往直前。他可能看见了庙堂，事后却努力说服自己：那不过是海市蜃楼中的绿洲而已。再换一种说法，他原是个前途无量的人，却觉得那样做没有意义，而在内心深处又一直后悔没有去努力；他偷偷地自嘲那样做可能得到的回报，然而，潜意识里，他也渴望着那回报和努力时的快乐。"

"我可不这么分析他，"她说，"我不明白你刚才这话是什么意思。"

"这只不过是我的一种隐性的感觉，"马丁敷衍道，"也没有什么理由。只是感觉而已，也许这感觉不对。你应该比我更了解他。"

露丝家的晚会让马丁带回的是奇怪的混乱和矛盾的感觉。虽然他达到了目的却又有些失望了。为了跟那些人来往，他奋力往上爬，可一接触却又让他那样扫兴了。另一方面他也为自己的成功所鼓舞。他的攀登要比预期的简单。他超越了攀登，而且比高处的人们更优秀（对此他并不用虚伪的谦逊向自己掩饰）——当然考德威尔教授除外。无论谈论生活还是谈论书本，马丁都比他们知识丰富。他真不知道这些人把他们的教育扔到什么地方里去了。他并不晓得自己的脑子特别好使，也不知道像莫尔斯家这样的客厅里献身于探索着事物的底奥和思考着终极问题的人在世界上是难以找到的。他做梦也没有想到，那样的人好比孤独的雄鹰，只能独自翱翔在蔚蓝的天空里，远离尘世和纷纷扰扰的生活。

第二十八章

但是马丁的地址被成功女神弄丢了，这位女神再也不光顾马丁的门了。他绞尽脑汁写了二十五天，完成了一篇专门攻击梅特林克的神秘主义学派论文：《太阳的耻辱》，大约有三万字，假日和周日也没有休息，从实证科学的高度抨击了奇迹梦想者，但并未涉及与确切的科学事实并不矛盾的许多美感经验与奇迹。这之后没多长时间，他又写了两篇短文：《奇迹梦想者》和《自我的尺度》，继续进行攻击。于是他又开始为论文付邮资，把它们寄往一家一家杂志社。

在进行《太阳的耻辱》二十五天写作里，他的一些下锅之作又卖了六块五毛钱。一篇笑话给了他五毛，另一篇投给一个高级幽默周刊，赚了一元，还有两首打油诗，分别得到两元和三元。可结果呢，在一些店铺拒绝赊欠后，他又把自行车和见客服装典当到典当行去了，他在杂货铺的欠款同时也提高到了五元。打字机店的伙计又在催着要他交费了，说要必须照合同严格办事，必须预付租金。

卖掉几篇下锅之作后，马丁又受到了鼓舞，写起这类东西来。也许可以靠它维持生活呢！桌子底下还塞着报纸小故事供稿社退回的那二十来篇小故事，他又翻出来读了一遍，力图找出写作失败的原因。他从其中研究出了一个靠谱的定律。他发现报纸小故事必须有大团圆结局，不能是悲剧；语言可以不美，思想可以不细致，感情也可以不微妙，但一定要有感情，而且要感情丰富，要纯洁高贵，是要他少年时在剧院特价座位上为之大声喝彩的那种感情——那种"为了上帝、祖国和国王"的感情，"穷归穷，要穷得志气"的感情。

有了这些总结的窍门，马丁又参考了《公爵夫人》杂志，模仿着它的格调，按照窍门如法炮制，那窍门包含三个部分：（1）一对情人被生生拆散；（2）两人因某一行为或事件而言归于好；（3）结婚进行曲。第三部分是不能改变的，第一、二部分可以变化无穷。比如两人被拆散的原因可以是误解对方的想法；可以是意外的命运；可以是嫉妒；可以是父母的反对，监护人的阴险，亲戚的干扰，如此等等。两人的言归于好可以是由于男方的勇敢；女方的勇敢；一方的回心转意；阴险的监护人或一直暗中破坏的亲戚或情敌被迫承认自己的错误；某种意想不到的故事的发现；男方俘获了女方的感情；情人做了持久的不计回报的自我牺牲，或诸如此类，可以随机变化。为博读者眼球，还可以设置在双方团圆的过程中由女方追求男方，马丁逐渐发现了许多能吊人胃口、吸引读者的窍门；但结尾时的婚礼钟声是百分百不能更改的，哪怕天空像画卷一样蜷缩起来，星星漫天散落，婚礼的钟声也必须响起。这个定律是写一千二百到一千五百字的小故事的诀窍。

发现小故事写作窍门后不久，马丁制定出固定的模式，经常用来作编写参考。这些模式像好用的数学表格，可以从上面、下面、左面、右面切入，每道入口都有几十个横栏，几十个竖栏，不需要思考或推理就可以从这些表格里推导出不计其数的不同结果，每一个结果都准确可靠，经得起推敲。这样，使用了他的表格，连半个小时都用不了便可以列出几十个小故事的提纲。他把它们放到一边，等什么时候严肃的工作结束，要休息了，闲空了，再填充完成。后来他还向露丝坦言，说他就算睡着了也能写出那样的文章来。真正的工作是设计轮廓；而设计轮廓是不费脑子的工作。

他对他那公式的效率深信不疑。这时他第一次揣摩透了编辑的心理。他坚信自己寄出去的头两篇作品一定会带回支票。果然，支票于十二天之后来了，每篇四元。

与此同时，他对杂志还有了惊人的新发现。虽然《跨越大陆》发表了他的《钟声激越》，却总也不寄支票来。马丁需要钱，写信询问，回信却对稿费避而不谈，反倒要他寄别的作品过去。他已经因为等回信饿了两天肚子，只好把自行车也送进了典当行。尽管回信很少，他每月仍坚持发两封信，向《跨越大陆》索要那五块钱。他并不知道《跨越大陆》是个四流杂志，十流杂志，根本没有根基，已经多年处于风雨飘摇之中了。发行量也很不稳定，有时靠小小的恐吓，有时得靠爱国情绪和接近于是施舍性的广告维持。他也不知道《跨越大陆》是编辑和经理的唯一经济来源，而以搬家的方式逃避房租和躲掉一切躲得掉的开支是他们省出生活费用的办法。他也不知道经理早就挪用他那五块钱去油漆他在阿拉密达的房子了——那是利用工作日的下午经理自己油漆的，因为他付不起工会所规定的工资，也因为他雇佣的第一个不按规定要价的工人从梯子上掉下来，肩胛骨被摔断了，并被送进了医院。

马丁·伊登卖给芝加哥新闻的《探宝者》的稿费也泡汤了。他在中央阅览室的资料里查到，作品已经发表了，但是编辑却也没有给他回一个字的信。

他写信去询问，仍然没人理会。为了确定他的信已经收到，他是寄了几封挂号信的。最终他得出结论：对方的做法简直就是抢劫——没有人情味儿的强盗。他在忍饥挨饿，而他们却还偷他的东西，抢他的物资——而卖货物换食物是他唯一的生路。

周刊《青年与时代》在发表了他那21000字的连载故事的三分之二便倒闭了，十六块钱的稿酬希望也就随之破灭。

最不幸的是，他自认为是最佳作品之一的《罐子》也倒霉了。原来他气急败坏地在绝望中向各杂志胡乱投递时，把它寄给了旧金山的社交周刊《波涛》。他那么做，是因为从奥克兰到编辑部只需要过了海湾就行，得到回音应该是很快的事。两周以后他喜出望外地在报摊发现：他的作品全文刊载在那份杂志最新一期的显要位置，而且配了插图。他的心呼之欲出，兴高采烈地回到家里，盘算着他这佼佼之作能得到多少报酬。那作品采纳很快，出版速度，令他高兴得不得了。编辑们都没来得及通知便发表了，这份惊喜让他志在必得。他等待了一周，两周，又等待了半周，一探究竟战胜了沉默等待，他给《波涛》的编辑写了一封信，暗示他们把他那笔账忽略了也许是因为业务经理大意了。

他琢磨着，就算不到五块钱，也应该能买到足够的黄豆和豌豆熬汤，让他再写出六七篇那样的作品，说不定跟那佼佼之作同样出类拔萃呢。

编辑的回信冷冰冰的，可它至少也能让马丁佩服。

那信写道："尊稿已收到。谨谢赐稿，我部同仁对该稿皆至为欣赏，并立即以显要版面刊登，欲早奉清览。其插图谅能邀先生青睐。

拜读来函，先生似有所误会，以为我处对未约写之稿亦付稿酬。然我处实无此规定，而尊稿亦显然未经约写，收稿时以为先生素知此事也。对此不幸误会，同仁等深以为憾，谨对先生再申敬佩之情，并致谢意。短期内如能再赐大作则更幸甚，专此奉复……"

下面还有附言一则，说《波涛》虽不赠阅，仍很乐意免费赠送一年。

那次经验之后，马丁便在他每一篇手稿的第一页上都要注明："请按贵刊常规付酬。"

有时他自己安慰自己：总会有一天会按常规给我付稿酬的。

这段时间，他发现自己有了一种追求完美的热情。在那种情绪支配下，他修改并润色了早期作品《扰攘的街道》、《生命之酒》、《欢乐》、《海上抒情诗》和一些别的文章。他仍然跟过去一样，写作和读书不要命；就算一天工作十九小时还嫌时间太短；也在忙忙碌碌中忘掉了戒烟的痛苦。他把露丝带来的包装花哨的戒烟药塞到了抽屉最偏僻的角落里。在饥饿的时候，他特别想抽烟，想得格外难受；他无数次忍住总跟过去一样十分强烈的烟瘾，戒烟被他认为是他最大的成就，可露丝却觉得他不过做了件自己分内的事而已。她给他带来了用自己的零用钱买的戒烟药，过两天就忘记了。

他那些机械制造的小故事尽管为他所不喜欢，也瞧不起，但却很成功，它们帮他赎回了当掉的东西，还清了大部分欠债，给他的自行车买了一副新轮胎，使他免于忍受饥饿，还给他赢得写作雄心勃勃作品的时间。不过，要说给了它信心的，还是《白鼠》带给他的那四十元，那是他的信念之所寄托。他相信真正的第一流杂志是会一视同仁的，即使不能更多，也会给予一个无名作家同样的稿酬。问题是怎样与第一流杂志建交。他最好的小说、论文和诗歌都在那些杂志间逐家叩门；而他每个月都要在那些杂志不同的封面与封底之间读到无数篇沉闷、乏味、没有艺术性的东西。他有时想：即使我的作品和别人的作品不一样，不够谨慎，不合需要，不能刊用，可其中总还有某些地方能闪出一星星火花，让他们温暖，博得他们一丝赞赏的吧！就算有一位编辑从他那高傲的地位上给我写来一句鼓励的话也着实让我鼓舞啊。这样一想他又拿出自己的稿子，比如《冒险》，一遍又一遍地研读起来，想探索出编辑们一直保持缄默的道理。

加利福尼亚州的春天是芬芳馥郁的，可他暂时宽裕的日子却结束了。奇怪的是，报纸小故事供应社一连几个星期默不作声，这让他十分烦恼。后来有一天，他那十篇机械制造的、天衣无缝的小故事被邮局送回了，还附了一封简短的信，大意是因为供应社稿挤，所以几个月之内不会再接受外稿。可马丁却早已觉得那十篇小故事换来稿酬是板上钉钉的事，并提早过起了阔绰的生活。到最近为止，协会对他的稿子一直是来者不拒，每篇五元的，因此他便把那十个故事当作已经卖掉，好像在银行早已有了五十元存款，并据此安排了生活。这样，他便毫无防备地堕入了一段困顿，在这段时间里他老向那些并不付酬的报刊兜售他早期的作品，向那些并不想买他稿子的杂志兜售他近来的作品。同时他又开始进出奥克兰的典当行了。卖给纽约几家周刊的几个笑话和几首俏皮诗使他得以凑合度日。他在这个时期内向几家大型月刊和季刊发出了询问信，得到的回信也如出一辙，它们的大部分内容都是约稿，很少考虑接受外稿的，而且作者也都是各自领域里的权威专家。

第二十九章

那年夏天马丁过得不尽如人意。审稿人和编辑们都放假了。平日报刊杂志三周就能回信，现在需要拖到三个月，有时时间更长。让他感到欣慰的是邮费倒是为此而节省了。出版的仍然是那些非常活跃的强盗期刊。马丁早期的作品如《潜水采珠》《海上生涯》《捕鳌》《东北季候风》都寄给了他们，这些人没有给他分文稿酬。但是，在六个月书信来往中他获得了一项折中：从《捕鳌》获得了一把刮胡刀；刊登他的《东北季候风》的《卫城》答应给他五元现金和五年赠阅——可是后来仅仅实施了协议的第二部分。

他将一首咏史蒂文森的十四行诗寄给波士顿的一个编辑，从他那儿挤出两元钱。那编辑社的杂志老板很有马修·阿诺德的风格，钱包却攥得非常紧。他新完成的一首二百行的讽刺诗《仙女与珍珠》，刚从脑子里除了，就被旧金山一家杂志编辑的看中。那的杂志是专门为一条大铁路办的。杂志编辑写信问他能不能用免费乘车证来替代稿费，他回信问乘车证能否转让，回答是不可以。既然不可以他就要求退稿。稿子被退回来，编辑表示非常遗憾，马丁又把它寄到旧金山的《大黄蜂》，一家非常出名的杂志，是一个精明的出报人一手创办并吹嘘说是最前沿的明星杂志。可是《大黄蜂》的光芒早在马丁出生前就已经不再辉煌。编辑答应给马丁十五元钱作为稿费，可是在出刊后却好像忘了寄稿费的事。马丁去了几封信都杳无音讯，于是写了一封措辞尖锐的信，才算是有了回音。那是一个新的编辑写的，冷冰冰地告诉马丁他对他前任编辑的错误不会负责任的。并且他不认为《仙女与珍珠》写得多么好。

可是一家芝加哥的杂志《环球》给了马丁一场最残酷的打击。马丁坚持不肯把他的《海上抒情诗》寄出去发表，后来迫于太饿才改变了初衷。十多家杂志都拒绝了，后来稿子被寄到《环球》办公室。那集子里共有三十首诗，一首给他一块钱。第一个月发表了四首，他即刻拿到四块钱支票。乐视一看杂志，他却为他们的窜改气得几乎要疯掉。标题都被改了，《结局》被改成了《完》；《外礁之歌》被改成了《珊瑚礁之歌》；还有一处标题改得几乎文不对题，《美杜莎的目光》被改成了《倒退的轨迹》。诗歌的胡改乱改非常可怕。马丁气得嗷嗷直叫，他满身冷汗，揪着自己的头发。用词、诗行和小节都被稀里糊涂地删掉了、置换了、混淆了。还不时凭空飞来些诗节，替代了他的原作。他相信这个编辑一定是个头脑糊涂的家伙。如果说那诗被一个跑街的小厮或是速记员动了手术，他一定相信。马丁马上写信请求退回原稿，不要再发表。他一封又一封地去信，乞求，央告，威胁，都没回音。对作品的蹂躏屠杀一直继续下去，直到他的那三十首诗全部发表完毕。支票倒是每月作品一发就寄过来的。

尽管有许多倒霉的事，可《白鼠》的那四十元支票仍旧支撑着他，可是他被逼的必须不停地写下锅之作。他在农业周刊和行业刊物里发现了可以吃的奶油面包，也发现只靠宗教周刊就会挨饿。在他最不顺、连那套黑色礼服都被当后，他在共和党县委组织的一次有奖比赛中获得个满分——也许是他自以为这样。竞赛共包括三项，他都参加了——他忍不住对自己苦笑，竟然到了这种山穷水尽的地步！他的诗歌获得了一等奖，十元；他的歌曲获得二等奖，五元；他关于共和党原则的论文获得了一等奖，二十五元。这叫他非常有成就感，当他去领奖时才发现有问题。县委内部出了问题，尽管县委里有个有钱的银行家和一个州参议员，奖金却迟迟没有发下来。这个问题还没解决，他在另一项论文竞赛里获得了个一等奖，这不仅证明他懂得民主党的原则，而且获得了二十五元奖金。可是共和党竞赛的那四十元却成了炮灰。

他想方设法和露丝见面。想到从北奥克兰到露丝家来回路程太远，他决定将黑色礼服当了来保留自行车。自行车不仅可以让他跟露丝见面，还能锻炼身体，并且能节约时间来工作。他只要穿一条细帆布齐膝短裤和一件旧线衣，也算是还可以的骑车装，下午就可以和露丝一起骑车去兜风了。并且他在她家里看到她的机会也很少，由于莫尔斯太太正努力为她的请客做准备。他在那儿看到的是原来让他觉得很高深的上流人物现在已经让他觉得很恶心。他们已经不再神气了。因为他自己的日子过得非常艰难，屡遇不顺，工作又太累，他原本就敏感容易生气，而他们的表现又总让他不开心。他的这种自满也不是没道理。他用从书上读到的思想家的尺度来衡量那些人自私狭隘的心灵，除了考德威尔教授外，他就没再露丝家遇到过一个胸怀宽广的人，可是他只见过考德威尔教授一次。其他的那些人全是蠢材，笨蛋，浅薄、武断又无知。最让他无法理解的是他们太无知。他们怎么能这样？他们是怎么接受的教育？他读过的书他们都读过，可他们怎么什么也没有学到？

他知道人世间真的有宽广的心灵和深沉合理的思想。他亲自从书本上验证过。那些书本对他的教育超越了莫尔斯家的标准。他也知道世界上有比莫尔斯圈子更高的聪明才智。他读过英国的社交小说，看到过一些讨论政治和哲学的绅士淑女。他也读过大都会里的沙龙，艺术和智慧会集到那里，美国也有这种沙龙。他曾天真地认为：居于工人阶级以上的那些人们全都聪慧过人，情操优美。他曾经认为文化一直和白领在一起；他也受过骗，认为大学教育就是博学多才。

不错，他要努力，要积极，还要让露丝留在自己身边。他对她一往情深，深信她所到之处一路都充满光辉。他清楚自己小时候的环境限制了自己；也清楚露丝的环境会限制她，让她没法发展。她父亲书架上的书、墙上的画和钢琴上的乐曲只不过是平庸的装饰。莫尔斯一家和像他们这样的人对真正的文学、绘画和音乐都非常迟钝，可是生活却比这些好多了。他们对生活可以说是无知得无可救药。尽管他们信奉唯一神教，戴一副保守开明思想的面具，其实他们已经落后于解释世界的两代之久。他们的思想还处在中世纪时期。而且，他也感到，他们对生命和宇宙的看法是形而上学的，那种看法和地球上最早的关于种族的看法一样幼稚；也和穴居人的看法一样古老，甚至更古老——那看法使让第一个猿人害怕黑暗；让第一个急匆匆的希伯来野蛮人用亚当的肋骨制作了夏娃；让笛卡尔通过并建立了唯心主义的宇宙体系；让有名的英格兰传教士用刺耳的讽刺谴责进化论，并马上获得了支持，进而在历史的篇章里留下了一个臭名。

马丁想着想着。他终于明白了，他见到的这些律师、军官、商人和银行经理跟他所认识的工人阶级成员们之间的区别在于他们的食物、服装和人事环境是一致的。他们每个人都一定是缺少了什么东西，可那东西他在书本里早已找到。莫尔斯一家向他提供了他们力所能及所能提供的最好的事物，但他并不认为那些事物值得骄傲。他什么都没有，成了放债人的奴隶。但他知道自己比莫尔斯家看到的那些人要高明。他如果能把他那身见客服赎出来，就可以在他们之间顺利周旋，带着受到侮辱的胆战心惊，他感觉自己好像是被抛弃到牧羊人中的王子。

"你是仇恨并且害怕社会主义的人，"一天吃晚餐时他对莫尔斯先生说，"为什么？你不认识社会主义者，也不清楚他们的学说。"

这话是由莫尔斯太太引起的。她一直在不停地赞美哈外古德先生。在马丁心目中那个银行家是一匹黑色的野兽，一说起那个满口陈词滥调的家伙他就一定会生气。

"不错，"他说，"查理·哈补占德是所谓的扶摇前进的青年——有人说。这话不加，他没准在去世之前能当州长，没准还能进合众国的参议院，这说不准。"

"你为何这么认为？"莫尔斯太太问。

"我听过他发表的竞选演说。貌似很聪明实则很愚蠢，他擅长人云亦云，还非常有说服力。当领导的一定会认为他特别牢靠。他的那些陈词滥调跟普通的投票人所说的没啥两样——是，你知道，你若能将其他人的话大加赞美，并送还给他，他一定会很开心。"

"我真心认为你妒忌哈扑古德先生。"露丝插话。

"老天不让啊！"

马丁脸上的讨厌之情让莫尔斯太太十分不快。

"你一定不是在说哈扑古德先生愚钝吧?"她冷冷地质问。

"不比普通的共和党人更愚蠢,"他针锋相对,"也可以说,不比民主党人更愚蠢。他们不耍手腕时都非常愚蠢,而他们之中不喜欢耍手腕的并不少。聪明的共和党人是那些百万富翁们和他们的仆从们。他们很清楚自己的利害所在,也懂得这里面的奥妙。"

"我就是个共和党,"莫尔斯先生冷冷地插了句,"纳闷,你把我归在哪类?"

"哦,我觉得你是个仆人。"

"仆人?"

"是的,可是那也没事。你在公司上班,不替别人打官司,也不打刑事官司;你的律师收入不是来自打老婆的穷人,也不是来自扒手。你从主宰社会的人来讨生活——谁养活别人,谁就是别人的主宰。对,你就是个仆从。你只如何增进资本集团的利益比较关注。"

莫尔斯先生气得满脸通红。

"我必须承认,先生,"他说,"你的话跟流氓式的社会主义者非常相似。"

马丁刺客回答的就是上面那句话:

"你仇恨并且害怕社会主义者,可那是为什么?你并不认识他们,也不清楚他们的学说。"

"你的学说听起来就像社会主义。"莫尔斯先生说。这时露丝着急地看着他俩,而莫尔斯太太则高兴得合不拢嘴,她终于找到机会,挑起了她爸爸的不满。

"我说共和党人愚蠢,认为自由平等博爱是破灭的肥皂泡,就说我是社会主义者。"马丁微微一笑,说,"尽管我对杰彿逊和那些向他提供材料的法国人有过疑惑,却不可以算社会主义者。请相信我,莫尔斯先生,你比我更加接近社会主义,相反,我是社会主义的对头。"

"现在你还有心思开玩笑。"对方说。

"我没开玩笑。我说的是发自内心的。你相信平等,但是你给公司干活,公司却每天都埋葬平等。你不能由于我不承认平等,揭穿了你所做事情的本质就说我是社会主义者。共和党人是平等的敌人,尽管他们好多人嘴上都喊着平等的口号并进行着反对平等的斗争。他们真的是以平等的名义破坏平等。所以我认为他们非常愚昧。而我自己,是一个个人主义者,我认为赛跑就是谁腿脚快谁得奖,打架是谁力气大谁获胜。这是我从生物学中学到的,最少是自认为我学到的东西。我说过自己是个人主义者,个人主义天生就和社会主义是一对敌人,永远的敌人。"

"可是社会主义的聚会你是参加的，"莫尔斯先生反驳道。

"不错，就像间谍要进入敌人营垒内部一样，不然你怎么能了解敌人呢？而且我参加他们的聚会感到高兴。他们是优秀的战士，还有，不管他们做得对错，他们都读过书有知识。他们中的所有人所懂得的社会学和别的学问比一般企业老板要多许多。不错，我参加过他们六七次的会议，可那也不能证明我就是社会主义者，就像我听了查理·哈外古德的讲演但我不是共和党人一样。"

"我是不知不觉有这种想法的，"莫尔斯先生冷冷地说，"我还是认为你倾向于社会主义。"

上帝保佑，马丁想，他没听明白我的意思，我说的话他似乎全部没听懂。真不知道他当初是怎么受教育的？马丁就这样在发展中使得自己直面经济地位所形成的道德观，这就是阶级的道德，在他面前它迅速就变成了一个狰狞的怪物。他自己是个理性的道德家，但是在他眼里他周围人们的道德观却比那些乏味的陈词滥调更让人讨厌，这是一种经济道德、形而上学道德、伤感主义道德加上人云亦云的道德的混合得极好的大杂烩。

他就在自己家体会到这种离奇的混合道德的感觉。他妹妹茉莉安和一个年轻勤奋的德国血统技工成了朋友。那人在掌握了全部技术后开了一家自行车修理铺，站稳了脚跟。后来他又获得了一种低级牌子自行车的代销权，后来就有钱。茉莉安前段时间来看望马丁那，告诉他她订婚的事。那时她还打趣得给马丁看看手相。第二次她带着赫尔曼·冯·史密特来的。马丁表示欢迎，还用流畅优美的言辞祝贺他俩，但是却引起工妹妹情人那内心的反感。马丁又朗诵了为纪念跟茉莉安上次见面写的六七小节诗，让这种坏印象更坏了。那是些关于社交的诗，他把它称作《手相家》。他朗诵完后，却并未见到妹妹表现出开心，禁不住感到吃惊。然而，妹妹的眼睛正盯着了她的未婚夫。马丁跟着她的目光看过去，竟在那位重要人物的脸上看到了阴沉、愤怒的自以为是的神气。就这样，他们很快就离开了，马丁也几乎要忘记这件事了。可是，他总是觉得不明白，即便是工人阶级的妇女，别人为她写诗，她为什么不开心呢？

过了几天，茉莉安一个人又来看他。他俩刚一见面她就生气地数落了他一顿。

"怎么，茉莉安，"他也责备道，"你说话的样子就像为你的亲人，至少是你哥哥让你感到很没面子似的。"

"我真的感觉很没面子。"她爆发了出来。

马丁看看到了他眼里满是耻辱的泪水，感到不知所措。不管那是什么情绪，都是真实的。

"茉莉安，我给我的亲妹妹写首诗，赫尔文怎么会嫉妒呢？"

"不是嫉妒，"她抽抽搭搭地哭着说，"他说那诗卑鄙，下——流。"

马丁叹了一口气，表示不敢相信，回过神后，他又读了一遍《手相家》。

"我不知道诗里有什么下流的，"他说，并把稿子递给了她。"你自己看看，然后告诉我你觉得哪里下流——他是用的这个词吧。"

"他说的，他该知道的，"妹妹回答，带着厌恶的表情一挥手，将稿子推开了。"你应该将它撕掉。他说他不要自己的老婆，被人写这样的话，还要被别人读。那实在太丢脸，他接受不了。"

"茉莉安，他这是胡说八道。"马丁刚开口，立刻转变了主意。

看着眼前这个伤心的姑娘，他知道他不可能说服她和她的丈夫。尽管这件事荒唐可笑，他还是决定退一步。

"好啦，"他一边说着，一边把手稿撕成了五六片，扔进了废纸篓。

他心里有些顾虑，那时他的打字稿早已寄给了纽约一家杂志社。茉莉安和她的丈夫是不知道的。即使那首诗发表了，也不会妨害他自己、茉莉安夫妇或其他人。

茉莉安想向废纸篓伸手去捡那首诗，却没有。

"我能吗？"她请求道。

他点点头。她将那些手稿破片捡起来，塞进短衫口袋——那能证明她完成了任务。他静静地看着她。她让他想起了丽齐·康诺利，茉莉安岁没有他仅见过两次面的这个工人阶级姑娘这样火热、闪耀、精力旺盛，可是她们的服装和姿态都相同，她们简直是一对。他又设想如果这两个姑娘同时出现在莫尔斯太太的厅堂里，不知会是什么样子。想到这，他不禁笑了起来。笑意淡去，他感到很孤独。他这个妹妹和莫尔斯太太家的厅堂是他生命旅途中的两个重要的里程碑。他将两者都抛到身后。他环视着他那几本书。他现在仅剩下这些志同道合的人了。

"啊，你在说什么？"他吃惊地问道。

茉莉安又说了一遍她的问题。

"我怎么不去干活？"他没心没肺地笑了起来。"是那位赫尔曼教训你了吧。"

她轻轻地摇摇头。

"别说谎话了。"他命令道，她点点头，承认了他说的是对的。

"好了，你告诉那位赫尔曼，还是多想想自己的事吧。我给他女朋友写诗应该是他的事，可除此以外的事他是没发言权的。明白吗？"

"你说我不可能当上作家，对吗？"他继续说，"你觉得我不行吗？——认为我很倒霉，给家庭抹黑了，是吗？"

"我觉得你如果有工作会更好，"她底气十足地说，他知道那话很至诚。"赫尔曼说——"

"滚蛋！"他叫了起来，态度却不错，"我想知道你们啥时候结婚。还有，请征求一下赫尔曼的意见，能否委屈地答应你接受我的礼物。"

妹妹走了之后他思考了一下这事，忍不住一再苦笑。他看到妹妹和她的未婚夫、全部的工人阶级的人们，还有全部的露丝那阶级的人们，每个人都用自己渺小的公式过着属于自己的狭隘生活——他们是群居动物，他们靠彼此的舆论过着彼此的生活。他们受那些奴役他们的公式的控制，都不是单个的自己，也都没有过真正的生活。马丁将他们像幽灵队伍似的召集到自己身边。和巴特勒先生牵手的是伯纳德·希金波坦，和查理·哈扑古德胜贴着脸的是赫尔曼·冯·史密特。他把他们一个个，一对对都做了评判，并全部打发掉。他用从书本上学到的智慧和道德标准来评判他们，接着茫然地问道：那些伟大的灵魂、伟大的人去哪了？他对响应他幻觉的号召来到他小屋里的那些粗野、愚昧的聪明人中找来找去，谁也没找到。他讨厌这群人，女巫喀耳刻肯定也像他似的讨厌她那群猪。知道他把最后一个小象赶走，感觉自己单独一人时，却来了一个迟到者，这人是个不速之客。马丁看着他，看到了他那方襟双排扣短外衣和大摇大摆的肩头，他看到了那个流氓、当年的他。

"你和他们是一样的，小青年，"马丁冷笑道，"你的道德和知识水平也跟他们完全一样。你不按照自己的思想行动。你的思想就像你的衣服，都是预先做好的。大家的认可规定了你的所作所为。你是你那帮人的头领，由于别人说你有魄力，为你喝彩。你打架，你指挥别人，不是因为你喜欢——你实际上很讨厌那么做——但由于别人拍你的肩膀表示赞美。你打败干酪脸是因为你不愿认输。而你不愿认输有时是因为你好勇斗狠，有时是由于你太相信你身边周围人相信的东西，觉得男子汉就是敢残酷凶狠地伤害和折磨他人的肉体。哼，你甚至还抢走伙伴的女朋友，并不是你喜欢那些姑娘，而是由于你周围人在骨髓里的那种野蛮的公马和雄海豹的本能，你的道德规范都是由他们决定。好了，那样的年代一去不复返了，不知道你现在是怎么看它的？"

突然那幻影变了，就像做出回答一样。那个方襟短外衣不见了，被平和的装扮所代替。脸上的霸道之气，眼里的野蛮之光也不见了；由于受到磨炼，脸上出现了心灵美和知识组合的光芒。那幻影很像现在的自己。他打量着幻影，看到了那映照着幻影的台灯和灯光照耀下的书本。他看了一眼书名，《美的科学》，然后又进入了幻影，点亮台灯，读起这本书来。

第三十章

在一个美丽的秋日，迷人的小阳春天气。去年这个时候他俩互相表白了爱意，马丁向露丝朗诵了他的媛清组诗。这一天午后，两人骑车来到了他们喜欢的群山中的丘陵。她经常打断他的朗诵。现在他的最后一副手稿和别的手稿也到了一起，想让她提建议。

她好久没有说话。接着就吞吞吐吐地开始了，徘徊着，想用合适的语言表达难堪的意思。

"我认为这些诗很美，非常美，"她说，"可是没人买，是吗？你明白我的意思。"她说，简直是在恳求。"你写得不太贴近实际，不知道是哪里出了问题——没准是市场吧——使你不指望写作来过日子。求求你，亲爱的，你为我写了这些诗，我感到开心，也感到自豪，等等。否则我就不是真正的女人了。但是我们不能靠诗歌结婚。你懂吗，马丁？不要认为我贪财。我从心眼里感到难受，我是为了爱情和我们将来。我们已经彼此相爱一年了，但我们什么时候结婚还遥遥无期。我这样谈结婚，不要认为我不知羞耻，由于我是在拿我的心和我的一辈子在下赌注。你那么热爱写作，怎么不到一家报纸去工作呢？怎么不去当记者？——我觉得做一段时间应该可以吧？"

"那会损坏我的风格的，"他不高兴地小声说，"你知道我为风格下了多少工夫吗？"

"但那些小故事，"她辩解道，"那些所谓下锅之作，你倒写了许多。它们破坏了你的风格吗？"

"不，不一样。那些小故事是在一天漫长的高标准的工作完成后，我筋疲力尽时才去写出的。而记者却要从早到晚以卖文为生，写稿成了生活里唯一的也是必须的工作。并且生活就好像旋风，只有那一刻，没有过去，也不会有将来。当然不会考虑风格，有的只是记者风格，而记者风格不会是文学。现在我正处于风格快要结晶形成的时期，却去做记者，几乎是文学上的自虐。现在的每个小故事，小故事里的每个词语都严重伤害着我，伤害着我的自尊和我对美的尊重。你知道吗，写小故事让我想吐，我简直像个罪犯。小故事没有市场，我内心深处却很高兴，尽管我又当了我的礼服。但是我在写《爱情组诗》的时候真是非常美妙快乐啊！那是最高的创造的欢乐！是对一切的报答。"

马丁不懂，其实露丝对他的"创造的欢乐"并不能理解。这个词他就是从她的嘴里第一次听见。露丝曾在大学攻读学士学位时读过，也研究过，但她并没有创造性，不懂得创作，她只不过是从人云亦云中得来的一些东西。

"难道编辑修改你的《海上抒情诗》是不对的？"她问，"你要知道，编辑是要想上岗，必须有审查合格证明，。"

"那与现存秩序所坚持的说法一致，"他回答，他对编辑等人的怒火左右了他。"现存的不仅是正确的，而且是最好的。任何事物的存在都能够证明它适合存在——请注意，一般人往往认为，它不但适于现有条件下存在，也适于在所有条件下存在。可是他们相信这种废话的原因是愚昧，这种想法跟魏宁格所描写的模糊心灵活动可以相提并论。这些人以为自己很有思想。然后对真正进行思考的少数人进行着判断。"

他不再说话，考虑到自己说的露丝不一定懂。

"我是不知道魏宁格是何许人也，"她反驳到，"但你讲起话来又太概括，让我有些跟不上。我说的是编辑资格的问题——"

"我要跟你说，"他插嘴说，"编辑们几乎全部主要条件都不合格。他们不能成功地成为作家。别认为他们喜欢放弃写作的快乐去做沉重的伏案工作，或去做发行或者业务经理的奴隶。他们曾经写作过，可是没成功，就出现了该死的怪圈：他们这些文学的失意者就成了看门狗，把守着一道又一道通向文学成就的大门。例如编辑、副编辑、编辑助理，为杂志和出版社审查稿件的大部分或差不多所有人都是想写作却没有成功的人。而决定作品能不能出版的恰恰是他们，恰恰是这些阳光之下芸芸众生里最不合格的人——坐在那儿评判着具有极大的独创性和天才的却是他们，是这些被证明没有创造性的人。还有那些评论家，也都是些没有成功的人。不要认为他们没做过美梦，他们打算写过诗或小说，可是没成功。嗨，平庸的批评简直比鱼肝油还让人恶心。不过我对书评家和评论家的态度是明确的。也有伟大的评论家，但却像彗星一样罕见。如果我写作没有成功，我可以证明自己具有能够从事编辑事业的能力。那毕竟有奶油面包，还有果酱等生活必需品。"

露丝很聪明，听出了他话里有矛盾，便振振有词地反驳起来。

"可是马丁，如果所有的门都像你所说的那样关闭了，伟大的作家又是怎么成功的呢？"

"他们做到了常人很难做到的事，"他回答，"他们的作品太灿烂，太美好，反对的人都被它们烧成灰烬。他们是通过神奇的路走向成功的，是以通过赌注赌赢了的。他们没失败是因为他们是卡莱尔提到的那种浑身是伤却不愿低头的巨人。我就要那样做。我要做出常人不能做的事。"

"但是你如果没成功呢？那我怎么办，马丁。"

"我要是没成功？"他盯着她看了一会儿，好像她的想法是不可能的。接着眼睛里闪出聪慧的光。"我要是没成功，就去做编辑，你做编辑的太太。"

她见他在开玩笑，就皱起眉头来——那样子不仅漂亮还很可爱，他忍不住搂过她来亲吻，吻得她不再皱眉。

"行啦，够啦，"她求他，他的阳刚之气让她沉醉，她靠意志力才挣脱出来。"我已经和爸妈说好了。我以前对他们从没坚持自己的意见，这次我要他们必须接受我的选择，我觉得自己很不孝顺。你知道他们不愿意，可是我三番五次向他们保证说我永远爱你，爸爸终于同意了。只要你能从他的事务所开始坐骑。他还主动提出，你一上班他就给你充足的薪水，让我俩不仅能结婚，还能有一套自己的住房。我认为他真是够体贴了——你认为呢？"

马丁心里一阵剧痛，感到失落。他木木地伸出手想去拿烟草和纸——但他早就也不带那东西了。他只模糊地回答了一句，露丝继续说：

"不过，坦白地说，我不想伤害你——我跟你说这话，是想让你明白爸爸对你的印象——他讨厌你过激的想法，并且认为你懒。当然，我知道你不懒，相反倒是很刻苦。"

马丁心里清楚，自己有多刻苦可她却不知道。

"好了，"他说，"那你觉得我的想法过激，是吗？"

他盯着她的眼睛，等着她回答。

"我觉得你的想法让人不安，"她回答。

问题已然得到了回答。灰色的生活挡住了他，让他忘记了她努力让他去工作，而她呢，已经袒露了自己的想法，冒了险，也愿意再等下次要求回答。

她不用等很久。马丁就向她提出了问题，想看看她对他的信心。不到一周他俩都得到了答案。马丁向她朗诵了他的《太阳的耻辱》，于是形势很不妙。

"你怎么不去当记者？"听完朗诵，她问他，"你如此喜爱写作，你一定会成功。你能在新闻业上出类拔萃，享有盛名的。有很多非常优秀的特约通讯员，薪水不低，天下是他们的天下。他们被派到世界各地去，例如斯坦利，他就被派到非洲去采访教皇，派到偏僻的西藏。"

"那你喜欢我的论文吗？"他问，"你感觉我能够写新闻，但不能搞文学，是吗？"

"不，不是，你写的文学作品我很喜欢，很有趣。但可是我担心有的读者不能理解。至少我不明白。听起来非常美，但是我搞不明白。你的那些科学词汇让我弄不清楚。知道吗？你是个极端分子，亲爱的。你看得透东西其他人可看不透。"

"我想是那些哲学术语让你搞不明白，"他可以说的就只有这句话。

他刚读了他所完成的最成熟的思想，情绪十分高涨，她的断语让他非常失望。

"不管写得多么不理想，"他说，"透过文章你能看到什么东西呢？——我指的是思想？"

她轻轻地摇摇头。

"没看出什么，它和我读过的东西很不一样，我读过梅特林克，知道他——"

"他的神秘主义，你知道？"马丁紧接着问。

"知道，可你的话我不明白，说不定你是攻击他的。不错，要强调创造性性的话——"

他做了个不耐烦的手势，让她不要说了，自己却什么也没说。他忽然感觉到她似乎正在说话，已经说了好一会儿。

"从根本上说你把写作当成游戏，"她在说，"你真得玩得时间太长了。已经到了严肃地面对生活——面对我俩的生活的时候了，马丁。迄今为止，你仅仅是一个人在过日子。"

"你想要我去工作吗？"他问。

"是，爸爸说——"

"那些我很清楚，"他大叫起来，"但我想知道你是否对我没有了信心？"

她捏着他的手，目光迷离。

"我对你的写作没有了信心，亲爱的。"她低声说。

"我很多东西你都读过，"他生气地说，"你觉得我写的怎样？一点希望都没有吗？和别人的东西比究竟怎么样？"

"但是别人的作品已经卖掉了，可你的——没卖掉。"

"你并未回答我的问题。你说我能从事文学吗？"

'那我回答你吧。"她鼓起了勇气说；"我觉得你不适合搞写作。请原谅，亲爱的。是你逼我说的，你知道对于文学我比你懂得多。"

"不错，你是文学学士，"他沉吟着说，"你能懂。"

"可是我还想说点别的，"两人伤心地沉默了一会儿，他接着说，"我知道我自己想什么，没有谁比我更了解。我相信我定能成功。我不想受到压抑。我想用诗歌、小说、散文等形式表现出来的东西支持着我。但我不要求你相信他。我也不强求你相信我，相信我写的作品。我只想让你爱我，相信我们的爱情。

"一年前我向你提出我要两年，还有一年。而我用我的荣誉和灵魂向你发誓，相信用不了一年我就能成功。你记得很久前你跟我说过的话，学写作还有个学徒阶段。不错，我的学徒阶段已经走完。我早就把它填满了，压缩了。你在前面等我，我从没偷过懒。你知道吗，我几乎已然忘记怎么平平静静地入睡了。睡得痛快淋漓，接着高高兴兴地自然醒来对我似乎是几百万年前的事了。我现在经常让闹钟叫醒，别管早睡还是晚睡，闹钟一定上好的。关灯这个动作，是我最后的清醒的动作。

"我感到累了就把难点的书换成简单点的。我一打瞌睡，就用指关节敲自己的脑袋，把睡意赶跑。我曾经读到过一个人非常怕睡觉。这则故事是吉卜林写的。那人为不让自己打瞌睡，弄了一根铁刺，他一打盹他的肉就扎到铁刺上。我也弄了一个这样的东西。我看好时间，决定一定要到一点、两点、三点那刺才能撤掉。它就在预定时间前经常扎醒我。许多个月以来那铁刺都陪着我睡觉。我几乎都不要命了，五个半小时的睡眠已经是奢侈品。我现在每天只睡四个小时。我非常渴望睡眠。有时我由于缺少睡眠头脑非常清醒，有时能带来休息和睡眠的死亡成了我严重的诱惑，朗赛罗的诗总是出现回在我的脑海里：

"'大海是那样平静幽邃，海里的一切都沉沉安睡；向前一步便一了百了，一跳，一串泡，万事全消。'"

"当然，这是胡说八道，由于太紧张，压力太大才这样说的。问题是：我这样做是想干什么？全是为了你，为了缩短学徒期，希望成功快点来到。现在我的学徒期已经结束，我清楚我的学识，我发誓我一个月学到的东西比普通大学生一年学到的还多。我知道，我告诉你。可是倘若不是迫切地渴望你的理解，我不能说。我这不是炫耀。我要用书本来检验我的成绩。今天我把你的几个弟兄跟我在他们睡觉时从书本中所获取的知识进行了比较，他们简直是无知的野蛮人。很久前我想功成名就，可现在我觉得那都不重要。我只想要你。我渴望和你在一起，比吃饭穿衣和得到承认更渴望。我做梦也想这一辈子能将我的头枕在你胸口。这个美梦再过大约一年就能成真了。"

他的强力一浪又一浪地向她涌来。在他俩的意志碰撞最厉害的时候，也正是她最强烈地感受到他的吸引力的时刻。他那一股股向她倾泻的力量在他那激动的声音和有神的目光下开出了鲜艳的花，在澎湃于他体内的生命和智慧的力量里开出了美丽的花。此时，也只在此时，她知道了她的信心出现了一道裂缝——通过那裂缝她看见了真正的马丁·伊登，勇敢的，不可战胜的马丁·伊登。好像驯兽师有时也会犹豫一样，她怀疑自己能否驯服这个精灵般的野蛮人。

"还有一件事，"他继续说，"你喜欢我，为什么？吸引你的正是我心里强迫我写作的东西。你喜欢我，因为我和你认识的其他人，可能爱的人是不一样的。

我不是能坐办公桌和会计室的人，不是靠嘴去谈生意，可以上法庭用条文做文章的人。让我干这事，就是将我变成别人了，做别人的工作，呼吸别人的空气，发挥他们的论点，也就让我们一样了，把窝毁灭了，也就是毁灭了你爱的东西。写作对我是最非常重要的东西。假如我是块顽石，我就不会想写作，你也不会想让我做你的丈夫了。"

"可是你忘记了，"她插嘴说，她内心的敏锐的外表看见了一个类似的东西。"过去有奇怪的发明家，为了追求永动机这种奇特玩意不惜让全家人忍饥挨饿。他们的妻子们肯定爱他们，和他们一起吃苦，但并不是由于迷醉永动机，而是支持他们迷醉的东西。"

"没错，"她回答，"但是也有不奇特的发明家，在追求现实的发明时也被迫挨饿。但是有时他们却成功了，这是有记录的，我并没有那么痴心妄想——"

"但是你说过，'要做别人做不到的事'。"她打断了他。

"我那是比方。我追求的是前人已经成功的事——写作，以写作为生。"

她没说什么，这又使得他不得不继续说下去。

"可是你觉得我的目标是跟永动机一样是个怪物吗？"他问。

她捏了捏他的手，他知道她的意思——就像慈祥的母亲在捏受伤的孩子的手。那时他对她就像是个受伤的孩子。是一个走火入魔的人，在追求着不可能追求到的东西。

两人谈话快结束时她又一次提醒他她父母的不赞成。

"但是你是爱我的，对吗？"

"我爱你！我非常爱你！"她大叫了起来。

"我爱的是你，不是他们，不管他们做什么都不能伤害我。"他的声音里有种胜利的喜悦。"我相信你的爱，所以我不怕他们反对。在这个世界上，除了爱情其他的都可能迷路。爱情如果不是个弱者，一路胆胆怯怯，磕磕绊绊，就会走对路的。"

第三十一章

马丁正好在马路上遇见了他的姐姐格特露——这次偶遇后来证明是个很幸运而又非常尴尬的。姐姐正在一个转弯处等车，他看见了他，并看出了他脸上的饥饿的皱纹和那绝望而又着急的神情。他确实已经是山穷水尽，焦急万分。他刚和一个当铺的老板做了一次谈判。他想从他当掉的自行车里再挤出几个钱来，但却遭到拒绝。秋天的道路泥泞不堪，马丁当掉了自行车，但是他还有那套黑色礼服。

"你不是还有一套黑色的礼服吗?"当铺的办事员对他的家底非常了解，他回答说，"你可是不能告诉我说你已经当给那个犹太人李扑卡。如果你要是去了——"

那人眼里满是威胁，马丁连忙叫道:

"没当，没当，我没当。我要留着有事时穿。"

"好了，"放高利贷的人的软了下来，说，"我要衣服也是为了办事，拿衣服我马上就给你钱。你认为我借钱给你们的目的是为了祝福自己健康吗?"

"可那是一辆各方面都很好的自行车呢，差不多价值四十元，"马丁争辩到，"可你仅仅当给我七块钱，不，到手的还不到七块钱。预扣完利息只剩下六块二毛五。"

"如果你想要钱就快点把衣服拿来，"打发马丁离开那的就是这句回答。他内心严重绝望写到了他脸上，姐姐看到了非常难受。

姐弟俩刚一见面，电报路的班车就到了，车停后上了一批下午的客人。希金波坦太太从他扶着她的胳膊上车的握法觉察出马丁并不愿意跟她一起走。她从踏板上转过身来默默地看着他，心里又为他那忙碌的样子伤心了。

"你还来吗?"她问。

她随即下了车，走到了他身边。

"我喜欢步行，锻炼身体，你是知道的。"他解释。

"那我也走几段路，"她说，"说不定对我有好处。这几天我总感觉不清爽呢。"

马丁瞥了她一眼，她走路的样子证实了她的说法。她衣着邋遢，体态臃肿，两肩都耷拉下来，脸上的皱纹下垂，显得疲惫不堪;步伐也很沉重，没有一点弹性——简直是一幅对轻快的步伐的讽刺画。

"最好你走到这里吧，"他说，尽管她走到第一个街口就已停下脚步，"在这里等下一班车。"

"天呀！——我怎么能累成这样！"她喘着粗气说，"倘若我的鞋底和你的一样，我走路也能和你一样。但你那鞋底实在太薄，这里离着北奥克兰很远你会走破的。"

"没事，我家里还有一双好的。"他回答。

"明天到我家来吃晚饭吧，"她将话题转为邀请，"希金波坦先生没在家。他要到圣利安德罗会去办点事。"

马丁轻轻摇摇头，可是却没法掩饰他听到吃饭时的饿狼般的馋相。

"马丁，由于你身无分文，所以才走路的，还借口说什么锻炼呢！"她本想嘲笑他，却忍住了，只苦笑了一声，"来，让我看看。"

她摸了摸他的提包，塞到他手里一个五块钱的金币。"我似乎忘了你上次的生日了，马丁。"她嘟哝出了一个不太能站稳脚跟的理由。

马丁的手本能地捏住金币，同时他也明白他不应该要，接着他犹豫不决，陷入了痛苦。因为那块金币意味着食物及其生活。身体与头脑变好了，才有继续写作的力气，说不定还真能写出点东西来再赚好多金币呢，谁知道呢？他在幻觉里明明白白燃烧着他刚写完的两篇文章；他将它们放在桌下一堆退还的稿件顶上。那些是由于他没有邮票所以没寄出的。他似乎看到它们的题目：《奇迹的大祭师》和《美的摇篮》。这两篇是没有寄出去过的。那是他在那个问题上所写出的最好的作品。如果有邮票就好了！此时有种成功的把握在他心里缓缓升起，那是饥饿的有力的朋友。他马上把那块金币塞进了口袋。

"我一定会还给你的，姐姐，一百倍地还给你，"他大口大口喘着粗气说。他的喉咙在痛苦地抽搐，眼睛也快速地闪出泪光。

"记住我说的话！"他忽然坚定地叫道，"用不了一年工夫我定会将整整一百个这种小玩意放到你手里。你可能不相信，但是我要你等着瞧。"

她其实真的不相信。但是她的这种怀疑让她感到非常内疚。她不知道说什么好，只好说：

"我知道你肚子饿，马丁。你的脸告诉我你很饿，来姐姐家吃饭吧，什么时候来都可以。希金波坦先生不在我就会找个孩子去叫你。还有，马丁"

他明白，虽然他心里其实知道她会说什么，他清清楚楚知道她要说什么。

"你不觉得你该找个工作了吗？"

"你相不相信我会成功？"他问。

她轻轻地摇摇头。

"没有一个人对我有信心，姐姐，除了我自己。"他的情绪非常激动，很叛逆，"我已经写出了很多很好的东西，我相信早晚会卖出去的。"

"你怎么知道知道你写的东西就好？"

"由于——"他犹豫了。整个浩瀚无边的文学和文学史天地在他的头脑里晃动，它告诉他不能跟她说清他为什么有信心。"由于在杂志上发表的百分之九十九的东西都不如它们。"

"我希望你能听进去我给你讲的道理，"她的声音虽然很小，但信念很坚定。她坚信自己对他的病的诊断。"有道理的话但愿你听得进，"她又说了一遍，"明儿个来吃晚饭！"

马丁扶她上了车，他便急急忙忙赶到邮局，用五块钱中的三块买了邮票；接着那天晚些时候他去莫尔斯家的路上在邮局待了很久，他将一大堆厚重的长信封称了重量，全部贴上邮票，最后只剩下了三张两分的。

那天晚上对马丁来说非常重要，因为他晚饭后碰到了罗司·布里森登。布里森登是为什么到那儿去的，他是谁的朋友，是不是熟人带他去的，他不知道，也没兴趣向露丝打听。总之，布里森登给马丁的印象就是贫血加没头脑，而且没过多久他就把他忘掉了。过了一个小时他又觉得布里森登是个性格粗野汉子。因为他一间房挨着一间房地乱逛，瞪大眼睛盯着画，有时从桌上、书架上乱抓书籍杂志，有时候还把鼻子伸过去。尽管他在这屋里有些陌生，可最后他却缩到一张巨大的莫里斯安乐椅上，脱离人群认真地读起一本他从自己口袋里拿出的小册子。他读得非常专心，手指头在头发里揉来搓去。那个晚上马丁没有再注意他。只有一回注意到他和几个年轻的妇女开着玩笑，显然特别成功。

马丁走的时候却偶遇到了布里森登，他几乎已经走了通向大街的便道的一半。

"你好"马丁说。

对方不客气地哼了一声，算是回答，同时转身过来和他一起走。马丁没有再搭腔，两人一声不吭地走完了几段路。

"真是神气十足的老笨蛋！"

那一声叫喊不仅突然还非常刻薄，马丁被吓了一大跳。他忍俊不禁，更不喜欢那人了。

"你到这里去干什么？"又走了一段路，那人突然冒出这么一句话。

"你呢？"马丁反问。

"老天爷，我也不知道，"他回答，"至少我这次是粗心大意。每天有二十四小时，总需要过去吧。过来和我喝点什么吧。"

"好的，"马丁回答。

说完，他感到进入两难境界了，怎么能答应得那么痛快呢。家里还有几个小时的下锅之作需要他在睡觉前完成呢，躺下后还要读一卷惠斯曼，还有斯宾塞自传。他觉得那本自传充满了非常浪漫的故事情节，简直不亚于所有的惊险小说。他为何要跟一个他并不喜欢的人在一起浪费时间呢？他想。但让他同意的不是那个人或饮料，或与饮料有关的一切，而是那明亮的灯光、镜子、一排排整齐发光的玻璃杯，还有快活的一张张面孔和喧闹的缠绵。没错，是那些人的声音，乐观的、呼吸着胜利的人，和男人一样敢花钱买饮料的人。他觉得非常寂寞，他看中的正是这些。所以，他一听见邀请就马上同意了，像一很想要钩上的白布条的红鱼。其实，从在雪莉温泉和乔对饮后，马丁只和杂货店的葡萄牙老板喝过酒，从那以后就再也没在酒店喝过酒。脑力劳动不像体力劳动，太累了并不喜欢喝酒。他不怎么想喝酒。可刚才他却答应去喝酒了，其实，他是渴望着那推杯换盏、豪饮浅酌的气氛。其实"洞窟酒吧"就是这样一个地方，布里森登和他俩个人此时就躺在"洞窟"的大皮椅上喝着威士忌。

两人闲谈着，谈了好多问题。两人轮流着叫酒，一会儿布里森登叫，一会儿马丁叫。马丁酒量非常大，对方的酒量却也让他倾倒。而对方的谈吐更不时地让他感到惊讶，停杯谛听。不一会马丁发现市里森登似乎什么都知道，是他所碰到的第二个有思想的人。他还感受到布里森登有一种考德威尔教授没有的东西——火焰，炽亮闪光的观察力，燃烧旺盛没法抑制的天才。生动的语言从他嘴里娓娓道出，他那不厚的嘴唇就像机器上的冲模，冲出的话又犀利又惊人。有时他温柔地哑着嘴，抚弄着口里刚清晰吐出的声音。他那薄薄的嘴唇发出轻柔的、丝绸般的声音，在那微光融融、强光煜煜的词句之间萦绕徘徊着各种美，那是关于生命的神秘和奥妙的稳重的词句。他那非常薄的嘴唇又像支号角，宇宙天体撞击与骚乱在其间发出巨响，他的词句像银子一样悦耳，像星空一样闪耀，囊括了科学的终极理论却又有余不尽——那是诗人的诗句，超凡脱俗的真理，捉摸不定，不能用语言表达，他却以微妙的差不多很难理解的平常词句委婉表达了出来。他有某种难于理解的想象力看到了经验主义最高最远的前沿，那是没有语言能够表达的，可是他正是依靠他很棒的语言表达力，赋予了熟知的词语以崭新的意义，从而把普通的人们很难领悟的东西送进了马丁的思想。

马丁忘记了他最初的讨厌印象。书本知识的精华在他这里变成了现实。这儿就是个聪明的精灵，一个让崇拜的普通人。"我在你脚下的泥污之中。"马丁心里不停地这样说。

"你对生物学有过研究，"马丁另有所指地大声说。

布里森登摇了摇头，这让他没想到。

"可你刚才讲的真理只有生物学才能证明的，"马丁坚持说，对方茫然地瞪了他一眼。"你的结论应该是和你读过的书一样吧。"

"听见这些我很开心，"他回答，"我的这点知识可以让我找到通向真理的捷径，让我倍受安慰。至于我自己，我一点都不不在乎我自己对不对。因为对不对都没有一点价值。人类是不会知道终极真理直至永远。"

"你信仰斯宾塞的！"马丁开心地叫道。

"我少年时读过，后来就再也没读过了，原来我读过他的《教育论》。"

"我希望我能像你一样自然而然地吸收知识，"马丁半小时以后插嘴道。

他在不停地认真分析着布里森登的知识结构。"你是个过于武断的人，所以很神奇。你武断地提出的东西是靠科学演绎推理新近才可以确认的道理。你是跳进正确结论的。你一定在拼命找寻着捷径，靠某种超乎理智的程序，甚至以光的速度探索着真理的。"

"对，原来约瑟夫神甫和达顿修士一定也为这事烦恼过，"布里森登回答，"啊不，"他接下去说，"我其实算不上什么。仅仅是好命运我上了一个天主教神学院去接受了教育。你的知识是从哪里来的？"

马丁一边回答一边打量着布里森登，从他那贵族味的瘦长的脸、下垂的双肩一直到旁边椅子上的大衣、大衣口袋里塞满了书。布里森登的脸和细长的双手都被太阳晒黑了——非常黑，马丁想，黑得叫马丁感到奇怪。很明显，布里森登不是在户外干活的人。那他为什么被太阳晒得那么厉害？那晒黑的皮肤上有某种病态的东西，让人不解，马丁回头再研究他的脸时想。他的脸瘦瘦的，颧骨突起，面颊凹陷，配上一个精致美丽的鹰钩鼻，眼睛的大小适中。眼睛是一种难以描述的棕红色，眼里燃烧着一种火焰，更确切地说是将某种两面的表情藏了起来，两面之间的矛盾让人感到奇怪。挑战的，不屈的，甚至非常粗野的，却又让人怜悯的表情。不知怎么回事，马丁已经可怜他了，不过他立刻明白了。

"哦，我有肺病，"布里森登首先说他从亚利桑那州来，接着说，"我在那里待了两年，那儿的气候能养我的病。"

"你到这种气候里来难道不觉得危险吗？"

"怕？"

他重复马丁这话，但马丁看出那张苦行僧式的脸上写着不怕。说那话时他眼睛咪地非常就像鹰隼一样，鹰钩鼻子鼻翼张开，带着蔑视和自信。一副咄咄逼人的神态，马丁看此场景，简直连大气都不敢出一下。有范，马丁心里评价；一见他那样子，他感觉自己的血液也要沸腾了。他大声引用了两句诗：

"'尽管遭到无常的棍棒的打击，我的头并未低下，虽然鲜血淋漓。'"

"你喜欢读亨雷的作品，"布里森登说，他的表情马上变得宽厚慈祥，和蔼可亲了。"我不会对你有别的期望。啊，亨雷！勇敢的英雄！他是在那个时代凑韵的人——在杂志上凑韵的人当中锋芒毕露，就像站在一群阉人中的格斗士。"

"你不喜欢杂志?"马丁温和地质问他。

"你喜欢吗?"回答直接且武断，着实吓了他一跳。

"我——我写东西，有时候我会尝试着给杂志写东西。"马丁吞吞吐吐地回答。

"那还好，"口气舒缓了些，"你试着写过，可是失败了。我尊重也佩服你的失败。我知道你写的东西。我睁半只眼也能看见。它们被关在杂志大门之外的一个重要原因，就是内容。你写的那种特别的商品杂志是没法被采用的。它们要的是无盐无味、无病呻吟的东西，知道吗，那些东西它们可以弄到，但不是从你那儿。"

"我写的不过是一些下锅之作。"马丁辩解说。

"相反，"布里森登住了口，不客气地打量马丁那明显的贫穷。从旧领带到锯齿状的衣领，到磨光了的外衣肘部，再到有一处已经开线的袖口，最后又细细打量了一下他那凹陷的双颊。"相反，下锅之作你没法写出来。它太高大，你永远没法达到。不信你看，老兄，我只是说请你吃顿饭，你一定会生气!"

马丁脸上火热，只觉得血往上涌。布里森登得意地哈哈大笑。

"肚子吃饱了的人绝对不会因为这种邀请而不开心的。"那是他得出的结论。

"你这个魔鬼!"马丁气冲冲地大叫起来。

"我根本没请你吃饭。"

"你怕你不敢。"

"啊，这我倒还不清楚。我现在就请你。"

布里森登说话时半直起了身子，好像要马上去餐厅的样子。

马丁握紧拳头，太阳穴里血液咚咚咚地乱跳。

"哇!活嚼了!活嚼了!"布里森登模仿当地有名的吹捧吃蛇表演的牛皮匠大叫起来。

"我可真有可能把你活嚼了!"马丁说，报复的眼光也不逊色，他打量着对手那病歪歪的身子。

"仅仅是因为我资格欠缺吗?"

"相反，"马丁思考着，"而是因为这些东西还不配叫你给吃掉。"他哈哈大笑，很痛快，很真诚。"我承认上了你的当，布里森登。你感觉到我的饥饿，这很正常，这不是侮辱。你看，我不屑于人群中各种琐碎的道德信条，可你一来，说了一句尖酸刻薄的真话，我马上就成了那些不大方、琐碎的道德信条的奴隶。"

"你感觉好像是受了侮辱。"布里森登肯定地说。

"的确，不过这都已经过去。那是年轻时的偏见，你知道。我是在那时学到这些东西的，它让我以后学到的东西没有价值，是我的思想包袱。"

"那么你现在卸掉了包袱了吗?"

"必须卸掉了。"

"真的?"

"真的。"

"那咱俩去吃点东西。"

"我请客，"马丁回答，他本想用那打补下的两块钱付眼前的威士忌苏打的账，可是布里森登气势凌人地逼着传者将那他的钱放回到桌上。

马丁苦笑了一下，他把钱放回了腰包，同时感到布里森登的手亲切地落在他的肩头上。

第三十二章

玛利亚第二天下午又因为马丁的第二个客人而非常激动。这一回她不再手忙脚乱，由于她把布里森登请到她接待贵宾的豪华客厅里。

"我来拜访你不介意吧？"布里森登说道。

"不，不，怎么会呢，"马丁一边和他握手一边回答，他挥手请他在唯一的椅子上坐下来。自己坐在床上。"谁告诉你我的地址的？"

"我给莫尔斯家打了电话，莫尔斯小姐告诉我，我就来了。"他从外衣口袋里掏出一本非常薄的书扔到桌上。"这是一本诗人的集子。读读吧，就当送你了。"接着，他抗议道："我要书有用吗？今早上我又吐了一次血。有没有威士忌？没有，当然。等等。"

他转身走了。马丁看到他那瘦长的身影慢慢走下了外面台阶，看到他转身关门时那本来宽阔的肩膀已向胸膛的两边耷拉下来，突然感到一阵心酸。马丁拿出两个酒杯，开始读那诗集，那是亨利·伏恩·马罗最新发表的集子。"没有苏格兰威士忌，"布里森登回来说，"那个穷光蛋只有美国威士忌，没有别的。只好买了一夸脱。"

"我刚让一个小家伙去买柠檬，我们一起做柠檬威士忌甜酒。"马丁建议。

"我不清楚这本书会给马罗带来什么？"马丁拿着诗集说。

"大概五十元吧，"回答是，"如果他收支能达到平衡，或是能找到个出版社给他出版，他真是太幸运了。"

"照你这么说，我们是不能靠写诗来生活了？"

马丁的口气和表情都显得非常沮丧。

"当然不能啦，哪个傻瓜会那么认为呢？凑合着能吃饭，像布路斯、弗吉尼亚·斯普玲，还有塞季成克。要写诗吗，你知晓伏恩·马罗靠什么度日吗？——靠的是远在宾夕法尼亚州一个填鸭式的男校教书来度日。在全部私立的小地狱那里是最坏的。哪怕他能继续活五十年我也不想跟他交换。可他的作品在同时代的凑韵诗人里好像胡萝卜堆里的红宝石。然而对他的评论呢！全他妈扯淡，是一批愚钝的休儒写的！"

"是根本不知道怎样评论作品的人写的，这种人真的很多，"马丁表示同意。"研究史蒂文森和他的作品的低俗作品就太多，多得我都有些恐惧。"

"僵尸吃死人，女身鸟爪怪！"布里森登咬牙切齿地叫道，"是的，我知道这帮怪物。由于他为达米安神甫写过那封信就恶狠狠地啄他的肉，撕扯他，折磨他——"

"他们这是以小人之心度君子之腹。"马丁插嘴说。

'对，这话用在这非常恰当——满嘴真善美却侮辱着真善美，最后还拍拍真善美的肩膀说，'好狗好狗，忠心耿耿。'滚开吧！理查·瑞尔夫弥留那天晚上曾经把他们称为喳喳叫的小乌鸦，我觉得是正确的。"

"在大师们飞快地迅速地飞翔时，"马丁热情地接着说，"专门跟星辰找碴的家伙。我曾经写过一篇讽刺他们的文章——那些找茬专家，也被称为书评家。"

"让我瞧瞧。"布里森登兴致勃勃地说。

于是马丁找到一份复写的《星尘》，布里森登一边读一边大笑，不停地搓手，完全忘掉了威士忌甜苏打。

"你给我的印象就是一个坠落到凡间的星辰，不小心被扔进一群戴了风帽的瞎眼睛的作儒。"他看完稿子说，"不可否定，第一家杂志就会咬住它不放的。"

马丁翻了翻稿件记录本。

"二十七家杂志都把这稿退回来了。"

布里森登哈哈大笑，笑了很久，然后又痛苦地咳嗽起来。

"喂，你不会告诉我你没写过诗吧，"他喘着粗气说，"快找几首让我看看。"

"你先别看，"马丁请求，"因为我想和你谈谈。我把所有的诗扎成一扎，你带回去看。"

布里森登将《爱情组诗》和《仙女与珍珠》带走了，第二天他回来了，对马丁说："你再给我一点。"

他相信马丁是个诗人，也让马丁明白他也是个诗人。他的作品把他弄得晕头转向。他从来没有想过拿它们去发表这事让他非常震惊。

"让那些出版社去死吧！"马丁主动提出帮他投稿，他却这样回答。"为美而爱美吧，"他劝告说，"别找杂志社了。回到你的船上，去海上——这是我给你的建议，马丁·伊登。你是在一天天地浪费时间，想把美当妓女出卖，去满足那些杂志王国的要求。那简直是在割自己的喉咙而已。你那天对我说过的话是谁说的？——哦，不错，'人呀，最后的蜉蝣。'你这个'最后的蜉蝣'拿名气来做什么？你要是出了名，反而会中毒的。我觉得你太单纯，太幼稚，太理智，靠这种东西是不行的。我倒希望你一点也没有卖给杂志。你要侍奉的唯一主人就是美。侍奉他吧，让苦芙众生下地狱去！胜利！你的胜利已在你些的《爱情组诗》中为斯蒂文森写的那首十四行诗里了，已经在你那些海洋诗里了。那难道不是成功？那比亨雷的《幽灵》要好得多呢。

"你不一定取得成功才能获得胜利，写作本身就是胜利。你不用告诉我，可我知道，你也知道美煎熬着你，让你永远痛苦，像个没办法痊愈的伤口，是一把利剑。你为什么非得和杂志打交道？把美当作你的目的就可以了，为啥硬要把它变成黄金？好在你不能做到，我倒不必激动。读上千年的杂志，你发现的价值也不及一行济慈的诗。抛开金钱和名誉吧，明天就签合同上船去，回归你的海上去。"

"我没有为了名誉，我是为了爱情，"马丁开怀大笑，"在你的世界里好像没有爱情的地位；可在我的世界里，美其实是爱情的婢女。"

布里森登可怜地也佩服地看着他。"马丁，你这么年轻。你非常想高飞，可是你的翅膀是用最精致的薄绍做的，它被画上了最漂亮的颜色，别让它们烧焦了，也许，你已经把它们烧焦了。要诠释那些爱情诗就要找一个打扮得光鲜亮丽的小姐，这就是丢脸的地方。"

"让小姐光彩照人，也让爱情光鲜亮丽。"马丁大笑起来。

"简直是疯狂的哲学，"对方驳斥道，"在我的梦魇里也用这话安慰过自己。可你要小心，这些资产阶级的城市是会让你活不了的。你瞧瞧那个生意人的酒吧，我是在那里遇见你的。说它腐朽是都不解气，在它那种氛围里的人非常糊涂，它让人堕落，没一个人不堕落，男的，女的，全部是行尸走肉，引导他们的是跟蚌亮一样的聪慧和艺术冲动——"

他突然停下了，看了看马丁，然后灵机一动，他知道了。然后脸上的表情变得惶惑的恐怖。

"你那惊人的作品《爱情组诗》不会是为她写的吧，为那个苍白、干瘪的女人写的！"

顷刻间马丁的右手已经伸出，紧紧摁住了布里森登的喉头，不停地摇，他的牙齿嗒嗒作响。可是马丁在他的眼睛里却未见一点害怕——只看到一副惊奇与嘲弄的魔鬼表情。马丁这才回过神来，揪住脖子把布里森登往床上一扔，才松手。

布里森登痛苦地、大口地喘着粗气，然后咯咯大笑起来。

"你如果是把我那点火焰扇灭了，我就太感谢你了。"他说。

"这些日子我麻烦得都快要爆炸了，"马丁道歉说，"但愿没伤害了你。过来，让我再调一杯甜威士忌苏打吧。"

"啊，好棒的小伙子！"布里森登接着说，"我不知道你是不是因为你那副身板感到骄傲。体壮得像个怪物，或者说是只小豹子，小狮子。好了，你一定会为你那身力气付出代价的。"

"你在说什么?"马丁奇怪地问,递给他一杯饮料,"喝了吧,乖乖听话。"

"因为——"布里森登啜着甜酒,很开心,笑了。"因为女人会缠住你,直到把你缠死。她们已经缠过你了,我要是说错的话我就是昨天才出世的娃娃。你掐死我也没用,我有话还得说。我敢肯定这是你的童稚之恋,为了美,下一回品味可要高点。你娶一个资产阶级小姐干什么?别碰她们。不妨找一个嘲笑生活、戏弄死亡、说爱就爱、像火一样燃烧的了不起的女人去爱吧,这样的女人非常多,她们也会爱你,不逊色于任何一个资产阶级闺阁里培养出的娇滴滴的小姐。"

"娇小姐?"马丁抗议道。

"不错,就是娇滴滴地说些从别人那听来的道德信条,惧怕生活。尽管她们爱你,马丁,但是她们会更爱那些琐碎的道德信条。你想要的是自由自在不受压制的生活,是伟大的自由的灵魂,是美丽的蝴蝶,而不是灰色的小飞蛾。哦,所有那些女人都会让你讨厌的,如果你倒霉,老是活着的话。而你不肯正常生活,不肯回到你的海洋和船上去;所以就绕着城市里这些充满瘟疫的洞窟转,啥时候你腐败到骨头,你就会死去。"

"你可以骂我,但是你没法让我和你争论,"马丁说,"总之你的见解来自你的性格,而我自己的性格的见解也和你的一样需要坚持。"

两人在对待爱情、杂志等很多问题上的观点都大相径庭,但是两人彼此却有好感,马丁的喜欢非常深沉。他们俩几乎天天见面,尽管有时布里森登只是在马丁那让人很闷的屋里呆一小时。布里森登每一次不一定带一夸脱酒,两人在市中心吃饭时始终喝威士忌苏打。他总是付两个人的车费,马丁是认识了他才知道了食物的美味的。他喝了人生的第一杯香槟,也第一次亲眼见到了莱茵葡萄酒。

可布里森登似乎永远是个谜。他一脸苦行僧相,体质越来越虚弱,但他是个直言不讳的好酒之徒。他不怕死,对各种生活方式都尖酸刻薄,愤世嫉俗,而且他即使快要死去,却依然热爱生命。一种要活下去、要快活地活下去的狂热攫住了他。他要"在我来过的地球里玩个痛快。"有一次他说。为了追求新鲜的刺激和感受,他也曾吸过毒,他还做过很多古怪的事。他还告诉马丁他曾经三天滴水不进。没人逼迫他,他只是像要体验极端口渴解除时的美妙的欢乐。马丁一开始就不知道他是谁,从哪儿来。他的过去马丁一概不知,他的未来是就要出现的坟墓,他的现在就是生活中这苦涩的狂热。

第三十三章

马丁的战斗失败不断。他尽量节约，可下锅之作的进项仍然远远不够。感恩节时他的黑色拜客服也进了当铺，这使他没法接受莫尔斯家的邀请去参加宴会。他没能参加宴会的原因让露丝很不开心，这就逼得他最后一搏了。他告诉她他原本准备去的。可他要到旧金山的《跨越大陆》杂志社去讨要他们欠他的那五块钱，然后拿那钱去赎衣服。

早上他向玛利亚借了一毛钱——他本想向布里森登借，可是那怪人却不见了。距离马丁上次见他已有两个礼拜，他仔细想自己什么地方得罪了他，却没想出来。那一毛钱帮助马丁过了轮渡，来到了旧金山。他沿着市场街走时，心里思考着要是收不到钱自己的狼狈样。那他就没法再回奥克兰了，并且在旧金山他一个熟人都没有，他不能向任何人再借一毛钱。

《跨越大陆》办公室的门虚掩着，马丁刚打算开门，屋里忽然大叫起来，他急忙停下了。一个声音在说："这不是问题，福特先生！"（马丁从信函来往就知道编辑的名字叫福特）问题是你们是否想给我钱？——现钱，现金。我想说，我对《跨越大陆》的远景和你打算明年把它办成什么样并不感兴趣。我想要的是我的工作应得的报酬。我告诉你，现在就要。我看不到钱，圣诞节这期《跨越大陆》就不能印了。再见，等你有钱了再说。"

门猛地被推开了，那人怒气冲冲从马丁身边擦过，沿着走廊走去，嘴里骂着，握着拳头。马丁决定暂时先不进去，他在门厅里先逗留了半小时，才推门进入。那是种新的体验，他是第一次走进一家编辑室。那个办公室里根本用不着名片，因为那小厮到一间里屋去通报了有人要见福特先生，回来时半路就让他过去，他被引进了那间个人办公室——编辑室。马丁的第一印象是那屋子乱七八糟。他看见了一个长连鬓胡子的、不太老的编辑坐在一张带卷边桌面的办公桌旁，奇怪地打量着他。马丁看到他脸上的平静安详而大吃一惊。和印刷商的争吵竟然没有扰乱他的内心的平和。

"我——我是马丁·伊登，"马丁开始说。（他真想马上就说："快给我那五块钱。"可这是他第一次见编辑，在当时情况下他不想太大声地惊扰他。可让他吃惊的是，福特先生跳了起来，说道："真的是你吗？"并且立即用双手摸住他，和他热情地握起手来。

"看到你我真有种没法说的开心，马丁先生。我经常在猜你长什么样呢！"

他伸手把他推开，用放光的眼睛打量起他那套一般的服装，或者说最差的服装。那件衣服简直破得没法修补，尽管他用玛利亚的熨斗认真地把裤子熨出了棱角。

"但是，我必须承认，我把你想的年纪大了。你的小说表现了广阔的胸怀、气魄和成熟，还有思维的深度，是一部杰作——读了五六行我就知道了。我告诉你我最初是怎么读的吧。不过，不急，我先把你介绍给我的同事。"

福特先生一边说着一边把他领到了大办公室，介绍给了副编辑怀传先生认识，那是一个纤瘦的柔弱的小个子，手好像有病，冰凉冰凉的，稀稀疏疏的连鬓胡闪光。

"这是恩孜先生，这是伊登先生。恩孜先生是我们的业务经理，你晓得。"

马丁注意到和自己握手的是个目光不断闪烁的秃头。那人脸上漏出来的部分显得不老——部分面孔都让雪白的胡须给遮盖住了。他的胡须被修剪得很认真——是他妻子星期天刚修的，她把他的后颈窝也修得不错。

三个人围住了马丁，同时说起赞美他的话，说的话让马丁感觉他们曾打过赌，比赛看谁说的话最漂亮。

"我们经常好奇你为何不来找我们。"怀特先生说。

"我没车费，我家住在海湾对面，"马丁不假思索地说，他想让他们知道他急切地需要钱。

当然，他知道，我身上的这身破衣服就最能说明问题，可以告诉他们我太需要钱了。

尽管他一有机会就向他们表明他来这里的目的。他不停地暗示，可是他的这些崇拜者们却似乎是聋子。他们不停地说着赞美的话，说他们第一眼看见他的作品时是怎么想的，及其以后的想法，他们的老婆和家里人又有怎样的想法。看得出他们没有丝毫要给他稿费的意思。

"我告诉你第一次我是怎么读你的作品的"福特先生说，"当然，还没有。那天我从纽约往西回来，火车到了奥格登时，乘务员把最新一期《跨越大陆》带上了火车。"

天啊！你坐在豪华的列车旅行，可我却在为你们欠我的那可怜的五块钱而挨饿。他的心里猛然升起一团烈火，《跨越大陆》让他受的委屈迅速膨胀，想到数月来他苦苦地等待，忍饥受苦，现在他的饥饿感也按耐不住，吞噬着他，警告他从昨天到现在都没吃饭，而最后的那顿也吃得非常少。他忍不住发起狂来。这些人们甚至不如强盗，而更像不怀好意的小偷。他们用假话和没用的许诺偷走了他的小说。哼，他必须给他们好看。他下定最大的决心不拿到钱一定不离开办公室。他突然想起倘若得不到钱他没办法回奥克兰。他极力地克制自己，可他脸上那饿狼般的表情早已吓得他们心慌意乱。

他们继续夸夸其谈。福特重新谈他第一次读《钟声激越》的情况。恩孜先生也不断重复他侄女对《钟声激越》的喜爱，并说他侄女目前在阿拉美达做教师。

"让我来告诉你们我来这里的目的吧，"马丁终于开口说话了，"我是来拿你们都非常喜欢的我写的小说的稿费的。五块钱，就是你们同意在发表之后给我的报酬。"

福特先生灵活的眉眼立刻开心地表示同意，他伸手摸口袋，却忽然转身对恩孜先生说他的钱忘在家里了。恩孜先生显然很生气；马丁见他手一动，仿佛是要保护他的裤子口袋，他知道他的钱就在那儿。

"不好意思，"恩孜先生说，"我大约一小时以前付了印刷费，没有现金了。一不留神就没钱了，支票现在还没到期，印刷所老板求我帮忙，马上预支给他。真的很意外。"

两个人都直勾勾地看着怀特先生，可是那位先生却笑了，一副无所谓的样子。他感觉是问心无愧。他起初到《跨越大陆》，是想学习杂志文学，可他最后做的却是周转财务。《跨越大陆》欠他四个月的工资，他知道必须先满足了印刷所老板才能轮到他这个副编辑。

"让你看见我们现在的样子，真有点不好意思，马丁先生，"福特先生微笑着说。"我向你保证，这完全是个意外，但我能告诉你我们接下来会怎么做。明天一早我们第一件事就是寄支票给你。你有马丁先生的地址，是吗，恩孜先生？"

对，恩孜先生有你的地址，明天一早就给你寄支票。马丁对银行和支票的事不太清楚，可他也不明白他们为什么今天不给他支票，而干吗要等到明天。

"马丁先生，你能理解我们，明天给你寄支票？"

"我今天就要现金，"马丁态度坚决地说。

"情况真不巧了，你哪天来都——"福特先生很有礼貌地说，可是却被恩孜先生打断了。通过那急躁的眼神可以看出他急躁脾气。

"福特先生已经向你解释过了，"他粗暴地说，"我也说得很清楚。支票明天就——"

"我也已经解释过了，"马丁插嘴说，"我说过我今天必须得要钱。"

那位业务经理的不讲理，加快了马丁心脏的跳动，同时他也警惕地看着周围，由于他猜到《跨越大陆》的现金就躺在福特的裤子口袋里。

"很是不巧——"福特先生说。

这时恩孜先生做了个极为不耐烦的动作，一转身，仿佛打算开溜。马丁马上跳过去，一手嗯住他的喉咙，揪得恩孜先生那一尘不染的白胡须朝着天花板方向呈大约四十五度角翘起。怀特和福特他俩看到他们的业务经理让他像地毯似的摇撼着，简直吓破胆了。

"掏出来，你这个压制年轻天才的老混蛋！"马丁恶狠狠地接着说，"掏呀，不然我就给你摇出来。即使都是五分的硬币也没关系。"接着他又对那两位吓坏了看客嚷道，"滚开！谁要来干涉，可别怪我不客气。"

恩孜先生呛得喘不过气来，直到喉咙上的手放松了，他才能说话了，表示愿意掏钱。他左掏右掏，一共从裤子口袋里掏出四块一毛五分钱。

"把口袋翻过来！"马丁命令道。

又掉下一毛钱。为了稳妥，马丁又数了一遍他此番袭击的收入。

"接着就是你！"他对福特先生发出命令，"我还得收七毛五分。"

福特先生不敢丝毫怠慢，赶忙掏腰包。一共掏出了六毛钱。

"就这么点？"马丁气势汹汹地接过钱，然后问"你背心口袋里有吗？"

为了表明清白，福特先生将两个口袋全都翻了过来。一张硬纸片从口袋里掉落到地板上。他捡起来，刚要放回口袋，马丁嚷道：

"那是什么？——轮渡票？给我，也值一毛钱呢。算你还的。我现在拿到了四块九毛五，还差五分。"

他狠狠地看着怀特先生，看着瘦骨嶙峋的先生递给他一个五分的镍币。

"谢谢，"马丁对他们三人说，"再见。"

"简直是强盗！"恩孜先生指着他的背影说。

"是小偷！"马丁反驳道，砰地一声把门关上，大踏步走了出去。

马丁飘飘然起来，他又想起《大黄蜂》也还欠他十五块钱的《仙女与珍珠》，决定也这样做。可是《大黄蜂》却是一帮脸上光光的强壮的青年办的，他们是公然的海盗，谁都抢，而且什么都抢，彼此都互相抢。在打破一些家具之后，编辑在业务经理和广告代理人和门房等人的共同努力下，马丁最终被推出了办公室。一开始的一揉竟将他送下了第一级阶梯。

"欢迎再来，马丁先生，随时欢迎你光临。"他们居高临下的从梯口平台冲他嚷道。

马丁爬起来后，却咧开嘴大笑。

"哇塞！"他对他们嘟嚷道，"《跨越大陆》那帮人全是些母羊，你们这倒是些拳击手。"

他们用更多的笑声来回答他这句话。

"不得不说，马丁先生，"《大黄蜂》的编辑俯身嚷道，"作为一个诗人你倒还真有两下子。请问，你那右推挡是从哪里学的?"

"和你学后锁颈的地方一样学来的，"马丁回答，"一定能把你打得鼻青脸肿。"

"你脖子没事吧，我有些担心，"编辑关切地问，"咱一块出去喝一杯庆祝一下如何? ——不是庆祝你脖子的问题，而是庆祝这一套开打戏。"

"我如果喝不过你们，我就请客，"马丁答应了。

就这样打劫的和被打劫的杯酒言和，双方平和地同意了强者必胜的道理，《仙女与珍珠》的十五块钱稿费轻而易举地给了《大黄蜂》编辑部。

第三十四章

亚瑟留在门口，露丝踏上了玛利亚家门前的台阶。她听见打字机急速地敲打着的声音，马丁邀请她进去时她发现他在打着最后一页文件。她来此的目的是确定他是否去她家参加感恩节宴会的。但是她没有谈到本题，马丁已经开始说他自己的题目，他那题目充满了他的肚子。

"嗨，让我读给你听，"他说道，把复写的稿页分别整理好，"这是我最新的作品，和我已写过的任何作品都不一样。太不同了，就连我自己都差不多害怕起来。不过我自己认为不错。你来做裁判吧。我叫它《威儿威儿》，是一个夏威夷的故事。"

尽管她在这寒冷的屋里冷得发抖，跟他握手时也感到他的手冰凉，但他仍然满脸欣喜，洋溢着创造的欢乐。他读，她仔细地听，尽管他读时也看见了她脸上只有不以为然的表情，读完他还是问道：

"说真话，你的感觉如何？"

"我——我不知道，"她回答，"它能不能——你认为它可以卖得掉吗？"

"怕是卖不掉，"他承认，"投递给杂志社嫌太激烈。不过很实际，我发誓它实事求是。"

"你知道卖不掉，为什么还是要写这种东西呢"她不客气地说，"你写作是为了生存，是吗？"

"是的，很对，可是那悲惨的故事让我着迷，我忍不住要写。它逼着我一定要写下去。"

"那你为什么让你那角色威儿威儿说话那么粗野？那肯定会让读者不高兴，也的确说明了编辑们为什么不肯发表你的作品。"

"那是因为真正的威儿威儿就是那么说话的。"

"不过品位就低下来了。"

"那是生活，"他坦率地回答，"那是现实的，是真实的。我必须依照我所见所闻的生活的原样写作。"

两人尴尬地坐了一会儿。她没有回答。他不理解她是由于太爱她；但是他却太宏大，远在她的地平线之外。

"我已经从《跨越大陆》收到欠款了，"他尽力转入一个较为轻松的话题，他所见到的三个络腮胡叫他抢走了四块九毛钱外加一张轮渡票的场景使他不禁咯咯地笑了。

"那么你是要来的喽！"她高兴地叫了起来，"我就是为确定这个问题才来的。"

"来?"他心不在焉地嘟囔道,"来哪儿?"

"怎么,来赴宴呀,你知道你说过要到那笔钱就把衣服赎出来。"

"我已经忘了,"他乖乖地说,"你看,今天早上牲畜栏看守的人把玛利亚的两头母牛和牛犊牵走了,——可玛利亚一分钱也没有收到。我帮她赎回了牛。《跨越大陆》的五块钱花掉了。《钟声激越》的钱进了畜栏看守的腰包。"

"那你是不来了吗?"

他低头看着他的衣服。

"我来不了。"

她蓝色的眼里闪烁起失望和自责的泪花,没有说话。

"明年感恩节我要你和我一起到德梦尼可去吃大餐,"他快活地说,"或者是到伦敦、巴黎,或是任何你想去的地方。这我明白。"

"我几天以前在一张报纸上看到,"她突然说道,"铁路邮局已发了几项当地的任命。你是以第一名的成绩考上的,是吗?"

他只好承认给了他通知书,却被他拒绝了。"我那时对自己很有信心,现在同样如此,"他结束对话道,"一年以后我的收入要超过十二个邮务员的收入。你看着就行。"

他说完了话,她只"哦"了一声,就站了起来,拉拉手套说道:"我要走了,亚瑟还在门口等我呢。"

他伸手抱过她来吻她,可她却无动于衷,身体没有激情,胳膊拥抱不紧,接吻也没有平时那么用力。

他从门口回来时的结论是:她生气了。可为什么?畜栏看守的人把玛利亚的母牛牵走了,那非常不幸,可那只不过是命运的打击,不能怪任何人的。他也想不出除了他那种做法之外还能有什么更好的办法。是的,他应该受到惩罚,因为邮局给了他录取通知,他却没去,而且她也不喜欢《威几威儿》。

他在顶层的台阶上转过身来,去迎接下午那封邮件。他接过那信封时,一直就出现的期望和狂热又袭击了他。有一个信封不长,外面印着《纽约远眺》字样。他正要拆信,忽然打住了。那绝对不是接受稿件的信。也许——一个异想天开的想法闪过,他的心几乎停止了跳动——说不定他们是向他约稿呢。可他立刻丢掉了这念头,那更是不可能的。

那是一封官样文章的短信,由办公室编辑署名,仅仅是通知他们收到一封匿名信,附在信里寄了来,并通知他不必在意,《纽约远眺》编辑部在任何情况下都是不会考虑任何匿名信的意见的。

马丁看得出来那匿名信是手写的印刷体，字迹写得很糟糕，是一些对马丁的没有礼貌的谩骂，硬说向各杂志兜售稿子的"所谓马丁·伊登"根本不是作家，事实上他是从旧杂志上盗窃作品的抄袭犯，把别人的作品打出来据为己有往外投稿。信封上邮戳的地点是圣利安德罗，马丁不用想就发现了那作者。那东西通篇明显都是希金波坦式的语法，希金波坦式的用语，希金波坦式的奇谈怪论。马丁在每一行里看见的都是如他姐夫那杂货店老板般的粗糙的拳头的字迹，而非他那意大利式的细小的字迹。

可他是为了什么？他实在是想不通。他什么地方得罪了希金波坦了？这事没有道理，太荒唐，无法解释。一周之内东部若干家杂志的编辑部都给他转来了十多封类似的信。马丁的结论是编辑们做得都十分漂亮，他们谁都不认识他，依然还有几个对他颇表同情。他们显然憎恶匿名信。他明白希金波坦想伤害他的阴谋失败了。实际上此事假若有什么后果，那就只能是好后果，因为他的名字已经引起了许多编辑的注意。以后他们看到他的稿子没准会想起他就是他们以前收到过的匿名信所投诉的人。这样一回忆谁又能保证它不会影响他们的判断，让他的稿子沾点光顺利通过呢。

大约就在这个时候马丁的形象在玛利亚的心目中却一落千丈。一天早上玛利亚在厨房里痛苦地呻吟，疼痛的眼泪沿着面颊往下流，却仍力不从心地熨烫着一大批衣服。他立即诊断她是得了流感，给她喝了热威士忌（那是布里森登带来的几瓶酒里剩下的），然后让她躺到床上去。可是玛利亚不肯，她固执地说衣服非烫完不可，当天晚上一定送去，要不然明天早上七个饥饿的小西尔伐就吃不上饭了。

让玛利亚大吃一惊的是看到马丁·伊登从炉子里抓起一把熨斗，又把一件花哨的连衣裙扔到熨烫板上（这事得讲个没完，一直到她死去）。那可是凯特·美兰纳百的星期日盛装，而在玛利亚的世界里谁的穿着打扮也比不上她更仔细，更挑剔。更何况她还特意带了信来要求那件连衣裙当天晚上一定要送去。大家都知道她正在跟铁匠约翰·科林斯谈恋爱，玛利亚还偷偷地打听到芙兰纳村小姐和科林斯先生明天要到金门公园去玩。玛利亚企图挽救那件连衣裙，但是她束手无策。她颤颤巍巍地被马丁扶到一张椅子上坐下，坐在那里瞪大眼望着他。她眼见他只花了她四分之一的时间就把连衣裙平平整整地熨烫好了，而且不得不向马丁承认他烫得不比她差。

"我能够烫得更快，"他说。"若是你的熨斗烧得更烫的话。"

可是挥舞在他手上的熨斗已经比她用的那种熨斗烫了很多。

"你喷水的方式也完全不得法，"他接下去又抱怨，"来，让我来教你怎么喷水。需要压力，要想熨烫得快，就得用力喷。"

他从地板的木料堆里找出了一个打包箱，装上盖子，又在西尔伐家的孩子们捡来准备卖给废品商的废料里搜刮了一番。他把刚喷过水的衣服放进箱子，盖上熨烫板，然后用熨斗熨，那设计就像这样完成了，可以用了。

"现在你看我，玛利亚，"他说，脱得仅剩下一件贴身衬衫，拿起一把他认为"真烧烫了"的熨斗。

"他烫完衣服又洗毛线，"她后来讲述说，"他说，'玛利亚，你是个大笨蛋，让我来教教你洗毛线，'然后就教了我。他十分钟就做好了这部机器——一个桶，一个轮毂，两根杆子，就像那样。"

那设计是马丁在雪莉温泉旅馆的时候从乔那里学来的。轮毂是固定在一根垂直的杆子上面的，构成了轮廓，然后把这东西固定在厨房的梁上，让轮毂拍击水桶里的毛线衣物，仅需要一只手他就能够通通拍打个够。

"我玛利亚从此之后再也不用洗毛线了，"她的故事总是这样虎头蛇尾地结束，"我只叫娃娃们弄轮毂和水桶就行了。马丁他这人非常灵巧，伊登先生。"

可是，马丁的这手精湛的功夫和对玛利亚厨房洗衣间的改进却让他在玛利亚眼中的形象直线下降。她的想象中他博士的浪漫色彩在现实的冷冰冰的光照下暗淡了下去——原来他以前也只是个洗衣工。于是他所有的书籍，和他那坐了漂亮马车或是带了不知多少瓶威士忌酒来看他的阔朋友均不算回事了。他仅仅是个工人而已，与她同一个阶级，同一个层次。他更亲切了，更好接近了，可是也不再神秘了。

马丁与他的家人越来越疏远了。在希金波坦先生那毫无根据的攻击之后，赫尔曼·冯·史密特先生先摊了牌。马丁在侥幸卖掉几篇小说、几首俏皮诗和几个笑话之后有过短暂的春风得意的时期。他不仅还掉了一部分旧账，而且还剩下几块钱把黑衣服和自行车都赎了回来。自行车的曲轴歪了，要修理。为了对他未来的妹夫表示好感他把车送到了冯·史密特的修理店。

当天下午一个小孩送来了他的那辆车。马丁很高兴，通过这番不同寻常的优待马丁得到的结论是：冯·史密特一样有表示好感的意思，一般修理自行车是需要自己去取的。可是马丁一检查，却发现车并没有修。他马上给妹妹的未婚夫打了电话，这才了解到那人并不愿意跟他"有任何形式、任何关系和任何状态的交往"。

"赫尔曼·冯·史密特，"马丁快活地回答道；"我倒真想来会会你，揍你那荷兰鼻子一拳呢！"

"你只要一来我的铺子，我就叫警察，"史密特回答道，"我还得揭穿你的真面目，我知道你是什么样的人，你甭想来惹是生非。我并不愿意跟你这种人打交道。你这个懒虫，你就是懒，我可不糊涂，你别想通过我要娶你的妹妹就来占什么便宜。为什么你不好好地去干活？哎，回答呀！"

马丁的哲学起了作用，他的愤怒被它赶走了，他吹了一声嘹亮的口哨，觉得难以置信的滑稽，挂掉了电话。可随着他的滑稽之感来的是另一种感觉，一阵寂寞的情绪压上他的心头。没有人理解他，任何人对他都似乎没有用处，除了布里森登之外，可布里森登又不见了，只有上帝才知道他到哪里去了。

马丁拿着买来的东西离开水果店回家时，天已经黑了。路边有一辆电车停了下来，他看到一个熟悉的瘦削身影下了电车，心里不禁欢欣起来。是布里森登。在电车启动之前的短暂的一瞥里他注意到布里森登外衣的口袋鼓鼓囊囊的，一边塞着书，一边是一瓶一夸脱装的威士忌酒。

第三十五章

布里森登没有跟他说他长期失踪的原因。马丁也没有问。他能透过从一大杯柠檬威士忌甜酒升起的水雾望见他朋友那瘦削凹陷的脸，就已经心满意足了。

"我也没有闲着，"布里森登听马丁讲过他已完成的工作之后说道。

他从里面一件短衫的口袋里掏出了一份手稿给了马丁。马丁看了看标题，好奇地瞥了他一眼。

"对，就是它，"布里森登哈哈大笑。"挺特别的标题，不是吗？'蜉蝣'，就是这个词。是从你那里来的，就从你的那个'人'来的。那个永远直立的、被激活了的无机物，蜉蝣的最新形态，在温度计那小小的天地仰望阔步的有体温的生物。那东西进入了我的脑子，为了把它打发掉我只能写了出来。告诉我你对它的看法。"

开始时马丁的脸发红，但一读下去，便苍白了。那是十全十美的艺术。形式战胜了内容，如果还能叫作战胜的话。在那里凡能设想出的内容的每一个细节都获得了最完美的诠释。马丁读得如醉如痴，热泪盈眶，却又感到一阵阵阴寒在背上泛起。那是一首六七百行的长诗，一部奇思妙想、令人震惊、不属于人世的诗作。它精彩之极，难以想象，可又确实存在，用黑色的墨水写在一张张纸上。那诗写的是一个人和他的灵魂在终极意义上的探索，他探索着宇宙空间的一个个深渊，寻求着最辽阔遥远处的一个个光源和一道道霓虹光谱。那是想象力的丰富盛筵，在一个垂死的人的头脑里祝酒，垂死者气息奄奄地哭泣着，虚弱的心脏却仍然狂跳。那诗以庄重的节奏振荡起伏，伴随着冲破星际的清冷的波涛、万千星宿的前进步伐、和无数冷冰冰的月光的冲击，伴随着最黑暗的夜空虚妄的星云的燃烧；而在这一切之间，却传来了人类微弱细小的声音，仿佛一支银梭，不断地、无力地冲击着，在星球的呼啸和天体的撞击声中只不过是几声哀怨悲嗟的唧唧啾鸣。

"所有的文学作品里还从没有过这样的作品！"马丁在终于能说话时说道，"惊人之作——惊人！它钻进了我的脑袋，让我沉醉。那伟大的浩瀚无边的文字是无法赶出我的脑袋了，人类那永远无尽追求的细弱呐喊声还在我的耳边回响，犹如狮吼象鸣之间的丧葬进行曲。它有着千百倍放大的欲望，无法满足，我知道我是在把自己变成个傻瓜。但这些文字却叫我神魂颠倒。你，你——我不知道如何说你才好，但是你真了不起。可你是怎么写出来的？怎么写的？"

马丁暂停了他的疯狂的赞美，仅仅是为了重新说下去。

"我再也不写东西了。我是个在泥潭里乱画的家伙。你已经让我看见了真正的艺术大师的作品。天才！比天才还高超，超过了天才。是文学的真理，是的，老兄，每一行都是的。我不知道你是否感觉到这一点，你是个教条主义者。科学是不会骗人的，这是冷言冷语叙述的真理，是用宇宙的黑色铁玺印就的，是把声音的强大节奏织入光辉和美的织品里造成的。现在我没有话说了。我被彻底地征服了，被粉碎了。不，我还有话说！让我给你找销路吧。"

布里森登满面笑容："基督教世界里还没有一份杂志敢于发表这诗呢——这你是知道的。"

"哪类的事我不懂，但我知道基督教世界还没有一份杂志不会抢着要它。

他们并非每天都可以获得这样的东西的。这并非这一年之冠，而是本世纪之冠。"

"我愿意拿你这说法和你打赌。"

"好了，可别那么愤世嫉俗，"马丁提出要求，"杂志编辑并不是都那么昏庸，这我是知道的。我可以跟你用任何你想要的东西打赌，《蜉蝣》第一次或第二次投出去就会被采用的。"

"只有一个东西我不跟你打赌，"布里森登想了一会儿，说："我这诗非常有分量——是我的所有作品里最有分量的，这我能意识到。它是我的天鹅之歌，我为它骄傲。我崇拜它甚于威士忌，它是我少年时梦寐以求的东西——完美无缺的伟大作品。那时我怀着甜蜜的幻想和纯洁的理想。如今我用我这最后的一把力气抓住了它。我可不愿意把它送出去让那些俗人胡乱蹂躏和玷污。不，我不打赌。它仅仅是我的，我创作了它，而且我已经与你分享了。"

"可你得想想世界上其他的人，"马丁抗议道，"美的功能原本就是给人享受。"

"可那美只属于我。"

"别自私。"

"我并不自私，"布里森登冷冷地笑了。他那薄薄的嘴唇有好笑的事想说就那么笑。"我可是跟一头饿急了的野猪一样大公无私呢。"

马丁依然想动摇他的决心，却未能如愿。马丁告诉他对编辑们的仇恨太过激，太狂热，他的行为比烧掉了以弗斯的狄安娜神庙的那个青年还要可恶一千倍。布里森登十分惬意地啜着他的柠檬威士忌甜酒，面对着谴责的风暴。他承认对方的话所有的语言都对，只是关于杂志编辑的话不对。他对他们怀着巨大的仇恨。一提起他们他的谴责的风暴便很快压过了马丁。

"我希望你能为我把它打出来，"他说，"你打得比任何速记员都快一千倍。现在我要给你一个忠告。"他从他的外衣口袋里掏出了一大摞稿子。"这是你的《太阳的耻辱》，我读过不止一次，而是两次三次——这可是我对你的最高赞赏。在你说了关于蜉蝣的那些话之后我只好闭嘴了。但是我还要说一句，《太阳的耻辱》发表之后肯定会引起轰动，它一定会引起人们争论，就单说宣传上那对你来说也要值千万呢。"

马丁哈哈大笑："我估计你接下来就会要我把它寄给杂志了。"

"绝对不会——就是说假如你想见它发表的话。把它寄给最好的出版社，某个审稿人也许为它神魂颠倒或是沉醉，做出有利的审稿报告。该读的书早已被你读过了，那些书的精华已经被马丁·伊登提炼吸收，注入了《太阳的耻辱》。某一天马丁·伊登会成名，而那部著作对他的名气的影响绝不会小。所以你得为它找一个出版家——越早越好。"

那天晚上布望森登很晚才回家，他刚踏上车便转过身来在马丁手里塞了一个捏得很紧的小纸团。

"喏，拿着。"他说，"我今天去赛马了，我有关于赛马的可靠内部情报。"

马车叮叮当当走掉了，马丁还在原地猜想着他手里攥着的这个皱巴巴的纸团是什么意思。他回到家里里打开一看，原来是一张一百元的钞票。

他不以为意地打算用这笔钱，他知道他的朋友一向有很多钱，也深信自己的成功可以让他偿还这笔债。早上他还清了一切债务，预付给了玛利亚三个月房租并且赎回了当铺里的一切。然后他为茉莉安买了结婚礼物，给露丝和格特霞也买了适合圣诞节的较简单的礼物。最后他用剩下的钱把西尔伐一家送到奥克夫兰去，从西尔伐家最小的孩子到玛利亚各自均获得了一双鞋。他履行诺言的时间晚了一冬，但他毕竟履行了。除此之外还买了喇叭、布娃娃、各种各样的玩具，还有大包小包的糖果，西尔伐全家的手臂几乎抱不住。

跟在他和玛利亚身后这一支与众不同的队伍浩浩荡荡地走进了一家糖果店，要想寻找最大的手杖糖。正在这个时候他却碰见了露丝和她的妈妈，莫尔斯太太非常愤慨，就连露丝也受到了伤害。因为她有些顾脸面，而她的爱人却跟玛利亚如此亲亲热热，带了这么一帮衣衫褴褛的葡萄牙小叫花子，那样子实在不体面，而最让她难受的却是他在她眼里那种没有自尊和自爱的样子。还有，最叫她伤心的是她从这件事看到了他那工人阶级生活是如此叫人难堪。事实本身已经让人看不起了，他却还要恬不知耻地招摇过市——到她的世界里来。这未免太过分。她跟马丁的婚约虽然是保密的，但是两人之间长期够深的亲密并非不会引起流言蜚语。在那家铺子里已有好几个她的熟人悄悄地看着她的情人和跟着他的那帮人。她缺少马丁那样宽广的心胸，不能越过自己环境。她受到了严重的伤害，她那敏感的天性因为那耻辱而颤抖。当天马丁晚些时候到了她家，情况就像这样。马丁把礼物留在胸前口袋里，原本想找一个较为有利的时机再拿出来。但是露丝流下了眼泪，激动的愤怒的眼泪，才给了他启示的。她那泪眼婆娑的痛苦样子让他感觉自己是个野兽，可他从灵魂里却并不懂得问题所在。为了什么，他从来不会想到为自己的朋友感到惭愧。他觉得好像圣诞节请西尔伐一家去挥霍一番不会对露丝表现出什么不体贴。反过来，就在露丝已经解释了她的观点之后他也还感觉莫名其妙，只把它看作是一种女性的弱点——一种一切妇女都有的弱点，包括最优秀的妇女在内。

第三十六章

"来，来，我让你见识一下什么是真正的草芥之民。"一月份的某一个晚上布里森登对他说。

两人刚在旧金山吃完晚饭，要回到奥克兰，来到了轮渡大厦。这时布里森登心血来潮，要叫他看看"草芥之民"。他回过身来，他那瘦削的身影飘过了海岸，马丁努力跟着。布里森登在一家批发饮料站购买了两大瓶陈年葡萄酒，大瓶装的，一手拎一瓶上了教会街的电车。马丁拿了几瓶夸脱装的威士忌紧跟在布卫森登身后。

他心里一直想，这如果让露丝看见可不得了，同时猜想那"真正的草芥之民"到底是怎么回事。"可能那儿没有一个人。"两人下了车，便直奔位于市场街南面工人阶级贫民窟的中心，这时布里森登说，"那你就会错过你一直想找的人了。"

"究竟是什么呀？"

"人，聪明的人，而不是我发现你在那个生意人周围交往的叽叽喳喳的无聊的人。你已经读了些书，发现自己完全孤立了。今天晚上我要叫你见识一下一些也读过书的人，那你就再也不会感到孤独了。

"对他们的讨论我没有兴趣，"到了一个街区的尽头他说，"虽然书本上的哲学打动不了我，但你会发现这些人是聪明人，不是资产阶级的猪猡。可你得小心，他们会就太阳之下的任何问题对你唠叨个没完的。

"我希望诺尔屯在那里，"说到这儿他有一点气喘，但是拒绝了马丁把他那两个大肚子酒瓶接过手去的好意。"诺尔屯是个理想主义者——哈佛大学的，有惊人的记忆力。理想主义把他引向了哲学上的无政府主义，被家里人赶了出来。他父亲是一条铁路的总裁，有好几百万家产，可儿子却在旧金山挨饿，编着一份提倡无政府主义报纸，每月25块。"

马丁对旧金山不熟，对市场街以南更是一无所知。因此他不知道自己已经被领到了什么地方。

"讲吧，"他说，"先给我介绍介绍，他们靠什么过日子？为什么会到这儿来的？"

"但愿汉密尔顿也在这儿，"布里森登站了一会儿，歇了歇脚。"他的名字是斯特罗恩·汉密尔顿，出身南方世家。一个流浪汉——是我所见过的最懒的人，虽然他在一家社会主义的合作社里做职员（或者说勉强凑合着做），每周六块钱，可他是个恶习难改的吉普赛人，是流浪到这儿来的。我曾见他在一张长凳上坐过一整天，一点东西都没吃，到了晚上我请他吃饭——只需走两段街就到了馆子，他却回答说：'太麻烦了，老兄，给我买盒烟就行了！'他原来和你一样，是一个斯宾塞主义者，后来被克瑞斯转变成了个唯物主义的一元论者。我想如果可以，倒想跟他谈谈一元论。诺尔屯也是个一元论者——不过他只肯定精神，对其他的一切都保持怀疑。而他却可以提供克瑞斯和汉密尔顿所缺少的一切。"

"克瑞斯是谁呀？"马丁问道。

"我们就是要到他的家去呢，他当过大学教授——被开除了——老一套的故事。他那张嘴像刀子，用一切古老的形式混着吃饭。我知道他潦倒的时候在街上摆过摊，什么都毫不在意地干，连死人的尸衣也偷——什么都偷。他跟资产阶级不同，偷时并不制造假象。他评论尼采、叔本华、康德，什么都评论。但在这个世界上他真正关心事情的只有他的一元论，别的他都不放在心上，包括圣母玛利亚在内。海克尔是他崇拜的一个偶像，你要侮辱他有一个办法，打海克尔一耳光就行。

"咱们的老窝到了，"布里森登把他的大肚子酒瓶在阶梯口放了一会儿，做好上楼的准备。那是常见的一楼一底的街角房，楼下是一间沙龙和一间杂货店。"这帮家伙就住在这儿——楼上整个是他们的天下。只有克瑞斯一人住两间。来吧。"

楼上大厅里没有灯光，但布里森登却在沉沉的黑暗里到处游走，像个在熟悉环境的幽灵。他停下脚步对马丁说："这儿有一个人叫史蒂劳斯，是个通神论者，话匣子一打开可热闹呢。他如今在一家饭馆端盘子。喜欢抽高级雪茄烟。我见过他在一家'一角餐厅'吃饭，然后花五角钱买雪茄抽。他要是来了，我兜里还为他准备了几支雪茄。

"还有一个家伙叫巴瑞，澳洲人，统计学家，是一部挺有趣的百科全书。你问他1903年巴拉圭的粮食产量是多少，1890年英国向中国输出的床单是多少，吉米·布里特对杀手纳尔逊拳击战是哪个量级，1868年全美次重量级冠军是谁，都可以得到迅速准确的答案，像从自动售货机里出来的一样。还有安迪，是个瓦匠，对什么都有自己的看法，棋艺极棒。还有个家伙叫哈里，面包师傅，极端的社会主义者和坚定的工联主义者。再简单的跟你说一些，你记得厨工侍者大罢工吗？就是他组织工会搞的——事先对一切都做了安排，地点就在这儿，克瑞斯家里。他搞罢工只是为了好玩，可是太懒，不愿留在工会里。他只要愿意留下是可以爬上去的。那家伙要不是懒得出奇，他的能量可以说是无穷无尽的。"

布里森登在黑暗里穿行，直到一缕微光指明了门槛所在的位置。他敲了敲门，有人回应，门开了。马丁发现自己已经在跟克瑞斯握着手。克瑞斯是个漂亮的人，浅黑色皮肤，黑色八字胡，牙齿白得耀眼，眼睛黑而且大，目光炯炯有神。玛丽是个金头发白皮肤的年轻妇女，主妇模样，正在后面一间小屋里洗碟子。那小屋是厨房，兼作饭厅；前屋是客厅，兼作寝室。一周来的衣服洗过了，像万国旗一样低低地晾在屋里。马丁刚进来时竟然没看见有两个人在一个角落里谈话。两人用欢呼的方式迎接了布里森登和他的大肚子酒瓶。通过介绍，马丁知道他们是安迪和巴瑞。马丁来到这两人身边，仔细听巴瑞描述他前天晚上看过的拳击赛，这时布巴森登便用葡萄酒和威士忌苏打得意扬扬地调制甜威士忌，端了上来。他一声令下"把那伙人请来"，那两人便到各个房间去叫人。

"我们运气非常棒，大部分人都在，"布里森登悄悄对马丁说，"诺尔屯和汉密尔顿在，来，跟他们见面吧。听说斯蒂芬斯不在。如果可以办到我就设法让他们谈一元论。先等他们喝两杯酒'热热身'再说。"

开始时谈话有些凌乱，但马丁仍可以欣赏到他们内心敏锐的活动。他们都是有思想的人，尽管常常互相顶撞。每个人都聪明风趣，但绝不浅薄。很快他就发现他们不论谈什么问题都能综合地运用知识，对社会和宇宙具有详细而系统的理解。他们全是某种类型的叛逆者，他们的思想不是任何人可以预先炮制好的，嘴里没有陈词滥调，讨论的问题多得惊人，那是马丁在莫尔斯家从没见过的。他们感兴趣的问题如若不是受到时间限制似乎可以进行得无穷无尽。他们从亨福雷·华尔德夫人的新书谈到萧伯纳的最新剧本，从戏剧的前途谈到对曼殊菲尔的回忆。他们对早报的社论表示欣赏或是鄙弃，他们从新西兰的劳工条件猛然转到亨利·詹姆斯和布兰德·马修斯，又转入德国的远东阴谋和黄祸的经济侧面；他们争论德国的选举和倍倍尔的最新讲话；然后又转移到他的政治，联合劳工党政权的最新计划和丑闻；还有那导致了海岸海员罢工的幕后牵线情况。他们所掌握的内幕新闻之多令马丁震惊。他们知道报纸上从没有发表过的东西——那操纵着木偶们跳舞的一条条线和一只只手。还有一件事也令马丁吃惊：玛丽也参加了谈话，并表现出了在他所接触过的少数妇女身上从未见到过的智慧。她和他一起讨论史文朋和罗塞蒂，然后把他引进了马丁感到陌生的法国文学的小胡同里去。等到她为梅特林克辩护时，马丁便把他在《太阳的耻辱》中深思熟虑的理论使用出来，算是有了回敬她的机会。

其他的人也加入了讨论，空气里充满了浓烈的香烟味，这时布里森登挥动了辩论的红旗。

"克瑞斯，你那板斧有新对象了，"他说，"一个纯洁得如白玫瑰的青年，对斯宾塞怀着恋人一样的热情。让他改信海克尔吧——要是你有本领的话!"

克瑞斯似乎清醒了过来,像某种带磁性的金属一样闪出了光芒。此时诺尔屯同情地望着马丁,发出个姑娘般的甜笑,好像在告诉他他可以得到强有力的保护。

克瑞斯直接向马丁开了火。可是诺尔逐步进行了干预,辩论便转而在他们俩之间进行了。马丁听着听着几乎不相信自己的耳朵了,这简直是就是奇迹,特别是在市场街以南的劳工贫民窟里。这些人书读得很灵活,谈话时怀着烈火和激情。他们被智慧的力量驱使时有如马丁见到别人受到酒精和愤怒驱使时一样激动。他所听所见的东西不再是出自康德或斯宾塞这种神秘的仙灵笔下,不再是书本上的枯燥乏味的哲学文字,而是奔流着鲜红热血的活生生的哲学。那哲学体现在他们俩身上,直到它热情澎湃地显露出了本来面目。别人也有时没时地插几句嘴,所有的人都紧跟着讨论的进程,手里的香烟渐渐熄灭,脸上露出敏锐的专注的神色。

马丁从来没有被唯心主义吸引过,但经过诺尔屯的解释却给了他启迪。

唯心论值得赞扬的逻辑让他的智力获得了启发,可是克瑞斯和汉密尔顿对之却似乎不怎么理睬。他们嘲笑诺尔屯是个玄学鬼。诺尔屯也嗤之以鼻,以玄学鬼的称号回敬他们。他们用现象和本体两个词相互攻击。克瑞斯和汉密尔顿攻击诺尔屯企图以意识解释意识;诺尔屯则攻击他们俩玩弄词语,思考问题时从词语到理论,而非从实际到理论。诺尔屯的话把他们俩惊呆了——他们推理模式的根本信条一直是从事实出发,给事实加上些名词术语。

诺尔屯钻进了康德的复杂世界,这时克瑞斯便提醒他说德国所有的小哲学学派沦落之后都跑到牛津去落户。不久诺尔屯又提醒他们汉密尔顿的悭吝律。他们随即宣称他们的每一个推理过程都是应用这一规律的。马丁抱着膝头听着,感到兴奋。但是诺尔屯并不是个斯宾塞主义者,他也在努力理解马丁哲学的精髓,一面对他的对手说话一面也对马丁说话。

"你知道贝克莱提出的问题谁也没有回答上来,"他直面着马丁说,"赫伯特·斯宾塞的回答最接近于答案,但距离仍不算近。即使斯宾塞的最坚定的信徒也难再前进了。那天我读了撒里比的一篇论文,撒里比所能说出的最好的话不过是:赫伯特·斯宾塞几乎回答了贝克莱的问题。"

"你知道休谟的话吗?"汉密尔顿问道。诺尔屯点点头,但是汉密尔顿为了让大家明白,把它诠释了出来。"他说贝克莱的那些论点虽无可辩驳,但不具说服力。"

"那是休谟的思想,"回答道,"而休谟的思想正和你的思想一样——只有一点不同:他很聪明,承认了贝克莱的问题无法回答。"

虽然诺尔屯从来不会糊涂，却敏感而容易冲动。而克瑞斯和汉密尔顿却像一对冷血的野蛮人，专找他的弱点戳他，顶他。夜色逐渐降临，诺尔屯受到了反复的攻击，他们说他是个玄学鬼，把他刺痛了，诺尔克怕自己会跳起来，忙抓住了椅子；他灰色的眼睛闪亮着，姑娘一样的面孔变得严厉而坚毅了。他对他们的立场发表了一通精彩的攻击。

"好吧，你们这些海克尔主义者，就算我的思维像个定方郎中，可是请问，你们是如何推理的？你们这些不科学的教条主义者，你们没有任何立足之地，老把你们的实证科学往它并无权力进去的地方乱推。在唯物的一元论学派出现之前很久你们那根据早就被挖掉了，早没了基础。挖掉它的是洛克，约翰·洛克两百年以前，甚至更早以前，在他的论文《论人的理解》里他已经证明了没有与生俱来的意志。最精彩的是：你们的说法也是如此，今晚你们所一再肯定的正是没有与生俱来的意念。"

"你那话是什么意思？那正证明了你无法知道终极现实，你出生时头脑里空空如也。表象，或者说现象，就是你的心灵从五种感官所能获得的全部内容。因此本体，你出生时所没有的东西，是没有办法进入——"

"我否认——"克瑞斯开始插嘴。

"你等我说完，"诺尔屯叫道，"对于力与物质的作用和两者的相互作用你所能知道的就只有那么一点，因为它们以某种形式触动了你们的感官。你看，为了辩论，我乐意承认物质是存在的。因为我准备以子之矛攻子之盾，只好先承认它，因为你们俩天生就没法理解哲学的抽象。

"那么，根据你们的实证科学，你们对物质又了解什么呢？你们仅能通过它的现象，它的表象，了解它，你们只知道它的变化，或者说通过它的变化所引起的你们的意识的变化去了解它。实证科学只能处理现象，而你们却很执着，偏要努力去做本体论者，去研究本体。然而就从实证科学的定义出发也很清楚，科学是只关心现象的。有人说过，从现象得来的知识是无法超越现象的。

"即使你们打倒了康德，你们也回答不了贝克莱的问题。但是，或许你们在确认科学证明了上帝并不存在，或者差不多证明了物质的存在时就已经假定贝克莱错了。你们知道我承认物质的现实性只是为了能让你们懂得我的意思。你们要是高兴，就做实证科学家吧，但是本体论在实证科学里并没有地位，因此别去说什么实证科学。斯宾塞的怀疑主义是对的。但是如果斯宾塞——"

不过，已经到了去赶最后一班轮渡回奥克兰的时候了。布里森登和马丁溜了出来，留下诺尔屯还在那里侃侃而谈，而克瑞斯和汉密尔顿则像两条疯狗一样，等他一住口就扑上去。

"你让我窥见了神仙的世界，"马丁在轮渡上说，"跟那样的人见面使生活变得有了价值。我的头脑全调动起来了。以前我从没有欣赏过唯心主义，尽管我仍然接受不了。我知道我永远是个现实主义者。我估计那是天生的。可我倒是很想回答克瑞斯和汉密尔顿几句，也对诺尔屯发表一些意见。我并不认为斯宾塞已被打倒，我很激动，像小孩第一次见到马戏团一样激动。我认为我还得多读点书。我要找撒里比来读读。我仍旧认为斯宾塞无懈可击。下一回我就要自己上阵了。"

但是布里森登已经睡着了，他痛苦地呼吸着，下巴顶住他那凹陷的胸口，埋在围巾里，身子裹在长大衣里随着推进器的震动而摇晃着。

第三十七章

马丁次日早上干的第一件事和布里森登的劝诫和命令恰好相反。他把《太阳的耻辱》装进信封，寄给了《卫城》杂志。他相信他能找到杂志发表。他觉得作品一经杂志赏识，就会给书籍出版社良好的印象。他也把《蜉蝣》封好寄给了一家杂志。他不顾布里森登对杂志的成见（他认为那显然是一种偏见），他认为那首伟大的诗歌是能够在杂志上发表的。他并不打算在没有得到对方同意的时候就发表，他的计划是先让一家高级杂志社接受，然后以此和布里森登讨价还价，争取他的同意。

那天早上马丁开始写另一篇小说，那小说他几个礼拜以前就已有了提纲，一直在他心里骚动，令他不安，要求他完成。显然它一定会是一篇响当当的航海小说，一个二十世纪的浪漫的冒险故事，描写着真实世界与真实条件下的真实人物。但是在故事的跌宕起伏之外，似乎还有着另外的东西，那东西肤浅的读者虽然觉察不到，却不会因任何形式而减少了兴趣和喜爱。促使马丁写作的正是那东西，而不是故事本身。就这个意义而言，给他提供情节的一向是那伟大的普遍的主题。在他发现了这样的主题之后他便苦思冥想，寻求那独特的人物和独特的环境，用以表达那具有普遍意义东西的时间和地点。他决定把小说命名为《过期》，他相信它会在六万字以上——这在他那旺盛的创作精力面前简直是轻而易举。在这第一天里他为自己写作得心应手感到高兴。他不必再担心他的锋芒与棱角会冒出来破坏了作品。漫长的几个月的紧张的实践和研究已经得到了回报。他现在可以很有把握地从大处着眼安排自己的主要精力了。他一小时一小时地写下去，对生命和生命中的事物感到了一种前所未有的规律性和确切性。《过期》所描写的故事对它特有的角色和事件而言将会真实可信，并且他也有信心它能描述出对于一切时代、一切海洋和一切生活都真实的、举足轻重的伟大的东西——这得感谢赫伯特·斯宾塞，他想，身子往后靠了靠。是的，应该感谢赫伯特·斯宾塞，是他把进化论这把万能钥匙放到了他手里的。

他意识到他在写着伟大的作品。"准会成功！准会成功！"是反复在他头脑里震响的调子。当然会成功的。他终于要写出各家杂志争着想要的作品了。那故事像闪电一样在他面前完完整整地展露出来。他暂时把它放下，在他的笔记本里写下了一段。那一段是《过期》的收尾。那整个的作品的构思在他脑子里已经非常完整，他可以在写结尾之前几个星期前就写下它的结尾。他把这还没有写出的故事跟别的海洋作家的故事一比较，便觉得它比它们不知道要高明多少倍。"只有一个人能赶得上，"他喃喃地说，"那就是康拉德。

我这部作品甚至能让康拉德大吃一惊，来和我握手，说："写得好，马丁，我的孩子。'"

他辛苦地写了一天，写到最后忽然想起还要去莫尔斯家参加晚宴。谢谢布里森登，他的黑礼服已经从当铺赎了出来，他又有资格参加晚会了。进城后他花了一点时间到图书馆找撒里比的书。他找出了《生命周期》，在车上读起了诺尔屯提到的那篇批评斯宾塞的文章。读时忍不住生起气来。他的脸红了，牙关咬紧了，拳头不知不觉攥了起来，放开，又攥了起来，仿佛在攥着什么可恶的东西，想把它捏死。他下了车便像个暴怒的人一样在路边大踏步走着，直到狠狠按响了莫尔斯家的门铃，才猛醒过来，意识到自己的心情，觉得好笑，然后才心平气和地进了门。但是他一进门，一种严重的负面情绪却突然笼罩了他，那天他整天都乘着灵感的翅膀在九天上翱翔，现在却又落到了尘世。"布尔乔亚"，"市侩窝子"——布里森登的用语在他心里一再出现。但那又怎样？他愤怒地问，他要娶的是露丝，不是她的家人。

他仿佛觉得露丝是从来没有过的美丽、超脱、空灵，却又健康，面颊绯红。那双眼睛一再地吸引他注视——而让他第一次读到永恒的正是那双眼睛。最近他已忘掉了永恒，他读的科学著作使他离开了永恒。但是在这儿，在露丝的眼睛里，他又读到了一种凌驾于一切言语论证之上的无言的理论。他看见一切的辩论都在她那双眼睛面前一败涂地，因为在那儿他看见了爱情。他自己眼里也满溢着爱情，而爱情是不容反驳的，那是他激情的信念。

在进去用餐前和露丝一起度过的半小时使他感到了极端的幸福，对生活的极端满足。但是一上桌子，一天的辛苦所造成的无可奈何的反应和疲劳却侵袭了他。他意识到自己目光倦怠，心情烦躁。他回忆起自己当初就是在这张桌子旁第一次跟高雅人一起用餐的。那时他以为那就是高雅的文明气氛，可现在他却对它嗤之以鼻，只觉得厌恶了，他又瞥见了自己当时那可怜的形象：一个意识到自己粗野的粗汉，怀着痛苦的恐惧，浑身毛孔都冒着汗。那已是很久以前的事：他曾叫餐具的繁文缛节弄得不知所措，受这个妖魔一样的折磨，竭尽全力想攀上这叫人头晕的社会高层，到最后却决定坦然地表现自己，绝不不懂装懂，绝不冒充风雅。

他看了一眼露丝，想获得镇定，突然因像个害怕船只沉没而病急乱投医的急于找救生衣的乘客。可以了，他已经收获不小了——他收获了爱情和露丝。别的什么都还是经受不住书本的考验，但露丝和爱情确实经受住了。对于这两者他还得到了生物学上的认可。爱情是生命的最高尚的体现，为了得到爱情，大自然一直在忙着设计自己，同时也忙着设计那些正常的人们。为了这项浩大的工程大自然已经用掉了近一个世纪的时间——的确，用掉了近十万个世纪甚至一百万个世纪的时间，而他就是大自然的最成功的作品。大自然已经把爱情制造成了他生命中最强大的东西，赋予了他想象力，让爱情的力量可以数十倍地增加，给了他有限的生命以快乐，享受，让他恋爱。他的手在桌子下面寻找着旁边的露丝的手。一种温暖的感觉让彼此交流着，她飞快地看了他一眼，眼神里流露出迷恋和陶醉。同样他也是，一阵欢快感流过全身，同样露出那样的神情。他并不知道在露丝的陶醉里有多少正是来自他那陶醉的眼神。

他桌子的斜对面坐着本地高级法院的法官布朗特。马丁和他见过几次面，但却不是很喜欢他。布朗特法官正在跟露丝的父亲商议工会政治以及当地的形势和社会主义发展。莫尔斯先生正想就社会主义的问题嘲笑马丁一番。布朗特法官这才带着父亲式的慈爱同情地望着桌子对面的马丁。马丁心里暗自嘲笑。

"随着时间的流逝你会放弃它的，小伙子，"他同情地说，"对于这一类可笑的毛病，时间是治愈它们的良药，"他转过头对莫尔斯先生说，"我相信讨论这类问题是毫无意义的。那样只会让病人坚持到底。"

"说得对，"对方郑重地表示赞同，"不过时不时地提醒一下病人他的病情也是有好处的。"

马丁无奈地笑了，表示勉强。那是漫长的一天，他感到太累了，他感到很痛苦。

"毋庸置疑你们都是优秀的医生，"他说，"但是你们不妨听听病人的意见吧，让他们用事实告诉你们，你们的方法可能并不高明。事实上这两位正患着你们自以为从我身上看见的病。对于我来说，我倒是无所谓的。你们俩血管里涌动着的半瓶子的社会主义哲学对我是一点也不起作用的。"

"说得好，说得好，"法官喃喃地说，"厉害的辩论手法，这叫反客为主啊。"

"我可是顺着你的说法来的，"马丁眼里冒着火，却克制住自己，"是的，法官，我听过你的参选演讲。你以某种'憨匿'过程——附带说一句，'憨匿'是我非常喜欢用的一种手法，或许别人可能不懂——你的某种憨匿的过程让自己相信你是赞同竞选制度的，弱肉强食。但同时你却在极力地进行各种可以削弱强者力量的手段。"

"小伙子……"

"不要忘了，我听过你的参选演讲，"马丁强调说，"这些都是记录在案的。你对洲际贸易、铁路托拉斯、标志石油公司和森林资源所采取的限制权利，你对于这样许多种限制手段所采取的措施都不是别的，而是社会主义的。"

"你是说你赞同这些人无法无天的滥用权力吗？"

"问题的关键并不在这。我想告诉你的是你的方法并不可靠。我还要告诉你我并没有受到社会主义细菌的影响,而受到社会主义细菌的剥削与影响的是你们自己。我并不会这样,毕竟我是社会主义的死敌,同样也是你们那混杂的民主制度的死敌。你那过度招摇的东西不过是在某些言语的外衣遮掩下的所谓的假的社会主义,是经受不起字典检验的。

"的确我是个反动分子,一个十足的反动分子,你们生活在一种欲盖弥彰的社会组织的欺骗之中,你们不够灵敏,看不透其中的真相,因此你们看不透我的立场。我看你们自以为是的相信适者生存、强者统治弱者的理论。区别就在这里。我幼稚一点的时候——几个月以前——我也曾相信过那些理论。看,你和你们的那些所谓的想法也曾经影响过我。但是,生意人最多也不过是些没有胆量的统治者。只会从早到晚在挣钱发财的区域里哼哼地叫着,转来转去的。但是,不好意思,我现在已经转过头去相信贵族统治阶级了。现在我是这屋里独一无二的个人主义者。我对国家别无他求,我只对强者抱着希望。我希望那坐在马背上的人能把国家从腐败无能的统治中拯救出来。

"尼采是对的。我不愿意浪费时间来分析尼采是什么人,可是他说的是对的。世界的确属于强者,属于高等的人,属于不在挣钱发财的区域里打滚的人。世界的确是属于真正的强者,金色的头发白色的皮肤的强大野兽,从不屈服的人,做出决定的人。而他们是会灭掉你们的,你们这些自以为是的个人主义者,其实内心是害怕社会主义的社会主义者。你们这种卑微下贱的奴隶道德救不了你们。啊,你们是明白不了这些的,我明白,所以我不再用它来麻烦你们了。但是你们要切记一件事,在奥克兰个人主义者还办不到,可马丁·伊登却是其中之一。"

他做出结束的姿势表示说完了话,然后转向了露丝。

"我今天有点激动,"他轻声说,"我现在想要的是爱情,不想讲话。"

莫尔斯先生说话了,他却听不下去了。

"可是你还是没有说服我,所有的社会主义者都是阴谋家。那是鉴别他们的方法。"

"但是我们还是可以把你变成个成功的共产党人。"布朗特法官说。

"马背上的人或许那个时候就会出现了。"马丁平心静气地回答,然后又转身和露丝说话去了。

可是莫尔斯先生仍然表示不满。他这未来的女婿又慵懒又不肯好好做工作,他很不喜欢。他也看不起他的想法,不理解他所谓的天性。于是他把矛头转向了赫伯特·斯宾塞。布朗特法官给了他强烈的支持。马丁一听见提到那位哲学家的名字就立刻警惕了起来。他听着法官一本正经踌躇满志地进攻着斯宾塞,仿佛是在说:"年轻人,你听听。"

"烦人。"马丁轻声说了一句，又和露丝与亚瑟谈话去了。

但是那漫长的一天和昨天晚上那些"草芥之命"还在影响着他。而且他在车上听到的令他气愤的东西还在他心里奔腾着。

"你还好吗？"露丝见他在强压着自己的怒气感到吃惊，突然问道。

"并没有上帝，只有未知的事物，而赫伯特·斯宾塞就是它的先知。"这时布朗特法官正在说着。

马丁对着他转过身去。

"毫无意义的判断，"他冰冷地说，"我第一次听见这话是在市政厅的广场。讲话的是一个农民工，他似乎更懂事一点。不过，自那以后我曾多次听见过这话，每一回那讨好卖乖劲的感觉都让我感到恶心。你真应该为这样的自己感到羞耻的。从你的嘴里听见那高尚而伟大的人的名字简直就像见到一滴清澈的露珠落到了污水池里。你真让人感到恶心。"

这话如同晴天霹雳一般。布朗特法官瞪圆了眼睛望着他，一副中了风的样子。瞬时间，连空气都是安静的。莫尔斯先生心里暗喜。他看出他的女儿惊呆了。而那真是他所希望的——给这个他所不喜欢的人赋予一种流氓气息。

露丝的手在桌下疯狂地寻找着马丁的手。但是马丁身体里的血已经涌了上来。为高等尊贵的人在智力上的虚假让他怒火中烧。这就是所谓的高等法院法官！几年以前他不过还在粪土里仰望着这些伟大人物，把他们当作神灵呢。

布朗特法官重新镇定下来，打算继续说下去，并且他对马丁装出一副非常有礼貌的样子。马丁认为那是担心太太小姐们不安的缘故。但是这使得他更加愤怒了。难道这个世界上就没有诚实吗？

"你不要和我谈斯宾塞，"他喊道，"你根本不理解斯宾塞。当然，我知道，这并不是你的错，这只是清楚地表现了一个时代可笑的一面——无知。今天傍晚我来这儿时就遇见了一个可以说明问题的例子。读到了一篇撒里比论斯宾塞的文章。你也应该读一读。那书谁都可以弄到，随便哪个书店都可以买到，在公共图书馆也可以借到。同撒里比在这个问题上所搜集的材料比起来，你对那位伟大的人的诋毁就会显得太无知，太幼稚，你应该感到羞愧。那可是世纪的可耻，能叫你可耻得无地自容。"

"有一个就连污染他呼吸过的空气都不配的哲学家曾经说过他是'一知半解的哲学家'，我觉得斯宾塞的书你甚至连十页都没有读过，这就好比那些批判家一样（按理说他们应该比你聪明，甚至他们读的斯宾塞比你还要少）这是公开挑战，要求斯宾塞的信徒从他所有的作品里总结一条属于他自己的理念来——从赫伯特·斯宾塞的作品里找他自己的理念！可实际上整个的科学研究事业和现代思想领域都盖上了斯宾塞天才的印章，斯宾塞是心理学的开创者，斯宾塞还掀起了教育学的革命，因此法国农家的孩子们今天才得以按照斯宾塞制定的制度接受到受教育的机会。那些人类中渺小的蚁虫，蚕食着从技术上依据他理念而得来的黄油面包，却虎视眈眈地叮咬着他死后的名声。明明他们脑子里那唯一的可怜的有价值的东西还是从斯宾塞那得来的。毋庸置疑，如果没有斯宾塞，他们什么也不会有。"

"可是牛津的费尔班克司校长那样的人——他的地位可比你高得多，布朗待法官，怎么可以说后世的人会把斯宾塞放在一边，只把他看作诗人、理论家，而不当作思想家。全是一帮牛皮匠在胡说八道！他们之中要是有人说《首要原理》也并非一点文学魅力都没有，还有人说斯宾塞是个勤奋的企业家而不是独特的思想家。简直就是胡说，牛皮匠！胡说八道，牛皮匠！"

在一片寂静之中马丁突然住了口，马丁这番言词把露丝全家都吓坏了。在他们眼中是把布朗特法官当富有权威成就显著的人。晚宴的其余部分简直就是如同丧礼一般。法官和莫尔斯先生只进行着彼此间的谈话。其他的谈话就变得七零八落。而后，当露丝和马丁独处在一起时两人便吵了起来。

"我快受不了你了！"她哭了。

但他仍然沉浸在刚才的气愤中，一直喃喃地说着："畜生！畜生！"

她肯定他在侮辱法官，他否认道：

"就是因为我说了实话吗？"

"我不管实话谎话，"她坚持着，"总得把握最起码的礼貌分寸吧。你没有权利侮辱任何人。"

"那么布朗特法官就有特权侮辱真理对吗？"马丁反问道，"侮辱真理肯定是比侮辱一个像法官这样的小人物要更加严重更加失礼吧。他的行为可不只是不礼貌那么简单。他否定了一个已经死去的高尚的、伟大的人物。啊，畜生！真是畜生！"

他心里的愤怒又开始翻涌了，甚至他让露丝感到害怕。她从来没有见他如此愤怒。那脾气来得那么不知所以，那么莫名其妙，她觉得他简直不可理喻。然而就在他那愤怒之中却魅力的神经还在召唤露丝，以前它吸引过她，现在它仍然吸引着她——使她不得不扑到他的怀里，在她疯狂的最后时刻她还是忍不住伸出了手臂搂住了他的脖子。即便那天发生的事真的吓到了她，伤害了她，然而她却还在听着他愤怒地说着"畜生！畜生！"时躺在他的怀里瑟瑟发抖，他说下面的话的时候，她一直在他的怀里，"我不会再到你们家饭桌上来添麻烦了，亲爱的。他们真的不喜欢我，我也不该去惹他们生气。同样这些人也让我讨厌。呸！这些人真是恶心！想想看，我竟然天真地幻想过，认为社会地位高的、住个人别墅的、受高等教育的、有银行存款的人全都很高贵呢！"

第三十八章

"走吧，咱们到分部去。"

布里森登说。他半小时以前才吐了血，现在还是头晕目眩的——这已经是近三天他第二次吐血了。他手上依然照旧端着威士忌酒杯，手指微颤着喝光了酒。

"社会主义对我来说有什么用？"马丁问道。

"不是党员可以进行五分钟的讲话，"病人劝他说，"你准备打一仗吧，让他们知道你为什么不需要社会主义，把你对他们那贫民窟的道德意见告诉他们，用尼采去教育他们，让他们因此跟你进行辩论，然后打败他们。这次是对他没有好处的。他们就是需要辩论，同样你也需要辩论。其实，我真的希望可以在去世之前看见你成为社会主义者，那能保证你以后可以活下去。你以后一定会遇见失望的，那个时候只有社会主义可以拯救你。"

"原来你竟是个社会主义者，我真的没想到，"马丁不解着说，"你那样讨厌流氓。那些乌合之众怎么会有可以能打动你审美灵魂的地方呢。"布里森登刚刚斟满酒杯，马丁用手指指责着他。"看来社会主义似乎也没有办法救你的命。"

"我已经病入膏肓了，"他回答说，"但你不一样。你那么年轻，还有许多值得你活着去追求的东西，千万不要非得跟生活绑在一起。至于我，你不明白我为什么成了社会主义者。让我告诉你吧，因为社会主义已经是不可避免的了，因为目前这种腐败的不合理的要求是马上要瓦解的，而你那坐在马背上的人已经过时了。奴隶们是绝对不会忍受他的。现在奴隶太多，所以只要他们不愿意，等不到你那人跨上马背，已经被他们拽了下来。你真的无法摆脱他们的奴隶道德，所以接受。我承认那种混乱只是暂时的，可它已经在酝酿了，现在你只好糊里糊涂地过下去。你那尼采思想早已经过时了，那位非说历史会重演的人就是个骗子。我当然不会喜欢乌合之众，但是我又能有什么办法呢？坐在马背上的人已经没有了，但是无论什么人来统治都会比现在这群胆小如鼠的人强。现在，好了，我好像已经有些醉了，再喝下去只怕会醉倒的。医生说过，你明白的，——滚蛋吧医生！我还要戏弄戏弄他呢。"

那是星期天晚上，他们突然发现那小厅里挤满了奥克兰的社会主义者，而且主要是工人阶级。演讲的是个聪明的犹太人，他使马丁佩服，也叫他郁闷。那人的深陷的窄肩和单薄的胸膛证实他的确是个在拥挤过度的犹太人的贫民窟里长大的孩子。他给马丁留下了深刻的印象：枯瘦的苦难的奴隶们尽管还要为反对那一小部分傲气冲天的统治者进行了许多代人的斗争，但却依然受着他们统治，并且还要永久地被统治下去。马丁感觉这个萎缩的生命便是一个代表，一个突出的象征，代表着整个悲催的软弱无助的人群，依照生物学的定律在生命的狭隘崎岖的范围里早被毁灭掉，因为他们不是"适者"。大自然为了给超人让道，回绝了他们，没有理会他们奸诈的哲学和蚁族一样的公事的天性。她在用她那纤细的手撒播出的会供众生里只提拔出最优秀的人，其实人类也跟大自然一样用这种方式在繁衍着黄瓜和比赛用的马。毋庸置疑，宇宙的缔造者是能够计划出更好的方式的，但是在这个固定的宇宙里的生物却只能接受这个固定的方式。毕竟，他们在被毁灭时可以反抗挣扎，就如同此刻社会主义者们在反抗挣扎一样，台上的那个发言人在反抗挣扎，现在外面流着汗的人群在反抗挣扎。他们正在商讨新的办法，要想竭尽全力减少生活的鞭打，打败宇宙的规则。

马丁就这样想着，布里森登却提议他去教训他们一顿。就这样他发言了。他听从命令，按照惯例走上讲台，向主席致意。开始时他的声音低迷而犹豫，同时把听那犹太人说话时涌现在脑子里的心得整理出了思绪。这种会议只给每个发言人五分钟的时间，但是马丁的五分钟用完时他却刚讲到关键之处，他对他们哲学的攻击才进行了一半，但这已经引起了观众的兴趣。他们开始鼓掌要求主席给他增加时间。他们喜欢他，认为他是个值得他们使用聪慧手段对待的对手，于是听得很细心，一字不落。他感情炙热，信心倍增，他攻击着奴隶们和他们的战略和道德理念，而且敢于直言，直接地向听众们表示他们就是那些所谓的奴隶。他采用了斯宾塞和马尔萨斯的话，说明了生物发展的定律。

"所以，"他快速地做出结论，"古老的发展定律仍然有效，奴隶型的人形成的国家是不能永久的。就像我所指出的，在生存斗争之中强者和他们的子孙更可以生存，而弱者和他们的子孙就要被毁灭，被消灭。结果就是，强者和强者的子孙可以生存下去，而只要斗争仍然存在就可以一代比一代更加出色，这才叫作发展。但是你们这些奴隶——我知道，做奴隶是很残忍的——于是你们却梦想着一个发展定律被消除而弱者和无能者不会被毁灭的社会，在那里无能者每天想吃多少顿就可以吃多少顿，谁都可以结婚，谁都可以生育后代——没有强者和弱者之分。但那又能怎么样呢？人的能力和生命的意义不是一代一代增大，反而是一代一代减少了。复仇女神会给你们的奴隶学说得以报应的。你们的奴隶治、奴隶学。奴隶享有的社会一定会伴随着构成它的生命的减少和崩溃而消失掉的。

"一定要记住，我表述的不是悲伤的道德理论而是生物哲学。没有一个奴隶的社会能够折腾得起……"

"那么美国会怎么样呢?"观众里有人叫了起来。

"至于它会怎么样"马丁回述道,"北美十三州当年打败了他们的统治者,建立了一个北美共和国。奴隶们自己成了主人。再也没有拿着刀子的奴隶主了。换句话说从某种意义上讲没有主人你们过不下去,于是便出现了一批新的主人——不是那种崇高的、精力旺盛的、高贵的人,而是一些猴子一样的聪明的生意人,债权人。他们开始重新奴役着你们——可并不是直接地奴役,并不是像那些真诚的、高尚的、用右手的高压管理着你们的人,而是像蜘蛛一样用阴险、骗局和胡言乱语阴险地压榨着你们的人。他们买通了你们的奴隶长官,毁坏了你们的奴隶议会,用比最恶毒的奴役还要可怕的方式奴役你们的奴隶后代。今天的美国,你们有将近两百万后代在这种生意人的压榨专制下做苦力,有一千万人连吃住都成问题。

"但是,还可以这样说,我以前告诉过你们,奴隶社会是无法长久的,因为就根据它的本性来说,这样的社会注定会被消灭发展定律。奴隶的社会只要重新开始组织,马上会改变。你们想谈消灭发展定律,倒也可以,但是让你可以保存自己实力的新发展定律又在哪呢?说出来吧?是不是已经想好了?如果提出来了就请说说看。"

马丁在一片喧闹声中回到了座位。一二十个人同时站了起来,要求主席同意他们发言讲话。他们一个个听到喧闹的叫喊声和鼓掌的鼓励声,怀揣着热情和激情,举着激动的手势,回应了对他们的打击。那几乎是个疯狂的晚上,但是智者的疯狂,是精神的交流。有的人偏离了讨论,但是大部分都直率地打击了马丁。他们说出了一些他从没有听见过的想法震惊了他,开发了他,他们并没有说出什么生物学的新定律,而是提示他应该从新的角度运用旧规律。他们太天真,不可能永远这样礼貌。主席不只一次地敲打着桌子。从而维持秩序。

凑巧那天观众里坐了个实习记者,处在这个到处是新闻的日子里。他也心急如焚,只想获得震惊的新闻。但是作为新人,他还太嫩,只会捡便宜和听风是雨。他没有想法,也听不懂他们的谈论,事实上他还有一种高人一等的优越感,觉得自己比那些工人阶级罗里吧嗦的疯子不知道要聪明多少。同时他还是对身居高位指导着国家政策和前景的人毕恭毕敬,而且他有个理想,要出人头地,成为一名优秀的记者,所以哪怕无中生有他也要弄出点名堂——或许有可能是大名堂。

这场交流的内在含义他并不太懂,也用不着耍横。斗争这类字眼就已经给他提供了线索。他从斗争这一个词汇中就可以编造出一个完整的对话,就好比古生物学家仅用一块骨骼的化石就可以构建出一副完整的骨架一样。那天晚上他就是那样编造的，而且编造得很完美。因为马丁的发言最能引起轰动，他就把所有的一切都写进了马丁的嘴里，把他塑造成了那番骚动里的无政府主义的始作俑者，把他那反对的个人主义思想编造成了最狡诈的。穿赤色上衣的社会主义的发泄者。可见，那位实习记者也是个艺术家，大笔一挥，再加上了一些现场描述——目光凶狠长发飞舞的人，神经质的进化的人，发着激动地颤抖的声音，高举着紧握的拳头，这一切的背景就是愤恨的人们的叫骂、诅咒和怒吼的咆哮。

第三十九章

马丁是在卧室里喝着咖啡时读到第二天早上的报纸的。他总结了一个令人震惊的发现：他看到自己登在了报纸上头版头条的位置，并且成了奥克兰的社会党人臭名昭著的领头羊。他快速读完了那位实习记者为他编造的激烈的言论，虽然一开始时为那胡编乱造生气，后来却是一笑而过地便把那报纸扔到了一旁。

"那家伙如果不是喝醉了酒就是故意诽谤。"那天午后他坐在床上说，就在那时布里森登来了，歪歪倒倒地坐在了那唯一的椅子上。

"你不必放在心上，"布里森登对他说，"你一定不会认为在报纸上读到这类消息的资产阶级统治者们会同意你的话吧?"

马丁思考了一会儿，说：

"不，但是他们是否同意我还是真不在乎，一点也不在乎。换句话说，这却能使得我跟露丝一家的关系更不友好。她爸爸一定会咬定说我是个社会主义者，现在这烦人的东西会让他更加得深信不疑。我倒是不在乎他的看法——毕竟，那又能怎么样呢? 我想让你听听我今天写的东西。对了，就是那个叫《过期》的那篇，差不多才写到一半。"

他正朗读着，玛利亚推开门，带进了一个年轻人。那人衣衫革履，一进门先快速打量了布里森登一番，并且注意到了煤气炉子和厨房，目光又快速地回到马丁身上。

"请坐，"布里森登说。

马丁在自己的床上给年轻人让了个位置，等着他表明来意。

"我昨天晚上听了你的演讲，伊登先生，我现在是来采访你的。"他就这样开始了。

布里森登忍不住哈哈大笑。

"他是你社会主义的兄弟吗?"记者连忙看了布里森登一眼，估计了一下那描述快要死去的赤化程度，说道。

"所以那篇报道就是他写的，"马丁低声得问，"哈哈，还是个孩子呢!"

"我以为你会揍他一顿呢!"布里森登说道，"如果可以让我的肺恢复正常五分钟，我愿意用千元换取。"

两人就这样当着他的面毫不留情地谈论他，使那位实习记者有些狼狈。

要不是他因为那篇对社会主义集会的精彩报道受到了表扬，并且要求他进一步采访马丁·伊登本人——那个威胁着社会的恐怖的领头人。

"你不会拒绝我给你拍张照片吧,伊登先生?"他说,"我们报社有个摄影师就在外面,看,他说最好趁夕阳还没有下去时就拍,拍完我们再继续聊。"

"还有摄影师?"布里森登打量着,说,"揍他,马丁。赶紧揍他!"

"看来我真的上了岁数,"马丁回答道,"我知道应该揍他,但是并没有想动手的欲望。或许并没有什么关系吧。"

"就当是替他妈妈教训他,"布里森登又一次说着。

"这个理由还不错,"马丁回答道,"但是这似乎并不能使我充满力量。毕竟,揍人是消耗力气的。况且,那又跟我有什么关系呢?"

"的确,你说的很对,"实习记者吊儿郎当地说着,即便他已经开始不自觉打量着门口的方向了。

"不过那全是他的胡编乱造。他发表的东西没有一句是真实的。"马丁只望向布里森登。

"那只不过是普通的描述,你清楚的,"那为实习记者大着胆地回应,"况且,那也是很棒的宣传。对你可能是一种机遇,很划算的。"

"这可能是很好的宣传啊,马丁老弟。"布里森登非常气愤地重复记者的话。

"这还是给我的机遇呢——恩赐呢!"马丁附和着。

"我想知道——你出生在什么地方,伊登先生?"实习记者问,表现出认真听的样子。

"你看,他连记录都不做,"布里森登说,"靠脑子就可以记住呢。"

"的确我用脑子记就够了,"那实习记者装出一副厉害的样子。

"看来昨天晚上他也是全靠脑子记的,"布里森登可不是屈服主义的信徒。他忽然改变了态度。"马丁,你要是再不揍他,我可就自己动手了,即便会使我马上在地上摔死。"

"那么揍他屁股一顿怎么样?"马丁问。

布里森登认真地思考了一会儿,点头同意了。

转眼之间马丁已经坐到了床边,那实习记者已经经趴在了他的腿上。

"你可别想咬我,"马丁告诫他,"不然我就揍你的脸。其实你那张脸挺好看的,破相可就太可惜了。"

他举起的手落了下来,然后就快速地、有韵律地打了起来。那实习记者痛苦着、怨骂着、挣扎着,确实没有敢咬他。布里森登一本正经地望着,但是他这一次激动了起来,一把拿起了威士忌酒瓶,然后说道:"来吧,让我也来砸他一下。"

"不好意思，我的手已经没有力气了，"马丁终于停了下来，说，"打的我的手都麻木了。"

他放开了那个实习记者，然后让他坐在床边。

"我一定会叫人把你们抓起来的，"那人吹眉瞪眼地说，微红的脸颊上满是泪水，像是一个满腹委屈的孩子。"我会让你们好看的。大家走着瞧。"

"傻瓜，"马丁回应道，"他竟然还不清楚自己已经走上堕落的道路了呢。毕竟他是那样拿他自己的同胞撒谎是不公平的、不诚实的，根本算不上个男子汉，然而他居然不这么觉得。"

"他需要来我们这听我们告诉他，"一阵寂静之后，布里森登有继续说了下去。

"确实是，作为受到他污蔑诽谤的当事人的我，这就意味着小商店的老板娘再也不愿意赊账给我了。然而最烦人的是这个傻孩子就会这样继续胡编乱造下去，一直到堕落成为一个头牌的新闻记者兼头牌的流氓。"

"不过或许还来得及，"布里森登说着，"你这个并不算高明的手法说不定真的能拯救他。你怎么不让我也打他一顿呢？事实上，我也想拉他一把呢。"

"我一定会把你们俩都抓起来的，你们这两个，一个大坏蛋一个小坏蛋，"那误入歧途的傻瓜稀稀拉拉地说。

"看，他那嘴太漂亮了，也太笨拙了，"马丁无奈地摇摇头说，"我真是担心白白地打麻了我的手。估计这孩子是本性难移了，或许他最后可能会成为一个有名气的大记者。毕竟他没有良心，就凭这一点他就可以一步登天呢。"

那实习记者就那样走出了门口。他依然胆战心惊，特别怕布里森登会拿他还握在手里的红酒瓶在背后敲他的头。

第二天马丁果然从报纸上看到了很多关于他自己的东西，当然那些东西他自己也感觉陌生。"我们是社会主义的不共戴天之敌，"他看到自己在一个专栏采访里说，"不，我们并不是无政府主义者，然而我们是社会主义者。"然而在记者向他指明这两个门派似乎并没有什么差别的时候，马丁就耸了耸肩，表示认同。他的面孔在描写中是两边不对称的，还描绘了一些别的堕落的痕迹。尤其引人注意的还有他那一双强壮的习武般的大手，和布满血丝的双眼里露出的凶狠。

他还读出他每天晚上都会在市政厅公园对着工人们演讲，在那些迷惑群众的无政府主义者和煽动者之中是观众最多、演讲最激烈的一名。那实习记者对他那贫困的屋子、煤油的炉子、和那把唯一的椅子，和跟他相伴的骷髅一般的流浪汉做了详细的描述。描述说那人就像刚从什么重要的地牢里单独囚禁了几十年以后刚被放出来一样。

看来那实习记者的确花了一些时间。他到处打听，打听出来一些关于马丁的家族历史，得到了一张希金波坦现金商铺的照片，照片上的伯纳德·希金波坦在门口站着。不过这位先生被描绘成了一个智慧稳重的经商人，至于他的小舅子的社会主义的观点和他的小舅子本人都是不予忍受的。据他描述马丁的特长就是游手好闲，整天无所事事，给他找好工作也不好好上，迟早是要去蹲监狱的。同时他也采访到了茉莉安的丈夫冯·史密特。史密特把马丁称作是他们家族的害群之马，表示已经和他绝交了。"如果他想沾我的光，可我立刻让他彻底断了那个念想，"冯·史密特气愤地对记者说，"其实他心里知道在我这他什么也捞不到，所以一般也不会来找我。好吃懒做的人注定会一事无成的，我说的是认真的。"

这一次马丁是真的生气了。布里森登却把这事看成一个大玩笑，但却不知道怎么安慰马丁。马丁心里明白这是很难向露丝解释清楚的。至于她的父亲，相信他知道这件事一定会让他喜出望外的，这样才会有足够的理由尽量利用这件事解除他们两个的婚约。

他立刻就想到了那老人会如何利用这件事并且利用到了什么地步。下午的一些邮件带来了一封露丝的来信。马丁从心里感觉到了不安，在邮递员的手中接过信件，缓缓地拆开，站在门口就读了起来。读信时照常地摸索着口袋，想象以前抽烟时那样掏出烟叶和棕色卷纸，但是他还没有发现自己的口袋里早已经空空如也，也没有意识到伸手掏出卷烟用的材料，想自己卷烟抽。

那封信没有一点感情，也没有一点愤怒的痕迹。但是从第一句开始到最后一句结束全是受到伤害和失望的语气。她曾经对他有更高的期望，她曾经以为他年少无知的胡闹时代已经过去，她曾经以为她对他的爱情已经足以督促他过着正派人的生活。然而现在她的父母已经表达了坚定的立场，命令她立即解除婚约，然而她却承认了他们的要求是合理的。认为他们俩的这种交往是不会得到幸福的，从开始到现在就没有幸福过。在整个信件里她只表达了一个观点可惜：对马丁感到严重的可惜。"如果你从一开始就找个职务并且踏实地做出点成就，这就好了，"她写道，"但是你偏不，你以前的生活太糟糕，太胡闹了。不过那不可以怪你，这点我可以理解。但是你可以依照你的本性和幼儿时期受到的教育影响。所以我并不责怪你，但是马丁。有一点请记住。这就是一个错误。就像爸爸妈妈所坚持的那样，我们注定成不了一对，对此我们俩都应当感到高兴才是，高兴现在发现这些还不算太晚。""别再来找我了，一切都没有用了，"结束时她写道，"再见面不管是对于我们俩还是我的母亲都会是不愉快的。就比如说现在，我已经感觉给她带来了巨大的痛苦和忧愁。这得需要我过好久好久才可以弥补回来。"

他把信又从头到尾仔仔细细地读了一遍，随后坐下来给露丝回信。他大概地描述了一下他在社会主义党会上的发言，并指出他所说的跟报纸上描述的他的演讲正好相反。在信的结尾他又变成了上帝的情人，热情洋溢地对露丝表达了感情。"一定要回信，"他说，"回信时你只需要回答我一个问题：你还爱不爱我？就这一个问题就好。"

第二天马丁并没有等到回信，第三天也没有。《过期》就那样静静地躺在桌上，他也没有碰一下。桌子上的退回稿件一天天增加。马丁的睡眠质量一向很好，而今却第一次受到了失眠的打扰。无比漫长的黑夜里他辗转反侧，夜不能寐。他去莫尔斯家拜访了好几次，三次都被开门的用人挡了回去。布里森登生病了，躺在旅店里，身体非常虚弱，不可以行动。马丁虽然经常跟他在一起，却没有拿自己的烦心事去打扰他。

其实马丁遇到的麻烦多得很，那实习记者的行为给他带来的影响比马丁预想的大了很多。葡萄牙的杂货店老板不再赊给他任何东西了。卖蔬菜的是个美国人，他可引以为傲。他把马丁称作卖国贼，并且拒绝和他有任何来往。他的强烈的爱国情绪竟然高涨到划掉了马丁的账单不准他再还的地步。左邻右舍的对话中也反映出了这种情绪，对于马丁的愤怒也越来越严重。事实上没有人会愿意跟一个相信社会主义制度的卖国贼有任何瓜葛。可怜的玛利亚也迷茫了，胆小了。但是她对他还是忠诚的。周边的孩子们终于摆脱了从拜访马丁的大马车所生起的敬畏之情，藏在安全的距离以外叫他"小痞子"、"二流子"。但是西尔伐家的孩子们依然坚贞不渝地守护着他，为了他的名声不止一次安营扎寨大打出手。变成乌眼青或者鼻子打出血在那段时期成了家常便饭的事，这让玛利亚更加彷徨、更加苦恼了。

有一次马丁在奥克兰的街上碰见了格特露，听她讲述了些他知道一定会发生的事——伯纳德·希金波坦因为感觉他在众人面前丢了全家人的脸对他大为恼火，不许他再踏进他的房间一步。

"你为什么不离开这儿，马丁？"格特露恳求他，"随便到什么地方去找份工作，好好安定下来吧。等风声过去了再回来。"

马丁无奈地摇摇头，没有做多余的解释。他应该怎么解释？他和她的家人之间有一个巨大的可怕的认知上的鸿沟，那鸿沟使他感到恐怖。他没有办法去跨越那条鸿沟向他们说明自己的立场——他对于社会主义的尼采式的立场。在英文里，在一切语言里，都找不到适当的词语去形容去向他们解释说明他的行为和态度。在他们的心里面他的良好行为的最高标准就是找份稳定的工作。这就是他们的第一个意见也是最后一个意见统一，这也就是他们思想的全部内容了。找一份稳定工作！去干活儿！无知的、可怜的奴隶们，他心里想着。他姐姐还在说明。也难怪这个世界属于强者。奴隶们都在为自己可以做奴隶的事感到骄傲呢。一份稳定工作便是他们向往的美好生活，他们就在工作面前五体投地，顶礼膜拜呢。

格特震要给他点钱，他依然摇了摇头拒绝了，即便他知道哪天他是非去当铺不可了。

"这个时候可千万别去伯纳德的身边，"她连忙劝告他说，"你要是愿意，就等几个月以后他冷静冷静再说，那时候就可以让他把开车送货的工作交给你。如果需要我就告诉我，我会马上赶来的，千万别忘了。"

她离开了，他可以清楚地听见她的哭声。望着她那沉重的背影和蹒跚地步伐，一阵阵凄凉的心酸不自觉地穿过他的心里。他望着她走掉的时候，他那尼采式的坚定的信念似乎动摇了，崩塌了。可怕的奴隶阶级其实并没有什么，但是奴隶阶级如果在自己的家里那就不那么容易了。更何况，如果是真的有什么奴隶正在遭受着强者摧残的话，这就是他的姐姐格特露。想到自己面临着这个矛盾的怪圈时他疯狂地笑了。好一个尼采的信徒！他那坚定的思想理念竟产生了第一次的情绪波动而感到动摇——确实是，因为奴隶道德而感到动摇，由于他对他的姐姐的同情事实上就是奴隶道德。真正高贵的人是可以超越同情和怜悯的。这些怜悯和同情产生于被关押和被贩卖的奴隶的地牢里，其实不过是挤成团的苦难者的痛苦和汗水罢了。

第四十章

《过期》依然静静地躺在桌上，似乎已经被忘掉了。他之前寄出去的手稿现在都躺在桌子的下面了。只有一份稿子他还在坚持不懈往外寄，这就是布里森登写的《蜉蝣》。他的破旧的自行车和黑色外套又拿去当铺了。打字机行业的人又在开始担心租金了。然而马丁再也不会因为这一类的事情感到烦恼了。因为他在寻找新的生活方向，在他找到以前，他要将生活暂停。

几周之后他期盼的东西终于出现了。因为他在街上遇见了露丝。然而她是由她的弟弟诺尔曼陪同，很显然两人都不想理他，甚至诺尔曼还打算挥手赶他走。

"如果你敢骚扰我姐姐，我就报警，"诺尔曼凶狠地说，"她现在不愿意和你讲话，如果你非要跟她讲话就是在侮辱她。"

"如果你一定要这样做，就去报警好了，这样你的名字就会跟我一起登报的，"马丁不屑地回答着，"那么现在你可以离开了，去报警吧，我跟露丝有话要说。"

"我要听你自己亲口说，"马丁望向露丝说道。

她颤抖着，面无血色，但是止住了脚步，带着不安的神情望着他。

"我要你现在回答我在信里问你的那个问题，"他继续说着。

诺尔曼表示已经不耐烦了，但是马丁立刻瞪了他一眼，强行制止了他。

她摇头了。

"这完全是你自己的意思吗？"他生气地问。

"确实是，"她声音很小，但很坚决，肯定，"就是我自己的意思。是你让我受到了侮辱，让我羞愧于见到我的朋友。她们都在背后说我闲话，这我知道。这就是我可以跟你说的话。你让我感到很不幸，我希望再也不要见到你了。"

"朋友？闲话？就因为报纸上的胡编乱造？这些东西该不会比爱情更有力量吧！这我只能感觉到或许你从来就没有爱过我。"

一阵红晕赶走了她脸上的苍白。

"明明我们有过那么多的过去你为什么还这样讲？"她无力地说，"马丁，你知不知道你在说什么。我可不是随便的人。"

"听到了吧？她不愿意再跟你有任何来往了！"诺尔曼喊了起来，并且打算带姐姐离开。

马丁让了路，让他们离开了，一边还在口袋里摸索着烟叶和褐色的卷烟纸，然而并没有。

离北奥克兰的路还有很远，然而他是直到上了台阶进了屋子才发现自己是走回来的。他自己静静地坐在床边上，四处张望着，仿佛一个刚清醒的梦游症患者。他终于注意到了《过期》还躺在桌子上，便拉近了椅子伸手去够纸笔。他总是有一种带逻辑强迫力的有始有终的本性。如果有件事因为突发状况耽搁了没有完成，当别的事完成了之后，他就该继续完成这件事情了。

至于以后还要再干什么，他也不知道。他只知道自己面临着平生的重要关头。一个阶段已经结束了，现在他郑重其事地做着收尾工作。他对于未来并不好奇，因为他相信等着他的是什么东西，他在不久的将来就知道啦。不论是什么，都没有关系。一切一切似乎都变得不在乎了。

接连五天他默默地写着《过期》，没有出过门，没有见过人，甚至都不怎么吃东西。直至第六天清晨邮递员给他送来了《帕提农》写给他的一个信件。他一下就明白了《蜉蝣》应该是被采纳了。"本报刊已经把此诗赠送给卡特莱特·布鲁斯先生阅读，"编辑说，"布鲁斯先生极为推崇，本报刊也是爱不释手。本刊七月份的稿件也已经排定，为表达出版此稿的心情，谨此告之：该稿件已经定于八月份刊登——请向布里森登先生表达本报刊荣幸之感，并提出谢意。请在回复时附加布里森登先生照片及小传。本报刊报酬如果不满意，请立即致电，并说出先生心目中的数字。"

他们给出的酬劳是三百五十元，马丁感觉已经没有必要再致电了。不过这事还是要争取布里森登的同意。看来他的决定没有错：这的确是有了一个有品位的杂志主编。毕竟这首诗可称得上是世纪之作，酬劳高是必然的。至于卡特莱特·布鲁斯，马丁清楚自己在布里森登眼里是少数意见多少还值得尊重的评论家了。

马丁乘坐电车进城了，在遥望着车外参差不齐的房屋和四处乱窜的街道时他感受到了一种无奈：他并没有因为自己朋友的成功和自己的首次胜利感到得意。美国唯一有资格的评论家对这首诗表达了赞赏，那么有自己的看法，好作品可以得到杂志主编的认可证明是没有错。但是他心里的热情已经渐渐枯竭了。他感觉自己更高兴的反而是可以看见布里森登，然而并不是告之他什么好消息。《帕提农》接受稿件的事提醒着他，在他只顾着写《过期》的五天里他还没有得到过布里森登的一点消息，甚至都没有想起过他。这时他才第一次意识到自己忙昏了头，开始为忘掉朋友而感到惭愧，然而，那惭愧之感也并不强烈。毕竟他已经麻木了，除了创作《过期》所需要的艺术热情之外他已经不再有热情可言。在其他事情上他甚至处于失神状态，目前为止脑袋还是一片空白。电车呜呜地驶过这一切生活都似乎遥远缥缈。即便他刚才路过教堂的时候那伟岸的石头做的尖塔此刻忽然砸到他头上，使他粉身碎骨，他也不会注意到，更别说吃惊了。

他来到了旅店，匆匆忙忙上了楼，往布里森登的房间去了一趟，又匆忙地赶了下来。因为房间空无一人，连行李也不在了。"布里森登先生有没有留下地址？"他问服务员，那人很诧异，看了他一会儿。

"你还不知道吗？"他问。

马丁不知所措地摇摇头。

"报纸上全是他的报道呢。发现他死在床上，是自杀。子弹是直接射穿了脑袋的。"

"安顿好了吗？"马丁感觉自己的声音仿佛是别人似的，在遥远处提出问题。

"还没有，尸体检查之后就送往东部去了。所有的一切事务都是由他家里人委托的律师帮忙处理的。"

"事情办理的还挺快，我不得不说，"马丁淡淡地说。

"这我就不知道了。毕竟那是五天以前的事了。"

"五天以前？"

"对，五天以前。"

"噢，"马丁说完扭身走了出去。

他来到街角的西部联合电信局，他走进去给《帕提农》发了一个电报，告诉他们可以发表那首诗。他的身上只剩下五分钱可以坐车回家了，所以发出的电报由收报人支付。

回到家里他又开始了写作。每天无论白天黑夜来来回回，他常常坐在桌边写着。除了去当铺之外他那里也不去。他也不运动，如果饿了，有东西可以煮就将就的煮一点，按章办事一般地吃完，没有东西可以煮就不煮，按章办事地饿肚子。他把故事早已经一章章排列好，并且他又考虑并思考出了一个可以增添气势的开头，尽管那并不可以增加出两万来字。并且那小说真的没有什么严重的必要非写好不可，让他做到精益求精的是他的艺术信仰。他就像那样丢魂失魄地写着，与周围的世界怪异的脱轨了。他感觉自己仿佛是一个回到了前生所熟知的写作条件里的幽灵。他回想起有人说过幽灵是已经死去却还没有意识到死亡的人的灵魂，于是放下笔来沉思，他在想他是不是已经死去只是还没有意识到死亡。

《过期》眼看就要写完了，打字机行的经纪人已经来收取机器，马丁坐在仅有的椅子上写剩下的最后一章的最后几页，那人在床上坐着静静地等待着。"结束，"到了末尾他用大写字母写出。对他而言确实一切都完结了。他怀揣着一种如释重负的心情望着打字机被带出了门，然后走到床边躺了下来。他已经三十六小时没有进过任何食物，但他想也没有去想。闭着眼躺在床上，空无所思。昏睡，甚至麻木，统统涌上来，将他的知觉淹没了。他半是语吃地大声地朗诵起了布里森登经常为他朗诵的一个无名诗人的诗句。玛利亚站在他门外十分担心地听着，为他那孤独的声音而提心吊胆。那些话虽然对她并没有任何意义，但她担心的是他一直那么喃喃地叨念着。那诗的叠句是，"我的歌已经唱完。"

"我的歌已经唱完，
我已经把诗琴收起。
歌声和歌曲转瞬即逝，
如罩在紫苜蓿上的
轻巧而虚无的影子。
我的歌已经唱完，
我已经把诗琴收起。
我曾歌唱如早起的画眉，
哀转在湿露的灌木丛里。
可这时我已经鸦雀无声，
如一只演唱倦了的红雀，
因为我喉里再没有歌曲，
我已用尽我歌唱的日子。
我的歌已经唱完，
我已经把诗琴收起。"

玛利亚再也无法忍受了，连忙到炉边盛满了一大勺汤，用勺子从锅底捞出家里多半的肉块和蔬菜盛了进去。马丁鼓起劲坐直身子吃了起来。一边吃着一边请玛利亚不要担心，他并没有说梦话，而且也更没有发烧。

然而玛利亚离开后他依然耷拉着两肩沉郁地坐在床边，眼睛出神地凝望着，将所有的一切都视而不见，直到一本破碎封面的杂志将一道光芒射进了

他混浊的脑子里。那份杂志已经被送来好久了，一直没有拆开。他以为是
《帕提农》，八月份的《帕提农》，上面一定会有《蜉蝣》，如果布里森登可
以看见这就好了！他翻阅着杂志，忽然停滞住了手。《蜉蝣》的刊登形式是
以特稿形式刊登的，有华丽的题花和比亚兹荣风格的边框修饰。布里森登的
照片则在题花 一侧，另一侧则是英国大使约翰·伐琉爵士的照片。一篇编辑
部的介绍短文是采用伐琉大使的话说：美国没有诗人。《蜉蝣》的出版等于
是《帕提农》一声大喊："都看看，约翰·伐琉爵士！"卡莱特被杂志描写成
了美国最伟大的评论家，并采用他的话说《蜉蝣》是美国从以往至今以来最
伟大的诗篇。最后主编的前言是以下面的话结尾："我们对于《蜉蝣》的杰
出之处还没有全部认知，或许永远也无法认知。但是我们一而再，再而三地
拜读此诗，对其词语及结构总是莫名的诧异，我们诧异布里森登先生的词语
从何而来，又是怎样联属成就了此文。"然而接下来就是那首诗。

"你死了倒好，布里老兄，"马丁喃喃地说，杂志从他膝盖中间慢慢地滑
落到地面上。

那庸俗的、那廉价的真令人作呕，但是马丁却又冷冰冰的感觉使他并不
太想呕吐。他反而希望自己能生气，可是就连生气的力气都没有了。他已经
麻木了，血液太黏稠，速度达不到发脾气所需要的理想的激动程度。但归根
到底，这又有什么关系？这种情况和布里森登所蔑视的资产阶级社会的一切
是那么的合拍。

"可怜的布里，"马丁自省道，"他大概永远也不会原谅我了。"

他重振起精神，拿起了一个箱子，里面装的原来是打字纸。他大致浏览
了一下，往里面选出了十一首他那朋友的诗，将它们横着撕碎又竖着撕碎，
撕的稀碎后扔进了废纸篓里。他不紧不慢地做着，做完又坐在床边迷茫地凝
视着前面。

他不知道自己坐了多长时间，最后在他那一无所见的视野里突然闪出了
一道白色的光，长长的，平躺的，非常奇怪。他又仔细看，那水平的光看得
更加清晰，他看见了，原来是在太平洋里白色波涛之间的一道雾蒙蒙的珊瑚
礁。之后他又在浪花重重里看见一艘独木船——带有平衡翼的独木船。他在
船尾看见一个带有朱红腰布的青铜色的年轻神灵，舞动着闪亮的桨片。他认
出来了，那是莫提，那是塔提前长最小的儿子。地点是塔希提岛。那雾蒙蒙
的珊瑚礁之外就是帕帕拉的美丽的土地，酋长的草屋就坐落于河口。那时已
经到了黄昏，莫提打完鱼正要回家，正等着大浪来送他美丽珊瑚礁。这时马

丁也看见了自己，和以前一样坐在独木船前面，桨放在水里，听候着莫提的指令，准备在那大潮的碧玉般的高墙从身后打来，马丁已经不再是看客，反而成了划着独木船的。莫提大喊大叫，两人在笔直陡峭的碧玉高墙上快速地划着桨。船下的海浪嘶嘶地怒吼着，就好像喷着水气的喷头，空气里到处都是飞舞的浪花，奔腾的喧闹声此起彼伏，随后，独木船就已经漂浮在礁湖里平静的水面上。莫提哈哈大笑着，眨巴着眼里溅过的海水，随后两人便驶向了用碎珊瑚铺成的海滩旁。在那儿，在夕阳里，椰子树的绿缝中露出了一片金黄色，这就是塔提的草屋子单做成的墙面。

那画面淡去了。他的眼前又重新出现了自己脏乱不堪的房间。他努力着想再次看到塔希提，但却失败了。他看见那里的树丛里有歌声，还有在月光下舞蹈的姑娘们，但是他已经看不见了。他只能看得见那杂乱书桌，和打字机留下的空白，还有从不曾擦洗过的窗坡塘。他无奈地叹了一声，转身睡去了。

第四十一章

马丁整整睡了一夜，纹丝不动，直到清晨送早班邮件的邮递员将他吵醒。被吵醒让他感到疲惫，无精打采，只是漫无目的地翻阅着邮件。一家强盗杂志社寄来了一个薄薄的信封，里面只放着一张二十二元的支票。他讨要这笔钱已经二十二年了。他看到了那上面数字，但却一点感觉也没有。以前那种收到发表作品成功时见到支票的激动心情已经荡然无存了。这份支票并不像以前的支票那样，其中一点也没有对远大未来的预示。现在在他眼里那只不过是一张二十二元钱的支票而已，只是可以买到一些东西吃，仅此而已。

这一批邮件里还有另一张支票，是从纽约一家周刊寄来的，是一首幽默诗歌的酬劳，是十块钱，几个月以前发表的。一个念头在他心里油然而生，他平心静气地思索着。他不知道将来他要做些什么，也不着急做些什么，但是他必须活下去，更何况他还欠了一大笔债。如果是把他存放在桌子下面的那一大堆稿子全部贴上邮票，重新邮寄到报社去，会不会有什么收获呢？说不定其中的一两篇可能被采用，这就可以帮助他生存下去了。他下决心做这笔投资。他去奥克兰兑现了这个支票，并且买了十块钱邮票。一想到还要回到那让人压抑的小屋里做饭吃他就郁闷，就这样他第一次拒绝了思考欠债的问题。明知道在屋里可以享用一毛五到两毛钱就能做出一顿像样的早饭，但是他却走进了论坛咖啡馆，选了一份两元一位的早餐。他还给了服务生一个两毛五的硬币，又花了五毛的硬币买了一包埃及香烟。这是他在露丝要求他戒烟以后抽的第一包香烟，毕竟现在他已经想不出任何理由不去抽烟了，况且他心里很想抽。钱又算什么？他完全可以用五分钱就能买到一包度浪牌烟叶和一包卷烟纸，自己就可以卷四十支左右——但是那又怎么样呢？这时的钱，除了可以立即购买到手的东西之外，对他没有任何意义。他没有海图，没有船只，也没有港湾可去，现在随波逐流只是意味着不用在意生活——毕竟生活只会让他痛苦。

日子一天天悄无声息地过去。他每天晚上照例睡八个小时。而现在他在等待着更多支票寄来，可以到日本料理去吃饭，一顿一毛钱。他消瘦的身体结实了起来，深陷的脸颊平复了起来。他不再用短促的睡眠、疯狂的工作和认真的学习来折磨自己了。他开始什么都不写了，书本全都合上了。他经常散步，长时间在山里、在安静的公园里闲逛。他没有朋友，没有熟人，也不去认识朋友——因为他没有那种需求。他在等待着某种冲动出现，好让他停止的生活重新开启。他也不知道那开启的动力会从何而来，只是他的生活就一直那样低沉、沮丧、没有规划、不知所措。

最近他到旧金山转了一趟，去看了看那些"草芥之民"，但是在登上楼梯口的最后一步时他退缩了。他转过身子逃到了人烟密集的犹太贫民区。他一想到要听哲学探讨就头疼，他偷偷地走开了，他生怕有些什么"草芥之民"把他认出来。

他有时候也读些报纸和杂志，他想知道《蜉蝣》受到了怎样的虐待。毕竟那诗引起了轰动，可是引起了什么样的轰动呢！每个人都阅读了，每个人都在谈论它是否能算得上真正的诗。就连地方的报纸谈论了起来，几乎每天都要发表一些高深的专栏评论，吹毛求疵的社论，和阅读者们一本正经地写着来信。海伦·德拉·德尔玛（她是以谎话连篇的喇叭和震天响的鼓声被吹捧上了合众国最伟大的女诗人的宝座的）不同意在她的飞马背上留给布里森登一席之地。她给观众无耻地写着回信，说布里森登算不上诗人。

《帕提农》在它的下一刊为自己所引起的轰动而洋洋得意。它嘲笑约翰·伐流爵士，并且采用残酷的商业手段挖掘关于布里森登的死这个话题。一个自称发行量达到过五十万份的杂志社发表了海伦·德拉·德尔玛一首情不自禁的别树一帜的诗。她说着布里森登的缺点，看不起他。后来还丝毫没有愧意地写了一首关于布里森登的诗的嘲讽性类作品。

马丁暗自庆幸布里森登已经去世了。毕竟布里森登是那样的仇恨流氓，然而此刻他所有的最美好最神圣的东西却都被流氓所研论，每天诗歌里的美好都遭到侮辱，这个国家的任意一个蠢材都在凭借着布里森登的伟大所引起的轰动挥笔大作，把自己渺小不堪的身影硬塞进读者的视线中。一家报社说："不久前我们收到一位先生的来信，他写了一首诗，感觉很像布里森登，不过似乎更加高明。"另一家报社煞有其事地指责海伦·德拉·德尔玛不应该写那首模仿诗，说："虽然德尔玛小姐写那首诗是带着嘲笑的心态，并不是带着伟大的诗人对别的人——或许也是最伟大的人——应有的尊重。但是，不管德尔玛小姐对写出了《蜉蝣》的人是否出于嫉妒，但她一定是被他的诗迷住了，就像千百万读者那样，或许有一天她自己也会想写像他那样的诗。"

牧师们开始宣布，反对《蜉蝣》，有一个牧师因为坚定地维护《蜉蝣》的内容，竟被扣上异端罪赶出了教会。这个伟大的诗歌也给人们带来了笑点。

顽皮诗和漫画作者奸笑着抓住了它，社会新闻周刊的人物周刊也拿那诗来说笑话，大概是说：查理·福雷山姆私底下告诉阿齐·简宁斯，五行《蜉蝣》就能让人去殴打残疾人，十行《蜉蝣》就能让一个正常人跳河自尽。

马丁一点也笑不出来，也没有气得咬牙切齿。这件事在他身上的效果是无比的凄凉。他感觉整个世界都是崩溃的，爱情在它的顶尖。这样一比，杂志社王国和广大的读者群的崩溃确实算不上什么。布里森登对杂志世界的判断果然没有错，然而他马丁却花费了好多年时间白费的努力才明白过来。杂志社就是布里森登所描述样子，甚至比以前更严重。现在好了，他的歌曲已经唱完了，他这样对自己说，他赶着自己的马车去追逐一颗星星，最后却掉进了满是疾病的泥沼里。塔希提的幻觉——唯美的、一尘不染的，塔希提——越来越频繁地出现在他心里。那儿有保莫图思一般的矮小的岛子，有马奎撒思一般的高大的岛子，现在他常发现自己驾驶着做生意的大帆船或者是脆弱的独桨的快艇在黎明时分穿越帕皮提的海礁，开始远航，经过盛产珍珠的珊瑚礁，驶向努卡西瓦和泰欧黑，他相信塔马瑞会在那儿杀猪迎接他，然而塔马瑞的戴着花环的女儿们会握住他的手，欢笑着，歌唱着给他戴上花环。南海在吸引着他，他知道自己早晚有一天是会呼应召唤去那里的。

现在的他过着随波逐流的生活。经受了在知识天地的长期磨难以后他累了，休息着恢复着身体。在《帕提农》的那三百五十元寄给他以后，他就把它转给了当地那位解决布里森登事务的律师，让他帮忙转给他的家里。马丁得到了一张接收支票的收据，同时自己也写了一张他千布里森登一百元的欠条寄了过去。

没过多久马丁就停止了食用日本料理。他放弃了战斗，但却时来运转了，虽然这一切来得太迟了。他收到了一个《千年盛世》寄来的薄信封，看见了支票上的三百元的票面，想着那应该是采用了《冒险》的酬劳。他在这个世界上欠下的每一笔债，包括高利贷的当铺债务，加起来也不到一百元。他偿还了每一笔债务，从布里森登的律师那里赎回了那张欠条，口袋里还剩下一百多块钱。于是他在裁缝铺定制了一套衣服，在城里最好的餐厅用餐。但是他依然在玛利亚家的小房子里睡觉，但是那一身新做的衣服却让周边的孩子们停止了藏在柴房顶上或者躲在后门栅栏上叫他"流氓"或者"二流子"了。

《华伦月刊》用了二百五十块钱买了他的夏威夷短篇小说《威几威几》，《北方评论》采用了他的论文《美的摇篮》，《麦金托什杂志》采纳了他为茉莉安所写的诗《手相家》。主编和读者都已经过完暑假回来了，稿件的处理起来也快了。但是马丁还是不明白他们为什么会这样，忽然一拥而上，甚至采用了他们两年来一直拒绝的稿子。这以前他什么东西都没有发表过，除了在奥克兰也没人认识他，然而在奥克兰认识他的人都看他为赤色分子，社会主义者。他那些作品为什么忽然有了销路，他想不明白。只可以说是命运的造化吧。

当他遭受到许多家杂志社拒绝以后，他开始重新接受了以前不愿接受的布里森登的意见，开始让《太阳的耻辱》去一家家地拜访出版社。在遭受到几次回绝以后，那稿子被欣格垂·达思利公司采用了，他们应允在秋天出版那本书。马丁要求预支版权费，对方回应说他们无此先例，的确像这种性质的书多数是入不敷出的，他们甚至怀疑马丁的书是否可以销售到一千册。马丁按照这个标准预算了一下这书所可以带给他的收入：如果是按照一元钱一本，版权费按一毛五一本，那么这书就可以给他带来一百五十元的收入。他下决心如果再要创作他就只写小说。因为只有它的四分之一左右的《冒险》却在《千年盛世》得到了近两倍的收入。他想起很久之前在报纸上读到的一段话真是说的没错：一流的杂志确实是经过采用立刻支付稿酬的，而且待遇甚好。《千年盛世》给他的稿酬并不是一字两分，而是一字四分。并且还只采用优秀的作品，这不很明显吗？他的作品就被采纳了。这最后的念头出现时，他忍不住笑了。

他给欣格垂·达恩利公司回了信，提议他们把他的《太阳的耻辱》用一百元买断，但是他们不愿意冒这个险。然而此时他也并不缺钱花，毕竟他后期的几篇小说都已经被采用了，并且得到了稿酬。事实上他还开了一个银行账户，在那里他不仅没有欠债，而且还有好几百元的存款。《过期》再被几家杂志社拒绝以后在梅瑞迪思——罗威尔公司留住了。马丁没有忘记格特露给他的那五块钱和自己下定主意还她一百倍的决心。就这样他写信要求提前预支五百元版权费。让他感到意外的是，真的寄回了一张写着五百元的支票和一张合同页。他把支票全部兑换成五元一个的硬币，然后打电话给格特露，说有事要见她。

格特露慌慌张张地来了，气喘吁吁地进了屋子。她害怕又出了什么问题，随手把手边的几块钱放进背包里。她一心认为她弟弟受到了什么不幸，一见面就跌跌撞撞地扑在他的怀里，满脸泪水，一句话也没说把背包塞进弟弟手里。

"我本来是打算过去，"他解释着，只是我害怕跟希金波坦先生发生不愉快——注定是吵起来的。"

"过段时间就会好的，"她向他保证着，同时在猜测着马丁到底出了什么问题。"只是你最好还是找个稳定的工作，好好安顿下来。伯纳德喜欢别人老老实实地干活。报纸上的那些东西让他忍受不了，我之前还没有见过他发那么大的脾气。"

"其实我并不打算找工作，"马丁笑笑说，"你可以把我这话转告他，我现在并不需要工作，这就是原因。"说着他把那一百个金币倒进了格特露的背包里，金币闪闪发亮，发出清脆的响亮声。

"你还记得我没有路费时你给我的那五块钱吗？看，这就是那五块，还带上了九十九个弟兄，虽然年龄不同，但大小可是一样的。"

如果说格特露赶到时心里是害怕的话，那么此刻她已经是心惊胆战，不知所措了。她从担心成了确信，她没有丝毫的怀疑，她相信自己的直觉。她充满恐怖地望着马丁，无比沉重的两腿在金币的重负下瘫坐了，好像生了大病一样。

"现在这钱是你的了，"他笑着说。

她嚎啕大哭起来，开始叫喊着："我可怜的弟弟，我可怜的弟弟。"

马丁一时间感觉莫名其妙，后来才明白了让她难过的原因，就把梅瑞迪思·罗威尔公司寄给支票的信封递给了她。她磕磕绊绊地读着信，时不时地停下来擦眼泪，读完她说道：

"这是不是说明你这钱是正当来的呢？"

"再正当不过了，是我挣来的。"

信任又重新回到了她的心里，她又把信仔仔细细阅读了一次。马丁费了不少口舌才向她解释清楚他获得那笔收入的是一笔什么性质的交易，又花了更多的时间才让她知道了那钱是她的——他并不需要钱。

"我替你存在银行里，"最后她说。

"你不要那样做，这钱就是给你的，你想怎么花就怎么花，如果你不收那我就给茉莉安了，她一定会知道怎么花的。我倒是提议你可以请一个用人，然后好好做一个长时间的休养。"

"我一定会把这一切都告诉伯纳德，"她临走时宣布。

马丁眨了眨眼，笑了。

"可以，告诉他，"他说，"那时候他或许又还会请我过去吃饭呢。"

"对的，他一定会的，我相信他会的。"她兴奋地叫了起来，把他拉在身边，亲吻他，拥抱他。

第四十二章

就在那天，马丁开始意识到自己空虚了。他身强体壮，却无所事事。创作和学习结束了，布里森登去世了，露丝跟他分手了，他的生命就如同被戳了个洞然而他又不想把生活状态固定在悠悠闲闲坐咖啡馆吸着埃及烟的模式上。是的，南海正在吸引他，只是他有一种强烈的感觉：美国的游戏还没有结束呢。他还有两本书马上要出版了，还会有更多的书马上就找到出版的机会了，还有钱可赚，所以他打算再等一等，然后带着一大口袋的金币到南海去。他知道玛奎撒思群岛有一个峡谷和一道海湾，只需要一千智利元就可以买到。那个峡谷从被陆地包围的马蹄铁形海湾开始直到白云环绕的令人头晕目眩的峰顶，大约有一万英亩，满满的都是热带水果、野鸡、野猪，偶然还会有野牛群出现。在山顶上还有受到一群群野狗打扰的成群的野羊。那儿整片都是荒无人烟的空地，然而他只需要一千智利元就可以买到。

他忘不了那海湾，它壮丽辽阔，波澜水深，连最大的船只都可以非常安全地出入。《南太平洋指南》把它推荐给周围几百英里之内最好的船只检修处。他计划买一艘大帆船——就是游艇似的、用铜皮包裹着的、开动起来就像有巫术指挥的大帆船，利用它在南海诸岛之间做椰子干的生意，也采集珍珠。他要把海湾和峡谷当作他的营地，在那里还要修建一个塔提家的那类的草屋，让那里的草屋、峡谷和大帆船里都是皮肤黝黑的用人。他要在那儿设宴请泰欣黑的商务主办、来往的商船船长和南太平洋流浪汉中的出名人物。他要宴请宾客，来者有份，像王公贵族那样。他必须忘掉自己读过的书，明白书里的那个其实是虚幻的世界。

为了得到这一切，他现在必须在加利福尼亚生活下去，让自己的口袋里装满了钱——钱已经开始向他招手了。只需要一本书走红了，他就可以卖掉他全部作品的手稿。他甚至还可以把自己的小说和诗歌编成册子出版，这样就可以保证把那峡谷、海湾和大帆船都可以买到手。他决定以后不再写作了，其实这是早已经决定好的了。但是在等待着他的书出版的时候，他总要有点事情做得，不可以就像现在这样整天浑浑噩噩木木讷讷，什么都不在乎地生活了。

某个星期天的早上他听到砌砖工野餐会那天要在贝陵公园举办，就去了那里。他以前参加许多次工人阶级的野餐会，所以知道是什么情况。他刚走进公园，往日的欢乐辛酸就重现眼前。这些劳动人民毕竟曾经是他的同行，他就是在他们之中出生和成长的，虽然曾经和他们分过手，但现在却已经回

第四十二章 | 231

到了他们中间了。

"这不是马丁吗?"他听到有人说着,紧接着就感觉一只大大的手落到他肩上,"你这样久是去哪里了?是出海了吗?来,过来喝一杯。"

他感觉自己又回到那些老朋友之中。还是那群老朋友,只是少了几个熟悉的面孔,多了几个新面孔。这里有些人不是砌砖工,但是跟以前一样来参加星期天野餐会,来跳舞,来打架,来寻开心。马丁跟他们一喝着酒,重新感觉像个现实世界的人了。他感觉自己真傻,当初为什么离开了他们呢?他非常确定如果当初他没有去上学,没有去和那些高级人物熟识,而是一直跟这些人在一起,这会让他感觉要幸福得多。但似乎,这啤酒的味道却似乎变了,变得没有以前那么可口了。他的结论是:布里森登惯坏了他对高泡沫啤酒的胃口。他又在猜想着,看来书本似乎已经破坏了他和这些儿时朋友之间的友情。他下决心不那么娇气,就到舞厅里去跳舞。他在那儿看见了水暖工吉米跟一个金发白皮肤高个子的姑娘在一起。那姑娘一见马丁就扔下了吉米,过来和他跳。

"哈哈,还是和从前一样,"马丁和那姑娘一圈一圈跳着华尔兹,大家望着吉米嘿嘿一笑,吉米尴尬地说,"我才不在乎呢,马丁可以回来,我开心得要死。你看他跳的华尔兹,那样完美,像锦缎一样。真是难怪姑娘们会喜欢他。"

可是马丁却把那个金发姑娘还给了吉米。三个人就和六七个朋友在一起站着,望着一对对的舞伴跳着舞,彼此间开着玩笑,高兴极了。大家看到马丁回来感到非常高兴。在他们眼里他并没有出版什么所谓的书,身上也没有什么虚构的价值,大家都很喜欢他,只是因为他本人。他感觉自己像个流放回来的王子,寂寞的心享受在真情实爱之中,似乎又含苞欲放了。他欢乐极了,表现得出类拔萃。并且,他口袋里充实着,可以肆意地挥霍,就像当年出海归来刚得到工资一样。

还有一次他在舞池里看到了丽齐·康诺利,一个工人正拥着她在他身边舞过,然后他在舞场里跳着舞,又看见她坐在一张小桌旁吃东西。一阵吃惊然后招呼着过去,他就带她到草场里——在那儿他们可以不用抬高声音谈话来压住音乐。他刚一开口,她就已经成了他的人,这他很清楚。她那又傲慢又自卑的眼神,她那得意扬扬的身体的妩媚动作,还有她听他讲话时那专注的表情,这些都一点点地流露着。她不再是他以前所认识的那个姑娘了,现在她已经成为女人了。马丁注意到,她那狂妄而野性的美丽有了进步。野性如故,但那胆大和火辣却更多了些。"美人,真正的美人,"马丁为之倾倒,他对自己低声喃喃地说。然而他却明白这些可以属于他,他只需要说一声

"来"，她便会乖乖地跟随他走到海角天涯。

这些想法刚在脑中闪过，他的脑袋右面就被重重地击了一拳，几乎要被打倒在地，可以确定那是一个男人的拳头，打得太愤恨，也太着急，他原本想打他的脸颊，没想到打偏了。马丁一个趔趄，转过身去，看见那拳头又狠狠地扑来，就顺势弯了腰，让那一拳落空了，那人身子却又旋转了过去，马丁左手一记勾拳，正好落在旋转的人身上，拳头的力气加上旋转力使那人直接侧着身子倒在了地上。那人又转身跃起，疯狂地扑了过来。马丁见到他那气急败坏的样子，心里不解，到底是什么事让他这样大发脾气？可思考的同时左手又挥出了一个直拳，全身力气都积攒到那上去了。那人向后倒地，翻了个身，瘫坐在那里。人群中的吉米和其他人连忙向他们跑了过来。

马丁异常兴奋。以前的日子又回来了：寻仇结恨、跳舞寻乐、喝酒打架、说说笑笑。他一边拿眼睛瞪着对手，一边看了丽齐一眼。以前一打架，女人们都会尖叫，但是丽齐并没有尖叫，她只是身子微微前倾，大气不出地认真地看着，一只手放在胸前，面色微红，眼睛里放着惊讶和崇拜的光芒。

那人开始重新站起来了，挣扎着想要摆脱拽住他的一个胳臂。

"她是在这里等我的！"他对大家解释道，"她是在等我回来，可这个刚来的家伙却非来插上一腿。放开我，我告诉你们，我一定得教训他。"

"你凭什么这么多事情？"吉米在帮着劝架，问道，"这人可是马丁·伊登，拳头厉害着呢，实话告诉你，如果你跟他较劲，他可以把你活活吃了。"

"但是我不可以让他就这么把她抢走，"对方插嘴道。

"他甚至连荷兰飞人都可以吃掉，你总该知道荷兰飞人吧，"吉米继续劝解着，"他只用五个回合就可以把荷兰飞人打趴下了。你跟他打连一分钟都超不过去，知道吗？"

这番劝解起了缓和的作用，那气冲冲的年轻人瞪大了眼睛打量了马丁一会儿。

"他看上去可不像，"他冷笑着，但是笑得并没有多大力气。

"或许荷兰飞人当时也是那么想的，"吉米向他说明，"就这样吧，咱们不要再提这事了。姑娘有的是，算了吧。"

那青年接受了劝说，回舞场去了，一群人跟在他的后面。

"你认识他？"马丁问丽齐，"他这样胡闹到底是什么意思？"

毕竟以前对打架的那种强烈的、执着的热情已经消失了，他感觉自己太爱分析自我了，他是再也不能像那样心思单纯、独来独往、原始野蛮地生活下去了。

丽齐摇了摇头。

"啊，他并不是谁，"她说，"只不过是陪陪我罢了。"

"我需要有人陪着，真的，"她停顿了一会儿，说着，"我越来越感觉空虚，但是有一点就是我从来没有忘记你。"她低下声音，眼睛直勾勾地望着马丁。"为了你我可以马上把他扔掉。"

马丁回过头与她对望着。他明白他只要一伸手，就可以把她揽在怀里。但是他还在沉思着：他心里只是在怀疑文雅的合乎语法的英语到底有什么真正的意义，没有回答。

"你真是把他打了个落花流水，"她笑了笑，探视着说。

"不过他倒是个健壮的小伙子，"他直率地承认，"要不是让别人劝走了，他也能给我添不少麻烦的。"

"有天晚上我看见你和一个女人在一起，他是谁?"她忽然问道。

"噢，以前的女朋友，"他回答道。

"那已经是很久很久以前的事了，"她思索着说，"好像已经过去好久了。"

但是马丁没有继续刚才那个话题，却把话题引到了别的方向。他们在饭店里吃了午饭。他叫来了美酒和昂贵精美的食品，吃过就和她跳舞。他不再跟别人跳，只和她跳，一直跳到她筋疲力尽为止。他跳得很好，她跟他一圈又一圈地跳着，感觉天堂般的幸福着。她的头依偎在他肩上，恨不得就这样无穷无尽地跳下去。下午他们钻进了树林里。她在树林里坐了下来，让他按古老的习俗躺着，他的头枕在她的膝盖上，放松了四肢。他静静地躺在那儿打着盹，她用手抚摩着他的头发，低头看他闭上的眼睛，尽情地抚摸着他。他忽然睁开眼一看，看到了她满脸的温柔。她的眼神向下一闪，又张开眼睛，带着不顾一切的温柔直视着他的眼睛。

"我这些年一直都很守规矩，"她说，声音很轻，好像在说悄悄话。

马丁从心里清楚那是一个奇迹般的事实。一种强大的诱惑在他心里油然而生。事实上他是有能力可以让她幸福的。虽然他自己并不打算幸福，可是他为什么不可以让她幸福呢? 他可以跟她结婚，然后把她带到玛奎撒思那干草打成墙的堡垒里去住。这个愿望很强烈，但更强烈的是他那不容分说地否定这个愿望的本性。但是他心里并不愿意，因为他仍然忠诚于爱情。以往那种放纵轻狂的日子已经过去了。他改变了——直到这一刻他才明白自己的改变有多大。

"我并不是可以结婚过日子的人，丽齐，"他静静地说。

那爱抚着他头发的手指明显地暂停了运动，然后又轻柔地抚摩起来。他看得到她的面部表情僵硬了，但那却是下定了决心的僵硬，因为她脸颊上还有温柔的红晕，她仍然陶醉，他仍然那样的容光焕发。

"你误会我了，"她刚开口又犹豫了，"或者说我根本就不在乎"。

"我不在乎的，"她重复地说，"我只要可以和你做朋友，就已经很高兴了。为了你我什么事都愿意去做。可能这就是我天生的命运吧。"

马丁坐了起来，握住了她的手，无奈地，有温度却没有爱情。然而那温度却让她心凉了。

"咱俩还是换个话题吧，"她说。

"你是个优雅的女人，真的很了不起，"他说，"应该说认识你是我的骄傲，然而我确实感到骄傲，很骄傲。你就像是我漆黑一片的世界里的一丝光明。我对你应该对你很守规矩，就像你一直很守规矩一样。"

"你对我守不守规矩我一点也不在乎，你可以随意对我怎么样，因为在这个世界上也只有你可以这么做。你可以把我丢到地上，踩着我的身上过去。在这个世界上我只允许你这样做，"她的眼里又闪烁着什么都无所谓的光芒。"我从小就知道注意保护自己，可不是白保护。"

"正因为你这样我才不可以轻率，"他平心静气地说，"你是个好女孩，温柔善良，也让我变得心胸宽广。我并不打算结婚，更不打算只恋爱不结婚，虽然曾经那样做过。其实我很抱歉今天来这里来碰见了你，但是现在已经这样了。我真的没有想到会出现这样的局面。

"但是，你听我说，丽齐，我不可以告诉你我当时是有多么喜欢你，其实不仅仅是喜欢，更多的是佩服你，尊重你。你非常优秀，而且善良得非常优秀。但是光嘴上说是没有用的。不过，我还有一件事想做。你生活的一直很困难，我想让你过得好一点。（这时丽齐眼里闪出了重生的希望，却即刻暗淡了，）我有信心很快就会有一大笔钱。"

在这一瞬间他已经放弃了峡谷、海湾、草墙堡垒和那好看的白色大帆船。说实话这些东西又能算得了什么呢？他完全可以像以前那样，去当个水手，无论在什么船、在什么地方都可以。

"我可以把那些钱送给你。你总该有想得到的东西吧——比如上中学呀，比如上商业学院呀，或者可能想学学速记什么的吧，我都可以帮你安排。或许你的父母还健在——我可以帮他们开个杂货店什么的。这一切都可以，只要你说出来我就能帮你办到。"

她在那坐着，一声不吭，眼睛直直地望着前面，没有流泪，只是一动不动，喉头可能疼痛了起来，那呜咽的声音就能够听见，马丁想到了，动了感情，喉头也不自觉疼痛了起来。他后悔说了刚才那番话。比起她向他奉献的东西，他的奉献好像太通俗——只不过是金钱而已，那本来就是可以随意放弃的不痛不痒的身外之物，而她向他奉献的却是她自己，随之而来就是羞辱、难堪。罪过，甚至人们在天堂的希望。

"别说了，"她说着、哽咽着，还装作是咳嗽，站起来说"算了，我们回家吧，我太累了。"

一天的时间过去了，寻欢作乐的人们也差不多要走光了。但是当马丁和丽齐走出林子时却看见有一群人还在门口等着，马丁立刻明白了是怎么回事：要出事了。那群人就是他的保镖。他们一起从公园大门走了出去，然而那一群人却一直跟在后面，那是丽齐的小伙子叫来报复抢夺女友之仇的。几个警察和特警怕出乱子，也跟在后面，准备随时制止。然后两伙人就分别上了到旧金山去的火车。马丁告诉吉米他要在十六路站下车，再转去奥克兰的电车。丽齐非常冷静，对那群不怀好意的人的骚乱漠不关心。火车驶进了十六路站，电车已经在那等候多时，售票员已经在不耐烦地敲着锣。

"电车已经到了，"吉米给他出主意，"快冲过去，我来挡住他们。赶紧走！冲上车去！"

寻仇的人群看见这个局面一时不知如何是好，紧接着就下了火车冲了过来。坐在车上的清醒平静的奥克兰乘客一点也没有注意到有这么个小伙子和一个姑娘跑着追车，并且在靠外的一面找到了座位，也没有把他们跟吉米联系起来，吉米已经跳上踏板，向驾驶员喊着：

"合电铡，老兄，赶紧开走！"

随后吉米就猛地一转，乘客们看见他一拳打在一个试图跳上车来的人的脸上，但是靠着整个电车的一侧已经有很多拳头打在了很多脸上。吉米和他的朋友们沿着长长的台阶排成了一排，迎接着进攻的敌人。电车在一声清脆的锣声中开动了。吉米的人赶走了最后的袭击者，又跳下车去结束战斗。电车冲向前去，把一片混乱的大打出手者丢到了远处。瞠目结舌的乘客们做梦也想不到坐在靠外的角落里座位上的那个安静的青年和好看的女人会是这番骚乱的关键。

马丁还在回味刚才的这一番打斗，以前那斗殴的刺激又重新回到了他心中。不过那感觉又快速消失，一股巨大的悲凉压上了他心头。他感觉自己非常老了——比那群无忧无虑逍遥自在的往日的玩伴老了很多。他已经走得太远了，再也回不来了。他们的这种生活方式当年也是他的生活方式，可现在它却让他索然无味。他对这一切都失望极了，他已经变成了一个局外人。如今高泡沫啤酒已经淡而无味了，就好像他们的友谊一样淡而无味了。他和他们距离太远了，在他和他们之间被成千上万地翻阅的书本构成了巨大的鸿沟。他把自己流放了出去。他在广阔的智慧的王国里游走得太远了，已经找不到回来的方向。但是另一方面他却还是人，他群居的天性和对友谊的需要仍然渴望被满足。只是他并没有找到新的归宿，他那帮朋友也不可能了解他，他的家人也不可能了解他，资产阶级更不可能了解他，就连他身边这个他很敬重的姑娘也不可能了解他。她也不可能明白他对她的敬重。他思前想后，心里的悲凉之感并非没有掺杂进辛酸。

"跟他和好吧，"分手时他劝说丽齐，这时候他俩已经来到了六号路和市场街附近她所居住的工人棚子前。他指的就是那个被他侵犯了地位的青年。

"我做不到——真的做不到了，"她说。

"可以，可以做到的，"他肯定地说，"只要你吹一声口哨他就会立刻赶来的。"

"你误解我的意思了，"她直白地说。

其实他心里明白她的意思。

他正想着对她说声晚安，她却向着他的怀里偎依过来。偎依得非常自然，不迫切，也不挑逗，却是那样一往情深的真诚。这让他从心底感动了起来。

一种浓烈的容忍之情在他心底默默升起，他伸出双手拥抱着她，亲吻着她，他清楚那吻在他唇上的嘴唇几乎是人类所可以得到的最真诚的吻。

"我的天啊！"她几乎要哭了，"我可以为你做任何事，可以为你死去。"

她忽然从他身体里挣脱开了，跑到了台阶上。他怀里马上感到一片潮湿。

"马丁·伊登，"他思索着，"你并不是野兽，但是你是一个可怜的尼采信徒。你真应该娶了她的，你真应该让她那瑟瑟发抖的心充满温度。但是你办不到，真的办不到。真是丢脸。"

"'寒酸的老流浪汉解说他那疼痛的老溃疡说，'"他忽然想起了他的诗人亨雷，轻声地说道，"'我觉得，生命就是一个大误会，一种耻辱。'的确——这就像一个大误会，一种耻辱。"

第四十三章

十月份出版的《太阳的耻辱》。邮递把包裹送来了，马丁立刻割断包裹绳，出版社赠送的那半打样书便散落到桌上。他不由自主地感受到了一种沉重悲哀。他想到，此事假如发生在不久的几个月之前，他会是无比地欢畅得意。他将那可能出现的狂欢与目前这满不在乎的冷淡相做了一个比较。你是属于他的书，也是他的第一本书，但是他的心却感受不到一丝一毫加速了的跳跃，他所能感受到的只是悲伤。这件事对他已经没有任何意义了。它最大的作用也只是能为他带来一点金钱而已，而对于钱他又已经满不在乎了。

他把一本书拿到厨房，送给了玛利亚。

"这是我写的，"他解释道，为了去除她的迷惑。"就是在我那间屋里写的，这么说来你给我送来的那些菜汤还为我的写作帮忙了呢。收下吧，这书是送给你的。只不过作个纪念罢了，你懂得。"

他并没有吹嘘，更没有炫耀，一心只为了求她高兴，想让她为自己感到骄傲而已，也是为了证明她长时间以来对他抱有信心是正确的。玛利亚把那书放在前厅的家用圣经上。她的房客写的这本书是非常神圣的，那是友情的象征，淡化了他以前做过洗衣工这一事实给她带来的打击。虽然她并不能看懂，但她知道那书的每一行都是十分了不起。她虽然只是个单纯而实际的女人，但是她对信念具有宏伟的天赋。

他收到《太阳的耻辱》时无动于衷，看到剪报社每周为他寄来的评论时也照样无动于衷。很显然，那书正在销售得十分好。那便意味着更多的金币将收入囊中，他可以安排好完美的生活，实现他曾经的所有诺言，并且还可以建造他那干草打墙的堡垒。

欣格垂·达恩利公司发行时小心翼翼，总共发行了一千五百本。可是书评刚开始发表时，他们又多加印了三千本。可是这第二批书还没有来得及发出时，订单又来了，需要再出一版，需要五千本。伦敦一家公司又用电报商议，想要发行一版英国版的。然而又有消息传来，法国、德国和斯堪的纳维亚这几个国家的译本也要出版。现在是攻击梅特林克学派的有利时机。一场十分强烈的论战也随之而来。撒里比和海克尔终于发现他们之间也有观点相同的时候：他们双方都赞成《太阳的耻辱》，并为它争辩。柯鲁克与华莱士却对此持不同的意见；而奥利福·罗季爵士则尝试从中间寻找出一个折中的方式，使之和他特有的宇宙理论可以相拍而合。而梅特林克的信徒们却聚合在神秘主义的旗帜之下。而切斯脱顿对这一问题却发表了一连串自认为不偏不倚的文章，却意想不到招到全世界嘲笑。而萧伯纳则发出了一阵排炮，几乎把这整个事件、与全部的争论和那些全部参与这争辩的人都呵斥了个落花流水。当然，战场上还挤满了许多有名望的英雄勇士，闹的个个汗流浃背，人声鼎沸，尘土飞扬。

"这件事十分出色，"欣格垂·达恩利公司在信上与马丁说，"哲学评论竟然能如同小说似的畅销。先生的选材真是精彩至极啊！一切情况都出乎意料地精彩。我们几乎用不着向你保证我们正在未雨绸缪。此书已经在美国和加拿大售出四万册，另外还有一个新的版本也在印刷之中，印数有两万册。为了满足读者需求我们正在没日没夜加班加点的赶制。不过为造成需求我社也是耗费了不少的苦心，光广告费就已花费五千元了。这本书毋庸置疑将会打破记录。

"我社在此信中已经冒昧寄存了相关先生另一作品的一纸合同，并且一式两份。请先生注意，版税报酬已经增加到百分之二十。该报酬已经是稳健的出版社敢订出的最高数量。先生如果觉得可以的话，请即在合同中有关空白处填写先生新书书名。此书性质我社不作规定，无论任何主题的任何书籍都是可行的。如果有已经有写好的书籍那边是再好不过的。目前乃趁热打铁之最佳时期。

"我社收到先生签署的合同之后就会马上预先支付给先生五千元的版税费用。您要知道，我社对先生有十足的信心，就此事准备大干一场。我社也愿意与先生磋商签订一份多年合同，例如十年，十年之间先生您的作品一律由我社以书籍形式出版。如果有什么没有事先说好的事情，可以之后再商议。"

马丁看完信后，在心中计算了一下，他发现一毛五乘以六万是九千元。然后他签署了新的合同，在空白处填上了书的名字《欢的轻烟》，然后寄给那个出版社的人，又将他曾经在发现写作报纸小说的公式以前写的那二十篇小说也一并寄过去了。于是，欣格垂·达恩利公司就以美国邮递回函所能达到的最快速度寄过来了一张五千元的支票。

"玛利亚。我需要你今天下午两点左右陪同我一起进城去，"就在支票到达的那天上午，马丁说，"要不然，你就在两点钟到十四号街和大马路的十字路口那里等着我，我过去找你。"

玛利亚按照马丁约定的时间来到了那里，她能为这个迷惑所能做出的唯一解释是：买鞋。可是在马丁路过鞋店后不久，却径直走进了地产公司时，她显得无比地失望。在那里所发生的一切之后永久的如同梦境一般深深地留在她的记忆当中。文质彬彬的先生们跟马丁谈话或跟她谈话时都非常友善地微笑着。打字机滴滴答答地敲了一会；在富丽堂皇的文件签上了名；就连她的房东都到了，也在上面签了名。等到一切手续办完之后她出了店门来到人行道上，她的房东对她说："好了，玛利亚，你这个月不用付我七元五角了。"

玛利亚十分惊讶，以至于连话都说不出来了。

"下个月也不用付了，再下个月也不用付了，从此以后也是一样不用付了"房东说。

她不知所措地有些前言不搭后语地向他表示感谢，仿佛受到了天大的恩惠似的。直到她回到北奥克兰自己家里，与伙伴们经过一番商量，又找那葡萄牙商人询问了一番之后，她才真正明白自己已经成了那幢她居住了很久，并且付了多年房租的小屋子的主人了。

"你怎么没来买我的东西呢?"那天晚上那葡萄牙商人看到马丁从车上下来，便抢出门去向他打招呼，并问道。马丁解释说他自己已经不再烧饭了，然后主人便请他进门去喝了酒。他发现他们喝的是那杂货店货存中最好最贵的酒。

"玛利亚，"马丁那天晚上宣布，"我就要离开你。你也马上就要离开这里。你也可以当房主，然后将这房子出租出去。你不是有个在做奶品生意的弟弟，在圣利安德罗、海华德。你明天将这所有的脏衣服都送回去，以后不用再洗了。知道吗? 不要洗了。到圣利安德罗、海华德或者到别的什么地方。找到你弟弟之后，请他来见我。我会在奥克兰的大都会旅馆那里等待着他，他见到了好奶牛场是能鉴别的。"

于是玛利亚就成了个房东，也成了奶牛场独一无二的老板。她请了两个帮工在牛奶厂帮忙做事，而且还开了一个银行户头，并且她的孩子们也都穿上了鞋子，而且还去上学读书，存折里的钱也是十分平稳地增长着。极少会有人遇过自己所幻想的神仙王子，但是辛勤劳作、头脑单纯的玛利亚却接待了她的神仙王子，那王子假扮成一个以往的洗衣工。虽然她从来都没有做过那种神仙王子的梦。

就在此时全世界都已经开始在问："这个马丁·伊登是一个怎样的人呢?"马丁拒绝给他的出版人任何有关于个人的传记资料，可是报纸他却没有办法拒绝。他是奥克兰人，记者们打听到几十个能够为他们提供关于一些马丁资料的人。那些把他是个什么样的人、而不是什么样的人，还有所有他做过的事、大部分他没有做过的事都暴露到人们面前，使他们开心，还配上了一些抢拍镜头和照片。照片来源于是从一个当地的摄影师手里得到的。那个摄影师以前帮马丁拍过照，如今便立即拿照片申请了专利，并将此照片送上了市场。马丁对杂志和整个资产阶级社会感到十分厌恶痛恨，刚开始的时候他与广泛宣传自己做过斗争，然而最终却屈服了，因为不斗争比斗争容易。他发现自己没有办法拒绝从大老远跑过来采访他的特派作家，况且一天有很多个小时，他又不用再去写作和读书了，总要找些事情来打发时间；于是他却向他觉得是想入非非的东西屈服了，接受了采访，并且发表了有关于对文学和哲学的见解，并且他还接受了资产阶级的邀约去赴宴。他在一种怪异的平静的心境里安静了下来，也不在着急了。他原谅了所有人，甚至包括了那把他描述成一个赤色份子的实习记者。并且马丁还让那位记者做了一整版报道，而且还摆好姿势让他拍了很多照片。

他偶然还碰到丽齐，她明显为他的走红而感到可惜。这事拉大了他们之间的距离。或许是为了减小距离，她接受了他的建议去上夜校，去商业学院的夜校，还请了一个了非常厉害的女衣裁缝为她做衣服，那裁缝的收费标准高得惊人。她在一天天地进步，直到马丁开始怀疑起自己的做法是否合适。因为他知道她所做的这一切迁就和努力都是为了他。她是在努力使自己在他眼中占有一定的分量——具有他似乎重视的那种分量。然而他并没有给她希望，仿佛哥哥似的对待她，与她见面也是极少的。

就在他红极一时的时期，梅瑞迪思·罗威尔公司迫不及待地把他写的《过期》推向了市场。正因为是小说，它的销售量比《太阳的批辱》的销量更大，取得了非常大的成功。他获得了以前所未有过的荣耀，这两本书同时在每周的畅销书中排行榜上位居榜首。那小说不光赢得了小说读者的青睐，并且以其处理海洋情节的宏伟气魄和精湛技艺吸引了津津有味地读过《太阳的耻辱》的那些人们。首先，他以前非常出色地攻击过神秘主义文学，其次，他又成功地为自己所阐述的那种文学所提供了相应的作品，从而证实了自己是集作家与评论家于一身的非常罕见的人才。

金钱向他涓涓流来，荣耀也向他滔滔而至，他如同童星那般划过了文学的天空。他对自己所引起的这番骚动的感觉与其说是有趣还不如说是十分好笑。有一件小事使他不解。那小事总是世人知道了是会不解的。不过人们所感受到的不解的只会是他的不解，并不是那件让他觉得越来越大的小事。他受到布朗特法官的邀约，请他去吃饭。这就是那小事的滥觞——换句话来说那就是不久就会变成了大事的小事的滥觞。他以前侮辱过布朗特法官，然而对他的态度也是可恶至极的，而布朗特法官在街上碰到他却邀请他去吃饭。马丁想：他在莫尔斯家以前与布朗特法官碰到过无数次，然而他从来没有请他吃饭。当时他为什么没有请他吃饭呢？他问自己。然而他自己并没有改变，他还是曾经的那个马丁·伊登，那么，这变化是又是怎么来的呢？难道是他写的那些东西已经在书本的封面和封底之间出现的吗？可那些东西是当初就已经完成了的，然而并不是后来才完成的。在布朗特法官按一般人的想法嘲讽他的斯宾塞和他的智力时，那些成就就早已取得了。因此布朗特法官请他吃饭然而并不是因为他任何实际的价值，而是一种非常虚幻的价值。

马丁苦涩地笑了笑，并且接受了布朗特法官邀约，与此同时也为自己的心安理得感到十分奇怪。在晚宴上来了六七个高层人物并且携带着他们的女眷。马丁发觉自己成了个大红人。布朗特法官在私下劝说他，希望他愿意把他的名字列入思提克司俱乐部，这个建议取得了汉威尔法官的热烈支持。思提克司俱乐部是个十分苛刻的俱乐部，参加这个俱乐部的人不光要资财雄厚，并且还要有非常卓越的成就。马丁婉言地谢绝了，但是却比任何时候都想不通了。

他忙于处理他那一大堆旧稿。他穷于应付着编辑们的稿约。有人发现他原来是个风格作家，在他的风格之中大有文章。《北方评论》在发表了他的《美的摇篮》之后写信给他，要求他写半打类似于那样的论文，当他想要拿他以往写的那些旧稿件去对付时，《伯顿杂志》早抱着投机的心态向他约过五篇稿子，并且每篇稿子五百元。他回信说他可以满足要求，但每篇稿子必须要再加五百元。他清楚记得所有这些稿子都曾经被现在催着要稿子的杂志所拒绝过，并且都拒绝得那么冷酷，机械，官样。他们曾经使她他流汗，现在他也要让他们流点汗才行。伯顿杂志按照他所说的价格接受了他的那五篇文章，其余的四篇被《麦金托什月刊》以相同的稿酬抢去了。《奇迹的大祭司》《奇迹梦想者》《自我的尺度》《幻觉的哲学》《艺术与生物学》《上帝与土块》《批评家与试管》《星尘》《高利贷的尊严》这些就是以这种形势与读者们见面的。这些作品引起了一番风暴、轰动和抱怨，然而并不知道多少日子才能平息下来。

编辑们写信给他，让他提出大纲。他提出了大纲，但他提的大纲都是按已写成的作品提的。他坚定地拒绝答应去写任何新作品。一想到提笔写作他的气就不打一处来。他曾经亲眼所见布里森登被群众撕扯成了碎片。尽管他现在受到读者的喜爱，但是心里仍有余悸，对群氓仍无法尊重。他觉得现在的名声似乎是一种耻辱，是对布里森登的一种背叛。他想让它撤离，但他还是下定决心继续下去，好把自己的钱袋盛满。

他接到的编辑们的来信大多数都是这样："大约在一年前本刊曾不幸婉言拒绝先生惠寄之爱情诗集，同人等当时虽有印象深刻，却因为已有安排，忍痛割爱。如果现在该稿仍还在先生手中，且愿赏光惠寄，我刊将无条件地按先生条件全部发表，并愿以非常丰厚稿酬将该稿作诗集出版。"

马丁回想起他的素体诗悲剧，然后便拿它寄去充数。在寄出之前他又重新看了一遍，那幼稚的剧本、浅薄和带着业余味儿给了他留下了非常深刻的印象，可他仍然将它寄了出去。出版以后那个编辑后悔了一辈子。读者们义愤填膺，难以置信，认为那距离马丁的高超的水平相差实在是太远，不相信是出自他的手，反而认为那是杂志拙劣的仿作，再不然就是马丁·伊登学大仲马，在成功的高峰期请枪手代笔的。但是当马丁解释说那是幼年时期他所写的作品、而那家杂志得不到作品而不善罢甘休时，读者便哈哈一笑。那杂志大吃其亏，编辑因此也被撤销了职位。那悲剧再也没有出单行本，虽然马丁已把预支的版税装进自己的腰包。

《科尔曼周刊》花费了大约三百元钱给马丁拍来了一封十分长的电报，向马丁提出要他二十篇稿子，每篇稿子付给他一千元。杂志为他支付全部费用游历全美国，选择任何他喜欢的题目写文章。电报的主要内容是为马丁提供假定的题目，可以用于表示他选择题材范围之广泛自由。唯一要求是旅行只限于美国国内。马丁拍去电报表示难以从命，并为此深表歉意，电报是由收方付费。

《华伦月刊》刊登的《威几威几》立刻取得了成功。那书每一页的四周都留了广阔的空白，并且还带有精美的装饰，在度假期间十分红火，如同野火一样快速销售。评论家们一致相信此书将会与两个伟大的作家的两本经典著作《瓶中妖魔》和《驴皮记》齐驱并驾。

不过，读者对《欢乐的轻烟》的反应却极其冷漠、平淡，并且态度暧昧，因为资产阶级的道德与偏见被那些小说的大胆与反传统精神所震撼了；但该书的法文译本立即风靡了整个巴黎，就在此时英美两国的读者才又一次跟了上去，销售量非常大，迫使马丁在销售他的第三本书时逼迫那小心谨慎的欣格垂·达恩利公司给了他两毛五分的版税，到了第四本书时便要了足足三角的版税。后两部书由他现有的已经写成的全部小说所编集而成。那些小说都是已经连载过，或者是正在连载中的。《钟声激越》与他那恐怖小说集成了一集，除此以外，一集则包含了《冒险》《罐子》《生命之酒》《旋涡》《扰攘的街道》和另外其他四部短篇小说。海瑞迪思·罗威尔公司将他所有的论文几乎都抢去了，马克西米连公司获得了他的《海上抒情诗》和《爱情组诗》，后者还在《女士家庭伴侣》上连载，并且取得了十分丰厚的稿酬。

马丁将所有的文稿处理完了，长长地叹了一口气，他感觉如释重负似的。干草打墙的堡垒和铜皮裹的白色大帆船的梦想距离他越来越近了。是的，他无论如何已经懂得了布里森登所坚持不懈争论的道理：然而有价值的东西是进不了杂志的。可是他的成功却再一次证明了布里森登的错误。不过话说回来他又隐隐约约地觉得布里森登也未必错。以书本形式出版的《太阳的耻辱》对他的成功所起的作用要远远超过其他作品，其他作品的价值说实话其实十分次要，它们曾经总是四处碰壁，遭到杂志社多次拒绝和抛弃。《太阳的耻辱》的出版引起了一场争辩，一场对马丁有利的山崩地裂。假如没有《太阳的耻辱》就没有山崩地裂。假如没有《太阳的耻辱》轰动性的畅销，也就不会有随之而来的其他的山崩地裂。欣格垂·达恩利公司则是这奇迹的见证者。因为担心此书不能很好销售，他们第一版却仅仅只印了一千五百本——他们都是一些经验非常丰富的出版人。可随即而到的成功却使他们比谁都更加难以置信。对他们而言这的确是个奇迹，并且他们的奇迹感一直都在，他们寄给他的每一封信都表示对那神秘的初次成功肃然起敬。他们并没有去设法解释，事情就是那样悄然无声发生了，与他们所遇的经验却背道而驰。

马丁这样一推理，便对自己所获得的这赫赫大名是否应当所产生了质疑。其实，买了他的书，将金币放进他的钱口袋的就是那些资产阶级。从他对资产阶级那一丢丢的了解看来，他总是纳闷：他们怎么会欣赏或是理解他的东西呢？对于向他欢呼雀跃、买他的书的成千上万的读者说来，他内在的美与力是没有任何的意义。这只是他们一时的心血来潮而已；他不过是一个冒险家而已，就在诸神打盹的时候冲上了帕纳萨斯山而已。成千上万的读者看过他的书，却带着非人类般的理解向他欢呼雀跃，他们跟外向布里森登的《蜉蝣》并把它撕扯成了碎片的是一样的群氓——群狼，只不过他们并没有向马丁露出獠牙，而是向他讨好。獠牙或讨好都出于一些偶然性。有一件事他坚信毋庸置疑：《蜉蝣》比他的所有的作品都不知道要高超出多少倍呢，比他心里所有的一切都无法想象高超出多少倍。它是一首能彪炳若干世纪的佳作，无人能敌。这样看来那群氓对他的礼赞也就只能令人可惜了，因为把布里森登的《蜉蝣》拱到了烂泥里的也会有相同的群氓。他沉重地并且满意地叹了一口气。他将最后的一篇稿子也都已经卖掉，他内心感到十分开心，他马上就要和这所有的一切断绝关系了。

第四十四章

莫尔斯先生在大都会旅馆的办公室碰到了马丁。也不知道他究竟是因为别的事偶然在那儿出现，还是因为要请他赴宴而专程赶过来的呢，马丁十分迷惑，尽管他倾向于后一假设。总而言之，露丝的爸爸，那个不准他进门、并且将他们两个的婚约解除了的人，现在居然请他去吃饭了。

马丁并没有生气，甚至一点都没有拿架子。他容忍了莫尔斯先生，同时一直在猜想着像他那样降贵纡尊到底会是怎样的滋味呢？马丁并没有直接拒绝莫尔斯先生邀请，而是含糊其辞模棱两可他回避了这个问题，之后询问起了他的家人，特别是莫尔斯太太和露丝的情况。当他提起露丝这个名字的时候，如此平静自如，没有一丝犹豫，尽管他也暗自感觉到十分诧异，竟然内心没有一丝战栗，没有往日所熟知的那种急促的心跳与热血涌动的情绪。

他受到了许许多多宴会的邀请，与此同时也接受了一部分。有的人为了邀请他着实而求人引荐。他继续为那变大了的小事而感到非常迷惑。等到伯纳德·希金波坦也邀请他去赴宴时，他便感到更加迷惑了。他清晰地记得在自己快要被饿死的那些日子当中，在那个时候没有一个邀请他去吃饭；那时候反而是他最需要饭吃的时候。正因为没有饭吃，他十分虚弱，总是发昏，十分饥饿。这真的是非常奇怪的逻辑怪圈：在他十分需要吃饭的时候，却没有人邀请他；现在他可以买上成千上万顿饭，胃口也倒了，人们却从四面八方赶来死皮赖脸地邀请他去赴宴。这是到底是为什么？他这不是无功却要受禄吗？真是没有道理。他还是以前的他，他的作品在那时也早已完成。可是那时莫尔斯先生和太太却经常指责他说他是一个懒汉，不负责任，又通过露丝经常催促他去找坐办公室的工作。他写成的作品他们曾经都是看过的，露丝以前将他那写完的作品拿给他们看，并且他们也都看了。而如今使他的名字呈现在所有报纸上的却正是曾经的那些作品，而迫使他们请他赴宴的也又正是因为他在报上的名字。

有一件事是十分确定的：莫尔斯一家对他所产生的兴趣并不是因为他或他的作品。那这样看来，他们现在并不是因为他或他们者是他的作品而需要他，而他们感兴趣的只不过是他的名气而已，因为他现如今已经出人头地，并且还有了差不多十万块钱。为什么不呢？资产阶级社会衡量人的标准就是这个样的。他算老几？难道他还能希望有什么别的情况？但是他仍然自尊自爱，他十分厌恶资产阶级社会那种衡量标准。他希望人们可以按照他的价值，或者是他的作品来给他评价。他的作品才是属于他自己的表现。丽齐就是这样去评价他的。在丽齐眼中根本就不拿他的那些作品算作一回事。她是拿马丁他这个人去评价他的。还有水电工吉米和他那些老哥儿们同样是这样评价他的。这一点当年马丁在与他们交往的时候就已有足够的证明；贝陵公园的那个星期天显现得分外清楚。他的作品可以忽略不计。他们喜欢的是一个愿意为他打架的，他们的同伴马丁·伊登，一个好哥儿们。

还有露丝。她爱的是他自己，这是毋庸置疑的。她虽然爱他，但是她更爱资产阶级社会的价值标准。她以前反对过他写作，他认为她反对是因为写作赚不了钱。她对他的《爱情组诗》的评价就是那样的。她曾经劝说过马丁让他去找份职位，不错，她把"工作"叫作"职位"，那其实是一回事，原来那说法总横在他心中。他以前将自己的全部作品读给她听，诗歌、小说、散文——《威几威几》《太阳的耻辱》，所有的一切作品，而她却总毫不厌烦地坚持要他去找工作，去干活——天呀！仿佛为了配得上她他并没有勤奋地工作，没日没夜，榨干了生活似的。

就这样，那小事变成了大事。他健康、正常、按时吃饭、补充睡眠，可那越来越大的小事却纠缠着了他。作品在那个时候早完成了。这话在他脑子里涌现。在希金波坦现金商店楼上的一顿丰富的晚宴上，他坐在伯纳德·希金波坦的对面，好不容易控制住了自己，没有喊出声来：

"作品在那个时候就早已完成了！你到现在才来请我吃饭。当时你让我饿肚子，不允许我进你家的门，因为我不去找工作而咒骂我。然而早在那个时候我的作品早完成了，全完成了。如今我一说话，你就乖乖听着，不管我说什么你都乖乖听着，就算心里有话，话到嘴边了也咽回去。我告诉你，你们那帮人都是混蛋，许多人都是剥削者，你也不生气，然而只是一个劲哼哼哈哈，并且承认我的话里有很多道理。这是为什么？就是因为我现在有了名气，并且现在我富有了。然而并不是因为我是马丁·伊登，是一个觉得的还算不赖、也不太傻的人。或许我告诉你月亮是由生奶酪做的，你都会赞成，然而并不反对我所说的，因为我有钱，钱堆成了山。可我的作品很久以前就完成了。我告诉你，那些作品就在很早以前就完成了，可当时你却把我看作是你脚下的泥巴，唾弃我看不起我。"

马丁·伊登并没有呐喊出声音。那思想腐蚀着他的脑袋，没有休止地折磨着他，然而他却微笑着，而且成功地表现出了宽容。他说完话以后，伯纳德·希金波坦便接过话碴，将话匣子打开了。他自己就是一个成功的人，并且为之骄傲。他是白手起家的，并不是靠他人的帮忙，他没有欠下任何一个人的情。他完成了一个公民的应尽的义务，并且还拉扯大了一大家人，希金波坦现金店也是至此而来的，那是他的才能和勤奋的丰碑。他爱他的希金波坦现金商店犹如某些人爱他们的妻子是一个道理。他对马丁敞开了心扉，大讲他是多么聪明机智，如何操劳焦虑才建立起了商店的。而且他还有十分雄心勃勃的计划：这附近正在快速发展着，但是这个商店着实在太小了。假如他有更多的空间，他将会做出十几二十条省工省钱的改进。他现在仍然还想干。他正在尽其所能准备有一天能把商店旁边的土地弄到手，再将它盖成一套一楼一底的房屋。他还可以把楼上租出去，将两套楼房的一层用作希金波坦现金商店。当他说到那块横跨两套楼房的新招牌时眼中是充满光芒的。

马丁忘记了听他讲话。那人的叽叽喳喳已被他脑袋中的那句叠句"那时作品早已完成"所淹没了。那叠句令他发狂，他十分想摆脱它。

"你刚刚说那需要花费多少钱？"他忽然问道。

他姐夫正大讲着附近地区的商业发展机会，立即停止了。刚才他并没有提起那得花多少钱，可是他是知道的，他已经计算过许多次了。

"如果依照如今的木料价来看，"他说，"四千元就足够了。"

"算上招牌吗？"

"没有算招牌。房子装修好，招牌总得挂的。"

"那么地皮呢？"

"还需要在加三千。"

他身子微微前倾，手指头神经质地捏拢纸撒开，凝视着马丁开支票。马丁将支票递到他的眼前，他瞟了一眼支票上的数目——七千。

"可是我最多能拿出六厘利，"他沙哑了嗓子说道。

马丁几乎笑出声来，却问道：

"那得需要多少钱呢？"

"我算算看，六厘利，六七——四百二十块。"

"那么就是每月三十五块，对吗？"

希金波坦轻轻地点了点头。

"好，假如你不反对的话，那我们就这样安排，"马丁瞥了一眼格特露。"如果你把这每月三十五元用来雇人做饭、洗衣服、打扫卫生，本钱就归你。假如你可以保证不再让格特露做苦差，那么这七千元就归你了。这笔交易不错吧？"

希金波坦先生接受得没有丝毫费力。如果不让他的妻子做家务活，那简直是对他那节俭的灵魂的冒犯。那华丽的礼物成了药丸的糖衣，非常苦的药丸。不让他的妻子干活！他能容忍。

"可以"马丁说，"那么每月三十五块由我来承担，那么——"

马丁将手伸过桌子，要将支票要回。可支票已经被伯纳德·希金波坦的手紧紧地抓住，希金波坦叫道：

"我同意！我同意！"

马丁登上电车时感觉非常常难受并且厌倦。他抬头望着那神气十足的招牌。

"猪猡，"他呐喊道，"猪猡，猪猡！"

《麦金托什杂志》以显著地位刊登了《手相家》，并且装饰画是由伯蒂埃所配的，文思配了两幅插图，赫尔曼·冯·史密特不曾记得他曾说过这诗下流，反而倒是宣称：是他的妻子给这诗带来灵感，并且故意让这消息传到了记者的耳朵里，之后接受了一个报社作家的采访。那个报社作家带来了一个报社摄影师和一个美工师。最终是在星期日占据了增刊上一大版，上面满是照片与茉莉安理想化的画像。并且版面上还加上很多马丁·伊登与他的家庭的亲切的一些琐碎的事情。《手相家》正文经过《麦金托什杂志》特别允许，并以大号字体全文刊载。这在附近的确引起了不小的轰动。正经人家的主妇们都以结识著名作家的妹妹为荣，就连不认识她的人也想方设法地去建立友谊。赫尔曼·冯·史密特在他那小修理店里十分得意地笑了，他决定再订购一套新车床。"比做广告效果还要好呢，"他告诉茉莉安，"没有花一分钱。"

"我们最好请他来这边吃晚餐，"她建议。

马丁来吃晚饭了。他劝说自己要与那个搞肉类批发的胖子和比他还要胖的老婆融洽相处。那是附近地区十分重要的人物，就像对赫尔曼·冯·史密特这样正在上升期的年轻人或许有着非常大有用处。只不过，没有像他妻舅这样的大人物来充当诱饵，是请不到那样的人来做客。并且同一客户约于来赴宴的还有阿撒自行车公司太平洋沿岸各个代销店的总监。冯·史密特想要讨好他，并且还想要拉拢他，只有这样可以使他得到在奥克兰的自行车代销权。因此赫尔曼·冯·史密特发现能有马丁·伊登这样一个妻舅对他而言竟成了一笔十分可观的财富。可是在他内心深处却无法想通。等到夜深人静的时候，他老婆入睡之后，他便把马丁的书和诗整个翻阅了一遍，结论是全世界都是傻瓜，这种东西也有人买。

马丁身子向后靠着，得意地看着冯·史密特的脑袋，他在内心的深处对这样的局面一目了然。他在幻想中揍着那脑袋，一拳又一拳地揍个正着，揍的好像要掉下来似的——那傻不拉几的荷兰佬！但是那个家伙让他有一些不喜欢。他尽管贫穷，尽管下了决心向上爬，却雇了一个人去接替茉莉安的家务活儿。马丁与阿撒公司的地区代理商总监交谈完后，就趁晚餐过后把他跟赫尔曼一起拉到了一边去。他在经济上给了赫尔曼支持，让他在奥克兰开个设备齐全的非常好的自行车店。他还进一步跟赫尔曼私下谈论着，叫他多留心观察一下，准备经营一家具有车库的汽车代销店。因为没有任何理由说他就没有办法把两个铺子都经营得十分出色。

分别的时候茉莉安用双臂抱住了他的脖子，泪眼婆娑地告诉他她非常爱他，并且一直爱着他。他的确感觉到她说那话时有些吞吞吐吐，可她流了非常多的眼泪，亲吻了他更多次，又叽叽咕咕说了些不连贯的话语，将那支支吾吾遮掩了过去。马丁将这一切理解为请求他的原谅，因为她起初曾经对那么他缺乏信心，并且要求他去找工作。

"我肯定，他的钱是绝对管不住的，"赫尔曼·冯·史密特对老婆说知心话。"当我一提起利息时他就十分生气，他说连本钱也滚蛋吧，我假如要是再跟他谈利息，他就要把我这荷兰脑袋敲掉。他是这样说的——我这荷兰脑袋。只不过，他这个人虽然做生意不在行，但是人不过倒是蛮好的。他给了我机会，他是一个好人。"

马丁的宴会邀请滔滔不绝地涌来，来得越多他越感到糊涂。在亚腾俱乐部的宴会上他坐在了贵宾席，跟他在一起的都是他曾经拜读过或者是听到过的一些知名人士。那一些知名人士告诉他们在《跨越大陆》上读过他所写的《钟声激越》和在《大黄蜂》上读到他的《仙女与珍珠》时，就认为他一定会成功。天呀！他暗自想道：可是在那个时候我是衣不蔽体食不果腹，而那时候你们为什么不来请我吃饭呢？那才是正当时，那时我那些作品就早已完成了。假如你们现在是因为我已经写成的作品所宴请我，为什么不在我最需要时候来宴请我呢？《钟声激越》和《仙女与珍珠》的作品未曾修改过一个字。不，你们不是因为我已经完成的作品而宴请我，而是看到别人宴请我而去宴请我的，因为宴请我是一件光彩事情。你们现在宴请我是因为你们都是群居动物；也正因为你们属于群氓的一部分；因为如今群氓们的心态的就是盲目冲动地宴请我。在这一切之中马丁·伊登与他所完成的作品究竟有什么作用呢？他悲伤地询问自己。之后他站起身来对于一个聪明有趣的祝酒词做出了聪明有趣的回答。

日子就这样一天天地过去。不管他在什么地方——是在出版俱乐部，还是在红木俱乐部，又或者是在绯色茶会和文学集会上；经常会有人会提起《钟声激越》和《仙女与珍珠》刚出版的那段时期。那叫他疯狂的他没有提出口的问题总要在他心里出现：在我最需要饭吃的时期你们为什么不邀请我呢？作品是在那时已经完成了呀！《钟声激越》和《仙女与珍珠》如今没有修改过一个字呀！那时它们与现在是同样精彩的，并且价值也是相同的呀。你们并不是因为它们才请我吃饭的，更不可能是因为我别的作品。你们请我是因为请我吃饭目前很流行，因为整个群氓集体正在为邀请马丁吃饭而发狂。

在这样的时刻他便经常突然看见一个身着襟短外衣、头戴斯泰森硬檐阔边帽的年轻流氓往人群中大摇大摆地走了出来。有天下午他在奥克兰的哥林纳社就看到过那个人。那时他刚离开座位穿过讲台并向前走去。他看见那年轻的流氓往巨大的厅堂后面的大门口自以为是地走了进来，身着方襟短外衣，头戴硬檐阔边帽。马丁看得十分认真专注，上百个身穿时髦的仕女名媛也都纷纷转过头去看马丁在看什么。但是她们看到的只是座位正中空空的走道。马丁瞅见那个年轻的粗汉沿着走道向这边走过来，猜想着他是否会将他那硬檐帽脱掉呢？马丁从来没有见过他摘下过它所带的硬檐帽。那人沿走道笔直地走来了，走向了讲台。马丁回想起他面前的路，差不多为自己那年轻的幻想中的影子哭了出来。那人大摇大摆地经过讲台，奔着马丁走来，然后在马丁的意识前沿消失了。上百个仕女名媛用戴着手套的手轻轻地鼓起掌来，要想给她们的客人一些鼓励，那带有羞涩的伟人。马丁摇摇头将那幻影从他的头脑里摇晃掉了，笑了笑，开始了演讲。

学校教导员，一个非常好的老头，在路边将马丁叫住了。他记起了他，回想起来在他办公室里与他的几次会见，当时马丁因为打架学校将他开除了。

"在很久之前我在一份杂志上读到了你的《钟声激越》，"他说，"好得就像爱伦·坡的作品。那般精彩，我当时就说，精彩！"

是的，以后几个月里，你两次从我身边经过，都没有将我认出——马丁几乎这样叫出声来。并且那两次都是在我最饥饿的时候，就在当铺。可当时我的作品已经完成了。为什么你现在又要来认我呢？"那天我还在跟我的老伴讲，"对方还在说着，"请你出来吃顿饭会不会是个好主意呢？她十分赞同。是的，她十分赞同我说意见。"

"要请我吃饭？"马丁声音很凶，仿佛在咆哮似的。

"什么？啊，是的是的，请你吃饭，你知道——跟我们吃一顿便饭，跟你的老学监，你这个小鬼，"他有点不自然地说。装作开玩笑、挺友好的模样。

马丁感到非常费解，沿着大街走着。他在街角停住了，向四面迷茫地看了看。

"哼，真有意思！"他终于喃喃地说道，"那个老头现在仿佛在害怕我似的。"

第四十五章

有一天克瑞斯来看望马丁，克瑞斯是"真正的贱民"之一。马丁听着他描述起一个非常辉煌计划的细节，放下心来。那计划相当想入非非，他怀揣着小说家的兴致而不是投资人的兴致听他讲述。克瑞斯在解释到中途时还空出了点时间告诉马丁，他在他那《太阳的耻辱》里简直是块木头。

"我来到这并不是来侃哲学的，"克瑞斯说下去，"我只想知道你是否可以在这桩买卖上投资本一千元。"

"不，我不管怎么说也还没有木头到那种程度，"马丁回答，"不过我要告诉你我的打算。你以前给了我生平十分精彩的一夜，你给了我用钱所买不到的东西。然而现在我有钱了，而钱对于我并没有什么意义。我并不认为你那桩买卖具有什么价值，可是我心甘情愿给你一千元，来回报你带给我的那个无法用金钱来衡量的一夜。你需要的是金钱，而我的钱又多得花不完；你既然需要钱，又来找我要钱，你大可直接说不必跟我要花腔，你拿去吧。"

克瑞斯没有感到丝毫惊讶，叠好支票，放进了口袋。

"如果照这个价钱我反倒想与你订个合同，为你提供很多类似那样的夜晚，"他说。

"太迟了，"马丁摇摇头，"对我而言那是唯一的一夜。那天晚上我仿佛在天堂里。我知道那对于你们是家常便饭，可却对我来说却不一样。我从今往后再也不会生活在那样的高度了，我与哲学分手了；关于哲学的话我一个字都不能听到。"

"这可是我平生凭哲学赚到的第一笔钱，"克瑞斯走到门口，站住了，说，"但是市场又垮掉了。"

有一天莫尔斯太太在街上开车路过马丁身旁，微笑地向他点了点头；马丁也摘下帽子，以微笑当作回复。这件事对他而言没有丝毫影响，如果发生在一个月以前他肯定会生气，奇怪并且会揣测她的心理状态；而如今事情一过他便不再想，转身便忘记，就像路过中央银行大楼或是市政厅便立即忘记那样。可不好理解的是：他的思维仍旧那样活跃，总是围绕着一个圆圈来来回回地转；而圆圈的中心是"作品早已完成"；那念头如同一大堆永不死亡的蛆虫咬啮着他的脑袋，早晨被它们咬醒，晚上咬啮他的梦。周围生活里一切进入他感官的事物都会与"作品早已完成"立即相关联系了起来。他沿着冷酷无情的逻辑推论下去，最终的结果是他自己已没有轻重，什么都不是。流氓马·伊登和水手马·伊登才是真实的，他是那样的。但是那伟大的作家马丁·伊登却是从群氓心理所产生的一团迷雾，是由群氓心理强烈挤进流氓和水手马丁·伊登的臭皮囊中去的。那欺骗不了他，他并不是群氓献牲膜拜的那个太阳神话。他自己明白。

他浏览杂志上有关自己的文章，仔细阅读上面发表的有关他的描述，从始至终觉得没有办法将那些描述与自己对上号。他的确是那个以往生活过、欢乐过、恋爱过的人；那个随遇而安，宽容生活里的弱点的人；他的确在水手舱当过水手，曾经漂泊在异国他乡，曾经在打架的日子中带领过自己的一帮人；他起初看到免费图书馆书架上那成千上万的藏书时的确曾哑口无言；之后又在书城里钻研出了门道，掌握了书本上的知识；他的确以往点着灯熬夜读书，带着铁刺睡觉，也写过好几本书。可是有一桩本领他却是没有：他不具备所有的群氓都想填塞的那样硕大无朋的胃。

不过，杂志上有些东西也使他觉得有趣。几乎他被所有的杂志争夺。《华伦月刊》向他的订户宣称它经常在发掘新作家；别的暂且不说，马丁·伊登就是他们向广大读者推荐的。《白鼠》杂志宣传马丁·伊登是他们杂志发掘的；与此同时还有《北方评论》和《麦金托什杂志》，可他们却让《环球》打哑了，《环球》成功地提出了埋藏在他们的文献中那份被窜改得面目一新的《海上抒情诗》；逃脱了债务又转世还魂的《青年与时代》提出了马丁曾经写过更早的一篇作品，那东西除了农民的孩子以外没有人去读。《跨越大陆》发表了一篇理直气壮的庄重声明，说他们是怎样物色到马丁·伊登的，《大黄蜂》却展现出他们出版的《仙女与珍珠》，进行了强烈的辩驳。在这一片吵闹声中欣格垂·达思利公司那庄重的声明被此淹没了，何况欣格垂出版社并没有杂志，没有办法发表更为嘹亮的声明。

报纸上计算着马丁的版税收入。某几家杂志给他的客观的稿酬不知道怎么会泄露了出去，于是奥克兰的牧师们便来对他作友善拜访；职业性的求助信也塞满了他的信箱。然而比这一切更糟的则是女人。他的照片被广泛地发行，于是有了作家特地拿他那晒黑了的结实的面庞、面上的伤疤、健壮的肩膀、沉静清澈的眼眸、苦行僧式的凹陷的面颊来大做文章。这让他回想起了自己年少时期的野性，情不自禁地微笑了。他在自己曾经交往的妇女中不时发现有人打量他，评论他，垂青于他。他暗暗感到好笑，回想起来了布里森登的劝告，便笑得更有趣了。女人是没有办法毁掉他的，这是可以肯定的，他早已经过了那样的年纪。

有一次他送丽齐去夜校。丽齐瞅见一位身着华丽的长袍的资产阶级美女瞟了他一眼。那一眼瞟得时间长了一点，并且目光深沉，那含义丽齐最是清楚。她恼怒了，身体僵直了，马丁也看了出来，也知道了那意思，便告诉丽齐这种事他早已见怪不怪了，并不放在心上。

"你应当注意的，"她回答时眼中充满着愤怒，"问题就在于你已经有了毛病。"

"我一辈子也没有非常健康过，我的体重比过去还胖了五磅呢。"

"我并不是说你身体有病，而指的是你脑子有病，是你那思想的机器出了毛病。就连我这样的小角色都可以看出来了。"

他走在她身旁想着。

"只要可以治好你这病，我什么都不在乎，"她激动地喊叫起来，"像你这样的人，女人像那样看你，你可要多加小心。十分不自然，假如你是个打打扮扮的男人那倒没什么稀奇，可你天生就属于那种人。上帝保佑，要是让你遇见一个能叫你喜欢的人，我倒是心甘情愿，并且为你感到高兴。"

马丁把丽齐送到夜校，独自回到了大都会旅馆。

一进门他就倒在一张莫里斯安乐椅子上，迷茫地看着前面。他并没有打盹，也没有想任何问题，心中一片空白，只偶尔有一些回忆镜头带有形象、色彩和闪光从他眼前下掠过。他感到了那些镜头，却并没有意识到——它们并不比梦境更清晰，但是他并没有入睡。有一回他醒了过来，看了看表：才八点。他无事可做。要睡又觉得太早。他心中又一片空白，眼帘下又有影像形成和消失。那些影像都模糊不清，永远如同阳光穿透的层层树叶和灌木丛的乱枝。

敲门声惊醒了他。然而他并没有入睡，那声音让他想起了电报、信件也许是洗衣房的仆役送来的洗好的夫妇。他在想着乔，猜想着他会在哪里，同时嘴里说："请进。"

他还在想着乔，没有转身向门口走去。他听到门轻轻关上，之后是长久的安静了。他曾记得有过敲门声，仍然迷茫地看着前面，然而听到了女人哭泣的声音。他将身子转向哭声那边，注意到那哭声抽搐、压抑、无法控制、不由自主、带着哽咽。他急忙站起身来。

"露丝!"他说，既惶恐又惊讶。

露丝紧张的脸色越发的苍白。她站立在门口，怕站立不稳，一只手扶在门框上面，另一只手抚住她的腰。她可怜巴巴地冲他伸出了双手，并且向马丁走去。马丁抓住她的双手，带领着她来到了莫里斯安乐椅子前面，让她坐在上面。他注意到她的双手冰凉。他又拉过另外一把椅子，坐在椅子巨大的扶手上。他内心混乱不堪，什么话也说不出口。在他的内心他们之间的关系早已经结束，并且打上了封蜡。他心中感到：那如同雪莉温泉旅馆忽然给大都会旅馆送来了一个礼拜脏衣服让他抓紧洗出来一样。他好几次想要张嘴，但是迟疑不决。

"没有人知道我来这里，"露丝细语道，带着那迷人的微笑。

"你刚刚说什么?"他问道。

他为自己说话时的声音惊讶。

露丝重复了一遍。

"哦，"他回答，之后便再也无话可说。

"我看见你走进这个旅馆来，之后我又等了一会儿。"

"哦，"他回应道。

他从以往至今都不曾那么结巴过。他脑袋里的确一句话也没有，他感到非常尴尬，十分狼狈，但是仍想不出什么话来。这次的闯入假如发生在雪莉温泉旅馆没准会好些，他还可以撸起袖子去说。

"然后你就跟进来了，"他终于说。

她略带了些顽皮地点了点头，然后将脖子上的围巾摘下。

"你在街那边，当时你和那个姑娘在一起的时候我就看到你了。"

"哦，是吗?"他用简短的话语说着，"我是送她上夜校。"

"那么，你见了我开心吗?"沉静了一会儿，她说。

"开心，非常开心，"他匆忙地说，"但是你不觉得来这点冒失吗?"

"我是偷偷溜进来的，不会有人知道。我想见你。我是来向你承认我之前是多么的愚蠢。我是因为无法忍受了才和你分手才来的。是我的心逼迫我那样做的。因为——因为我控制不住自己想要来。"

她从椅边站起并且冲他走来，将手放到他的肩膀上。她呼吸紧促，过了一会儿便钻进马丁的怀里去了。他不愿意伤害别人，他明白如果拒绝了露丝的自荐，便会给予她一个女人所能受到的十分残忍的伤害，便大度地、轻松地伸出双臂将她紧紧抱在怀里。可是那拥抱并无暖意，那接触并无温情。她倒是更加深入地钻进了他的怀中，他拥住了她，仅此而已。她向他的怀中钻了钻，之后又换了一个姿势，露丝的双臂搂住了他的脖子。可是她手下的肉体却毫无火焰，马丁非常尴尬，无力。

"你为什么会抖得这么厉害?"他问道，"你是不是冷?需要我点燃壁炉吗?"

他动了一下，想将身子挣脱开，然而她却往他身上靠得更紧了，并且猛烈地颤抖着。

"只是有些紧张而已，"她牙齿咯咯作响说道，"我一会儿就可以控制住自己的。好了，我现在已经好多了。"

她的颤抖缓慢地停止了，他继续拥搂着她。此时此刻他已不再惶惑，也已知道了她到这里来的意图。

"我母亲要我嫁给查理·哈扑古德，"她说道。

"查理·哈扑古德，就是那个一说话满口老生常谈的家伙吗？"马丁抱怨道地说道，"那么如今，在我看来，是你妈妈要你嫁给我了？"他这话不是询问露丝，而是对肯定事实的阐述。他那一行行的版税数字开始在他眼前飞舞。

"我想她是不会反对的，这点我确信，"露丝说。

"她觉得我配吗？"

露丝点点头。

"可是我现在并不比她让我们解除婚约的那个时候更配，"他沉思着说，"我还是以前的我并没有丝毫的改变，我还是当时的那个马丁·伊登，尽管无论从哪个方面看来我都更不般配了。我现在还总是抽烟。你没有闻到我身上的烟味吗？"

她伸出手指堵住了他的嘴，表示为回答，动作优雅，好似在撒娇，只等着他来吻她。如果要是在以前是必然的结果。但是马丁的嘴唇并没有做出怜爱的回应。等到她的手指头移走以后，他又继续说了下去。

"我并没有什么改变。照样没有工作，并且没有打算去找工作。我依然相信赫伯特·斯宾塞是个身份了不起的高贵的人；而布朗特法官是个非常愚蠢的毛驴。就在前不久的一个晚宴上我们还在一起吃过晚饭，因此我应该明白。"

"可是你为什么没有接受父亲的邀请，"她责备他。

"我想你是知道的，是谁让他来邀请的？你母亲吗？"

她沉默了。

"那么，的确是你母亲让他出面来邀请的喽。我想应该就是这样。那么，我现在感觉，你也是她让你到这儿来的喽。"

"不是的，并没有人知道我来这里，"她反抗道，"你觉得我母亲会赞同我这样做吗？"

"可是我敢肯定，她是赞同你嫁给我的。"

她尖声喊叫了起来："啊，马丁，不要那么残忍。你还一次都没有亲吻我呢。你简直像石头板那样死板。你要知道我冒了多大的风险。"她情不自禁地打了一个寒噤，向四面瞅瞅，尽管露出一半的期待的神色，"你自己再好好想想，我现在在什么地方。"

"为了你我可以去死！为你而死！"丽齐的话在马丁的耳边回响起。

"可是之前你怎么不敢冒风险呢？"马丁毫不客气地问道，"是因为那个时候我没有工作？因为我在挨饿吗？那时我同样也是一个男人，同样也是个艺术家，与如今的马丁·伊登并没有什么不同。这个问题我深究很长时间——这倒并不专门针对你一个人，而是对所有的人。你瞧，我并没有改变，尽管我表面价值的忽然转变逼迫我常常确认这一点。我骨架上挂的还是以前的那些肉，我长着的还是十根手指头儿和十个脚趾头儿。我还是原来的我；我没有力气去改变，道德也没有新的发展；我的脑袋还是曾经的那个脑袋；在文学上或者是在哲学上并没有做出一条新的概括。我现在的价值还跟以前那个没人要时一个样，我百思不得其解的事情；然而现在他们为什么又要我了。他们绝对不会因为我自己而要我的，因为我还是以前那个他们并不想要的人。这样看来他们一定是因为别的原因要我了，因为某种除了我以外的东西了，因为某种并不是真正属于我的东西了！如果你想知道那么我告诉你那是为什么吧！那正是因为我得到了认可。可那认可存在别人心中，除我以外。还有就是因为我已经挣到的钱，和即将会挣到的钱。但是拿钱并不是我。那东西存在银行里，存在甲乙丙丁人的口袋里。如今你也想要我了，不会也是因为这个吧！难道也是因为我得到的认可和金钱吗？"

"你使我的心都碎了，"她抽噎起来，"你知道我是爱你的，我到这来，是因为我爱你。"

"恐怕你并没有懂得我话里的意思，"他温柔地说，"我的意思是：假如你爱我的话，那么为什么你现在爱我会比那时深了许多呢？那时你对我的爱是非常脆弱的，你否定了我。"

"请你忘掉吧，并且原谅我吧，"她十分激动地大喊道，"我从来没有不爱你，请你记住这一点，而我现在又来到了这里，依靠在你的怀里。"

"恐怕我是个聪明的生意人，需要认真仔细去卡秤盘，得要称一称你的爱情，看看到底是什么货品呢。"

她将身体从马丁的怀中抽出来，坐直了，探索地打探了他很长时间。她欲言又止，最后改变了主意。

"你看，我认为事情是这样的，"马丁继续说了下去，"那时我与现在的我没有什么不同，在那时除了我本阶级的人以外几乎谁都瞧不起我。那时我所有的作品都已经完成了，可是看过那些手稿的人几乎没有人把它放在心上。实际上他们反而因此更瞧不起我了。我写了那些东西仿佛是做过什么丢脸的事似的。每个人都劝说我，让我找份工作。

她做出个要表示诧异的反应。

"好了，好了，"他说，"只有你不同，你让我找的是'职位'。那个难听词'活儿'和我曾经写的大多数作品一样，使你感到不开心。那词粗野。但是我向你保证，所有我认识的人把那个词推荐给我的时候，它也并没有好听一些，那仿佛是让一个不道德的角色把行为放规矩一样的。还是原来的问题吧。我所写作的东西的出版与我如今所得到的名声让你的爱情的本质发生了转变。你不喜欢嫁给写完了他的全部作品的马丁·伊登，你对我的爱是不够坚定的，从而导致你没有能够嫁给他。如今你的爱情却坚定起来了。我没有办法逃避一个结论：你那爱情的力量来自出版和名声。对于你我不提版税，虽然我敢确定它在你父母的转变里起着巨大的作用。当然，这一切不会使我开心。然而最糟糕的是，它使我对爱情产生了怀疑，爱情是神圣的。难道爱情就那么肤浅，必须要依靠出版和名声来饲养吗？可它仿佛正是这样。我以前坐着想啊，想啊，想得头昏脑涨。"

"我亲爱的可怜的脑袋啊。"露丝伸出一只手来，用指头在他的头上安慰地抚摸着，"那你不要头昏脑涨了。现在让我们重新开始。我一直以来都是爱你的。我知道我以前听从过我母亲的意愿，那是一种软弱，我不应该那样。但是我曾经多次听见你以悲天悯人的胸襟来谈论人性的脆弱与易于堕落。把你那悲天悯人的胸襟也推广到我身上吧。是我做了错事，我希望能取得你的谅解。"

"啊，我可以谅解的，"他厌烦地说，"没有什么谅解的东西时便是容易谅解。你做的事其实不需要谅解。所有的人都依照自己的思想行动，如果超过了这个他就没有办法行动。同样，我也没有办法因为不去找工作而请求你谅解。"

"我是为你着想，"她解释道，"我想你应该知道，我既然喜欢你就不会对你不存好意。"

"没错，但是你那一番好意却会把我毁掉。

"的确，的确，"她正要反抗却被他止住了，"你是可能毁了我的作品与我的事业。现实主义支配着我的天性，然而资产阶级精神却仇视着现实主义。资产阶级是懦弱的，他们担心生活，然而你的所有努力就是让我害怕生活。你可能让我公式化，你可能将我装入一个五尺长两尺宽的生活鸽子笼里，在鸽子笼里所有的生活价值都是虚无的，缥缈的，庸俗的。"他感觉她准备反抗。"庸俗性——打心眼里冒出来的庸俗性，我不得不承认——是资产阶级的文雅与文化的基础。正如我而言，你想让我公式化，想要将我变成你们资产阶级中的一员，怀揣着资产阶级的理想，认可资产阶级的价值观念和资产阶级的成见。"他悲伤地摇摇头，"而你到了现在也还不理解我所说的是什么意思。你听到的我所说的话并不是我打算表达的意思。也许我说的话对于你而言是怪论奇谈，但是对于我那要命的现实来说。你至少感到有些迷糊，有些滑稽，这个从深渊的泥潭里爬出来的小伙子竟然敢对你们资产阶级做出评价，并且称之为庸俗。"

她疲惫地将头依靠在马丁身上，因为一阵阵紧张，身子战栗着。他等待着她说话，停了一会儿，然后又继续说了下去。

"现在你想让我们重归于好，想要跟我结婚，你需要我，但是，你听着——如果我的书不被人注意到，现在的我还会依然如故，然而你依然会离我而去。全是因为那些书——"

"不要讲粗话，"她插嘴说。

她的指责让他十分惊讶，他毫不客气地哈哈大笑起来。

"正好，"他说，"在关键时候，在你几乎要拿一辈子的幸福孤注一掷的时候，你和以前一样害怕起生活来了——害怕生活，也害怕一句不伤大雅的粗话。"

他的话刺痛了她，使她意识到了自己的行为是多么的幼稚。不过她也感觉到马丁夸大得有些过火，心里感到十分愤怒。两人默不作声，呆坐了很长时间。她愤怒地思考着，他却思量着自己那消失的爱情。如今马丁才明白其实他并没有真正爱过她。他所爱的是一个理想化了的露丝，一个自己所能创造的虚无缥缈的露丝，是他的爱情诗篇里带有灿烂光辉的精灵。而这个现实的她，这个来自资产阶级的她，这个有着种种资产阶级的弱点的她。满脑子装着无可救药的资产阶级成见的马丁几乎从来没有真正地爱过她。

她忽然又开始说话了。

"我知道你所阐述的是事实。我的确害怕过生活，并且我对你的爱有过错误，可是我已经学会了、知道了什么是正确地爱恋。不管是现在的你还是曾经的你，我都喜欢，喜欢你所走过的道路。我因为你所说出的我们俩之间由于阶级不同而产生的差异而喜欢你，由于你的信仰而喜欢你，虽然我并不了解你的信仰，但我确信我是可以了解的。我会花工夫去了解它，甚至包括你的抽烟和讲粗话——这些都是你的一部分，因为它们我也要爱你。并且为你我还可以去学。在刚才这十分钟里我学到了很多东西。我能到这儿来就证明我已经学到了许多东西。啊，马丁！——"

她抽噎着向他依靠了过去。

他拥抱她的双臂第一次表现了温柔与同情，她开心地动了动，脸上露出光彩，证明她已经明白他的意思。

"太迟了，"他说。他回想了丽齐那句话。"我是个有病的人——啊，我所指的有病，不是身上的而是灵魂上的，是脑袋有病。我仿佛失去了我所有的价值，对什么都满不在乎了。如果你在几个月之前这样做，情况就不是这样了，现在一切都太迟了。"

"还不算太迟，"她喊叫了起来，"请让我来告诉你。我会向你证明我的爱情成长了。我的阶级和我所爱的一切都比不上爱情。我将会抛弃资产阶级最喜爱的一切。以后我不会再害怕生活了。我要离开我的父母，让我的名字在朋友间成为的笑话。直到你愿意，我会立马搬到你这里来生活，我们可以任意相爱。我要以和你生活在一起为骄傲，感到开心快乐。假如我曾经背叛过爱情的话，那么我现在为了爱情背叛过去使我背叛的一切。"

她眼中闪动着光芒，站在他面前。

"我在等待着你的回答呢，马丁，"她低声说道，"如果等着你接受我的爱，你看看我。"

他看着她想道，真的太精彩了。她就这样弥补了他所缺少的一切了，最终他站了起来，真诚的女人，超越了资产阶级的传统。还真是了不起，十分精彩，铤而走险。可是，这是怎么回事呢？他没有因为她的行为而激动。那了不起和那精彩的感觉都是在理智上的。在他应该燃烧时他却冷冰冰地打量着露丝。然而他的心没有被打动，他对她没有任何的欲望。他又回想起了丽齐那句话。

"我病了，并且病得不轻，"他做了一个失望的手势，说道，"到目前为止，我还不知道我病得如此的厉害。我身上几乎少了些什么东西，我对生活从来没有恐惧过，但是我做梦也没有想到会让生活填得太满。生活把我填得太满了，从而对所有的一切都失去了兴趣。如果肚子还有空隙的话，我想现在是会需要你的。你瞧现在我病得多厉害。"

他将头往后仰，然后眼睛微闭，然后仿佛一个哭泣的孩子看着阳光透过泪水遮蔽的眼球忘记了悲伤一样将他的病忘记了，也不记得露丝的存在了，所有的一切都不记得了。以他的眼帘为背景的生机盎然的丛丛草木被炽热的阳光所穿透了，他凝望着。绿色的叶丛然而并不恬静，阳光又太过于耀眼刺目，望着它使他感到十分难受。但是不知道为什么，他仍然看着。

马丁被门把手的声音所惊醒，露丝已走到了门口。

"我要怎么出去呢？"她泪眼婆娑地问道，"我害怕。"

"啊，对不起，"他匆忙地跳了起来，说道，"我走神了，你知道。我忘记了你还在这儿。"他摸摸自己的脑袋。"你瞅，我刚才不太正常。那么我送你回去吧。我们可以从仆役的门出去，这样就没有人会看到了。然后把那窗帘拉下来，这样一切都妥当了。"

她紧搂着他的手臂走过灯光昏暗的市道，狭窄的楼梯走下。

"现在我安全了，"两人来到人行道上，露丝说道，同时也将放在他手臂了上的手抽出。

"不，不，还是由我来送你回去吧！"他回答。

"谢谢，不用了麻烦你了，"她拒绝道，"没有必要。"

她再一次将手抽掉，他一时感到十分好奇：现在她已经没有任何危险了，为什么反倒是害怕了？她为了摆脱他几乎是手忙脚乱的。他没有想出别的理由，认为她只是紧张而已。他没有打算放开她准备缩回的手，只是带着她继续前行。走过半段街区，看到一个穿长外套的人闪进了一家门口。他经过那里时有意地瞅了一眼，尽管那人领子竖得非常高，他却确信自己看到的是露丝的弟弟诺尔曼。

露丝和马丁走路时没有很多谈话。她是惊呆了，然而他则冷漠。有一次他说他要离开，要回南海去；有一次她请求他原谅她过来看他，之后两人便没有了交谈。到了门口，分手也是十分具有礼貌性的。两人相互握了握手，之后又互道晚安，他又脱帽致意。门关上了，马丁点着了一支香烟，独自走在回旅馆的路。他回到刚才碰到诺尔曼躲到的那个屋门口时，停住了脚步，带着特别的心思仔细查看了一下。

"她在撒谎，"他愤怒地说道，"她让我相信她非常大的危险，其实露丝一直都知道她弟弟就在外面等候着送她回家。"他情不自禁地笑出声来。"啊！这些资产阶级啊！在我不顺利的时候连与他姐姐在一起都不配，害怕被人看到。然而当我有了银行存款时他却亲自把姐姐给我送上门来。"

正当他转身准备离开时，一个与他走相同方向的流浪汉从他身后走来向他乞讨。

"我说，先生，可以给我一个两毛五的角子住店吗？"他问到。

那声音迫使马丁将身子转过来，却随即与乔握起手来。

"还记得我们在温泉分别的时候吗？"那人说，"当时我就说我们肯定还会再见的。这一点从我的骨子里都感受得到。如今我们可不是就在这儿遇到了吗？"

"看上去你过得挺不错的，"马丁带着欣赏的语气说，"你长胖了。"

"当然长胖了，"乔满脸欢喜地说，"我是在开始了流浪时才懂得生活的。我现在体重比之前增加了三十磅。但是在那些日子时却骨瘦如柴。我发现我倒的确适合流浪。"

"可你依然在讨钱住店，"马丁讽刺了他一句，"而今天晚上又那么的寒冷。"

"呵呵！讨钱住店吗？"乔将一只手插进屁股口袋里，掏出一大把角子，"这比做苦工要强得多。"他十分得意地说，"你看上去非常有钱，所以我就敲诈你一下子。"

马丁大笑起来，并且认输了。

"这一把钱能使你大醉几回的，"他话中带话。

乔把钱塞进了裤兜里。

"我从来不会那样，"他宣称，"从都不喝醉，如果我要醉也没有谁会阻拦我。与你分别以后只醉过一次，那次只是个意外，空腹喝了酒。我干活如同畜生的时候酒醉得也像畜生，我生活像人的时候喝酒时也就像人了——开心时偶尔来上两杯，但绝不会多喝。"

马丁与乔约好明天见面后，就回到旅馆。他在办公室瞅了瞅船舶消息。再过五天马里泊萨号就要去塔希提岛。

"明天用电话帮我订个豪华舱位，"他告诉服务员，"不要甲板上的，要下面的，迎风的那边——左舱，不要忘记，左舱。你最好是记下来。"

一回到房间里他就钻进被窝如同个孩子般地睡着了。那晚发生的事对他并没有影响。他的心已经死灭，没有留下任何印象。他遇到乔时的温柔情绪也十分短暂，随即却因那往日的洗衣工的出现而令他而感到厌烦，为不得不说话而难受。五天之后他就要回到他心爱的南海去了，可是那也对他来说没有任何意义了。他闭上眼，一觉睡了八个小时，睡得正常，舒坦，也没有烦躁，没有翻身，也没有做梦。睡眠对于他来说他就是忘记。他每天都为醒来感到遗憾。生命使他厌烦了，厌倦了，时光令他难堪。

第四十六章

"我说，乔，"第二天早晨他招待曾经一起干活的伙伴说，"二十八号街有一个法国人赚了很多钱，准备回法国。他开了一家小蒸汽洗衣店，里面的，不过设备倒算齐全，你假如想安定下来，可以利用这个铺子开张。你拿这些钱去买几件衣服，十点钟去这个人的办公室。洗衣店就是他帮我找到的。那么由他带你去，你到那看一下，你如果满意，感觉价钱也合适——一万二千块那就回来告诉我，以后那店就归你所有。现在去吧，我很忙。你一会儿再来，我们再见面。"

"听好马丁，"那人慢吞吞地发起火来，缓慢地说道，"今天早晨我是来看你的，懂吗？不是向你来要什么破洗衣店的。我是想来和老朋友聊天叙旧的，可你却要塞给我一家洗衣店。那么我来教给你怎么做。带着你那破洗衣店到地狱去吧。"

他刚要冲出屋子，马丁一把拉住了他的肩头，拉得他转过身来。

"听着，乔，你如果那样做，我就揍你脑袋，正因为你是老朋友，所以下手揍得会更狠。知道吗？愿意挨揍吗？愿意吗？"

可乔已经拽住他，准备将他摔倒在地上，但却被马丁控制住了。他左右摇晃，想摆脱马丁的优势。两人彼此抱住，在屋里摇晃了很长一段时间，于是摔倒在一把早已破旧的藤椅上。乔被压在下面，并且双手被抓住了，直伸着，马丁的膝盖顶在乔的胸口上。然而他早已上气不接下气地喘着，马丁松开了他。

"现在我们来谈一谈，"马丁说，"你不要和我耍横，我要你先办完洗衣店的事再回来，然后咱们再为了老交情谈谈老交情。我已经和你说过，我非常忙。"

一个仆役刚刚送来了早班邮件，非常多的信件和杂志。

"我没有办法一边与你交谈一边看这些东西呢？你还是先去把洗衣店的事办了，然后我们再见面。"

"那好吧，"乔勉强答应了，"我感觉你刚才是在拒绝我呢，这样来看是我误会了。但是你是打不过我的，马丁假如真的硬碰硬地打，我的拳头要比你打得远。"

"要不然哪天咱们戴上手套较量一下吧！"马丁笑了笑，说。

"好呀！一言为定，等我把洗衣店办起来再说，"乔将手臂伸直了说道，"你看到我能打多远吗？可以打得你倒退几步呢。"

大门在洗衣工背后关上以后，马丁叹息了一声，松了口气。他现在早已变得格格不入了，他一天天发现自己与别人更加难以相处。别人的存在使他厌烦，如果非要与人说话会使他生气、厌烦。一与他人来往他会想方设法地找借口摆脱。

他并没有马上开始拆看邮件，而是坐在椅子上打盹，静静地坐了半小时。只有一些琐碎的模糊念头偶尔渗透到他的思想中，更确切地说，他的思想极偶然地闪出一两个火花。

他重新振作起精神看起邮件来。其中里面有十二封是向他要签名的——这类信他一眼就能看出来；还有带有职业性的求助信，并且还有一些怪人的来信。还有一个人寄来了能够使用的永动机模型；一个人证明世界的表面是一个圆球的内壁；一个人准备买下下加利福尼亚半岛组织共产主义侨居地，来请求马丁给予财政上的援助。什么样人都有。还有些是妇女，想要认识他，其中有一封信使他笑了，因为里面带有一张教堂座位的租金收据，证明她虔诚的信仰与正派的作风。

编辑和出版家的信件是每天邮件的最主要的一部分。编辑们跪地乞求他的稿件，出版家们同样跪地乞求他的书——乞求他那些被人轻蔑的可怜的手稿，起初为了筹集它们的邮资，他曾经将所有值钱的东西都拿去当铺了，过了很多凄凉的日子。还有些是意想不到的支票，是来自英国连载的稿费，外国译本提前支付的稿费。他的英国代理人通知他，有他三本书的德文翻译权已经卖出去了；又通知他，他的作品已经有瑞典译本问市，不过没有稿酬，原因是瑞典没有参与伯尔尼版权公约。还有一份名义上申请批准俄文译本的信，那个国家也照样没有参与伯尔尼公约。

他又转向一大捆来自编辑部邮寄过来的剪报。他读到有关自己和围绕自己所形成的风尚的信息。那风尚早已成为了狂热。他全部的作品已经花团锦簇地席卷了读者，狂热几乎便由此形成。读者早已将他为之倾倒。他显然成了当年的吉卜林。就在吉卜林卧病在床，奄奄一息的时候，他所写的作品却由于群氓心态的作用，在群氓中忽然盛行起来。马丁回想起世界上那一样的群氓曾经怎样大读吉卜林的作品，为之欢呼，然而丝毫不理解他，之后又在几个月之内忽然向他扑去，将他撕成了碎片。回想起这事马丁情不自禁苦笑起来。他算老几？他怎么可以保证在几个月之后不会遭受到像吉卜林那种待遇呢？好了，他得骗骗群氓诸公。他要去南海，到那里去修建他的草墙房屋，去做珍珠和椰子干生意，驾驶着带有平衡翼的独木船出没在礁石间，捕捉鲨鱼和鲤鱼；到泰欧黑山谷附近的悬崖峭壁上去打野果。

回想起吉卜林他明白了自己当前的处境是岌岌可危的。他清晰地看到自已此刻正处于死荫的幽谷之中。他身上的所有的活力正在消退、衰败直至于死亡。他认识到了自己睡眠太多,然而还非常想睡。以前他讨厌睡眠,恨它夺走了他生活的宝贵时间。他在二十四小时里只睡四小时还嫌被剥夺了四小时生活时间。他以往是多么不愿意睡觉!但是如今他所不愿意的却是生活。生活并不美妙;在他嘴中生活的甜蜜已经不存在了,现在仅仅存留着苦味。他的危机正是来源于这里。没有生活欲望的生存距离长眠越来越近了。某种渐远的求生的本能还在他心里搏斗着,他明白他必须要走。他看了看屋子,只要想起还要收拾行李他就心烦意乱。或许还是留到最后再收拾为好。现在他要去买一些旅行需要的用品。

他扣上帽子走了出去,在一家枪械店停住了脚步,上午剩下的时间就用在那一家枪械店买自动步枪、弹药还有渔具了。做买卖的方式改变了,他明白只能在到达塔希提岛之后再购买需要的东西。那些东西是在澳大利亚可以买得到的。这种解决方法使他感到快乐,因为他可以避免做事,当前让他做任何事他都会使他心烦意乱。他开开心心地回到旅馆,想起那无比舒适的莫里斯安乐椅在那儿等候着他,便心满意足。但是马丁刚进门却看见乔坐在莫里斯安乐椅上等候着他,心中情不自禁地呻吟起来。

洗衣店使乔十分开心。所有的一切都解决了,明天他将要接手洗衣店了。马丁合上眼睛躺在床上心不在焉地听他说着,他实在是太心不在焉了,似乎感觉不到自己的思想,就连偶尔的回应一两句也感到很吃力。况且那人是他一向欣赏的乔,而乔正热衷生活。他那唠唠叨叨的谈话残害着马丁疲惫不堪的心灵,是一根对他的感觉的探针,戳痛了他那疲倦的神经。当乔提起他们俩某一天可以戴上手套一起打一架时,他似乎尖叫起来。

"你要记住,乔,要按你曾经在雪莉温泉订下的规矩办洗衣店的是你。"他说,"不要过度地劳动,晚上也不要干活,碾压机不准使用童工,一律禁用童工,工资合理。"

乔点点头,把笔记本拿了出来。

"你看一下这儿,今天早饭前我就在定规章制度。你觉得怎么样?"

他大声朗读着,马丁表示赞同,与此同时估量着乔什么时候才会走。

他醒来时已是傍晚了。现实的生活又慢慢回到他心里。他东张西望着,乔显然是在他昏睡过去时悄悄溜走的。他还真是体贴,他思想,然后又闭上眼睛睡着了。

之后的几天乔都忙着组织和管理洗衣店,并没有来给他添乱。他出航的前一天报纸宣布了他订了马里泊萨号舱位的消息。在他求生的欲望颤动的时期他曾经去找过医生,将身体仔细地检查了一遍。他浑身上下没有丝毫毛病。

心脏和肺部非常的健康。凡是医生能过检查到的器官都十分正常，功能也完全正常。

"你所有的一切都正常，伊登先生，"他说，"没有一点问题。身体非常棒。坦白地讲，我十分羡慕你的健康，那是第一流的。瞅瞅你那胸膛，这里，并且还有你的胃，这就是你那惊人的体魄的奥秘所在。就身体而论，你的身体是百里挑一，千里挑一的。如果不出意外你肯定可以活到一百岁。"

马丁知道丽齐的诊断是不会有错的。他的身体并没有毛病。问题出现在他的"思想机器"。要不一走百了，到南海去，就没有方法可以治。问题是现在马上就要出发了，然而他并没有想要到南海去的欲望。南海并不比资产阶级文明更能吸引他。出发的念头并没有使他开心，而出发之前的准备所给他的肉体带来的疲劳又使他感到厌恶。上船出发以后他就会好得多了。

最后一天是一场十分痛苦的检验。伯纳德·希金波坦、格特露一家人在早报上看到他要出发的消息，急忙与他来告别。赫尔曼·冯·史密特和茉莉安她们也来了。于是又有了事要处理，有了账需要支付，来了许多的记者采访要忍耐。他去夜校门口忽然跟丽齐·康诺利来告别，然后又匆忙地走掉了。他在旅馆看到了乔，乔成天忙于洗衣店事务，没工夫早来。那是压断了骆驼背脊的最后一根救命稻草，但是马丁仍然抓住椅子扶手，与乔交谈了半个小时。

"你知道，乔，"他说，"那洗衣店并不能约束你，你随时都可以将它变卖，之后把钱花掉。洗衣店不是拴着你的绳子，假如在你厌烦的时候就可以一走了之，上路去流浪。什么东西能使你快活那你就去做什么。"

乔摇摇头。

"我不打算到路上去混了，十分感谢你。流浪虽然很好，却有个不好的地方：没有女人，我实在是受不了。我是一个喜欢女人的男人，没有女人的日子实在是不好过。但是要流浪就只能够过那种没有女人的日子。我之前很多次从开晚会、开舞会的房屋前路过时，听到女人笑，从窗户里望见她们的白衣与笑脸——呵呵！我告诉你，那时候我简直就像是在地狱中。我非常喜欢跳舞、野餐、在月光里散步之类的事。我喜欢洗衣店，喜欢漂亮，喜欢裤兜里装着大洋。我已经遇见一个姑娘，就在昨天，你知道吗？我简直觉得要么就不告诉老婆，要么将她立即娶回家。想起这事我就吹口哨，已经吹了一天了。是个非常漂亮妞，有着一双温柔的眼睛，声音极其美妙，总而言之就是你从来没有见过的。你可以打赌，我跟她是最般配不过的。嗨，你的钱多得都烧包了，为什么不娶个老婆呢？你可以娶到全国最好的姑娘。"

马丁摇摇头，笑了笑，在他内心深处却怀疑：人为什么就非结婚不可？

那几乎是一件惊人也无法理解的事。

出航前他站立在马里泊萨号的甲板上看到丽齐·康诺利躲在码头边缘上的人群中。脑袋闪过一个念头：将她一起带走吧！发善心是容易的，丽齐肯定会高兴得发疯。这个念头一时成了一个诱惑，可随之却使他感到恐怖了，慌乱了。他那厌烦的灵魂呐喊着提出了抗议。他呻吟了一声，然后转身离开了甲板，喃喃地说道："马丁呀，看来你早已病入膏肓，无可救药了。"

他逃回到了他的豪华舱位，躲在那里，一直等到轮船行使出了码头。在吃午饭的时候他发现自己上了荣誉席，坐在船长右边。过了一会，他又发现自己成为船上的大人物。可是坐船的大人物没有比他更令人失望的了。他整整在一张躺椅上躺了一个下午，闭上眼睛，大多数时间都在不断地打瞌睡，晚上上床也非常早。

第二天，晕船的都恢复过来，船上所有旅客都一一露了面。他越和旅客们之间来往就更加讨厌他们。但是他也明白这样做对他们是不公平的。他逼迫自己承认他们都是些善良和蔼的人。可是与此同时他又加上了个限制语——善良和蔼得如同所有的资产阶级一样，带着资产阶级的一切心理上的障碍与智力上的无能。他厌恶和他们交谈。充满他们那狭隘浅陋的心灵的是无比的空虚；而年轻人吵闹的快乐与十分旺盛的精力又使他惊讶。他们从来不会安静，只是永无休止地玩甲板绳圈，掷环，或者是尖叫着扑到栏杆边，去看跳跃的海豚与很早就出现的飞鱼群。

他睡得时间很长，吃完早餐就拿一本杂志去寻找他的躺椅。那本杂志总是看不完，印刷品早已使他厌倦。他不知道那些人哪儿来的那么多东西去写，然后想着想着又在躺椅上打起盹来。午餐锣把他惊醒，令他感到非常生气：为什么非惊醒他不可呢？清醒时没有什么东西能够使他满足。

有一次他努力想要将自己从昏沉中唤醒过来，于是就到水手舱去和水手们见面。可是自打他离开水手舱之后水手们也几乎变了样。他仿佛与那些脸膛结实、胸怀笨重、如同野兽般的水手亲近不起来。在甲板上没有人是因为他自己而需要马丁·伊登，并且在这里他又没有办法回到自己的阶级伙伴中去，他们曾经可能是需要他的，但是如今他却已经不需要他们了。忍耐这些人并不比忍耐豪华舱那些愚笨的旅客和闹翻了天的年轻人容易。

生活于他仿佛似一道白炽的强光，可以残伤病人疲惫的眼睛。在他能意识到时，生活总无时无刻用它炽热的光照，照射着他周围与他自己，使他难受并且还吃不消。马丁是头一次坐豪华舱旅行。他曾经出海时，常常待在水手舱里，所谓下等舱，或者是在黑漆漆的煤仓里送煤。在那些日子从闷得喘不过气的底层攀爬着铁梯上来时，他经常看见一些旅客身着清爽的白衣，除了寻欢作乐以外什么事也不做。他们躲在可以遮挡太阳和风的凉棚下，旁边有殷勤的侍仆打理他们的所有的需求和怪异的想法。当时他感觉他们所活动和生活的场所简直就是人间的天堂。好了，如今他也在这儿，并且成了船上的大人物，在它核心的核心里生活，坐在船长的右手边，可他回到水手舱和锅炉间去找寻他失去的天堂时，然而并无收获。马丁并没找到新的天堂，然而旧的天堂也落了空。

他努力让自己活动活动，想找点可以引发他兴趣的东西。他尝试者与下级职员会餐，最终觉得还是挑走之后才使他开心。他与一个下了班的舵手闲聊，那是个极其聪明的人，立即向他做起社会主义宣传，将一摞传单与小册子塞到他的手上。他听那人向他解释起奴隶道德，便慵懒地想起了自己的尼采哲学。但是归根结底，这一切又有什么用呢？他回想起了尼采的一段话，表现了那疯子对真理的质疑。但是没有人能讲清楚。或许尼采竟是对的；也许事物之中根本就不存在真理，就连真理中都没有真理——也许真理根本就不存在。可他的心灵很快就疲惫了。他又回到他的躺椅，心满意足地打起盹来。

船上的日子已经够痛苦了，但是还有一种新的痛苦来临。船到了塔希提岛之后要怎么办？他还得上岸，还得需要订购做生意的东西，还需要找船去马奎撒司，去干一千零一件让想起来就为之头痛的事情。他总是强迫自己去想象，就体会到了自己的处境是十分严重艰险。他的的确确是在死前之谷中。而他的危险之处却在，然而他没有感到害怕。假如害怕，他就会挣扎着求生。但是他并不害怕，于是便越陷越深地向那阴影陷下去。他在以往熟知的事物中找不到欢乐，马里泊萨号早已经行驶到东北贸易风带，就连那美酒似的熏风吹打着他时，他感到心烦意乱。他把躺椅搬走了，逃脱着这个以往与他日日夜夜而伴随的旺盛精力的老朋友的拥抱。

马里泊萨号驶入赤道无风带的时候，马丁比任何时候还要难受了。他再也睡不着觉。他早已被睡眠侵蚀透了，只好明明白白忍耐生命的白炽光的照射。他心神不宁地散着步，空气形模模糊糊的，湿漉漉的，就连小风暴也没能使他清醒。他只感觉到生命的痛苦。他在甲板上来来回回的走，走得腿脚生疼，之后重新坐到椅子上，坐到不得不起来散步。最终他逼迫自己去读完了那本杂志，然后又去船上图书馆里找来几本诗集。但是它们依旧使他提不起兴趣，他又只好继续散步。

晚饭过后他在甲板上逗留了很长时间，然而那对他并没有帮助，下楼去依旧睡不着。这种生命的停顿令他接受不了，太难过了。他打开电灯，尝试着读书。有一本是史文朋的。他躺在床上一页页的翻阅着，突然发现引起了兴趣。他看完了那一小节，准备看下去，回头又看了看。他将书反扣在胸膛上，然后陷进了沉思。说得对，就是那样。奇怪，他曾经怎么没有想到？那正是他的意思。他仿佛一直像那样飘忽不定，如今史文朋却把出路只给了他。他需要休息，然而休息却在这儿等候着他。他望了一眼舷窗口。不错，那洞够大的。多少个礼拜以来他头一次感觉到快乐。他终于找到了方法治疗了。他拿起书慢慢地朗读起来：——

"'消除了希望，消除了恐惧，
将生命过分的爱摆脱了，
我们要对无论什么神祇。
简单地表达我们的爱戴，
由于他没有给生命永恒；
由于死者不会死而复生；
由于就连河流疲倦地奔腾
蜿蜒到了某处，也安全入海。'"

他又望了望打开的舷窗。史文朋已经提供了钥匙。生命邪恶，换句话来说变邪恶了，成了没有办法容忍的东西。"死者不会死而复生！"诗句深深地打动了他，使他深为感激。死亡是宇宙之间唯一慈祥的东西。在生命使人痛苦和厌倦时，死亡随时随地都能以永恒的睡眠来消除痛苦。那他还等候什么？已经是走掉的时候了。

他站立了起来，将头向舷窗口伸出去了，俯视着奶汁般的翻滚的波涛。马里泊萨号负载及其沉重，他的双手只需攀着舷窗双脚就能点到水。他可以随时悄然无息地沉入海里，不让人听见。一阵水花扑面而来，溅湿了他的脸。水的味道是咸的，非常不错。他思考着是否应该写一首绝命诗，他笑了笑，然后将那念头放弃了。没有多少时间了，他急于逃脱。

他关掉了屋里的灯，不想引起别人的注意。他先将双脚伸出舷窗口，然而肩膀却卡住了。他挤了回来，将一只手紧贴着身体，再一次使劲往外挤。轮船微微一转，给了他助力，他的身体成功挤出，用双手吊着。双脚一沾水，他便立刻松开了手，淹没在了泡沫翻滚的奶汁般的海水里。马里伯萨号的船体从他身边飞驰而去，如同一堵黑漆漆的高墙，只有灯光偶尔从舷窗照射出来。那船显然是在抢时间似的行驶。他似乎还没明白过来就已落到了船尾，在水泡迸裂的水面上慢慢地游着。

一条红鱼轻啄了一下他白色的身子，他不禁一笑。一片肉被咬掉了，那刺痛使他回想起了自己为什么下水。他一味忙于行动，却竟然忘了目的。马里泊萨号的灯光在渐渐消失在远处，然而他选择却留在这儿。他自信地游着，好像是打算往最近也在千里以外的陆地游去。

那是求生的不由自主的本能。他停止了游动，可是一感到水将嘴淹没了，他便猛然将手挥了出来，让身体露出了水面。他知道这是求生的意识，与此同时冷笑了一下。哼，意志力他还是有的——并且他的意志力足够坚强，只不过还需要再作一番最后的努力就可以把意志力也摧毁，不再存在了。

他转换姿势；把身体垂直了，抬头望了望宁静的星星，呼出了所存留在肺里的空气。他激烈地快速地划动手脚，把肩膀与半个胸膛露出了水面，这是为了聚集下沉的冲力。之后他便静止下来，纹丝不动，仿佛像座白色的雕像似的往海底深处沉下去。他在水里有意地如同吸麻醉剂似的大口大口地呼吸着。但是到他憋的出不了气时，他的手脚却不知不觉地大划起水来，将自己划到水面以上，十分清晰地看见了星星。

求生的本能，他蔑视地想道。他打算拒绝将空气吸入他感到快要爆炸的胸膛，然而却失败了。不行，他得尝试一个新的办法。他将空气吸进了胸膛，并且吸得满满的，这口气可以使他深深地潜入水里。然后身子一倒，将头朝下拼命地往下钻去。他历尽所有的体力和意志力往下钻，越钻越深了。当他睁开的眼睛看着幽灵一样的鲣鱼闪着条条荧光在他身边倏忽往来。他划动水，但愿鲣鱼不要来咬他，怕为此摧了他的意志力。鲣鱼群倒真没有来咬。他竟然还找出时间对生命的这最后的仁慈表示感激。

他拼命向下划，向下划，划得手脚疲惫不堪，似乎划不动了。他明白自己已划到非常深的地方。耳膜上的压力促使他疼痛，随之头也嗡嗡地作响了起来。他快要忍受不住了，却依旧逼迫四肢往深处划，直到他的意志力断裂，空气从肺里强烈地爆裂出来。如同水泡似小小的气球一样升起，活跃着，摩擦着他的脸颊和眼睛。之后是痛苦与窒息。那种痛苦还算不上死亡，这想法从他慢慢衰微的意识里摇曳了出来。然而真正的死亡是没有痛苦的。这是生命，这种十分可怕的窒息是生命的痛苦，是生命所能给他的最后打击。

他顽强的四肢开始痉挛地虚弱地挣扎和划动。可是他的手脚和使手脚挣扎和划动的求生的欲望却已经上了他的当。他钻得太深，四肢无能为力再将他送出水面了。他仿佛在朦朦胧胧地幻觉的海洋里慵懒地漂浮着。绚丽的色彩和光芒将他包围着，沐浴着他，浸透了他。这是什么呢？仿佛是一座灯塔；但是那灯塔在他脑袋中——一片闪烁的炽烈的白光。白光的闪动越来越快，一阵滚滚而来的巨声殷殷响起，他觉得自己仿佛正在一座巨大的无底的楼梯里向下滑落，在即将到达楼梯底时坠入了黑暗。他的意识就此结束了，他已经落入了黑暗当中。当他意识到这一点的时候他早已什么都不知道了。